Der Gockel, die Welt und der große Zusammenhang

Suzanne Réko
September 2014

Bibliografische Information
der Deutschen Nationalbibliothek:
Die Deutsche Nationalbibliothek verzeichnet diese
Publikation in der Deutschen Nationaltbibliografie, detaillierte bibliografische Daten sind im Internet über http://dnb.dnb.de abrufbar.

x   x

x

© 2016 Suzanne Réko, Salzburg

Titelbilder: istockphoto.com
Cover-Design / Satz: © r-des, Salzburg
Herstellung und Verlag: BoD - Books on Demand, Norderstedt

ISBN: 978-3-7431-6274-7

Gewidmet allen kleinen Bio-Bauern, die mutig gegen Goliath kämpfen und allen Menschen, die an ihren Ideen zur Umsetzung für einen respektvollen Umgang mit Mensch, Tier und Natur festhalten und nicht aufgeben.

Und für Werner,
meinen Ehemann, besten Freund und Förderer,
sowie unsere Kinder Nicolas, Ian und Jasmin.
Mögen sie dieses Ansinnen weitertragen ...

Suzanne Réko, 1978 in Salzburg geboren und dort aufgewachsen, verließ nach Abschluss akademischer Studien ihre Heimatstadt und wohnte einige Jahre in Wien, Heidelberg und in Leipzig. Derzeit lebt sie mit ihrer Familie wieder im schönen Salzburger Land. Neben zeitgenössischen und historischen Romanen schreibt sich auch Thriller und Krimis.

1	____	Du mein' liebe Freude, wo bist du zu Haus?
9	____	Ach sag' mir's wo wohnst du, mein Herzallerliebst?
21	____	Ich such' dich bei Tische, dort wo man gut isst
31	____	beim Tanz, bei Musik, ja, dort wo man schön singt.
42	____	Die richtige Freude dort findet man nicht
53	____	vor Säufern und Tänzern da läuft sie davon.
67	____	Ich such dich auf Wiesen, wo Blumen blühn,
81	____	im Wald, wo die Vöglein singen schön.
85	____	Die fröhlichen Vögel, die Blumen schön,
		sie haben die Freude
90	____	für ein junges Herz.
96	____	Zum Schluss finde ich
101	____	die Freude doch
108	____	am Dorfplatz da drüben, erreich ich sie doch.
117	____	Schau dort,
128	____	ja dort,
138	____	ja dort spielt sie mit Kindern lieb
142	____	bei ihnen, dort ist sie zu Haus.
147	____	Du, mein' liebe Freude
161	____	wo bist du zu Haus',
166	____	wo bist du zu Haus',
177	____	wo bist du zu Haus'?
186	____	Ach sag' mir's wo wohnst du,
196	____	mein Herzallerliebst, mein Herzallerliebst,
		mein Herzallerliebst?
206	____	Auf Berg und im Tale dir laufe ich nach,
213	____	ich möchte dich sehen und möcht' dich berührn,
215	____	und möcht'dich berührn,
227	____	und möcht' dich berührn.

„Freude, wo bist du zu Haus?", Slowenisches Volkslied

Du mein´ liebe Freude, wo bist du zu Haus?

„Was du dir diesmal geleistet hast, liebe Sarah, wird nicht ohne Konsequenzen bleiben. Ich denke, das ist dir klar." Chefredakteur Matthias Hüttinger lehnte sich auf seinem schweren Drehstuhl zurück und verschränkte die Arme vor der Brust, während er sein Gegenüber erzürnt musterte.

„Ja, aber es war nicht meine Schuld", versuchte Sarah Brunner (Lesern der „Allgemeines Österreich" als Sarah Kraft bekannt) ihren Vorgesetzten zu beruhigen. „Ich habe doch versucht, an Edward Norton ran zu kommen und deswegen die Zeit übersehen. Ich meine Edward Norton! So eine Gelegen..."

„Edward Norton fällt nicht in deinen Aufgabenbereich."

„Ach, komm schon, Matthias, ich wusste nicht, dass der österreichische Bundeskanzler interessanter für unsere Leser ist als Ed..."

„Ich kann mich nur sehr über dich wundern. Wir sind doch nicht die K.-Zeitung, oder?" Er schüttelte unwillig den Kopf. „Hätte mir echt denken können, dass du noch nicht für die große Story bereit bist!"

„Doch, bin ich! Wirklich!"

„Man lässt den Bundeskanzler nicht warten! Oder besser gesagt, man versetzt ihn nicht!"

„Du tust so, als wäre er Barak Obama!"

„Natürlich! Er mag zwar nicht der mächtigste Mann der Welt sein, aber immerhin fühlt er sich so."

„Pah!" Sarah betrachtete angelegentlich ihre schön manikürten Fingernägel. Besonders stolz war sie auf die Swarovski-Steine, die auf den Nägeln glitzerten.

„Auf alle Fälle habe ich eine Story für dich, bei der kannst du nicht allzu viel falsch machen."

„Na toll!"

„Du fährst nach Kärnten zu einem Bio-Bauern."

„Nach Kärnten?"

Hüttinger nickte entschieden.

„Zu einem Bio-Bauern?"

„Bravo, du hast die Challenge verstanden."

„Das kann doch nicht dein Ernst sein! Bei der Thematik fang ich an zu gähnen! Siehst du?"

Demonstrativ gähnte sie.

Hüttinger ignorierte sie und reichte ihr die Adresse über den Tisch.

„Du fährst hin, machst ein Interview, schreibst einen netten Bericht und

wenn du zurückkommst, habe ich vielleicht etwas Anspruchsvolleres für dich."
Sie starrte ihn ungläubig an.
„Verhaue es nicht", riet er ihr und erwiderte ihren Blick.
„Dürfte nicht allzu schwer sein", grummelte sie. „Ich meine, so ein Bauer hat doch ein einfaches Gemüt. Ich hoffe, er versteht meine Fragen."
„Kann mir kaum vorstellen, dass du allzu schwierige Fragen zusammenkriegst."
„Bist aber wieder nett."
„Jedem, was er verdient. Und nun raus hier, ich hab noch Wichtigeres zu tun."
Sarah erhob sich und steckte die Adresse in ihre Jeanstasche.
„Wann soll ich fahren?"
„Am besten sofort."
„Na super."
„Byeiii!"

Bevor Sarah die Redaktion verließ, hatte sie eine Praktikantin damit beauftragt, bei besagtem Bauern anzurufen und sie anzukündigen. Erst als sie ein Okay erhalten hatte, packte sie ein paar Sachen in einen Koffer, warf diesen in den Kofferraum ihres Minis und machte sich auf den Weg nach Kärnten.

Es war früher Nachmittag, als sie in Villach von der Autobahn abfuhr und sich auf die B 98 in Richtung Arriach in den Verkehr einordnete. Die Strecke zog sich in die Länge und als Sarah das Ortsschild „Äußere Einöde" passierte, kamen ihr die ersten Zweifel, noch auf dem richtigen Weg zu sein. Ihr Navi allerdings deutete unbeirrt die gleiche Richtung an – aber es wäre nicht das erste Mal, dass es sich irrte. Um sicher zu gehen, wendete sie den Wagen und fuhr ein paar Kilometer zurück nach Treffen am Ossiachersee. Gegenüber vom Hotel Kichler-Wirt parkte sie und stieg aus. Es war ziemlich wenig los hier, stellte sie fest und blickte sich um. Das Schild einer ortsansässigen Zeitung sprang ihr ins Auge und sie las: „Villacher-Land-Aktuell". Wahrscheinlich handelte es sich hierbei um ein kleines regionales Blatt, das mehr Anzeigen als anspruchsvollen Journalismus für seine Leser bereithielt. Sie konnte sich den pausbackigen, rotwangigen Chefredakteur geradezu bildlich vorstellen, wie er hinter einem mit Papierstapeln übersäten Schreibtisch thronte und einen Schweinebraten mampfte.

Sarah verdrehte die Augen. Es konnte ja nicht schaden, sich den Kollegen vorzustellen und vielleicht bei dieser Gelegenheit ein wenig mehr über den Bauern und den richtigen Weg zu diesem zu erfahren. Sie reckte das Kinn ein wenig in die Höhe – schließlich schrieb sie für eine ziemlich bekannte Großstadtzeitung – öffnete die Tür und trat ein.
Obwohl hier auf dem Land, strömte doch dieser spezielle Redaktionsgeruch auf sie ein: Jene leise knisternde Spannung lag in der Luft, die sie hier unter keinen Umständen erwartet hatte. Nun gut, vielleicht hielten ja hier sogar schnöde Anzeigen die Redaktion in Atem ...
Gleich neben dem Eingang stand so etwas wie ein Empfangstisch, der jedoch nicht besetzt war – was Sarah nicht wirklich überraschte. Die Tür zu einem angrenzenden Büro stand offen und Sarah steuerte darauf zu. Die nächste Überraschung erwartete sie, als sie in den Raum spähte und hinter einem Schreibtisch (der sehr aufgeräumt wirkte) einen Mann - man könnte ihn durchaus als stattlich bezeichnen - sitzen sah, der auf einen Computerbildschirm starrte und in rasender Geschwindigkeit einen Text tippte. Er schien in seine Arbeit derart versunken zu sein, dass er ihre Anwesenheit nicht bemerkt hatte. Sarah räusperte sich und klopfte an den Türrahmen. Er tippte den Satz zu Ende und blickte auf. Ein Lächeln teilte seine Lippen, als er aufstand und auf sie zu kam.
„Grüß Gott", sagte er mit tiefer, freundlicher Stimme und reichte ihr die Hand. Meine Güte, er war mindestens dreißig Zentimeter größer als sie!
„Hallo", erwiderte sie und um sich ihre Überraschung nicht anmerken zu lassen, setzte sie wieder ihren hochnäsigen Gesichtsausdruck auf und meinte arrogant: „Ich suche den Chefredakteur, wenn es hier so etwas überhaupt gibt."
Das Lächeln verschwand und er deutete mit einer Hand auf einen Stuhl, der seinem Schreibtisch gegenüberstand.
„Das bin ich. Was kann ich für Sie tun?"
Sarah ließ sich in den Sessel sinken und seufzte.
„Wunderbar. Ich bin Redakteurin beim ‚Allgemeines Österreich' und muss für einen Artikel in einem dieser Kaffs hier einen Bio-Bauern interviewen."
Er setzte sich hinter seinen Schreibtisch, verschränkte die Arme und lehnte sich abwartend zurück.
„Und?"
„Nicht dass Sie denken, dass ich mich normalerweise mit derart zweitklassigen Themen befasse – ich mache einem meiner Kollegen einen Gefallen."

Er lüpfte eine Augenbraue, während er sie distanziert betrachtete.
„Und was habe ich damit zu tun?"
„Erstens habe ich mir gedacht, es kann nicht schaden, wenn ich mich mal vorstelle, schließlich sind wir ja trotzdem so etwas wie Kollegen. Zweitens ..."
„Trotz was?"
„Wie?"
„Trotz was sind wir Kollegen?"
„Nun ja, trotzdem, dass sie für ein kleines Anzeigenblatt arbeiten und man das ja nicht wirklich als Journalismus bezeichnen kann. Das meinte ich. Ich meine, wenn Sie bei der New York Times wären, würde die Sache ganz eindeutig sein, aber so ... ach, wo war ich? Vielleicht brauchen sie ja mal einen journalistischen Rat, Sie können mich gerne fragen, wenn Ihnen etwas unklar ist. Satzformulierungen und so ..."
„Sehr nett."
„Aber ich wollte ja eigentlich sagen, dass ich diesen Bauern irgendwie nicht finde. Es kann doch nicht sein, dass nach der ‚Äußeren Einöde' die Welt weitergeht? Ich meine, wir leben ja nicht mehr im Mittelalter, ich weiß, dass ich dahinter nicht von der Erdscheibe fallen werde, aber ich frage mich: Lebt da noch etwas? Ich will mich da echt nicht verfahren, es könnte ja sein, dass sich das Navi irrt und dann stehe ich irgendwo auf einem Waldweg und kann nicht mehr wenden. Die ganze Natur und nur mehr ich. Macht mir echt Angst."
„Kann ich mir vorstellen."
„Sehr schön, Ihr Einfühlungsvermögen, eine durchaus wichtige journalistische Fähigkeit. Weiß zwar nicht, wozu Sie das brauchen, bei dem Job, den Sie hier machen, aber mir hilft's."
„Also, um ehrlich zu sein, manchmal habe ich damit schon Probleme, verstehen Sie?" Er kratzte sich betont einfältig am Kinn. „Ich meine, wenn wieder so eine Anzeige aufgegeben wird für einen Abend mit den ‚Gebiertigen Viellachern'."
Sarah blickte ihn ein wenig mitleidig an und bemerkte nicht, dass er begonnen hatte, sie aufs Korn zu nehmen. „Gebiertige Viellacher?"
„Das ist so eine Musikgruppe hier."
„Verstehe. Na ja, nehmen Sie's nicht zu schwer. Was will man hier denn auch erwarten?"
„In Ihrem Fall wohl nicht viel."
Nun begann er mit den Fingern auf die Tischplatte zu trommeln.
„Meine werte Kollegin, also bitte, kommen wir zum Punkt. Wohin müssen Sie?"

„Dieser Mann heißt Salcher. Der Hof origineller Weise ‚Salcherer-Hof'. Schon davon gehört?"
„Ja, ist mir ein Begriff. Wissen die dort, dass Sie kommen?"
„Hoffentlich! Meine Praktikantin hat mich angekündigt. Allerdings weiß man ja nie genau, ob die einen verstehen. Ich meine, so ein Bauer ist doch eher einfach gestrickt, oder? Dem wird so eine Konversation mit einem Stadtmenschen ziemlich schwer fallen."
„Durchaus möglich. Die Bauern hier kommen ja kaum weg von den Weiden."
Seine grünen Augen verengten sich zu schmalen Schlitzen, während er sich wieder zurücklehnte und sie musterte.
„Wahrscheinlich hat er den Hauptschulabschluss mit Mühe geschafft."
„Gut möglich. Sie können nur froh sein, dass er einen Telefonanschluss hat!"
„Das bin ich wirklich, das können Sie mir glauben! Ich meine, es beruhigt, wenn man mitten in der Nacht aufwacht und man weiß, man kann zur Außenwelt Kontakt aufnehmen. Bin überzeugt, ein Handynetz oder so gibt's hier sicher nicht ... Da ist es wirklich sehr, sehr, sehr ... tröstlich, wenn man zumindest auf ein Festn... "
„Sie wollen dort übernachten?"
„Hab ich mir so gedacht. Warum nicht?"
„Nur so, war nur eine Frage. Sie legen also keinen Wert auf fließendes Wasser - und ein Plumpsklo bringt sie auch nicht aus der Fassung?"
„Wie, Plumpsklo?"
„Naja, Sie wissen schon ..."
„Die haben kein WC?"
„Bin mir nicht sicher."
„Strom?"
„Doch, das schon. Würde dafür aber nicht die Hand ins Feuer legen."
Entsetzt starrte sie ihr Gegenüber an, dessen Miene keine Gefühlsregung verriet.
„Nun vielleicht sollte ich mir doch ein Hotel hier in der Nähe suchen."
„Wäre vielleicht nicht die dümmste Idee."
„Gut, zuerst werde ich aber mal zu dem Hof fahren. Wenn Sie so freundlich wären, mir den Weg zu skizzieren?"
„Gerne." Er nahm einen Zettel von einem Block und zeichnete ihr die Route auf.
„Wollen Sie sofort hinfahren?"
„Natürlich! Je eher ich die Sache hinter mir habe, desto schneller kann ich diesem Ende der Welt den Rücken zukehren. Warum fragen Sie?"

„Soweit ich weiß, kommt der Bauer erst am Abend auf den Hof."
„Und wenn schon, ich werde ihn schon finden. Kann ja nicht weit sein, oder?"
Der Chefredakteur der ‚Villach-Land-Aktuell' zuckte mit den Achseln und reichte ihr die Skizze.
„Viel Glück", sagte er.
„Danke!"
Sie erhob sich, legte ihre Visitenkarte auf seinen Tisch und stolzierte Richtung Tür.
„Und, wie gesagt", meinte sie und blickte über die Schulter zurück, „Sie können mich jederzeit kontaktieren, sollten Sie Rat brauchen."
Damit schwebte sie aus dem Raum und er biss leicht wütend die Zähne zusammen. Der Tussi würde er es schon noch zeigen.

Dank der genauen Skizze des Chefredakteurs fuhr Sarah bereits 20 Minuten später auf den „Salcherer-Hof". Bis auf das Muhen vereinzelter Kühe war es still. Sarah stieg aus und blickte sich um. Der Salcherer-Hof war groß und U-förmig angelegt. Rechter Hand befand sich das Bauernhaus und linker Hand ging es zu den Stallungen, verbunden wurde das Ganze durch ein Wirtschaftsgebäude, in dessen Mitte ein Durchgang auf die Wiesen dahinter führte. Mehrere Autos mit ausländischen Kennzeichen parkten im Hof und Sarah wunderte sich darüber, was deren Besitzer hier zu suchen hatten. Ein Streichen an ihren Füßen ließ sie nach unten blicken und sie entdeckte eine kleine Katze, die sich an sie schmiegte.
„Bist du aber süß!", stellte Sarah fest, bückte sich, wobei sie darauf achtete, dass ihr Rock nicht über die Knie rutschte, und hob das schnurrende Kätzchen auf den Arm.
„Weißt du, wo ich den Bauern finde?"
Sie wandte sich zur Eingangstür des Bauernhauses, die von bunten Blumen in schweren Terracottatöpfen eingerahmt eine wahre Augenweide war. Das Holz der Tür war dunkel und schwer und schien schon sehr alt zu sein. Entschlossen ging sie darauf zu und klopfte, dabei rief sie laut „Halloooo!"
Nicht lange und die Tür öffnete sich. Eine Frau in den mittleren Jahren stand vor ihr und blickte sie fragend an.
„Was kånn i für Sie tan?"
„Hallo, ich bin Sarah Kraft von der ‚Allgemeines Österreich'. Ich soll ein Interview mit Herrn Salcher führen. Eine meiner Assistentinnen hat mich bereits angekündigt."

„I nimm an, Sie sprechen von meim Sohn?"
„Michael Salcher. Vielleicht Ihr Mann?"
„Mei Sohn. Er is gråd nit da."
„Das hat der Heini vom hiesigen Blatt auch angenommen. Egal, wo finde ich ihn?"
„Der Heini?"
„Der Chefredakteur von, na, wie heißt denn nochmal die Regionalzeitung von hier?"
„Viellacher-Land-Aktuell."
„Genau."
„Sie warn entn?"
Die Frau blickte sie an, als hätte sie den Verstand verloren.
„Warum nicht? Wie gesagt, ich bin hier, um Ihren Sohn zu interviewen. Das heißt Fragen zu stellen und darüber einen Artikel für die Zeitung zu schreiben. Sie verstehen, was ich meine?"
„Ja", meinte Frau Salcher vorsichtig, „Aber er kimmt erst am Abend. Sie sollten ihn anrufen und einen Termin måchn."
„Ich könnte aber auch einfach hier auf ihn warten. Wo kann ich übernachten?"
„Tuat ma leid, hier gibt es keine Möglichkeit. Mia san ausgebucht."
„Ausgebucht?"
„Feriengäste."
„Hier?"
Sarah blickte sich entgeistert um. Deswegen also die Autos. Aber wer, bitteschön, machte hier freiwillig Urlaub?
„Ja. Urlaub auf dem Bauernhof is sehr beliebt. Des wissn se sogar in Teilen Wiens."
„Oh, nun ja, jeder, wie er will. Dann werde ich mir mal ein Hotel in der Nähe suchen."
„Tuans des! Ah und rufen Se an, bevor Se das nächste Mal keman."
„Ja, klar."
Sarah setzte die Katze vorsichtig auf den Boden und wandte sich zu ihrem Auto um.
„Wiedersehen!", rief ihr Frau Salcher hinterher und Sarah winkte mit einer Hand zurück.

Im Hotel Kichler-Wirt gab es noch freie Zimmer und Sarah stellte ein wenig erschöpft ihre Reisetasche in einem davon ab. Irgendwie war der Tag bisher nicht gelaufen, wie sie es sich vorgestellt hatte. Jetzt würde sie zuerst aber mal etwas essen gehen. Sie setzte sich in den Gastgarten

und bestellte bei einem leicht merkwürdigen Kellner. Dann blickte sie auf die andere Straßenseite in Richtung der „Villacher-Land-Aktuell"-Redaktion. Weit war sie ja nicht gekommen.
Gegen 17.00 Uhr sah sie den Chefredakteur die Tür abschließen und mit dem Auto davonfahren. Er hatte sie nicht gesehen und sie machte keine Anstalten, sich bemerkbar zu machen.

Um 19.00 Uhr war sie wieder in ihrem Zimmer und griff zum Telefon, um den Bio-Bauern anzurufen. Eine Frau hob ab und Sarah erkannte an der Stimme, dass es sich um die Mutter des „Königs vom Salcherer-Hof", wie sie ihn mittlerweile heimlich nannte, handelte. Sarah stellte sich vor.
„Ach ja, i hol ihn. Kånn aber ein paar Minuten dauern. Er is grad beim Melken."
„Ich warte."
Sarah setzte sich aufs Bett und begann, mit dem Fuß zu wippen. Sie hörte die Frau weggehen, Türen schlagen, Stimmen, die irgendwo im Hintergrund sprachen, eine laute Maschine, die wohl in den Hof gefahren wurde, etwas auf den Boden fallen. Sie hörte wieder Schritte, Kinderlachen, eine Katze miauen und sie wartete geschlagene 20 Minuten. Dann endlich näherten sich schwere Schritte dem Telefon.
„Ja?" Die Stimme klang wirklich unterbelichtet und Sarah verdrehte die Augen.
„Hallo, hier spricht Sarah Kraft von der ‚Allgemeines Österreich'. Meine Assistentin hat Sie bereits angerufen und darüber informiert, dass ich kommen werde."
„Wås? Wer?"
„Meine Assistentin. Ich soll Sie interviewen. Das heißt, ich stelle ein paar Fragen und Sie antworten. Dann schreibe ich darüber einen Artikel und danach wird es in der Zeitung gedruckt."
„Wie? Eine Zeitung? Aber worüber wolln se denn schreiben?"
„Ja, ich soll über die Arbeit auf einem Bio-Bauernhof schreiben. Das hat meine Assistentin Ihnen aber bereits erklärt!"
„Kånn mi nit erinnern."
Sarah seufzte. Ungefähr so hatte sie es sich vorgestellt.
„Ich bitte Sie, ich bin den weiten Weg von Wien gekommen, um mit Ihnen zu sprechen und Ihnen bei der Arbeit kurz über die Schulter zu schauen. Es dauert nicht lange. Wann haben Sie Zeit?"
Kurz war es am anderen Ende der Leitung still.
„Na ja, wenn Se extra aus Wien keman seint …"

„Ja, nur um mit Ihnen zu sprechen. Also, darf ich vorbeikommen?"
„Äh, na guat. Morgen."
„Wunderbar! Wann?"
„6.30 Uhr."
„Am Abend?"
„Na, in da Frua. Da bin i im Stall."
Sarah holte tief Luft.
„Um 6.30 Uhr in der Früh? Sie meinen am Morgen?"
„Ja, da kinan mia reden. I muass mi nur nebenbei um die Kiah kimmern."
„Haben Sie noch einen anderen Termin frei?"
Sie konnte fast durch den Hörer hören, wie sich seine Gehirnrädchen drehten. Meine Güte, schlimmer hatte es wohl kaum kommen können!
„Ja."
„Wann?"
„Übermorgen."
„Sehr schön. Zu welcher Uhrzeit?"
„6.30 Uhr."
„Sie wollen mich wohl verarschen?"
„A naaa, sonst håb i keine Zeit fia so a Gesprächdings. Also, wenn Se reden wolln, miassn Se lei um die Uhrzeit keman."
„Gut, dann bringen wir es morgen hinter uns. Ich werde um 6.30 Uhr im Stall sein."
„Pfiardi", sagte er und legte auf.
Fassungslos starrte Sarah auf den Hörer. Das konnte ja heiter werden!

Ach sag´mir´s, wo wohnst du, mein Herzallerliebst?

Es war viel zu früh, um aufzustehen, aber immerhin wollte Sarah zurück nach Wien und der Bauer schien nicht sehr kooperativ zu sein. Als wäre der König vom Salcherer-Hof so begehrt, dass er nur in Herrgottsfrüh eine Audienz gewähren konnte! Der Mann hatte wirklich einen Verstand wie ein Schmalspurochse. Mit Gedanken dieser Art hielt sie sich wach, während sie die einsame Strecke in Richtung Arriach entlangfuhr. Gähnend erreichte sie den Hof, stellte den Wagen ab und ging zu den Stallungen. Licht fiel aus dem Inneren und bildete ein leuchtendes Rechteck auf dem Boden vor der geöffneten Tür. Der Hof strahlte betriebsame Ruhe aus.

„Hallo?", rief Sarah und trat in den Stall, der nach Dung und Heu roch.
Einige Meter entfernt stand ein Mann neben einer Kuh und untersuchte gebückt ihr Euter. Beim Klang ihrer Stimme richtete er sich auf und drehte sich um. Überrascht erkannte sie den Chefredakteur der „Villacher-Land".
„Was machen denn Sie hier?", fragte Sarah überrascht.
„Ich warte auf den Bauern", entgegnete er. „Was Sie hier machen, kann ich mir ja denken."
„Ja, er hat gesagt, ich könnte ihn um diese Zeit hier antreffen."
„Er wird sicherlich gleich kommen."
Er beugte sich wieder zu der Kuh und fingerte an dem Melkzeug herum.
„Dürfen Sie das?"
„Sicher. Ich helfe ihm immer mal wieder."
Sarah verzog das Gesicht, kehrte zum Eingang zurück und blickte in den Hof.
„Hier stinkt's nach Stall", stellte sie fest und rümpfte angewidert die Nase.
„Was Sie nicht sagen."
Eine Weile schwiegen sie.
„Darf ich mich aus journalistischer Neugierde heraus erkundigen, welche Fragen Sie dem Bauern stellen wollen?"
Sarah kehrte zu ihm zurück.
„Selbstverständlich. Also zuerst möchte ich wissen, wie viele Kühe er hat."
„Aha."
„Und wie lange er dafür braucht, sie zu melken."
„Das interessiert Ihre Leser?"
„Pah, keine Ahnung, was die überhaupt an dem Thema interessieren könnte!", stöhnte sie und gähnte. „Ist das alles öd!"
„Und weiter?"
„Dann hab ich mir gedacht, ich frag ihn, ob er eine spezielle Lieblingsfarbe bei den Kühen hat."
„Lieblingsfarbe?" Er richtete sich auf und ging zur nächsten Kuh, der er zart aufs Hinterteil klopfte.
„Schon mal aufgefallen, dass Kühe unterschiedliche Farben haben? Schwarz, braun usw."
„Mir schon, bin überrascht, dass Sie es bereits entdeckt haben."
„Sie denken wohl, nur weil ich in der Großstadt lebe, habe ich vom Landleben keine Ahnung?"

„Den Eindruck haben Sie mir vermittelt."
„Da irren Sie sich aber gewaltig!"
Sarah ging wieder zur Tür und blickte über den Hof, der in graues Dämmerlicht gehüllt war. Ein leicht rötlicher Schimmer hatte sich auf einen der gegenüberliegenden Berggipfel gelegt, der in großer Entfernung hinter dem Hof aufragte.
„Wann kommt er denn endlich?"
„Und welche hochkarätigen Fragen haben Sie sich noch ausgedacht?"
„Ob er schon mal bei einer Sendung wie ‚Bauer sucht Frau' mitgemacht hat."
Nun starrte er sie ungläubig an. Eine Haarsträhne war ihm ins Gesicht gefallen, die er nun mit einer Hand nach hinten schob.
„Nicht Ihr Ernst!"
„Doch, warum nicht? Wie soll denn so einer sonst eine Frau finden?"
Er zuckte mit den Achseln.
„Das stellt allerdings wirklich ein Problem dar. Mit der Schulausbildung und den Sprachproblemen die er hat, vom Stottern ganz zu schweigen … Der findet keine."
„Er stottert? Ist mir am Telefon gar nicht aufgefallen."
„Wahrscheinlich hat er nicht viel gesagt."
Sarah überlegte kurz.
„Hat er nicht."
„Aber das Stottern fällt nicht so auf wie sein Hinken."
„Er hinkt auch noch?"
„Natürlich, oder wieso denken Sie sonst, braucht er für das bisschen Arbeit hier auf dem Hof den ganzen Tag! Ein gesunder Mann hat das im Handumdrehen gemacht. Aber Michael braucht halt leider für alles um Einiges länger."
Mittlerweile war der Chefredakteur bei der nächsten Kuh angelangt.
„Meine Güte!", entfuhr es ihr, „Da hilft dann nicht mal Bauer sucht Frau."
„Sie sagen es. Aber nun weiter, welche Fragen möchten Sie ihm noch stellen?"
„Welche Tiere er sonst noch hat."
Nun hielt er in der Arbeit inne, richtete sich zu seiner kompletten Größe auf und betrachtete sie belustigt.
„Ich glaube, Sie schreiben eigentlich für die Spatzenpost?"
Sarah verschränkte empört die Arme.
„Wieso?"
„Nun ja, Ihre Fragen haben, gestatten Sie mir die Offenheit, Kinder-

gartenniveau. Hätte mir nie gedacht, dass ich der Großstadtreporterin mal einen kleinen Rat geben darf. Der da, im Übrigen, lautet: Stellen Sie andere Fragen!"
„Wie können Sie es wagen!", schnaubte Sarah wütend. „Sie kleiner Vorortjournalist!"
Sie reckte ihr Kinn in die Höhe und funkelte ihn herausfordernd an.
„Wenn Sie schon so klug sind, welche Fragen würden Sie denn stellen? Da bin ich jetzt aber seeehr neugierig!"
Gelassen ging er weiter zur nächsten Kuh.
„Meine Wenigkeit würde Fragen stellen wie: In Deutschland gibt es immer weniger Bio-Bauern, die ihr Überleben allein durch die Landwirtschaft sicherstellen können. Kann man diesen Trend auch in Österreich beobachten?"
Sarah starrte ihn an. „Die Frage versteht er ja nicht einmal."
Unbeirrt fuhr er fort: „Oder: Was bedeutet Land Grabbing? Wie wirkt es sich auf die österreichischen Bauern aus? Oder: Wie, denken Sie, würde sich das Freihandelsabkommen TTIP mit den USA auf die europäische Landwirtschaft auswirken und im Besonderen auf Österreich?"
„Hören Sie sofort auf!"
„Oder: Sollte ein Bio-Bauer seine Tiere zum Schlachter transportieren lassen? Wie stehen Sie dazu?"
„Das ist doch nicht zu fassen! Wofür halten Sie sich? Mr. Oberklug?"
„Oder: Die heutige Landwirtschaft unterliegt einem stetigen Wandel. Was hat sich in den letzten 20 Jahren verändert?"
„Jetzt seien Sie doch endlich still! Ich gehe jetzt und suche den Bauern höchstpersönlich!"
Schnaubend stapfte sie aus dem Stall, über den Hof und klopfte rücksichtslos gegen die Tür des Bauernhauses.
Frau Salcher öffnete.
„Er is im Stall", sagte sie freundlich.
„Nein, ist er nicht. Dort ist nur dieser schreckliche Mensch von der Zeitung. Ihren Sohn habe ich nirgendwo gesehen."
Frau Salcher blickte Sarah an, als wäre diese geistesgestört.
„Natürlih is er dort und wenn Se den Chefredakteur vom ‚Villacher-Land' meinen, redn ma von ein und derselben Person."
Verwirrt fixierte Sarah ihr Gegenüber.
„Das kann doch wohl nicht wahr sein ..."
Kurz stand sie regungslos da und starrte die Bäuerin an, dann fühlte sie noch mehr Wut in sich aufsteigen. „Na, warte, der kann was erleben!"
Sie machte mit den Fingern eine Bewegung, die wirkte, als würde sie

ihre Krallen ausfahren. Abrupt machte sie auf dem Absatz kehrt und eilte zornbebend zum Stall zurück.

Michael Salcher war nirgendwo zu sehen.

„Wo sind Sie? Warten Sie nur, wenn ich Sie finde!", kreischte sie. Die Kühe blickten mit großen Augen in ihre Richtung.

Am Ende des Stalles führte eine Tür in einen angrenzenden Raum, aus dem ohrenbetäubender Maschinenlärm zu hören war. Entschlossen ging sie darauf zu. Er stand neben einem riesigen Milchbehälter und kontrollierte eine Anzeige.

Sie rempelte ihn von hinten unsanft an und er drehte sich um.

„Das werden Sie mir büßen!", fauchte sie. „Mich so zu verarschen!"

„Oh, wie ich sehe, haben Sie ein wenig recherchiert. Kann nie schaden, bevor man ein Interview führt."

Sie sprachen beide lauter, um den Lärm zu übertönen.

„Ich werde jetzt fahren!"

Eilig wandte sie sich um und hastete durch den Stall. Diese ganze Reportage war ein einziges Desaster! Und wenn sie ihren Job verlor – es würden sie hier keine zehn Kühe länger halten. Plötzlich legte sich eine Hand auf ihre Schulter und hielt sie zurück.

„Nun sind wir quitt", sagte er, doch sie stieß ihn fort und würdigte ihn keines weiteren Blickes.

„Oh nein, da irren Sie sich. Das sind wir noch lange nicht!"

Mit diesen Worten verließ sie den Stall, setzte sich in ihr Auto, knallte die Tür zu und fuhr mit aufheulendem Motor vom Hof.

Kurz vor halb acht Uhr war Sarah bereits wieder im Hotel und beschloss, sich mit einem ausgedehnten Frühstück zu beruhigen. Sie war noch immer wütend und fest entschlossen, ihren Chef davon zu überzeugen, diese Reportage auf sich beruhen zu lassen. Am Frühstücksbuffet schaufelte sie sich Unmengen an Essen auf zwei Teller – obwohl sie genau wusste, dass sie nur einen Bruchteil davon essen würde (natürlich wegen der Linie – die Freude am Essen hatte sie sich schon vor einigen Jahren abgewöhnt). Auf dem Weg zu ihrem Tisch entdeckte sie diverse Tageszeitungen ausliegen, darunter – wie könnte es auch anders sein – die VLA.

„Vlaaaaa", murmelte sie angewidert, griff aber dennoch mit spitzen Fingern danach.

„Antibiotikaresistente Keime in sechs von sieben Hühnerfleischproben", titelte das Blatt. Als Aufmacher blickten den Leser abgemagerte, apathische Hühner aus Massentierhaltung an.

Sarah ließ sich auf ihren Stuhl sinken. Nach einem Anzeigenjournal sah das nun allerdings nicht aus. Natürlich hatte den Leitartikel der Chefredakteur höchstpersönlich geschrieben und während sie durchblätterte, entdeckte sie, dass anscheinend mehrere Redakteure für die Zeitung arbeiteten. „Fairtrade-Siegel für Arbeitsbedingungen auch innerhalb der EU?", stand auf Seite zwei und Sarah las über die immer schlechter werdenden Arbeitsbedingungen innerhalb der EU, insbesondere für Erntehelfer in Spanien und Deutschland. Laut der Quelle lebten sie wie Sklaven ohne jegliche Rechte und der Autor forderte, dass ein Fairtrade Label auch auf inländischen Produkten den Käufer über die sozialen Hintergründe informieren sollte. Sarah blätterte wieder auf die Titelseite und las den Bericht über Massentierhaltung, den Einsatz von Antibiotika und deren Auswirkungen auf die Gesundheit des Menschen. So erfuhr sie, dass in der Humanmedizin in Österreich jährlich 45 Tonnen und in der Veterinärmedizin 60 Tonnen Antibiotika eingesetzt würden. Ein Arzt wurde zitiert, der berichtete, dass in Krankenhäusern Resistenzen nicht behandelt werden könnten, dass Landwirte oft genau diese Resistenzen aufwiesen und man dadurch unter anderem schon an einer Lungenentzündung sterben könnte. Enorme Kosten für das Krankensystem entstünden dadurch, dass die Patienten isoliert behandelt werden müssten und das Pflegepersonal gezwungen sei, die Kleidung nach jedem Kontakt zu wechseln, usw. Als Ausweg führte Salcher die Rückkehr zur regionalen, kleinen Bio-Landwirtschaft an, bei der die Besatzdichte der gehaltenen Tiere und die Haltung artgerecht wäre. Auch erläuterte er, dass der Bio-Bauer Antibiotika erst einsetzte, wenn alle anderen Maßnahmen, z.B. pflanzliche Heilverfahren, nicht wirkten. Zum Schluss appellierte er an den Leser, den Fleischkonsum einzuschränken und dafür qualitativ hochwertiges Fleisch zu kaufen, dessen Herkunft geklärt ist.
„Puh", machte Sarah und lehnte sich zurück, dann griff sie nach einer Semmel, schnitt sie entzwei und bestrich sie. „Meine Güte, wer soll so etwas lesen?"
Kauend legte sie die VLA beiseite und angelte sich die Allgemeines Österreich. Auch hier der Titel „Skandal: Antibiotika in Hühnerfleisch!" Sarah las auch diesen Artikel und war überrascht, dass er bei weitem nicht das Niveau hatte, sowie fundiertes Hintergrundwissen vermittelte, wie der Artikel in der VLA.
„Immerhin werden wir österreichweit gelesen", sagte sie zu sich selbst, legte auch diese Zeitung beiseite und konzentrierte sich auf das Essen. Es schmeckte so lecker und sie musste sich widerwillig eingestehen,

dass man die Nähe zum Bauern aus Wurst und Brot durchaus herausschmecken konnte – die Butter allerdings war ein wenig gewöhnungsbedürftig. Ein Glück, dass sie nicht hier wohnte, bei dem Essen würde sie aufgehen wie Germteig!

Nach dem Frühstück ging sie auf ihr Zimmer und wählte Hüttingers Nummer.
„Matthias", sagte sie, nachdem er sich gemeldet hatte, „ich komme heute zurück. Das bringt hier nichts."
„Heute schon die Schlagzeilen gelesen?", fragte ihr Chef ruhig.
„Ja."
„Dann weißt du ja, dass alle Blätter voll mit dem Hühnerfleisch-Skandal sind."
„Ja."
„Die K.-Zeitung betitelt es wie folgt ‚Hühnerfleischskandal – Werden wir nun alle sterben?'"
„Wie dramatisch. Hab ich heute noch nicht gesehen, dafür aber so ein Regionalblatt von hier."
„Was schreiben die?"
„‚Antibiotikaresistente Keime in sechs von sieben Hühnerfleischproben'."
„Ziemlich hochgestochen. Versteht das dort überhaupt wer?"
„Keine Ahnung."
„Wie dem auch sei, ich denke, du hast es kapiert."
„Was kapiert?"
„Dass du bleiben wirst. Ich werde in der Redaktionskonferenz einbringen, dass wir eine mehrteilige Reportage zum Thema Biolandbau machen werden. Genauer gesagt, du wirst sie machen, da du nun schon mal direkt vor Ort bist."
„Wie bitte?"
„Du wirst deinen Bauern für die nächsten zwei Wochen auf Schritt und Tritt verfolgen und aus ihm alle Informationen herausquetschen, die du kriegen kannst. In der Wochenendausgabe werden wir deine neuesten Erkenntnisse dann drucken. Verstanden?"
„Nein, hör mal, Matthias, das kann unmöglich dein Ernst sein! Ich werde das nicht machen!"
„Wirst du nicht?" Sogar durch das Telefon konnte sie seinen Unmut hören. „Nun, dann brauchst du gar nicht zurückkommen. Wird kein großer Verlust für unsere Zeitung sein."
„Was soll das heißen?" Sarah wurde blass und ließ sich aufs Bett fallen.

„Dass ich jemand anderen schicken und dich nicht weiter bei unserer Zeitung beschäftigen werde."
„Warte!" Sarah schluckte schwer. „Das kannst du doch nicht machen!"
„Und ob ich das kann! Es gibt eine Menge junger Redakteure die sich um so eine Story und deinen Job reißen würden."
„Aber, verstehst du nicht? Ich hasse diesen Ort!"
„Ist mir egal. Du kannst dich jetzt entscheiden. Ich muss weiter! Wie du weißt, beginnt das Meeting in wenigen Minuten."
Sarah schloss die Augen und dachte nach. War es die Abneigung gegen Salcher wert, dass sie ihren Job aufgab? Zwei Wochen ... was waren schon zwei Wochen? Sie würde diese überstehen und vielleicht fand sie ja irgendeine Möglichkeit, die ganze Sache zu umgehen.
„Gut. Ich mache es."
„Fein. Ich erwarte deinen ersten Bericht am Freitag."
Ohne einen Gruß legte er auf, sichtlich äußerst genervt von ihr. Wie es schien, hielt er also nicht wirklich viel von ihrer Arbeit, sonst wäre er nur ein klein wenig auf sie eingegangen. Sie erhob sich, warf ihr Handy in ihre Handtasche und verließ mit einer hoffnungsvollen Idee im Hinterkopf das Hotel.
Die Sonne schien bereits warm auf sie hernieder und sie überquerte die Straße, während sie tief einatmete. Das ganze Ambiente erinnerte sie an die wenigen Urlaube, die sie als Kind mit ihrer Familie in Kärnten gemacht hatte. Ach, wie gerne wäre sie noch einmal klein und geborgen! Doch nun war sie hier und musste die wehmütige Sehnsucht unterdrücken, denn gleich würde sie dem Mann gegenübertreten, den sie aus tiefstem Herzen verachtete. Wie er sie an der Nase herumgeführt und dann über sie gelacht hatte! Niemals würde sie das vergessen! Auch an den Gesichtsausdruck seiner Mutter, als diese mit ihr sprach, würde sie sich ihr Leben lang erinnern. Sie biss die Zähne zusammen und öffnete die Tür zur VLA-Redaktion. Das Erste, was sie hörte, als sie eintrat, war Lachen, das aus einem anderen Raum, als dem des Chefredakteurs, kam. Trotzdem ging sie zu Salchers Bürotür und klopfte. Niemand antwortete. So steuerte sie den Raum an, aus dem sie nach wie vor Stimmen hören konnte, klopfte und öffnete, ohne auf eine Antwort zu warten, die Tür.
Salcher, ein weiterer Mann und eine junge Frau drehten sich in ihre Richtung und blickten sie verwundert an.
„Entschuldigung", murmelte Sarah, „ich konnte niemanden finden."
„Schon gut, wir sind alle hier", meinte Salcher sachlich und zu seinen Mitarbeitern gewandt, „Darf ich vorstellen, das ist Sarah Kraft, eine

Kollegin aus Wien, sie schreibt für die AÖ."

„Hallo", sagten die beiden und lächelten.

„Ich dachte, Sie wären längst abgereist?", meinte nun Salcher wieder Sarah zugewandt.

„Nein", brachte Sarah zähneknirschend hervor. „Deswegen wollte ich kurz mit Ihnen sprechen."

Er musterte sie süffisant.

„Wir haben gerade Redaktionsmeeting – sind voraussichtlich in einer Stunde fertig. Wenn Sie so lange warten würden?"

Sarah errötete leicht und wich zurück.

„Natürlich. Ich komme später wieder."

Sie hasste es, wenn sie rot wurde! Unwirsch schloss sie die Tür hinter sich und floh geradezu aus der Redaktion ins Freie. Welch ein aufgeblasener Gockel!, dachte sie bei sich. Passte wirklich auf einen Bauernhof, dieser Widerling!

Was sollte sie nun tun? Sie beschloss, in ihr Zimmer zu gehen und die Zeit totzuschlagen. Sie hasste es, wenn sie warten musste! Sie hasste es, wie er sie weggeschickt hatte! Sie hasste es, wie ihr Chef mit ihr gesprochen hatte! Am liebsten hätte sie geschrien!

Sie warf sich aufs Bett und trommelte auf ihren Polster ein. Dann umklammerte sie ihn mit den Armen und biss hinein. Nun hätte sie am liebsten geweint. Mit Anfang dreißig lag sie nun hier auf einem Hotelbett, irgendwo im Nirgendwo und hatte soeben von der Welt vor Augen geführt bekommen, dass sie sich die unentbehrliche Position, die sie für ihre Umwelt schon längst innehaben wollte, noch nicht gesichert hatte. Aber irgendwann, irgendwann würde sie die gefeierte Journalistin Sarah Kraft sein, Preise und Auszeichnungen würden ihre Wohnung zieren und alle Welt würde Wert auf ihre Meinung legen. Sie würde Artikel für die Titelseite schreiben – vielleicht hätte sie sogar eine eigene Zeitung – Politiker würden sie einladen, um sich mit ihr gut zu stellen, Schauspieler würden sie bitten, über ihren neuen Film zu berichten, denn eine Zeile aus ihrer Feder entschied über den Erfolg bei den Massen. Sie hätte sehr viel Geld (mehr, als sie es ohnehin schon gewohnt war), ein schönes Haus, Dienstboten und … einen Mann. Vielleicht einen Mann. Der musste sie anbeten, sie als sein Zentrum sehen, sein Leben um sie planen und dann, dann würde sie niemals vergessen werden. Ach ja, ein Buch würde sie schreiben, einen in mehrere Sprachen übersetzten Bestseller über wer weiß was – sie hatte noch keine Idee – aber alle würden es lesen. Alle würden es lieben – auf der ganzen Welt würde man sie kennen. Eine Autobiografie vielleicht, über ihr Leben, das wäre doch ein Thema. Noch war es allerdings nicht so weit. Noch lag sie hier, auf einem Hotelbett und wartete, dass dieser unwichtige Mensch, dieser Bauer, Zeit für sie hatte. Zeit. Für sie! Sie musste nur daran denken, um erneut den Kochtopf in ihrem Inneren zum Brodeln zu bringen. Als ihr Handy plötzlich klingelte, zuckte sie erschrocken zusammen. Sie blickte auf das Display, erkannte aber die Nummer nicht.

„Kraft?"

„Ich hätte jetzt kurz Zeit." Sie erkannte seine Stimme sofort.

„Woher haben Sie diese ..."

„Stand auf Ihrer Visitenkarte. Sie haben Sie mir dagelassen, damit ich Sie anrufen kann, sollte ich einen journalistischen Rat benötigen."

„Ach ..." Sarah schloss die Augen. Es war alles so peinlich!

„Also, was ist? Kommen Sie jetzt?"

„Ja. Ich beende nur noch schnell meinen Artikel, dann mache ich mich auf den Weg. Kann noch ein paar Minuten dauern."

„Zu welchem Thema?", fragte er interessiert.

„Was?"

„Der Artikel, an dem Sie schreiben."

Sarah biss sich auf die Unterlippe, während sie fieberhaft über ein Thema nachdachte.

„Die Spatzenpost", erwiderte sie schließlich und legte auf.

Dann trat sie vor den Spiegel und musterte sich eingehend. Sie sah ein wenig aus wie ein aufgescheuchtes Huhn. Sie fand ohnehin, dass sie ohne Make-up nicht viel hermachte, aber heute schien nicht mal das Make-up zu helfen. Ihre Schlupflieder schienen besonders schwer auf die Augen zu drücken – ein Erbe ihres Vaters – und dieser elende Mitesser am Kinn schien geradezu rot zu blinken. Sie fuhr mit dem Abdeckstift darüber, aber er ließ sich nicht komplett verdecken. Kein Wunder, dass Salcher keinen Respekt vor ihr hatte! So, wie sie daherkam! Mutlos schlüpfte sie in ihre hochhackigen Schuhe, strich den Rock glatt und machte sich auf den Weg zu ihrem Feind, dem König vom Salcherer-Hof.

Natürlich saß er wieder vor dem Bildschirm und bearbeitete die Tastatur, als sie eintrat. Er blickte auf, deutete auf einen Stuhl und beendete die Zeile.

„Also?", fragte er schließlich, faltete die Hände und lehnte sich zurück.

„Ich hätte nicht gedacht, Sie so bald wiederzusehen."

Sarah versuchte ein entspanntes Lächeln, was angesichts ihrer verkrampften Gesichtsmuskulatur kläglich misslang.

„Ich möchte Ihnen einen Deal anbieten."
„Einen Deal?" Nicht wirklich interessiert lüpfte er die Augenbrauen. Eine mittelbraune Haarsträhne fiel ihm in die Stirn und er strich sie mit einer Hand zurück. Wieso war ihr nicht schon längst aufgefallen, wie kräftig und schwielig diese war?
„Ja."
„Bin gespannt. Lassen Sie mal hören."
„Mein Chefredakteur bildet sich ein, angesichts des aktuellen Lebensmittelskandals, eine mehrteilige Reportage in der Zeitung zu bringen. Ich soll nun also für mindestens zwei Wochen hier bleiben und Ihnen sozusagen Tag und Nacht folgen. Welch schreckliche Vorstellung!"
„Auch in der Nacht?", schmunzelte er.
„Das war nur so eine Metapher. Natürlich nicht während Sie schlafen."
„Sehr beruhigend. Ich kann nicht schlafen, wenn jemand neben mir schnarcht."
Entgeistert starrte sie ihn an.
„Wie kommen Sie auf die Idee, ich würde schnarchen?" Sarah blitzte ihr Gegenüber wütend an.
„Nun ja, da sie unter Tags keine Ruhe geben, würde es mich sehr wundern, wenn es des Nachts anders wäre."
Baff brachte sie kein Wort heraus, senkte nur den Blick und überlegte, was sie ihm als nächstes an den Kopf knallen könnte. Mit einer Hand strich sie über ihren rechten Oberschenkel.
„Nun gut, Sie wollten mir einen Deal anbieten."
Sarah verschränkte ihre Finger und blickte wieder auf.
„Da Sie in der Lage sind, relativ interessante Artikel zu schreiben, dachte ich mir ..."
„Ah, haben Sie wieder recherchiert?"
Sarahs Knöchel begannen weiß hervorzutreten. Dieser Mann war zu schlagfertig und zu gleichgültig für sie. Er war beinhart, er hatte kein Mitleid, er kostete seinen Sieg aus. Sie beschloss, seinen Zwischenkommentar zu ignorieren.
„Ich dachte mir, da Sie und ich keinen großen Wert auf eine Zusammenarbeit legen, könnten Sie mir einfach einen spannenden, mehrteiligen Artikel schreiben, den ich dann meinem Chefredakteur sende und Sie hätten dann eine große Leserschaft, allerdings unter meinem Namen."
Belustigt fixierte er sie.
„Irgendwie komme ich nicht umhin, mir folgende Fragen zu stellen: Erstens, weshalb sollte ich das tun und zweitens, weshalb sollte ich das tun?"

„Um auf beide Fragen gleichzeitig zu antworten,", erwiderte sie und richtete sich ein wenig auf, „dann sind Sie mich los und, wie gesagt, sie würden einmal österreichweit gedruckt werden."
Nun begann er herzhaft zu lachen und rieb sich die Augen.
„Hören Sie auf zu lachen! Das ist mein voller Ernst!"
Er beruhigte sich und schüttelte den Kopf. „Ihnen ist sicherlich klar, dass ich auf einen solchen Deal nicht eingehen werde."
Sarah sprang auf.
„Bitte! Es ist doch nur eine Kleinigkeit für Sie!"
Nun erhob er sich ebenfalls, ging auf die Tür zu und hielt sie ihr auf.
„Sie können mich gerne begleiten. Tag und ...", mit einem leisen Lächeln fügte er „Nacht." hinzu. „Mehr ist nicht drin. Ihren Artikel müssen Sie schon selber schreiben und den Stoff dafür werden Sie sich hart erarbeiten müssen. Aber ich verspreche, Ihnen zu helfen. Gut?"
Bleich blickte sie ihm in die Augen, während sie ebenfalls zur Tür ging.
„Ich erwarte Sie um 17.00 Uhr auf dem Hof."
Schnell wandte sie ihr Gesicht ab, damit er ihr Entsetzen nicht sehen konnte.
„Ach, und Sarah, ziehen Sie sich andere Schuhe an."
Damit schloss er die Tür hinter ihr und sie wäre fast in Tränen der Enttäuschung ausgebrochen. Die junge Frau, die sie bereits bei dem Meeting gesehen hatte, warf ihr einen kurzen Blick zu, den Sarah ignorierte. Hastig stürzte sie ins Freie, dabei wäre sie fast gestolpert. Diese blöden High Heels! Schnell eilte sie zu ihrem Wagen, stieg ein und fuhr in Richtung Villach davon. In einem hatte er recht, dieser Bauer, sie brauchte dringend neue Schuhe – denn ihre Designer-High-Heels würde sie sich auf diesem matschigen Hof nicht ruinieren lassen! Sie würde ihre Schuhe nicht vor die Säue werfen und erst recht nicht vor Männer, die nicht einmal, ja, was konnten die nicht einmal? Nicht einmal wussten, dass Paris eine Stadt in Frankreich war! Aber auch das wusste er sicherlich, musste sich Sarah zerknirscht eingestehen.

Ich such' dich bei Tische, dort wo man gut isst ...

Vollbeladen kehrte sie einige Stunden später zu ihrem Auto zurück. Wenn sie schon mal dabei war, auf Country-Style umzusteigen, dann ordentlich. Schließlich mussten die Schuhe zum restlichen Outfit passen und da sie nur zwei Kostüme eingepackt hatte – sie war ja von einem kurzen Aufenthalt ausgegangen – gab es einiges an ihrer Garderobe zu komplettieren. Sogar ein Dirndl hatte sie gekauft – rosa mit lila Schürze – denn sie stellte sich vor, dass dies die perfekte Ausstattung für Tage auf einem Bauernhof darstellte. Bei den „Gscherden", wie Wiener in ihrer meist überheblichen Art die Österreicher außerhalb der Bundeshauptstadt bezeichneten, war es durchaus üblich, sich untertags im Dirndl zu präsentieren. Somit stellte sie sich auf die ländlichen Gepflogenheiten gleichermaßen ein, wie wenn sie in Indien einen Sari gekauft und getragen hätte. All dies war eine Art Verkleidung und sie genoss es – dies war allerdings der einzige Lichtblick seit ihrer Ankunft in Kärnten – sich an unterschiedlichen Orten neu zu erfinden. Nun war sie also die Bauern-Sarah und genauso wollte sie auch aussehen. Der positive Nebeneffekt der Shopping-Tour in Villach war außerdem, dass er Sarahs Nerven beruhigt und in gewisser Weise ein kleines Glücksgefühl hatte aufsteigen lassen. Schon als Kind hatte sie gelernt, dass die einzige Möglichkeit mit Kummer umzugehen, jene war, einen Laden zu stürmen und zu kaufen, was einem unter die Finger kam. Natürlich war der Effekt der Befriedigung nicht von langer Dauer, aber immerhin hatte sie sich bis zum Nachlassen des Hochgefühls bereits wieder ein wenig stabilisiert. Danach war es ihr wieder möglich, sich von den traurigen, enttäuschenden, unangenehmen oder frustrierenden Gedanken abzulenken, die vielleicht eine Reflexion ermöglicht hätten und somit hatte sie nie gelernt, sich mit sich selbst auseinanderzusetzen. Verdrängung war das große Wort, das sich durch ihr Leben zog wie ein roter Faden, doch auch das hatte sie bis jetzt erfolgreich nicht bemerkt. So kam sie in einer leicht vergnügten Stimmung ins Hotel zurück und kleidete sich für die Zeit am Bauernhof um. Sie flocht ihr Haar zu zwei artigen Zöpfen, frischte ihr Make-up auf und legte besondere Sorgfalt auf das Binden der Schürzenschleife. Ihre Brüste blinzelten drall aus dem tiefen Dekolleté, das von zarten Spitzen eingerahmt wurde und sie legte eine Kette mit einem großen Herzanhänger um den Hals, dessen Spitze ein weiches Bett in ihrer Fülle fand. Nun fühlte sie sich bereit für was auch immer da noch kommen würde.

Im Hof spielten einige Kinder mit kleinen Katzen, ein Mädchen streichelte einen trägen Kater, der blinzelnd in der Sonne lag und steckte ihm eine Blume ins Fell. Ein paar Hühner gackerten und pickten Körner, immer auf der Suche nach neuer Nahrung. Sarah parkte ihren Wagen an der gleichen Stelle wie zu Tagesanbruch, stieg aus, schloss die Tür und blickte sich um. Der Stall war ebenso geschlossen wie die Tür vom Bauernhof. Die Tür vom Wirtschaftsgebäude stand offen. Sarah ging darauf zu und blickte hinein, konnte jedoch niemanden entdecken. Deswegen beschloss sie, den Durchgang zu passieren, um zu sehen, was sich auf der anderen Seite des Gebäudes abspielte. Der Boden war mit unregelmäßigen Steinen bedeckt und sie war froh, keine Stöckelschuhe mehr zu tragen. Die Sonne hieß sie auf der anderen Seite willkommen und sie überblickte weitläufige Wiesen, die im satten Grün schimmerten und in wogende Felder übergingen. Linker Hand gewahrte sie in ungefähr fünfhundert Metern Entfernung den Waldrand. Auf der anderen Seite des Tals stiegen die Berge steil in die Höhe. Niemals hätte sie gedacht, dass sie ein derartiger Anblick verzaubern könnte, doch sie fühlte tatsächlich, wie sich ihr Herz weitete. Ein kleines Schaf blickte in ihre Richtung und kam langsam auf sie zu, in Erwartung etwas Leckeres zu Fressen zu bekommen.

„Sorry, ich hab nichts für dich", sagte sie und lächelte. Das Schäfchen trottete zurück zu seiner Mutter. In dem Moment hörte sie das Trommeln von Hufen und sah auf. Von einer Wiese, die aufgrund des Waldrandes außerhalb ihrer Sicht lag, kam ein Reiter in halsbrecherischer Geschwindigkeit herangaloppiert. Vor einem Gatter hielt er an, sprang vom Pferd, öffnete es, saß wieder auf und ritt weiter in ihre Richtung. Obwohl sie es verzweifelt versuchte – Sarah konnte die Augen nicht von dem Mann wenden und verfolgte atemlos seinen Ritt. Es galt noch ein Gatter zu öffnen und er nahm sich dieser Aufgabe mit Schwung an. Woher nur nahm Salcher all die Energie, nach einem Tag in der Redaktion, fragte sie sich und erstarrte, als er seinen Blick auf sie richtete. Er war noch zu weit entfernt, abgesehen davon im Gegenlicht, sodass sie seine Züge nicht erkennen konnte. Sarah ballte die Hände zu Fäusten, versuchte aber trotzdem möglichst gelassen zu wirken. Mittlerweile ritt er auf das Haus zu, doch anstatt in ihre Richtung abzubiegen, verschwand er hinter dem Gebäude. Sie machte sich auf den Weg und folgte dem Verlauf des Hauses, dann bog sie um die Ecke, öffnete und schloss ein Gatter und sah, dass er das Stalltor geöffnet hatte. Das Pferd stand neben ihm. Er drehte sich um, tätschelte seinen Hals und meinte: „Dann gehen wir mal zur verehrten Kollegin, dieser Flortschen."

In dem Moment entdeckte er, dass sie bereits auf dem Weg zu ihm war. Als er ihre Aufmachung gewahrte, musste er sich sehr beherrschen, um nicht in Lachen auszubrechen.

„Wusste nicht, dass Sie den Titel zur Arriacher Dirndlkönigin anstreben", meinte er und ließ seine Augen kurz auf ihrem Dekolleté verweilen, bevor er sie wieder auf ihr stark geschminktes Gesicht richtete.

„Will ich auch nicht", entgegnete sie und stellte fest, dass er Jeans, ein schwarzes T-Shirt mit der Aufschrift „Dividing Line" und schwere schwarze Stiefel trug. Wo, bitte schön, waren die Lederhosen?

„Ich dachte mir, dieses Outfit ist meinem Arbeitsplatz für die nächsten zwei Wochen angemessen." Sie verschränkte die Arme vor der Brust.

„Wenn Sie meinen." Er zuckte mit den Schultern. „Eine Jeans hätte es auch getan, oder haben sie so etwas nicht?"

„Zumindest nicht hier", entgegnete sie. „Aber meine Kleidung ist wirklich nicht der Anlass, weshalb ich hier bin, oder?"

Er nahm das Pferd an den Zügeln und führte es in die Richtung, aus der sie gekommen war. Sarah beeilte sich, neben ihn zu kommen und genug Abstand zu dem großen Tier zu halten. In diesem Moment begann eine Unruhe einzusetzen, die sie kurz innehalten ließ.

„Was ist das?", fragte sie und blickte sich um.

„Die Kühe. Sie werden von der Weide in den Stall getrieben."

Er hatte noch nicht ausgesprochen, als sie die ersten Kühe in ihre Richtung kommen sah. Es war eine Art Galopp, mit dem sie das Gatter passierten, das Salcher vor wenigen Minuten geöffnet hatte.

„Du meine Güte!", rief sie entsetzt. „Wir müssen sofort weg von hier!"

Fast hätte sie seinen Arm gepackt und ihn mit sich gezogen.

„Weshalb?", fragte er und ging ruhig weiter.

Sie rannte die letzten Meter zu dem Gatter, durch das sie vor wenigen Minuten gekommen war, um auf die Stallseite zu kommen und aus Angst, nicht schnell genug zu sein, kletterte sie kurzerhand darüber, wobei sie sorgfältig darauf bedacht war, nicht zu viel Haut zu zeigen. Ohne Hast öffnete er die Holzbarriere und passierte sie mit dem Pferd an seiner Seite. Als er sie geschlossen hatte, ging er weiter und führte das Tier auf die Weide, nahm ihm Zaumzeug und Sattel ab und band es an den Zaun. Dann verschwand er im

Wirtschaftsgebäude, kam mit Eimer, Bürste und einem Hufauskratzer zurück und begann, das Pferd zu striegeln. Sie beobachtete ihn dabei. Als er fertig war und dem Tier das Mundstück abgenommen hatte, gab er ihm einen freundschaftlichen Klaps auf den Oberschenkel und schickte es somit zu den zwei anderen Pferden in den Feierabend. In der Zwischenzeit waren die Kühe im Stall angekommen, ein Landarbeiter, der als letzter die Herde angetrieben und die Gatter geschlossen hatte, hob in Richtung Salcher kurz die Hand und dieser grüßte zurück. Das Muhen der Kühe wehte zu ihnen herüber.

„Sie warten darauf, gemolken zu werden", erläuterte er, während er ihr Bürste und Hufauskratzer in die Hand drückte und mit den anderen Sachen beladen auf das Wirtschaftsgebäude zuging. Sie begleitete ihn. Er räumte alles auf seinen Platz, dann ging er in einen angrenzenden Raum und nahm einen Eimer, der mit Körnern gefüllt war.

„Das ist das Hühnerfutter." Er ging in den Hof hinaus. Als ihn die Hühner sahen, kamen sie mit einer Geschwindigkeit auf ihn zugelaufen, die Sarah ihnen nicht zugetraut hätte. „Das Futter besteht aus Legemehl und Körnern. Natürlich, soweit möglich, alles aus eigenem Anbau. Mais und Weizen kommen von uns, Sonnenblumenöl von einem Bio-Bauern aus dem nächsten Ort."

„Ist ja wirklich interessant", meinte sie und verdrehte die Augen.

„Hm, in Anbetracht des aktuellen Geflügel-Skandals dachte ich mir, es könnte für Sie von Interesse sein."

Mit der bloßen Hand fuhr er in die Körner und warf sie in einem Bogen von sich. Die Hühner gackerten begeistert.

„Sie gackern immer, wenn sie sich freuen." Er lächelte kurz ein wenig abgelenkt, als er sich jedoch wieder zu ihr drehte, war sein Gesichtsausdruck distanziert.

Frau Salcher trat auf den Hof und stutze, als sie Sarah erkannte.

„Grüß Gott", rief sie ihr zu und wandte sich an ihren Sohn. „I mâch heut die Schweine und Schafe, du brauchtst di nua mehr um die Kiah kimmern!"

„Is guad", erwiderte er, drehte sich zu Sarah und wollte ihr den Eimer in die Hand drücken.

„Zeit für eine Feldstudie", sagte er. „Ist nicht schwer, Sie haben ja gesehen, wie man es macht."

Sarah wich angewidert zurück.

„Der Kübel ist ja total dreckig", stieß sie hervor und hob abwehrend

die Hände. „Ich mach das sicher nicht!"
Er stellte den Eimer vor sie auf den Boden.
„Erstens hat nie jemand behauptet, dass Sie nicht schmutzig werden. Tut mir leid, wenn ich Sie mit diesen Worte aus ihrer Disneylandidylle reiße und zweitens bekommen die Hühner dann halt nichts zu fressen."
Mit diesen Worten drehte er sich um und ging auf die Stallungen zu.
„Halt! Sie können mich doch nicht einfach ..." Aber er war schon verschwunden und mit Schrecken bemerkte sie, dass die Hühner sie eingekreist hatten und sie vorwurfsvoll – obwohl es Hühner waren, konnte sie diesen Ausdruck in den kleinen Äuglein erkennen – anblickten. Sie begannen nach ihren Schuhen zu picken und der Hahn kam hoch aufgerichtet immer näher. Ein Hahn – die galten doch allgemein als ziemlich aggressiv!
„Schon gut!" So schnell sie konnte, griff Sarah nach dem Futtereimer und schaufelte mit ihren Händen Futter heraus. Leicht panisch versuchte sie, dieses so weit wie möglich von sich weg zu werfen. Die Hühner stoben gackernd auseinander. Zuerst ein wenig unwillig, doch dann mit einem anschwellenden, merkwürdigen Gefühl im Bauch, beobachte sie das Geflügel, das nun wieder zufrieden gackerte. Dieses Gefühl, musste sie leicht irritiert feststellen, kannte sie von den wenigen Gelegenheiten, in denen sie aus tiefstem Herzen glücklich gewesen war. Es konnte doch nicht sein, dass sie ausgerechnet hier, am Salcherer-Hof, darüber stolperte! Und doch war es da – außerdem bemerkte sie, dass sie sich entspannte und sie musste unwillkürlich lächeln. Als kein Futter übrig war, ging sie mit dem leeren Kübel auf den Stall zu und trat ein. Salcher war mit der gleichen Tätigkeit beschäftigt wie am Morgen und mit einem Schlag erinnerte sie sich an die Schmach, die er ihr zugefügt hatte. Das Glücksgefühl war augenblicklich weg. Als hätte er ihre Anwesenheit gespürt, blickte er auf.
„Fertig?" Sie antwortete nicht, sondern zeigte ihm nur den leeren Eimer.
„War doch nicht so schwer", meinte er leicht spöttisch – auch darauf erwiderte sie nichts.
Er ging zur nächsten Kuh.
„Hat´s Ihnen die Sprache verschlagen?", wollte er wissen und winkte sie näher.
„Nein, es gab nur keinen Anlass, sie zu gebrauchen."
Unwillig trat sie neben ihn.
„Sehen Sie, so wird das Melkzeug auf das Euter gesetzt." Sie beobachtete, wie er komische trichterartige Kapseln auf den Zitzen anbrachte.

„Die arme Kuh", murmelte sie mitleidig.
„Ach was, die mag das", lachte er, griff nach ihrer Hand und legte diese auf das pralle Euter der Kuh. „Sehen Sie, es ist ganz voll und wenn die Kuh nicht gemolken wird, hat sie Schmerzen. Ist bei Frauen genauso, wenn sie stillen."
Die Wärme seiner Haut elektrisierte Sarah geradezu und sie holte tief Luft.
„Keine Angst", meinte er beschwichtigend, als er ihre Unruhe bemerkte, „sie kann Sie nicht treten. Immerhin stehen Sie ja neben ihr."
Er gab sie frei und sie zog eilig die Hand zurück.
„Um noch einmal zum Melkvorgang an sich zurückzukehren: Durch das Melkzeug gelangt die Milch über dieses Rohr", er deutete nach oben, „in den Milchraum. Dort wird die Milch gesammelt und im Winter zur Molkerei gebracht. Im Sommer verarbeiten wir die Milch selbst."
„Weshalb im Winter?"
Während er den Melkvorgang beobachtete, zeigte er kurz auf den restlichen Stall.
„Wie Ihnen vielleicht aufgefallen ist, ist der Rest des Stalls leer."
Sarah blickte sich um und stellte überrascht fest, dass das Gebäude bis auf die sechs Kühe, die von der Weide hereingetrieben worden waren, leer war.
„Ähm, nein, ist mir noch nicht aufgefallen."
Er sagte dazu nichts, sondern konzentrierte sich auf seine Arbeit. Als der Milchfluss versiegte, schaltete er das Gerät ab und wartete, bis sich das Vakuum abgebaut hatte, streifte Einweghandschuhe über die Hände und nahm das Melkzeug vorsichtig ab. Sie beobachtete, wie er etwas auf die Zitzen sprühte.
„Was machen Sie da?"
„Ich desinfiziere. Hilft gegen Mastitiskeime. Sie soll eine gesunde Kuh bleiben." Er streifte die Handschuhe ab und klopfte der Kuh bei seinen letzten Worten aufmunternd auf den Oberschenkel. Dann montierte er das Melkzeug ab und brachte es zur Reinigung in einen anderen Raum, danach kehrte er mit einem sauberen Eimer zurück und ging weiter zur nächsten Kuh, griff auf dem Weg dahin nach einem Schemel und setzte sich darauf. Mit seinen Händen, die wieder in Handschuhen steckten, begann er, die Kuh zu melken.
„Wieso machen Sie das jetzt mit der Hand?", fragte Sarah verwundert.
„Das nennt man das Vormelken. Sehen Sie, ich nehme nur 2 bis 3 Strahlen Vorgemelk aus jeder Zitze."
Als er fertig war, ging er mit der Milch in den Nebenraum und sie

folgte. Hier war das Licht besser und sie konnte sehen, dass er sie genau untersuchte.
„Nun kann ich Flockung, Farbe oder Auffälligkeiten erkennen."
Er hielt ihr den Eimer hin und sie blickte hinein.
„Hier ist alles okay. Abgesehen davon stimuliert es den Milchfluss."
Rasch kehrte er mit neuem Melkzeug zur Kuh zurück, desinfizierte ihre Zitzen und trocknete sie ab.
„Vor und nach dem Melken", erklärte er, überprüfte mit einem routinierten Blick das Melksystem und setzte das Melkzeug an.
„Meine Güte, das ist ja ein Aufwand", stellte Sarah überrascht fest.
„Ja. Deswegen ist der Beruf des Landwirtes ja so beliebt", entgegnete er trocken.
„Aber Sie wollten mir noch sagen, weshalb der Stall so leer ist und Sie die Milch im Sommer selbst aufbereiten."
„Stimmt. Alle anderen Kühe sind auf der Alm und werden dort gemolken."
„Auch von Ihnen?"
„Nein. Wir beschäftigen eine Arbeitskraft, die das macht. Wäre zeitlich für mich auch nicht zu schaffen."
Wieder beobachte er gewissenhaft den Melkvorgang, um im richtigen Moment auszuschalten. Sarah verschränkte die Arme und musterte ihn. Sie konnte es nicht leugnen, doch dieser Mann, der etwas mit den Händen schaffen konnte, machte einen tiefen Eindruck auf sie. Er wirkte nicht so gezähmt wie die Büropflänzchen, mit denen sie sonst zu tun hatte. Allerdings galt es festzuhalten, dass sie bei dem einen oder anderen Kriegsberichterstatter eine ähnliche Aura wahrgenommen hatte.
„Das habe ich mich auch schon gefragt … Warum arbeiten Sie nebenbei bei der Zeitung?"
Kurz blickte er auf und ihr in die Augen, dann sah er wieder weg.
„Das war mein Deal mit dem Vater", erklärte er. „Ich hab ihm gesagt, dass ich nur auf dem Hof bleibe, wenn ich die Zeitung machen kann. Sie werden das nicht verstehen, aber das Studium war für mich das Tor zur Welt."
„Sie haben studiert?" Es war unmöglich, die Überraschung aus dieser Frage zu überhören. Er schüttelte leicht genervt den Kopf.
„Natürlich. Oder kann man in Wien einfach so Chefredakteur werden?"
„Na ja, in Wien natürlich nicht. Aber ich dachte mir, bei so einem Provinzblatt wäre das anders."
Zu ihren Worten sagte er nichts, schaltete die Melkanlage aus und

bückte sich, um die gleiche Prozedur von Neuem zu beginnen.
„Wie mir scheint, haben Sie noch einiges zu lernen." Nach kurzer Zeit richtete er sich zu seiner vollen Größe auf, maß sie kühl, ging dann wieder in den angrenzenden Raum. Sie starrte nachdenklich vor sich auf den Boden.
„In meiner Redaktion arbeitet eine Veganerin", begann Sarah, als er wieder zurückkam.
Diese Tatsache schien ihn nicht wirklich zu interessieren. Nachdem er auch die Zitzen dieser Kuh desinfiziert hatte, ging er zur nächsten.
„Sie trinkt keine Milch", fuhr sie fort.
„Soll vorkommen."
„Jetzt, wo ich das so beobachten kann: Finden Sie nicht auch, dass die Kühe ausgebeutet werden?"
Überrascht blickte er auf.
„Natürlich werden sie ausgebeutet."
„Oh, aber ich dachte, als Bio-Bauer ..."
„Vielleicht sollten Sie langsam einmal damit aufhören zu denken, oder besser anfangen ..."
Betroffen verstummte sie und versuchte aus einem Fenster zu spähen. Sie wirkte ein wenig hilflos und sogleich tat ihm seine schroffe Bemerkung leid.
„Hören Sie, auch Bio-Bauern müssen überleben. Aber darum geht es bei dieser Frage eigentlich nicht. Haben Sie schon einmal darüber nachgedacht, dass der Mensch nicht leben kann, ohne andere Lebewesen oder die Natur auszubeuten?"
„Ich weiß nicht."
„Sehen Sie, selbst ein Fructarier muss auf's Klo. Wenn er sich nicht jedes Mal den Popo wäscht, muss er wohl auf Papier zurückgreifen. Und wer, bitteschön, ist für Papier gestorben?"
Sie blickte ihn mit großen Augen an.
„Genau, der Baum! Der Genosse, von dem er nicht einmal die Frucht pflücken will, um ihn nicht zu verletzen."
„Jetzt machen Sie sich aber ganz schön lustig."
„Keineswegs. Wussten Sie, dass die meisten Bäume, die gerodet werden, zu Holzschnipseln zerkleinert werden? Diese Schnipsel werden wiederum zu Papier, Pressspanplatten, Klopapier oder Zahnstochern weiterverarbeitet."
„Nein, wusste ich nicht."
„Zeigen Sie mir einen Fructarier, der nicht hin und wieder auf Papier schreibt."

„Aber dann frage ich mich, welchen Sinn Sie als Bio-Bauer verfolgen."
Nun drehte er sich zu ihr.
„Es ist ganz einfach: Ich bin gegen Ausbeutung. Gegen die des Menschen, des Tieres, der Natur. Aber da sich Ausbeutung nicht vermeiden lässt, versuche ich alles dafür zu tun, um den Schaden so gering wie möglich zu halten. Dafür lasse ich mich wiederum von den Tieren ebenfalls ausbeuten."
„Sie?"
„Ja, mit meiner Arbeitskraft und in gewisser Weise auch mit meinem Leben. Es gab nicht nur einen Moment, in dem ich am liebsten alles hingeschmissen hätte. Einfach gehen, die Verantwortung abstreifen, heiraten und ein normales Leben führen."
„Aber Sie können doch heiraten! Warum tun Sie es nicht?" Er wandte sich wieder seiner Arbeit zu.
„Wen? Es gibt heute kaum noch Frauen, die bereit sind, all die Entbehrungen, die das Führen eines Hofes mit sich bringt, in Kauf zu nehmen."
Sarah verzog den Mund. Das hatte durchaus Hand und Fuß.
„Um aber nochmal auf Ihre durchaus interessante Frage zu kommen. Die Tiere merken, dass ich sie mag. Die wissen, dass sie mir meine Lebenskraft aussaugen. Es ist ein Geben und Nehmen. Auch die Natur versuchen wir so nachhaltig wie möglich zu behandeln. Deswegen der Almauftrieb. Ist schon klar, dass so ein Großstadtfuzzi Fructarier werden muss, wenn er sonst keinen Bezug zur Natur hat, außer Essen."
„Oh, ich glaube, das sind sehr naturverbundene Menschen."
„Ich würde es eine esoterische Art der Naturverbundenheit nennen. Im Ernst, wäre ich Fructarier, könnte ich die Arbeit am Hof nicht stemmen."
Wieder verschwand er im Nebenraum.
„Und auch die Veganer mit ihrem Verzicht auf Tierprodukte", fuhr er fort, als er zurückkam, „sind inkonsequent, wenn sie das Stillen als natürlichen Vorgang bezeichnen."
„Aber das ist doch etwas anderes ..."
„Auch die Frau säugt ihr Kind und keiner findet, dass es eine Ausbeutung durch den Säugling ist, oder?"
„Ja, aber irgendwann hört das ja wieder auf ..."
„Früher gab´s die Ammen und wenn ich Sie davon in Kenntnis setzen darf, kehrt der Trend in diese Richtung bereits in den USA und Groß-

britannien zurück."

„Wie bitte?", entfuhr es Sarah ungläubig.

„Ja, Sie haben richtig gehört. Wegen Frauen wie Ihnen."

„Wie mir? Aber ich habe keine Kinder!"

„Jedoch, wenn Sie welche haben werden, wollen Sie sicherlich sofort wieder an die Arbeit zurückgehen. Eine Amme kann dabei helfen."

„Sicherlich. Ich arbeite gerne als Redakteurin."

„Genau. Wenn Sie wenigstens Ärztin wären oder Entwicklungshelferin oder irgendetwas anderes Sinnvolles machen würden, könnte ich ja verstehen, dass man sich unersetzlich fühlt. Aber Sie würden das Geschichtenschreiben dem wahren Leben vorziehen - dem Aufziehen und dabei zusehen."

„Sie schreiben auch Geschichten!", brauste Sarah auf.

„Oh ja. Aber ich schreibe Geschichten über das wahre Leben. Damit hoffe ich, etwas zu verändern, während Sie meinen, die Welt mit Spatzenpost-Artikeln beglücken zu müssen."

Sie stürzte auf ihn zu und packte ihn.

„Sie denken wohl, Sie sind etwas Besseres? Wie können Sie nur so über mich reden?"

Er griff nach ihren Fingern, die sich in sein T-Shirt gekrallt hatten und versuchte, diese zu lockern.

„Sie wollten es doch wissen! Sie quatschen die ganze Zeit über irgendwelche total weltfremden Ideologien mit diesem verklärten Blick auf das Landleben. Ihr Dirndl passt viel besser zum Münchner Oktoberfest, als hierher in einen Stall! Ihnen ist einfach nicht klar, dass das hier alles kein Zuckerschlecken ist, verdammt noch einmal!"

Sie gab ihn frei und er schob sie von sich. Sarah fühlte Tränen aufsteigen, wandte sich um und stürzte aus dem Stall. Als sie bei ihrem Auto ankam, weinte sie bitterlich. Da ihre Finger zitterten, konnte sie den Autoschlüssel nur schwer aus der Tasche ziehen, doch sie schaffte es. Unwillig wischte sie mit dem Handrücken ihre Tränen weg. Dann startete sie den Wagen und kehrte zum Hotel zurück.

… beim Tanz, bei Musik, ja, dort wo man schön singt …

Sarah hatte lange nicht einschlafen können, denn seine Worte hatten sie tief getroffen und geisterten in ihren Gedanken herum. Irgendwann musste sie wohl doch zur Ruhe gekommen sein, denn lautes Klopfen an der Zimmertür ließ sie in die Höhe schrecken.
„Ich komme", rief sie, während sie aus dem Bett kletterte und einen kurzen Blick in den Spiegel warf. Schnell versuchte sie, die Haare zu bändigen, doch aus Erfahrung wusste sie, dass dies nicht half. „Was soll's", dachte sie und öffnete die Tür.
Vor ihr stand Salcher, frisch rasiert, die braunen Haare ordentlich gekämmt, in einem Anzug. Ihre erste Reaktion war, ihm die Tür vor der Nase zuzuknallen, er war jedoch schneller und schob einen Fuß dazwischen.
„Ich bin gekommen, um mich zu entschuldigen. Darf ich reinkommen?"
Bewusst wich sie seinem Blick aus.
„Ich bin nicht salonfähig. Besser Sie gehen jetzt."
„Salonfähig? Macht nichts. Ich bin nur ein einfacher Bauer, wie Sie wissen. Für mich brauchen Sie sich nicht in Schale zu werfen."
Er drückte ein wenig gegen die Tür und Sarah gab nach. Er schloss die Tür hinter sich und drehte sich zu ihr.
„Bitte verzeihen Sie meine gestrigen Worte. Sie waren unüberlegt und ungerecht. Ich hätte nichts davon sagen dürfen. Vergeben Sie mir?"
Sarah zuckte mit den Achseln, blickte ihn immer noch nicht an.
„Dafür helfe ich Ihnen bei Ihrem Artikel."
„Ich brauche Ihre Hilfe nicht!"
„Sie machen es einem aber auch nicht leicht."
Kurzes Schweigen, während sich Sarah auf die Unterlippe biss.
„Also gut. Meine Eltern erwarten Sie auf dem Hof. Ich habe ihnen gesagt, dass Sie kommen werden. Mein Vater rechnet damit, mit Ihnen heute auf dem Traktor die Weiden abzufahren. Es gibt einige Ausbesserungsarbeiten, die dringend gemacht werden müssen. Meine Mutter kocht heute Mittag für Sie mit. Lassen Sie sich ihr Essen nicht entgehen!"
„Mhm."
„Ich habe mir überlegt, Sie am Samstag mit hinauf auf die Alm zu nehmen", fuhr er fort. „Ich denke, es wird Ihnen gefallen. Sie sollten allerdings Wanderschuhe anziehen."
„So was habe ich nicht."
„Macht nichts. In Villach kann man welche kaufen."

„Ich weiß."
Schweigend musterte er sie. Ihre Augen waren gerötet und sie sah wirklich zerknittert und ein wenig geknickt aus – sein Verdienst. Er war in der Tat nicht stolz darauf. Jedoch, seit er sie kannte, provozierte sie ihn. Nun machte er einen Schritt auf sie zu und legte eine Hand auf ihre Schulter. Sanft drückte er sie.
„Es tut mir wirklich leid", wiederholte er seine Worte und ließ die Hand wieder sinken. Dann wandte er sich um und verließ das Zimmer. Sarah trat ans Fenster und blickte hinaus. Kurze Zeit später sah sie ihn die Straße überqueren und in der Redaktion verschwinden.

Bevor sich Sarah auf den Weg zum Hof machte, begab sie sich noch einmal nach Villach. Diesmal kaufte sie Jeans, Wanderschuhe und einfache T-Shirts. Das war dann wohl die Kleidung für die ungeschminkte Bauernrealität.

„Schaun Se, da Mihael", erklärte Vater Salcher und lenkte den Traktor über einen Schotterweg, „håt a dicke Birn. Es muass lei alles bleibn wias is."
Sarah blickte ihn fragend an.
„ A verstehen Se?", fragte er betont langsam.
„Nein, leider nicht."
„Es is lei wegen den Milchquoten. Bald wird es die nit mehr geben und das bedeutet, dass sich der Almauftrieb nit mehr rentieren wird. Es is scho jetzt knapp kalkuliert. Aber da Almauftrieb, bei God, der is ihm lei wichtiger als mia. Mihael will unbedingt daran festhalten. Er såk, die Tradition muass erhalten werden, die Natur und so weiter. Er håt da so neumodische Begriffe, der Bua. I såg imma: Los lei lafan, is jo lei Woosa. Is lei sowieso nur eine Frage der Zeit, bis mian Hof zuarsperrn miassn."
Sarah blickte ihn verwirrt an. Nicht nur wegen des Dialektes hatte sie ihn kaum verstanden. Was, bitte schön, waren Milchquoten? Später musste sie Salcher darüber ausfragen, wenn sie sich bis dahin entschieden hatte, wieder mit ihm zu sprechen. So verbrachte Sarah den Vormittag damit, Herrn Salcher zuzuhören, ohne ihn zu verstehen. Sie war sich sicher, dass er ihr Gott und die Welt erklärte, so viel berichtete er. In kurzen Abständen nickte sie und lächelte ihn an. Und so fuhren sie einträchtig die Weiden ab und sie hielt ihm Nägel und Hammer, während er die Zäune ausbesserte. Bei den Gattern, die geöffnet und geschlossen werden mussten, sprang sie behände vom Traktor und

wurde dabei und auch beim Aufsteigen immer sicherer.
Zur Mittagszeit kehrten sie zum Hof zurück, wo Frau Salcher in der Zwischenzeit gekocht und gebacken hatte. Zwei weitere Familien saßen um Tische und freuten sich auf das Essen. Der Bauer deutete neben sich und Sarah ließ sich am Familientisch nieder.
„A håm se lei meinen Mann verstanden?", fragte Frau Salcher, nachdem sie sich zu ihnen gesetzt hatte.
„Nicht jedes Wort", erwiderte Sarah verschmitzt lächelnd.
„Nåch dem Esn gemma dann entn die Wiesn mahn", wandte sich der ältere Mann wieder ihr zu.
„Mhm!" Sarah nickte, ohne genau zu wissen, was er gemeint hatte.
„Dån kånnst du lei den Traktor fahren."
„Wie bitte?" Traktor hatte sie verstanden.
„Ja, dås wird lei a Spaß!"
Frau Salcher schüttelte den Kopf.
„Keine Angst, viel kann nit passieren. Aber versuchen müssen Sie es lei auf alle Fälle. Das gibt doch Stoff für Ihren Artikel!"
Sarah zuckte mit den Achseln. „Na gut. Aber auf Ihr Risiko."

Als sie hinter dem Steuer saß, die weite Wiese vor sich, die Berge im Hintergrund, fühlte sie sich glücklich wie lange nicht mehr. Obwohl sie den Bauern nicht wirklich verstand, entwickelten die beiden eine Form der Kommunikation, die aus Worten und Gesten bestand. Irgendwann sprang er dann vom Traktor und ließ sie heftig protestierend zurück.
„Kimm!", rief er über den Motorenlärm hinweg und deutete ihr die Richtung. Langsam fuhr sie los. Die Gangschaltung war neben dem Lenkrad angebracht und etwas ungewohnt, an das Vibrieren des Kessels hatte sie sich bereits gewöhnt. Für das Kuppeln musste sie viel mehr Kraft aufwenden, als bei ihrem schicken kleinen Mini. Trotzdem machte ihr das Fahren derart Spaß, dass sie nicht bemerkte, wie die Zeit verging.

Von seiner Mutter hatte Michael erfahren, wo sich die beiden aufhielten. Er sattelte sein Pferd, um einen kurzen Abstecher dorthin zu machen und Sarah mit zu den Kühen auf die Weide zu nehmen. Sie sollte dabei sein, wenn die Rinder in Richtung Hof getrieben wurden. Als er die Weide erreichte, meinte er seinen Augen nicht trauen zu können. Das fröhliche Wesen, das in Jeans und Shirt hinter dem Steuer des Traktors saß und vergnügt kicherte, als sein Vater aufsprang und etwas zu ihr sagte, was er mit Gesten unterstrich, konnte unmöglich die

Kollegin aus Wien sein! Sie hatte die Haare zu einem Pferdeschwanz gebunden, der nun munter wippte, als sie den Kopf schüttelte. Bevor sie losfuhr, ritt er schnell näher und blieb wenige Meter von ihnen entfernt stehen.
„Fleißig wards!", rief er und beide drehten sich in seine Richtung. Als Sarah ihn erkannte, sah sie schnell weg.
„Frau Kraft", schrie er, nachdem er ein paar Worte mit seinem Vater gewechselt hatte. „Ich würde Sie mit auf die Weide zu den Kühen nehmen, damit sie den Rücktrieb sehen können, wenn Sie möchten."
Ratlos blickte sie Vater Salcher an.
„Na los, Diandl!", forderte er sie auf und übernahm das Steuer, nachdem sie auf den Boden gesprungen war.
„Und wie soll ich ..."
Noch bevor sie aussprechen konnte, war er vom Pferd gesprungen und neben sie getreten. Mit starken Händen umfasste er ihre Taille und hob sie in den Sattel.
„Oh nein", murmelte sie mit bleichen Lippen. „Nicht auf ein Pferd!"
Mit einer gekonnten Bewegung schwang er sich hinter ihr auf das beeindruckende Tier. Allerdings setzte er sich hinter den Sattel auf die Kruppe. Neben beiden Seiten ihres Körpers konnte sie seine Hände sehen, mit denen er locker die Zügel hielt.
„Keine Angst!", beruhigte er sie, während sie sich langsam in Bewegung setzten.
Panisch krallte sie ihre Finger in die Pferdemähne. Sie fühlte die Verspannung geradezu in den Nacken steigen.
„Hey, Sie werden schon nicht runterfallen!", rief er und sie biss die Zähne zusammen.
„Wenn Sie gestatten?" Er nahm beide Zügel in eine Hand und legte die andere um ihren Bauch, wodurch sie ein wenig mehr Stabilität gewann. Obwohl sie seine Berührung nicht im geringsten beruhigend empfand, konnte sie sich doch ein wenig entspannen.
„Was dagegen, wenn wir ein bisschen schneller reiten?"
Noch bevor sie „Nein!" rufen konnte, steigerte er das Tempo. Sarah wurde richtiggehend durchgeschüttelt.
„Nein! Oh, bitte nicht!", stieß sie erschrocken aus.
„Sein Sie doch nicht so ängstlich!", lachte er. „Versuchen Sie, die Hüfte locker zu machen und die Bewegung auszusitzen!"
„Lassen Sie mich runter!", kreischte sie.
Sie wurden wieder langsamer.
„So besser?"

Sarah nickte.

„Nun, mit dem Pony-Express brauchen wir für den Weg natürlich um einiges länger."

„Ist mir egal."

Er lachte leise.

„Na gut, erzählen Sie mir von Ihrem Tag. Genug Stoff für einen Artikel?"

Sie nickte, antwortete jedoch nicht.

„Ich wusste gar nicht, dass Sie Traktor fahren können."

„Ich auch nicht."

Als sie daran dachte, musste sie unwillkürlich lächeln. „Ihr Vater hat mir so viel erzählt, ich habe ihn leider nur nicht verstanden. Ich meine, nicht nur wegen seines Dialektes."

„Geht mir auch oft so", erwiderte Salcher. „Was haben Sie denn nicht verstanden?"

„Er sagte etwas von einer Milchquote und Wasser?"

„Ah, sein alter Spruch in diesem Zusammenhang: Los lei lafan, is jo lei Woosa – lass nur rinnen, ist nur Wasser. Er meint, die Abschaffung der Milchquoten in naher Zukunft wird uns dazu zwingen, die Almbewirtschaftung aufzugeben. Aber ich möchte mich nicht dazu zwingen lassen. Wenn wir morgen auf die Alm gehen, werden Sie vielleicht verstehen, was ich meine."

„Ich war schon einmal auf einer Alm", stellte sie klar. „Aber ich verstehe nicht, was eine Milchquote ist."

„Milchquoten wurden von der EU eingeführt, um eine Überproduktion an Milch zu vermeiden. Jeder Milchbauer muss also Milchquoten kaufen, von denen es nur ein gewisses Kontingent gibt. Es gibt spezielle Almquoten und dadurch kann man mit einer guten Almwirtschaft durchaus Gewinne machen. Diese Almquoten dürfen nämlich nur mit Milch von Kühen, die auf der Alm weiden, gefüllt werden. Wenn also die Quoten wegfallen, fällt gewissermaßen der Schutz für die Almmilch. Denn es ist natürlich billiger und weniger aufwendig, die Milch im Tal zu produzieren – um es rein auf industrieller Ebene auszudrücken."

„Das bedeutet?"

„Um es kurz zu sagen: Es geht wieder mal nur um Preis und Masse. Das heißt, je mehr Kühe auf weniger Platz gehalten werden, desto günstiger kann man liefern. Verstehen Sie?"

„Sie meinen, die Milchpreise werden sinken und somit würde man mit der Almwirtschaft Verluste einfahren."

„Genau."
Plötzlich spürte sie, dass er den Arm fester um sie schlang und sie näher an sich drückte.
„Und jetzt, gut festhalten!"
Schon als er dies riet, trieb er das Pferd an und sie schossen davon. Sie kam gar nicht mehr dazu zu schreien. Mit einer Hand packte sie die Mähne wieder fester, mit der anderen umklammerte sie seinen Arm. Diesmal wurde sie nicht ganz so wild durchgerüttelt wie zuvor, da er ihr Halt gab, jedoch war sie felsenfest überzeugt, nicht ohne blaue Flecken davonzukommen. Nicht lange und er zügelte das Pferd vor dem Gatter der Weide, auf der die Kühe grasten. Er sprang ab und streckte ihr seine Hände entgegen. Ihre Blicke trafen sich und sie ließ sich in seine Arme sinken und auf den Boden stellen.
„War doch nicht so schlimm, oder?", meinte er und gab sie frei. Sie ging ein wenig in die Knie und hielt sich am Geländer fest, um das Zittern auszugleichen.
„Zurück werde ich gehen."
„Warum nicht? Dann können Sie unserem Knecht gleich beim Rücktrieb helfen." Suchend wandte er sich von ihr ab. „Lois, wir sind da!"', rief er laut und ein Mann am anderen Ende der Einzäunung winkte herüber und kam sogleich auf sie zu. Der Mann trug ein Hemd, das offen über seine Hose hing und den Blick auf ein paar graue Brusthaare freigab. Sarah schätzte ihn auf etwas über sechzig Jahre alt. Als er sie erreichte, lächelte er gutmütig.
„Das ist Frau Kraft", stellte er Sarah vor, als der Knecht bei ihnen angekommen war. „Lois."
Die beiden nickten einander zu, danach begann Lois, auf Salcher einzureden, allerdings in einer Art, die jeglichen Versuch, dies in Schriftform zu übertragen, scheitern lässt. Salcher antwortete mit der gleichen Ausdrucksweise und Sarah fühlte sich wie in einem fremden Land. Sie verstand kein Wort. Nicht lange und Salcher drehte sich wieder zu ihr.
„Ich reite vor und öffne die Gatter, und Sie begleiten Lois. Er wird Ihnen schon sagen, was Sie tun sollen."
Zweifelnd sah sie ihn an.
„Besser, er deutet", meinte sie und Lois brach in Lachen aus. Meine Güte, er konnte nicht mal ordentlich sprechen und schien doch glücklich zu sein, schoss es Sarah durch den Kopf. Sie beobachtete Salcher, als er das Gatter öffnete, sich wieder in den Sattel schwang und davon galoppierte. Mit ihr war er aus einer anderen Richtung gekommen, deswegen hatten sie keinen Zaun passieren müssen. Doch

nun musste sie mit Schrecken sehen, wie er über einen Zaun hinwegsetzte. Unwillkürlich hielt sie die Luft an und hob eine Hand ans Herz.
„Der Mann ist verrückt!", murmelte sie.
„Lei losn, wiad schon pasn ", beruhigte sie der Knecht und drückte ihr einen Stock in die Hand und sprach weiter, allerdings werden wir nie wissen, was genau er sagte. Aber seiner Körpersprache nach zu urteilen, wollte er Sarah beruhigen und ihr erklären, dass Mihael schon seit er ein Gschråpp war, mit dem Pferd über Zäune sprang und trotzdem keinen Teckn genommen hatte. Dann deutete er auf die Kühe und sagte: „Tschugile" und machte eine Bewegung des Antreibens. Nun begann er zu schreien und in die Hände zu klatschen, vereinzelt klopfte er einer Kuh auf's Hinterteil und die Tiere setzten sich schwerfällig und langsam in Bewegung. Sarah stupste ebenfalls vorsichtig mit dem Stock eine Kuh an, was Lois zum Lachen brachte.
„So muasst des måchen!" Demonstrativ stieß er die Kuh fest an. Sarah nickte und lachte ebenfalls.
Schubsend und rufend trieben sie also die Kühe in Richtung Stall und schlossen die Gatter.
„Obe mit eich!", grölte Lois und Sarah stimmte mit ein.
Es machte ihr einen Heidenspaß und sie konnte nichts dagegen tun, doch sie grinste von einem Ohr zum anderen. Das letzte Stück begannen die Kühe, wie schon am Tag zuvor, zu laufen und verschwanden im Stall. Als Sarah neben dem Knecht in das Gebäude trat, war es leer. Vermutlich war Salcher damit beschäftigt, die Hühner zu füttern. Sarah blickte auf die Uhr.
„Ach du Schreck, ich muss den Artikel schreiben!", stieß sie hervor und verabschiedete sich. „Könnten Sie Herrn Salcher bitte ausrichten, er soll mich wegen morgen anrufen?"
Lois nickte und sie verließ den Stall. Die Hühner wirkten ein wenig aufgeregt und sie bemerkte, dass der Eimer mit dem Futter halb voll auf dem Boden stand.
„Die paar Minuten", dachte sie und griff danach. Lachend streute sie die Körner aus. Als sie fertig war und gerade ins Auto steigen wollte, hörte sie laute Männerstimmen aus dem Bauernhaus dringen. Offenbar handelte es sich um einen heftigen Streit. Kurz hielt sie inne und lauschte, verstand aber kein Wort, deswegen startete sie den Motor und ließ den Salcherer-Hof hinter sich zurück.

Als sie in ihrem Zimmer die Tür schloss, fühlte sie Müdigkeit aufsteigen. Die letzte Nacht und die unzähligen Eindrücke dieses

Tages hatten sie mehr mitgenommen, als sie vermutet hätte. Bevor sie sich aber auf dem Bett würde ausstrecken können, musste sie noch den Artikel schreiben. Sie öffnete ihren Laptop und setzte sich an den Tisch.

„Als ich in Kärnten auf dem Bio-Bauernhof eintraf, der für die nächsten zwei Wochen mein Arbeitsplatz sein sollte, war mir nicht klar, um welch komplexes Gefüge es sich bei einem landwirtschaftlichen Klein- und Mittelbetrieb handelte. Genau wie bei der Familie scheint es sich dabei um eine jener Zellen zu handeln, die den Grundstock für eine zivilisierte Gesellschaft legt. Kein anderes System innerhalb unserer Wirtschaft ist von politischen Entscheidungen stärker betroffen, als das des Bauern. Keine andere Arbeitskraft ist in diesem System so wichtig, wie die des Bauern – abgesehen von medizinischem Personal und, wie schon erwähnt, der Familie ... ", begann sie zu schreiben. Immer wieder hielt sie inne, um Details, wie zum Beispiel in Zusammenhang mit der Milchquote, zu recherchieren. Sie berichtete von ihrem Erlebnis mit den Hühnern, dem Steuern eines Traktors und ihrem ersten Ritt auf einem Pferd. Dabei stiegen vor ihrem geistigen Auge Salchers starke Hände an ihrer Seite und später um den Bauch auf. Dieser Mann hatte irgendetwas an sich, das sie faszinierte. Allerdings schien er sich nicht viel aus ihr zu machen und ihr war ohnehin klar, dass eine Beziehung – utopisch gedacht – vollkommen ausgeschlossen war. Eine Affäre vielleicht, aber nichts Ernstes. Abgesehen davon schien sie auf ihn überhaupt keinen Eindruck zu machen. Ein Blick auf die Uhr riss sie aus ihren Gedanken. Sie hatte nicht mehr viel Zeit. Deswegen tippte sie die letzten Worte und schickte das E-Mail nach Wien.

Es war kurz vor 22.00 Uhr und sie verspürte plötzlich großen Hunger. Vielleicht hatte sie Glück und sie konnte unten im Restaurant noch etwas zu essen ergattern.

„Die Küche ist geschlossen", sagte der Wirt kopfschüttelnd.

„Aber irgendetwas werden Sie doch noch finden! Bitte, ich habe riesigen Hunger!" Flehentlich sah sie ihn an.

„Sie können sich an die Bar setzen und ich bringe Ihnen einen Toast Hawaii, wenn Sie das möchten."

„Oh ja, das wäre sehr lieb!"

Sie betrat den Raum, in dem die Bar untergebracht war und wunderte sich nicht über die anderen Gäste, die zum großen Teil aus Hardrockern zu bestehen schienen. Was Sarah beim Einchecken nicht bemerkte hatte, war, dass es sich beim Kichler-Wirt um ein Motorradhotel handelte. Dementsprechend deftig ging es auch zu. Von ihrem Eintreten nahm niemand Notiz, einige Anwesende starrten zu einem Mann, der an der Bar lehnte und vor sich hin schimpfte. Zwei Männer redeten beschwichtigend auf ihn ein. Offensichtlich hatte der Mann ziemlich viel intus, wie man auch an seiner verschwommenen Sprache hören konnte. Als er den Arm eines seiner Freunde beiseite schob, konnte sie einen genaueren Blick auf ihn werfen und erstarrte mitten in der Bewegung. Der König vom Salcherer-Hof höchstselbst hing hier, mehr peinlich als elegant, betrunken an der Bar herum.

„Was ist mit ihm?", fragte Sarah den Wirt irritiert, der neben sie getreten war.

„Der Mihael håt an festen Fetzen."

„Sie meinen, er ist betrunken? Das sehe ich auch."

„Kommt alle paar Wochen einmal vor. Nicht besorgniserregend."

Sie setzte sich an einen Tisch und bestellte etwas zu trinken, dabei ließ sie Salcher nicht aus den Augen. Meine Güte, der Mann war ein Trinker! Bis jetzt war ihm nicht einmal aufgefallen, dass sie hier war. Und wenn schon, was hätte das auch ausgemacht? Er war ein freier Mann und konnte am Abend machen, was er wollte.

Der Wirt brachte ihr den Toast und Salcher hob zu einer nächsten Rede an, von der sie nicht viel verstand. Anscheinend hatte er sich mit seinem Vater gestritten und während er wetterte, hielt er dem Wirt sein Glas hin, der brav nachschenkte.

Sie hatte ihren Toast noch nicht ganz verzehrt, als sich Salcher wankend erhob.

„I muass los, schließlich muass i morgn mit der Flortschen aufn Berg aufe."

Er stützte sich auf einem Tisch ab und machte den nächsten Schritt. So hangelte er sich in Richtung Tür weiter.

Sarah erhob sich abrupt: „Sie wollen doch wohl nicht in diesem Zustand fahren?"

Überrascht hielt er inne und blickte sie aus trüben Augen an.

„Wenn man vom Teufel spricht ...", stammelte er. „Schau an, die Kolleginnn aus der Haubschtadt!"

Sie packte ihn beim Arm.

„Losn Sie mi los!", protestierte er und versuchte, sich aus ihrem Griff zu winden. Er roch wie eine Schnapsflasche.

„Nein!" Entsetzt drehte sie sich zu dem Wirt. „Sie werden ihn doch wohl so nicht fahren lassen!"

„Wir sind auf dem Land. Der Mann ist alt genug. Ist nicht meine Angelegenheit!"

„Auch auf dem Land gelten die Gesetze! Es gibt viele Tote wegen Trunkenheit am Steuer! Unschuldige Menschen!"
Sarah war außer sich, ihr Gesicht war ganz blass geworden.
„Sågn Sie uns niht, wie mia auf dem Land zu leben håm!", schnauzte Salcher sie an und machte sich unwirsch los. Dann torkelte er weiter auf die Tür zu.
„Haben Sie kein Zimmer, wo er über die Nacht bleiben kann?", wandte sie sich erneut an den Wirt.
„Hören Sie, wir sind kein Auffanglager für Betrunkene, sondern ein Hotel", echauffierte sich der Angesprochene.
Sarah hätte ihm am liebsten einen speziellen Finger gezeigt, eilte aber schnell Salcher nach, der den Raum bereits verlassen hatte und in der Hosentasche nach seinem Autoschlüssel kramte.
„Bitte", flehte sie und stellte sich ihm erneut in den Weg, „Lassen Sie mich fahren! Ich bringe Sie nach Hause!"
„Nichts da, i pin durhaus in der Låge selbst zu …. fahren." Er schloss kurz die Augen und legte seine Finger über die Augen. Sanft berührte sie seine Wange mit einer Hand.
„Nein, Sie können nicht fahren! Ich werde das nicht zulassen und wenn ich mich vor´s Auto werfe!"
Er ließ sich in einen Stuhl sinken.
„Kommen Sie mit auf mein Zimmer. Dort können Sie sich etwas Wasser ins Gesicht spritzen, dann dürften Sie sich gleich besser fühlen. Danach fahren wir, ja?"
Sie versuchte, ihn auf die Beine zu ziehen, aber er war zu schwer. Der Wirt hielt auf dem Weg zur Küche an.
„Helfen Sie mir bitte, ihn in mein Zimmer zu bringen?"
„Der ist viel zu betrunken, für das, was Sie vorhaben."
Sarah stemmte die Hände empört in die Hüften.
„Ich habe gar nichts vor, außer ihn wieder irgendwie wach zu kriegen, um ihn heimbringen zu können!"
Der Wirt rief zwei der anderen Gäste und bat sie, Sarah zu helfen. Kurze Zeit später lag Salcher auf ihrem Bett und stöhnte leise.
„Wie´s aussieht, fahren Sie heute nirgendwo mehr hin", murmelte sie und versuchte, ihm die ledernen Boots von den Füßen zu streifen, was nicht die einfachste Übung, aber schließlich doch von Erfolg gekrönt war. Sie stellte die Schuhe ans Fußende des Bettes und setzte sich neben ihn auf die Bettkante.
„Was ist nur passiert?"
Er öffnete die Augen und blickte sie müde an.

„Das Lebn. Das verdamde, beschiesane Lebn."
„Aber so schlimm kann es doch nicht sein, dass man sich so betrinken muss!"
Er drehte sich, einen unverständlichen Fluch murmelnd, zur Seite. Wenige Minuten später hörte sie ihn schnarchen. Was nun? Auch Sarah war todmüde. Trotzdem wollte sie aber nochmal ihre E-Mails abrufen. Eine Nachricht von Matthias war gekommen.
„Gute Arbeit, Sarah, was ist nur mit dir passiert?" Mehr hatte er nicht geschrieben, nichtsdestotrotz freute sie sich. Kurz blickte sie zum Bett und griff nach ihrem Nachthemd, dann verschwand sie im Bad, um sich für die Nacht fertig zu machen.
Er hatte sich in ihrer Abwesenheit nicht bewegt. Sie schaltete die Nachttischlampe ein und das Zimmerlicht aus, dann blickte sie nachdenklich auf die andere Doppelbettseite. Wahrscheinlich war sie am nächsten Morgen früher wach als er und er würde gar nicht merken, dass sie neben ihm geschlafen hatte. Mit dem Rausch würde er sicherlich bis zum Nachmittag durchschlafen.
Da sie nicht auf dem Boden liegen wollte, glitt sie neben ihn. Im schwachen Licht der Lampe studierte sie ruhig seine Züge. Wieso nur fühlte sie sich so zu ihm hingezogen? Es war mehr als dumm, wenn sie sich in ihn verliebte und würde nur Schmerzen nach sich ziehen, dessen war sie sich vollkommen sicher. Doch als er so neben ihr lag, offensichtlich verwundet, überflutete sie Zärtlichkeit. Vorsichtig strich sie über seine Wange.
„Schlaf gut!", wisperte sie, dann löschte sie das Licht und kuschelte sich in den Polster. Doch seine Gegenwart hielt sie wach und sie dachte lange über ihn nach, bis es ihr ebenfalls endlich vergönnt war, ins Reich der Träume hinüberzugleiten.

Die richtige Freude dort findet man nicht ...

Michael Salcher erwachte mit der Frage, weshalb der Wecker nicht läutete. Es war sicherlich schon nach sechs Uhr in der Früh und höchste Zeit, sich um das Vieh zu kümmern. Der Kopf schmerzte, was ihn aber nicht weiter wunderte – so war es nach einem solchen Abend immer. Er wollte sich mit einer Hand über die Augen fahren, bevor er sie öffnete, doch ein Gewicht hinderte ihn daran. Schlagartig riss er die Augen auf und drehte den Kopf. Eine Frau lag an seinen Arm gekuschelt und schlief tief und fest. Zu seinem Schrecken war es nicht nur irgendeine Frau, es war Sarah Kraft! Er fluchte in sich hinein. Was hatte er da nur angerichtet? Vorsichtig entzog er ihr seinen Arm und sie drehte sich auf die andere Seite. Nun konnte er ihren zarten Rücken begutachten.
„Scheiße!", entfuhr es ihm leise und er richtete sich auf.
Voller Erleichterung stellte er fest, dass er bis auf seine Schuhe noch angezogen war – es war also nichts passiert – hätte ihn ohnehin gewundert, wenn er in dem gestrigen Zustand in diese Richtung irgendetwas Zustande gebracht hätte. Leise, um sie nicht zu wecken, schlüpfte er in seine Schuhe und blickte sich um. Auf den hoteleigenen Notizblock, der für Gäste bereitlag, kritzelte er eine Nachricht. Dann verließ er auf Zehenspitzen den Raum.

Sarah erwachte, weil Motorradlärm vor ihrem Fenster aufbrauste und sie warf einen schnellen Blick auf die andere Seite des Bettes. Erschrocken stellte sie fest, dass er nicht mehr neben ihr lag.
„Herr Salcher?", rief sie, kletterte aus dem Bett und spähte ins Badezimmer. Er war weg. Einfach so. Was hatte sie auch erwartet? Dass er sie mit einem Kuss wecken würde? Mutlos ließ sie sich auf einen Stuhl fallen, dabei entdeckte sie seine Nachricht:
„Frau Kraft, danke, dass Sie Ihr Bett mit mir geteilt haben! Ich erwarte Sie so bald wie möglich auf dem Hof. Vergessen Sie nicht, dass unser heutiges Ziel die Alm sein wird. Bis nachher, Michael Salcher." Das war's. Das Bett mit ihm geteilt ... auch die Luft und das war bei Weitem die größere Überwindung. Sie duschte, schlüpfte in ihre Kleidung, nahm ihre Tasche und ging frühstücken. Danach fuhr sie, ohne weitere Umschweife, in Richtung Arriach.

Um kurz vor 9.00 Uhr erreichte sie ihr Ziel und fand den Hof ziemlich verlassen vor. Als sie an die Tür des Bauernhauses klopfte, öffnete Frau Salcher.

„Keman se lei rein", sagte sie freundlich. „Es gibt glei Frühstück. Der Mihael is sicherlich auch glei da." Noch während sie das sagte, blickte sie über Sarahs Schulter.

„Wer sagt`s, da kimmt er schon."

Sarah drehte sich um, während sich ihr Herzschlag beschleunigte. Salcher wischte sich gerade die Hände an der Hose ab und kam gelassen in ihre Richtung. Man konnte ihm den gestrigen Zustand nicht mehr anmerken.

„Ach, Frau Kraft, hier sind sie ja!" Er drehte das Handgelenk und sah auf seine Uhr. „Gut geschlafen?"

Sie errötete und das ärgerte sie. Immerhin war rein gar nichts passiert.

„Ähm, ja, danke!"

Frau Salcher war schon wieder im Haus verschwunden und er hielt ihr freundlich die Tür auf.

„Nichts wie hinein", meinte er munter. „Wir haben heute noch viel vor."

Wieder waren einige Tische mit Gästen belegt und Salcher bot ihr einen Platz an der Familientafel an.

„Vielen Dank, aber ich habe gerade gefrühstückt", sagte sie, doch das wurde ignoriert. Man stellte Teller und Tasse vor sie und nach einem kurzen Tischgebet begannen alle zu essen. Dem Speck konnte Sarah einfach nicht widerstehen und so griff sie ebenfalls zu.

Vater Salcher sagte etwas zu ihr und sie nickte fleißig, woraufhin sein Sohn herzhaft zu lachen begann.

„Sie haben doch gar nicht verstanden, was er gesagt hat! Nehmen Sie sich in Acht! Sie sollten lieber den Kopf schütteln!"

„Was hat Ihr Vater denn gesagt?"

„Er wollte wissen, ob ich Ihnen gefalle."

Als er diese Worte sagte, grinste er schelmisch und Sarah schoss die Röte erneut in die Wangen.

„Hat er nicht!", entgegnete sie erschrocken.

„Sihàlich", stimmte Vater Salcher zu.

„Nun, Sie haben genickt. Ist doch alles gut!" Salcher lachte und Sarah wäre am liebsten im Boden versunken. Die Art, wie man hier scherzte, war ihr ausgesprochen fremd.

Große Teile des Tischgespräches erfolgten im Dialekt, deswegen ließ Sarah ihre Gedanken andere Wege einschlagen. So erinnerte sie sich an die kurze Zeile des Lobes ihres Chefredakteurs. Vielleicht würde sie nach ihrer Rückkehr nach Wien tatsächlich anspruchsvollere Themen

bearbeiten dürfen. Sie zuckte zusammen, als ihr Handy klingelte.
„Oh, Entschuldigung!", sagte sie schnell, wühlte das Gerät aus der Tasche und verließ den Raum.
„Kraft?"
„Endlich. Ich stehe seit zwei Tagen vor verschlossener Tür! Wo bist du?"
„Ich arbeite für die nächsten zwei Wochen in Kärnten, deswegen hast du wohl kein Glück gehabt, Andi. Was ist los?"
„Es ist alles Scheiße, sage ich dir. Ich bin total ausgebrannt. Ich wollte mit dir reden."
Sarah trat ins Freie und setzte sich auf eine Bank, die unter einem großen Kirschbaum aufgestellt worden war.
„Ich hab kurz Zeit, aber dann muss ich weiter."
„Tut mir leid, jetzt semper ich dir schon wieder die Ohren voll, aber ich hab es echt so satt! Ich bin in die Werbung gegangen, um kreativ zu sein! Nicht um irgendwelche stupiden Kundenwünsche zu erfüllen! Und vor zwei Tagen saß wieder so ein Depp vor mir, der eine Werbung wollte, dass es einem den Vogel aus dem Kopf schießt! Ehrlich! Dilettantisch, hirnverbrannt, unter aller Sau. Aber der Chef sagt, der Kunde zahlt und was der Kunde will, soll er bekommen. Anstatt ihn mit einer guten, neuen Idee zu überzeugen."
Sie hörte Andi tief durchatmen.
„Ich fühle mich wie ein Hamster in einem riesigen Rad und ich sehe kein Ende! Echt, das kann doch nicht das Leben sein! Das kann doch nicht alles gewesen sein! Nimmer lang und ich schmeiß alles hin und geh nach Indien."
„Ganz ruhig, Andi, du schmeißt gar nichts hin. Bei dem Job, bei dem Gehalt, in der Agentur! Überleg doch, so eine Chance bekommst du nie wieder! Und Indien, was willst du schon dort? Dir eine Krankheit einfangen? So eine Amöbe vielleicht? Weil die den Salat nicht waschen?"
„Na und? Dann hab ich wenigstens irgendetwas ausprobiert was nicht in geordneten Bahnen verläuft!"
„Ach komm schon, das meinst du nicht ernst. Wirst sehen, morgen geht's dir schon wieder besser. Geh ins Kino und schau dir was Lustiges an und dann ist die Welt wieder in Ordnung!"
Andi schnaubte.
„Sarah, das kannst du nicht meinen. Du schickst mich ja geradezu auf's Schafott!"
„Sei doch nicht so dramatisch. Es ist natürlich alles deine Entscheidung!

Wenn du kündigen willst, dann tu es, aber jammere nachher nicht, dass du es doch nicht hättest tun sollen."
„Aber Sarah, was ist mit all meinen Träumen, ich hatte so viele und sie sterben, einer nach dem anderen. Ich verliere mich."
Sarah seufzte, in dem Moment trat Salcher mit einem Rucksack beladen aus dem Haus und sah zu ihr hinüber.
„Andi, wir sprechen, wenn ich wieder in Wien bin, jetzt muss ich weiter, sorry."
Sie hörte ein schweres Seufzen.
„Ach, komm Andi, das wird schon wieder."
„Wenn du meinst. Danke für`s Zuhören."
„Gerne und lass den Kopf nicht hängen ..."
Mit einem letzten Gruß legte sie auf, erhob sich, holte schnell ihre Tasche aus dem Esszimmer und ging zu Salcher, der mittlerweile auf den Traktor gesprungen war.
„Wollen Sie fahren?", fragte er und hielt ihr den Schlüssel hin.
Sarah wich entsetzt zurück.
„Oh nein, vielen Dank! Wenn die Straße so ist, wie ich sie mir vorstelle, ist es sicherer für uns beide, wenn Sie fahren."
Er lachte nur, wartete bis sie sich ebenfalls gesetzt hatte und startete den Motor. Es war schon immer wieder ein Abenteuer, dieses Gefährt unter sich vibrieren zu fühlen.
„Auf geht`s!", rief er und ließ die Kupplung kommen.
Nicht lange und sie hatten den Hof hinter sich gelassen und fuhren streckenweise durch den Wald, der aber immer wieder von Wiesen unterbrochen wurde.
„Meine Güte, die Straße wird ja immer enger!", stöhnte Sarah.
„Keine Panik, bald hört sie ganz auf."
„Was?" Entsetzt blickte sie den Mann an ihrer Seite an, der ihr seinerseits vergnügt zublinzelte.
„Dann gibt es nur mehr einen Schotterweg."
Sarah biss die Zähne zusammen.
„Wie Sie sehen, habe ich die Tücken der Natur bisher unbeschadet überlebt."
„Na ja, ich weiß nicht. Ist sicher noch Restalkohol in Ihrem Blut."
„Damit nehme ich die Kurven leichter."
Sie warf ihm einen prüfenden Seitenblick zu.
„Komisch, ich hätte Sie anders eingeschätzt."
„Ach so? Und wie?"
„Vernünftiger, verantwortungsvoller."

Seine Miene verdüsterte sich.

„Sprechen Sie mir nicht von Verantwortung. Davon hab ich echt genug."

Sarah beschloss, sich auf die Landschaft zu konzentrieren und hielt sich noch fester, als sie auf einen Schotterweg, der mit Schlaglöchern übersät war, einbogen und gleichzeitig in eine steile Kurve bergauf fuhren.

„Jetzt weiß ich, weshalb mein Chefredakteur mich hierher geschickt hat: Er wollte mich töten."

„Blöd, dass Sie´s jetzt herausgefunden haben. Es sollte alles ohne Schmerzen über die Bühne gehen", erwiderte er trocken.

Sarah lachte auf.

„Wie viel zahlt er Ihnen dafür?"

„Darf ich nicht verraten. Hab ich ihm versprochen. Aber so viel sei gesagt: Es ist eine ganze Menge."

Wieder kicherte Sarah. Je höher sie den Berg erklommen, desto atemberaubender wurde die Aussicht.

„Erzählen Sie mir noch etwas über die Almwirtschaft", bat sie nach einer Weile.

„Sie ist ein Erbe unserer Vorfahren", erklärte er, „Sie ist verbunden mit Idealen, mit viel Arbeit und wenig Lohn, aber unsere Almen sind, wie gesagt, ein Erbe. Primär genutzt werden sie für die Land-, Forst- und Jagdwirtschaft. Genauer betrachtet dienen unsere Almen aber auch der Gefahrenprävention. Wichtige Effekte dabei sind auch die Erhaltung der Kulturlandschaft und die Regeneration von Wasser. Almen sind außerdem lebende Biotope für Pflanzen und Tiere, also ein wertvolles Ökosystem zur Erhaltung der Biodiversität, was wiederum einen Schutz vor Naturkatastrophen nach sich zieht."

Kurz hielt er inne und dachte nach. „Zu guter Letzt dient sie dem sanften Tourismus als Rückzugsort. Also zur Erholung und Regeneration des Menschen. All das kann allerdings nur gewahrt bleiben, wenn die Almen bewirtschaftet werden. Zusammengefasst bedeutet das, Almen dienen zur Lebensmittelerzeugung, für Tourismus und zur Erholung und schützen vor Naturgefahren."

Er blickte kurz zu ihr.

„Haben Sie gewusst, dass hierzulande die ersten Almen bereits ca. 6000 vor Christus bewirtschaftet wurden?"

„Das kann nicht sein!"

„Doch, genau so ist es. Und zwar kamen die ersten Bauerngesellschaften aus dem Vorderen Orient."

„Ach, deswegen sehen Sie so asiatisch aus."

Er lachte. „Nun ja, immerhin sind tausende von Jahren vergangen. Zuerst kamen die Asiaten, dann der Salz- und Kupferbergbau, später die Römerzeit, während der der Almkäse sehr beliebt war. Bis ins 6. Jahrhundert wanderten dann die Alemannen, Bajuwaren und Slawen ein. Das Klima verschlechterte sich, wodurch die Völkerwanderung ausgelöst wurde und plötzlich waren alle weg."
Sarah schüttelte den Kopf.
„Das kann ich fast nicht glauben."
„Dann besuchen Sie doch mal die Ausgrabungen auf der Königreichalm. Sehr erhellend."
„Danke für den Tipp. Wie ging es weiter?"
„Erst im Hochmittelalter kam es zu einer neuen Blüte in der Almwirtschaft, diese nahm im Mittelalter aber wieder ab und erst im 18. Jahrhundert wieder zu. Am Ende des 19. Jahrhunderts beschloss der Staat, die Existenz der Bergbauern zu schützen. Es folgten Almschutzgesetze und genauere Bestimmungen über Schutz, Pflege und Förderung der Almwirtschaft."
„Okay", sagte Sarah, „das waren die Fakten. Aber was bedeutet das alles für Sie? Sie haben doch gestern gesagt, Ihr Vater würde alles aufgeben, was damit zu tun hat."
Die Muskeln seiner Wangen zuckten, als er die Zähne fest aufeinander biss.
Noch immer wanden sich steile Kurven in kurzen Abständen den Berg hinauf.
„Am liebsten würde er die ganze Viehwirtschaft aufgeben."
„Aber Sie möchten das nicht?"
„Und alles den Finanzhaien überlassen?"
Er schüttelte den Kopf. „Was hier in unserem Land erfolgt – das Land Grabbing – ist eine Art Ausverkauf der Grundlagen zur Erfüllung der Grundbedürfnisse der Menschen."
„Das war wirklich ein sehr schöner Satz, doch ich habe den Inhalt leider nicht verstanden."
„Land Grabbing bedeutet, dass Acker- und Weideflächen an Investoren – meistens Finanzdienstleistungsunternehmen – verkauft werden. Wie Sie vielleicht wissen, haben die rein gar nichts mit der Wertschöpfungskette zu tun. In Deutschland ist der Anteil an landwirtschaftlichen Flächen, die sich in der Hand irgendwelcher Banken, Spekulanten etc. befinden, ziemlich hoch. In Österreich hat man das sogenannte Grundverkehrsgesetz eingeführt, das zwar nett gemeint ist, aber auch nur teilweise hilft. In meinen Augen darf die

landwirtschaftlich genutzte Fläche nur an Kleinbauern veräußert werden, die den Boden auch bestellen, nicht an Großkonzerne, die Mais und Raps anbauen, um daraus Sprit herzustellen."
„Und wogegen soll dieses Grundgesetz helfen?"
„Grundverkehrsgesetz."
„Ja, das."
„Nun ja, es behandelt beim Verkauf von landwirtschaftlichen Flächen bevorzugt den Bauern. Allerdings nur ..."
Salcher hob kurz den Finger, bevor er wieder das Lenkrad umklammerte, „wenn er den gleichen Preis wie zum Beispiel der Interessent – sagen wir eine große Finanzfirma – zahlt. Haha, kann ich da nur sagen."
Sarah schüttelte verwirrt den Kopf.
„Ich kann das nicht verstehen ..."
„Also, das bedeutet ..."
„Nein, ich kann nicht verstehen, warum der Staat unser Land nicht besser schützt!"
„Weil der Staat von Politikern regiert wird, die nur ihren eigenen Geldbeutel im Sinn haben. Allerdings muss ich zu meiner Schande gestehen, dass auch österreichische Investoren in Ostländern, wie z.B. Rumänien oder Ungarn, fröhlich am Ausverkauf mitmischen."
„Es wundert mich, dass Sie angesichts dieser Lage nicht schon längst das Handtuch geworfen haben."
Einige Minuten vergingen in nachdenklichem Schweigen. Plötzlich hielt er den Traktor an und sprang hinunter. Er half ihr beim Aussteigen und stellte sich neben sie. Mit einer weit ausholenden Handbewegung deutete er über das Panorama, das sich ihnen bot. Grüne Wälder und Wiesen erstreckten sich so weit das Auge reichte, Berge mit steinernen Gipfeln ragten majestätisch tausende von Metern in den Himmel. Strahlend weiße Wolken warfen dunkle Schatten ins Tal.
„Ich bin hier geboren", sagte er schließlich. „Es würde mir das Herz brechen, wenn ich wüsste, dass dies einem geldgierigen Blutsauger oder einem arabischen Scheich gehörte, der dann die Steine für den Bau einer ökologisch untragbaren Anlage in seinem Wüstenstaat abtragen würde. Ich als Landwirt sehe mich als Verwalter, nicht als Besitzer dieser Schöpfung. Dies ist nicht nur unser Erbe – es ist unsere Zukunft!"
Er spuckte verächtlich aus. „Wie viele der heutigen Machthaber, Politiker, Elite und Sonstigen sehen das noch so? Die österreichische Bundesimmobiliengesellschaft war schon dabei, zwei Berggipfel zu verkaufen. Berggipfel! Da hört sich's echt auf!"

„Und, wer hat sie gekauft?"
„Es gab derart viele Proteste, dass die Verkäufe abgesagt wurden. So lange das Volk noch so wach ist und mitbekommt, was passiert … Aber denken Sie nicht, die werden es wieder probieren? Und immer wieder? Da müssen Gesetze geschaffen werden, die das Recht des Volkes auf den Grund stärken! Aber nein, stattdessen werden Gesetze geschaffen, die die Rechte der Wirtschaft stärken."
Er brach unvermittelt ab.
„Genug. Wir wollen den Tag genießen."
Sie zog den Fotoapparat aus ihrer Tasche und machte ein paar Bilder.
„Würden Sie sich kurz neben den Traktor stellen?"
„Einen anderen Vorwand haben Sie nicht gefunden, um endlich an ein Foto von mir zu kommen?"
Warum wurde sie schon wieder rot?
„Nein, ehrlich gesagt nicht. Seit Tagen überlege ich schon, was ich machen muss, damit ich Sie endlich vor die Linse kriege!"
„Wie mir scheint, haben Sie die Lösung gefunden. Spielen Sie ein paar Stunden meine Therapeutin und schon fresse ich Ihnen aus der Hand."
„Flirten Sie mit mir, Herr Salcher?", fragte sie herausfordernd.
„Ich scherze mit Ihnen, Frau Kraft", entgegnete er mit einem vielsagenden Lächeln.
Brav posierte er neben dem Traktor. „Eine Mistgabel habe ich jetzt leider nicht mit. Die würde die ländliche Idylle, wie sie sich die Städter vorstellen, perfekt bedienen."
Sarah schmunzelte.
„Vielleicht könnten Sie einfach ihr Hemd öffnen, damit man die Muskeln sieht?"
„Vergessen Sie's! Ich bin doch kein Model für den Bauernkalender", winkte er lachend ab.
„Es war auch nur ein Scherz", beeilte sie sich zu sagen, hielt die Kamera vor ihr Gesicht und drückte ein paar Mal ab.
„Vielen Dank", sagte sie schließlich. „Ich verspreche, es wird nur für priv... äh geschäftliche Zwecke verwendet."
„Ein Freudscher!"
„Bilden Sie sich nur nichts ein!"
Wieder lachte er, trat neben sie und half ihr zurück auf den Traktor, dann kletterte er selbst auf den Sitz. Nachdem sie ein paar Minuten gefahren waren, wollte Sarah wissen: „Wie lange fahren wir noch?"
„Ach, schon noch eine Weile. Tut Ihr Hintern schon weh?"
Sarah stieß einen empörten Laut aus.

„Ich bitte Sie!"
„Wir sind hier auf dem Land, da wird nicht jedes Wort auf die Goldwaage gelegt."
„Hab ich schon bemerkt."
„Ich muss sagen, schon langsam macht mir unser Arrangement Spaß! Ich rede die ganze Zeit und Sie hören zu! Wenn das ein Mann in Begleitung einer Frau sonst macht, bekommt er ernsthafte Probleme."
„Ah, von Frauen haben Sie also eine Ahnung?"
Sarah blickte ihn neckisch von der Seite an und er wandte kurz den Kopf zu ihr.
„Natürlich, was denken Sie denn?"
„Das heißt, Sie haben eine Freundin?"
„Flirten Sie mit mir, Frau Kraft?"
„Aber nein, ich frage, Herr Salcher."
Unschuldig erwiderte sie seinen Blick.
„Zurzeit nicht. Aber immer mal wieder. Irgendwann gehen sie alle."
Die letzte Bemerkung klang ein wenig bitter.
„Nun aber genug von mir, jetzt möchte ich doch etwas von der Frau hinter der Kamera und dem Schreibblock erfahren."
„Ich hab doch gar keinen Schreibblock. Außerdem ist das nicht Teil des Arrangements."
„Die ganze Zeit breite ich mein Seelenleben vor Ihnen aus und dann soll es auch noch gegen die Regeln verstoßen, wenn ich auch etwas über Sie erfahren will?"
„Nun gut, ich heiße eigentlich gar nicht Kraft. Das ist mein Künstlername."
„Wow, Sie gehen ja wirklich gleich ans Eingemachte! Wie heißen Sie denn dann?"
„Brunner. Schnöd und einfach."
„Kraft ist noch schnöder und einfacher", meinte er.
„Ach, nun ja, das war ein Wortspiel. Kennen Sie Lara Croft?"
„Diese Zombietussi?"
„Ja."
„Ich glaub, ich hab schon mal ein Bild von ihr gesehen. Hatte große Ähnlichkeiten mit Angelina Jolie."
„Sehr witzig."
„Und nach der haben Sie sich benannt?"
„Ja, ich fand´s lustig."
„Jedem seine Art des Humors … Wollen Sie vielleicht auch aussehen wie die Angelina?"

Sarah dachte kurz nach.
„Immerhin ist sie ein Sexsymbol."
„Heißt das jetzt ja oder nein?"
„Vielleicht ein wenig."
Wieder warf er ihr einen kurzen Blick zu und konzentrierte sich auf die Straße.
„Sie haben wohl nicht sehr viel Selbstbewusstsein?"
„Wie kommen Sie darauf?"
„Ich mache mir so meine Gedanken."
„Lassen Sie das lieber."
Vor ihnen tauchte ein Gatter auf.
„Wären Sie so freundlich?"
„Aber natürlich!"
Sarah sprang vom Traktor und öffnete das Tor, wartete bis er durchgefahren war, schloss es und kletterte wieder auf ihren Sitz. Weiter ging die Fahrt.
„Habe ich richtig verstanden, dass Sie gerne heiraten würden?"
„Warum interessiert Sie das?"
Er blickte starr nach vorne.
„Ich versuche, meine Reportage so detailgetreu wie möglich zu machen. Es ist sicherlich ein wichtiger und einschneidender Aspekt, wenn man aufgrund seines Berufes in einem so wichtigen Teil seines Lebens einen derart großen Verzicht bringen muss."
„Sie reden, wie Thomas Bernhard schreibt."
„Ihnen kann man es aber auch nicht recht machen. Zuerst ist mein Niveau zu niedrig, dann zu hoch."
„Von zu hoch war noch lange nicht die Rede."
„Lenken Sie nicht ab."
„Ich lenke überhaupt nicht ab, das tun Sie. Immerhin waren wir gerade dabei, über Sie zu sprechen."
„Lassen Sie sich gesagt sein, es gibt über mich nicht viel zu berichten."
Sie begann mit einem Finger die Naht ihrer Jeans entlangzustreichen.
„Was bedeutet Divding Line?", frage sie nach einer kurzen Pause.
„Das Verhör geht also weiter. Das ist eine Wave Gothic Band."
„Wave Gothic?"
„Das ist eine Bewegung, die ziemlich breit gefächert ist, jedoch ziehen sich die meisten Anhänger schwarz an."
„Also ist es eine Hard Rock Band?"
„Nein, würde ich auch nicht sagen. Wenn Sie wollen, leihe ich Ihnen meine CD, dann können Sie mal reinhören."

Er beobachtete kurz ihre schlanken Finger, die immer wieder über ihren rechten Schenkel glitten.

„Gerne. Aber wie kommen Sie zu so einer Bewegung? Ich meine, hier im Wald gibt`s sicherlich nicht viele Möglichkeiten in diese Richtung."

„Sehr richtig erkannt, Sherlock. Während meines Studiums in Wien – ja, bevor Sie fragen, ich habe tatsächlich in Wien studiert – war ich einige Zeit in der Szene unterwegs. War sogar einmal zu Pfingsten in Leipzig. Dort gibt es alljährlich ein riesiges Wave Gothic Festival, das zieht sich durch die ganze Stadt und aus aller Welt reisen Teilnehmer an. Dort habe ich auch Dividing Line gehört."

„Und fahren Sie da heute auch noch hin?"

„Nein, die Szene ist mir zu extrem geworden. Waren viele merkwürdige Leute unterwegs. Aber die Texte der Band sind einfach richtig gut und ich mag ihren Sound. Welche Musik hören Sie?"

„Ich?" Sarah blickte ihn überrascht an.

„Natürlich, ist sonst noch jemand hier?"

Sanft legte er eine Hand über ihre und hielt diese fest. „Könnten Sie bitte damit aufhören. Es lenkt mich ab."

„Entschuldigung. Das wusste ich nicht ..."

Er zog seine Hand wieder fort und sie wünschte sich insgeheim, er hätte sie noch länger dort gelassen. Weil sie nicht wusste, was sie nun mit ihrem Arm anstellen sollte, schlang sie diesen um ihren Körper.

„Ich höre keine Musik. Ich meine, keine spezielle. Hitradio Ö3 oder so. Hab nie wirklich Zeit gehabt, mir darüber Gedanken zu machen."

„Was haben Sie denn gemacht, wenn Sie nie Zeit hatten? Womit haben Sie Ihre Tage gefüllt?"

„Darüber will ich wirklich nicht sprechen."

„Weshalb nicht?"

Weil du mich für eine hohle Nuss halten würdest, dachte sie bei sich.

„Es ist zu privat."

„Aha. Das finde ich sehr merkwürdig."

Sie zuckte mit den Achseln. Wieder tauchte ein Gatter vor ihnen auf. Sarah sprang aus dem Fahrzeug. Als sie wieder neben ihm saß, meinte er: „Gut, dann schweigen wir ..."

„In Ordnung."

... vor Säufern und Tänzern da läuft sie davon.

Sarah verschränkte die Arme und blickte angelegentlich aus dem Fenster. Manche Gipfel waren noch von Nebelfeldern verdeckt und der Anblick atemberaubend.
„Also gut. Ich habe gearbeitet, mich mit meinen Freundinnen herumgetrieben und geshoppt. Aus Ihrer Sicht, nehme ich mal an, ein sinnloses Leben geführt."
„Ja, da haben Sie recht. Das tut mir leid für Sie."
„Bisher hat es mich nicht gestört."
„Bisher? Und jetzt?"
„Nun ja, ich muss gestehen, diese naturverbundene Art, wie sie hier gelebt wird, gefällt mir sehr."
„Aber doch könnten Sie sich niemals vorstellen, auf´s Land zu ziehen."
„Wahrscheinlich nicht. Ich bin einfach ein Stadtmensch. Die Kultur, der Puls, die Abwechslung würden mir zu sehr fehlen. War es für Sie leicht, aus Wien wegzugehen?"
Salcher dachte kurz nach: an seine Studienzeit in Österreichs Hauptstadt, die wenigen Wochen, die er zu Hause verbrachte.
„Ja. Allerdings bin ich hier aufgewachsen. Wahrscheinlich prägt einen die Herkunft mehr, als man als junger Mensch so denkt."
Sie nickte.
„Die Großstadt", fuhr er in Gedanken fort, „hält so viele Ablenkungen bereit, dass es sehr leicht ist, sich zu verlieren. Wenn man am Abend in seiner Wohnung sitzt, muss man irgendetwas machen, damit einem nicht langweilig wird. Hier habe ich überhaupt keine Zeit über Langeweile auch nur nachzudenken."
„Das hat mein Freund heute auch zu mir gesagt, dass er sich verliert."
„Interessant, dass er es bemerkt. Was ich so beobachtet habe, war, dass die meisten sich nicht mal gefunden haben. Fazit: Was man nicht findet, kann man nicht verlieren. Viele sind einfach nur Masse."
Kurze Pause.
„Sie haben also einen Freund?"
„Ich habe viele Freunde", erwiderte Sarah.
„Gute Freunde?"
„Keine Ahnung. Freunde eben."
„Es ist Ihnen also noch nie wirklich dreckig gegangen, sodass Sie herausfinden konnten, wer bleibt?"
„Nein, Gott sei Dank nicht."
„Man kann es so sehen, oder aber auch ganz anders. Es sind die Krisen,

die uns weiterbringen."

Sarah fühlte sich angegriffen.

„Solche Krisen, die Sie dazu bewegen, sich volllaufen zu lassen? Ehrlich gesagt, hab ich dann lieber keine, als mit ihnen als einsamer Trinker zu enden."

„Jetzt haben Sie es mir aber gegeben! Wie lange wollen Sie noch darauf herumreiten?"

„So lange, bis sie einsehen, dass man alkoholisiert nicht fahren darf."

„Gehören Sie einem Verein zur Prävention von Unfällen an?", stichelte er sarkastisch.

„Nein. Ich habe meine Schwester auf diese Weise verloren."

„War sie betrunken?"

„Nein, sie war zur falschen Zeit auf dem Weg nach Hause. Der Fahrer, der sie überfahren hat, hatte zwei Promille und das hatten Sie gestern mindestens auch."

„Es tut mir leid. Aber Sie sagten doch gerade, dass es Ihnen nie schlecht ging?"

„In einem anderen Zusammenhang. Sie wollten wissen, ob ich dadurch herausfinden konnte, wer meine ‚wahren' Freunde sind. Das habe ich nicht."

„Warum nicht?"

Wieso löcherte er sie so? Sarah fühlte Wut in sich aufsteigen.

„Weil unsere Familie diese Dinge mit sich selbst ausmacht. Wir sind nach Hawaii geflogen, haben uns mit Surfen abgelenkt und sind nach ein paar Wochen wieder nach Hause zurückgekehrt. Für unser Umfeld war die Sache damit gegessen."

„Sie haben niemals wirklich getrauert ..."

Ungläubig schüttelte er den Kopf.

„Natürlich. Ablenkung ist die beste Trauerbekämpfung!"

„Sie sagen es: Bekämpfung! Trauer muss man zulassen!"

„Ach, darin sind Sie Experte?"

„So würde ich mich nicht bezeichnen. Aber immerhin, ein wenig Erfahrung darin habe ich schon."

„Und Sie bestehen darauf, diese mit mir zu teilen?"

Sarahs Stimme überschlug sich fast.

„Ganz und gar nicht. Ich bin schon drauf gekommen, dass die meisten Leute ihre Erfahrungen selber machen müssen. Und wenn sie die nicht machen, kommen sie halt nicht weiter. Aber, wie schon gesagt, stört es nur die Wenigsten."

Nun war sie wirklich sauer.

„Wann sind wir denn endlich da?"
„Vier Gatter noch."
Den Rest der Fahrt verbrachten sie schweigend, schließlich erreichten sie die Alm und Sarah hielt nichts mehr im Inneren. Sie sprang ab, kaum hatte der Traktor gehalten. Weiden erstreckten sich über steile Hänge, die einzige ebene Fläche war für die Hütte geschaffen worden. Die Glocken der Kühe bimmelten beruhigend und Sarah atmete tief durch. Auf dem Dach der Alm entdeckte sie Solarzellen.
Salcher war neben sie getreten und folgte ihrem Blick.
„Für die Milchaufbereitung benötigt man heutzutage Strom. Deswegen haben wir die Zellen angebracht. Es gibt aber auch Almen, die an das Stromnetz angeschlossen wurden oder Dieselmotoren haben."
Sarah nickte interessiert. Sie war froh, dass er so unkompliziert das Thema gewechselt hatte. In dem Moment ging die Tür auf und ein drahtiger Mann kam heraus.
„Ferdl!", rief Salcher und ging auf die Holzhütte zu.
„Der Mihael! I håb mia schon dacht, dass i sowas wie einen Traktor ghört håb."
Salcher stellte Sarah dem anderen Mann vor, dann begannen sich die Männer angeregt zu unterhalten.
„Wir werden jetzt weitergehen, ich möcht mit ihr noch hinauf aufs Wöllner Nock."
„Da håpts aber no a ganz schönes Stück vor euch."
„Die drei Stunden", winkte Salcher ab.
„Aber auf a kloane Jausn kimmts schon no eina."
Salcher nickte und gemeinsam gingen sie in die Hütte. Ein paar Bergsteiger saßen an einem Tisch und spielten Karten.
Salcher öffnete eine Tür, die von dem großen Raum abging und ließ Sarah hineinsehen. Zwei Stockbetten standen darin.
„Hier können Wanderer übernachten. Es gibt noch zwei weitere solcher Zimmer."
„Einfach, aber gemütlich", stellte die junge Frau fest und lächelte ihn an.
Er deutete auf einen Tisch und sie ließ sich auf einer Bank nieder. Ferdl stellte ein Holzbrett mit Brot, Speck und Käse sowie einen Krug Wasser und zwei Gläser vor sie hin. Dann setzte er sich zu ihnen und verwickelte Salcher erneut in ein Gespräch. Als er an den anderen Tisch gerufen wurde, meinte Salcher an seine Begleiterin gewandt:
„Die Käserei zeige ich Ihnen noch, bevor wir zu Fuß weitergehen."
„Wohin gehen wir?"

Er deutete aus dem Fenster auf einen Gipfel.
„Dorthin."
Sarah riss die Augen auf.
„Dort hinauf? So weit?"
„Man geht nur drei Stunden, wenn man nicht allzu sehr trödelt."
„Drei Stunden Fußmarsch? In eine Richtung? Sind Sie verrückt?"
Salcher schmunzelte.
„Für einen Stadtmenschen mag es durchaus so erscheinen. Aber ich verspreche Ihnen, wenn wir oben am Gipfel stehen, wissen Sie, weshalb Sie diese Erfahrung unbedingt machen mussten, um Ihren Artikel schreiben zu können."
Sarah seufzte und biss von dem Käse ab.
„Ausgezeichnet!", sagte sie kauend. „Ich werde so zunehmen."
„Und wäre das schlimm?", fragte er.
„Natürlich! Der Körper ist das Kapital der Frau. Wenn ich dick bin, werde ich keinen Mann mehr finden."
„Habe ich richtig verstanden, dass Ihre Gleichung folgendermaßen lautete: Nicht dünn ist gleich dick."
„Ja, so ungefähr."
„Dann war Marilyn Monroe also dick?"
„Nein, die nicht."
„Aber sie war weit entfernt von Größe 38."
„Das war früher. Heute hat keiner mehr Erfolg, wenn er nicht dünn ist."
„Gott sei Dank bestimmen Ausnahmen die Regel! Ich persönlich finde jede runde Mutter, die ihre Kinder zu verantwortungsbewussten Menschen erzieht, um einiges erfolgreicher, als so einen überbezahlten dürren Star, der in einer Scheinwelt lebt. Nebenbei bemerkt möchte ich Sie beruhigen: Die meisten Männer haben es lieber kurvig."
„Sie meinen also, ich bin nicht kurvig?"
„Ich meine, ein paar Kilo mehr würden Ihnen sicherlich stehen."
Sarah kaute frustriert, sie wagte nicht zu fragen, ob er sie hübsch fand.
„Nun ja, da bin ich also wieder erfolgreich in ein Fettnäpfchen getreten", stellte er zerknirscht fest. „Derweil habe ich es nur nett gemeint."
„Schon gut", sagte sie. „Mir ist lieber, ich weiß, woran ich bin."
„Und, woran sind sie?"
Er sah ihr so intensiv in die Augen, dass ihr schwindlig wurde.
„Wie bitte?", hauchte sie.
„Woran sind Sie bei mir?"
Nun senkte er den Blick auf ihren Mund.

„Sie finden mich zu dünn."
„Nur ein kleines bisschen." Nun sah er sie wieder an, dann wandte er sich ab und schob den Teller mit Speck ein wenig mehr in ihre Richtung.
„Essen Sie noch ein bisschen."
Ein erheitertes Lachen entschlüpfte ihrer Kehle.
„Sie sind unverbesserlich!"
Und da ihr das Essen so gut schmeckte, griff sie tatsächlich noch einmal zu.
Auf der Alm wurde die Milch gleich zu Käse weiterverarbeitet und Salcher zeigte ihr die runden Laibe, die auf Regalbrettern in der Käserei lagen.
„Einen Teil davon verkaufen wir hier. Der andere Teil kommt ins Tal, wird am Hof und beim Wochenmarkt verkauft, aber auch an Einzelhändler. Auf dem Rückweg werden wir ein paar Laibe mitnehmen."
Nach der Führung verabschiedeten sie sich fürs Erste und begannen den Aufstieg. Manchmal war der Pfad zugewachsen und nur schwer zu finden, doch Salcher schien jeden Stein zu kennen. Nach zwanzig Minuten Gehen, schnaufte Sarah bereits schwer.
„Pause!", rief sie.
„Schon?"
Er stand ein paar Meter über ihr und musterte sie spöttisch.
„Kommen Sie, ein kleines Stück noch, dann haben wir den idealen Platz für eine Rast erreicht."
Sie schleppte sich weiter – ihre Tasche behinderte sie beim Gehen. Um einen Vorwand für eine kurze Verschnaufpause zu haben, zog sie die Kamera heraus und machte ein paar Fotos.
„Was wollen Sie denn hier fotografieren?", fragte er, um sie zu necken.
„Ich hab Sie durchschaut, Frau Brunner, Sie wollen nur eine kurze Pause einlegen. Darf ich Ihnen einen Schluck Wasser anbieten?"
„Nein danke, bis zu unserem Rastplatz halte ich noch durch."
Sie verstaute die Kamera in der Tasche und setzte den Weg fort. Fünfzehn Minuten später erreichten sie eine Bank und setzten sich.
„Fünfzehn Minuten nennen Sie ein kleines Stück?", schnaubte sie.
„Ist ja auch nicht weit gewesen."
„Bitte haben Sie Erbarmen mit einer armen Wienerin, die sich in die Berge verirrt hat!"
Salcher öffnete den Rucksack und zog eine Flasche Wasser heraus.
„Bitte schön", sagte er und reichte sie ihr.
Sie trank gierig. Als sie fertig war, begann sie, diese zu verschließen.

„Darf ich auch?", wollte er freundlich wissen.
Irritiert blickte sie ihn an.
„Wie? Soll das heißen, wir trinken aus derselben Flasche?"
Erschrocken erwiderte er ihren Blick: „Ja!"
„Ist ja eklig!"
„Vielen Dank", meinte er.
„Nein, Entschuldigung, ich meine nicht Sie. Sie trinken ja immerhin nach mir."
„Haben Sie reingespuckt?"
„Nein, natürlich nicht!"
„Dann ist es mir egal, wenn Sie schon zuvor getrunken haben. Oder haben Sie irgendwelche ansteckenden Krankheiten?"
„Nein!"
„Dann ist ja alles bestens! Ich auch nicht!"
Mit diesen Worten nahm er einen großen Schluck.
„Sie überfordern mich am laufenden Band", schmollte sie.
„Überfordere ich Sie oder fordere ich Sie nur heraus?", fragte er, während er die Flasche verstaute, sich zurücklehnte und dabei die Arme über die Lehne der Bank legte. Es ließ sich nicht vermeiden, dass er sie dabei berührte. Sie lehnte sich nach vorne, stützte sich mit den Ellbogen auf den Knien ab und legte ihr Kinn auf die Hände. Noch bevor sie antworten konnte, stellte er schon die nächste Frage: „Störe ich Sie?"
„Wieso?"
„Weil sie sich nach vorne gelehnt haben, als ich meine Arme über die Lehne gelegt habe. Sie müssen es nur sagen und ich gebe den einen Arm wieder weg."
„Nein, lassen Sie nur. Ich wollte mich ohnehin so hinsetzen."
„Sieht sehr gemütlich aus."
Einige Zeit schwiegen sie.
„Kann es weitergehen?" Salcher griff nach dem Rucksack.
„Wenn es sein muss, Sie Sklaventreiber."
„Ach, nennen Sie mich Personal Trainer. Ich zeige Ihnen heute, welche Kräfte in Ihnen schlummern. Es ist doch nur eine kleine Tour."
Sie schnaubte verächtlich.
„Wenn ich einen Trainer will, kaufe ich mir einen."
„Sie können mich gerne dafür bezahlen. Aber ich hätte es auch umsonst gemacht."
„Ich glaube, Sie haben etwas falsch verstanden. Sie, lieber Herr Salcher, sind Teil meiner Arbeit."
„Dann fügt sich lei eins ins andere."

Hintereinander gingen sie weiter und Sarah atmete die Luft tief ein. Sie roch würziger als im Tal und erst recht als in der Stadt. Sie mochte diesen Geruch. Es fühlte sich an, als wäre jeder Schritt eine Befreiung, sei es die vom Lärm oder den Zwängen als auch der des Geistes.
„Spüren Sie es schon?", wollte er wissen, während er wieder einmal auf sie wartete.
„Ja", gab sie andächtig zu. „Es ist ein ähnliches Gefühl wie in einer Kirche."
„Ein interessanter Vergleich."
Munter setzte er den Weg fort. Wie Sarah mit Neid feststellte, schien ihn der Aufstieg nicht im Geringsten anzustrengen. Als sie plötzlich vor einem Zaun standen, half er ihr über den Steig. Dann ging es weiter. Während er nach einiger Zeit wieder auf sie wartete, bückte er sich und pflückte ein paar Beeren.
„Heidelbeeren", erklärte er. „Kosten Sie!"
Sie probierte und stellte fest, dass sie viel besser schmeckten als im Geschäft.
„Natürlich. Das hier sind die wilden Heidelbeeren. Im Geschäft gibt es nur die relativ geschmacklosen Kulturbeeren."
„Haben Sie keine Angst vor dem Fuchsbandwurm? Ich meine, ist es nicht leichtsinnig, die einfach vom Strauch zu essen?"
Wieder blickte er sie ein wenig mitleidig an.
„Keine Angst, der Jäger hat seit Jahren keinen Fuchs mehr in der Region gesehen. Sie werden nicht sterben."
„Haha", sagte sie.
Je steiler der Weg wurde, desto schweigsamer wurde sie und desto öfter musste er auf sie warten. Immer wieder versuchte er, sie mit aufmunternden Worten anzutreiben und sie verwünschte ihn innerlich. Aber dann hatten sie es endlich geschafft und Sarah stand vor dem Gipfelkreuz und war dem Wind ausgesetzt, der ziemlich stark um sie wehte.
„Es ist kalt hier!", meinte sie und er reichte ihr seine Jacke, die er aus dem Rucksack hervorkramte.
„Nehmen Sie diese … Mehr fällt Ihnen dazu nicht ein?"
Wie ein Schwamm sog sie den Anblick in sich auf. Es war, als könnte sie bis zum Horizont sehen – und darüber hinaus.
„Es ist atemberaubend!"
„Oh ja, das ist es!"
Einträchtig standen sie nebeneinander und weideten sich an der Schönheit der Schöpfung. Massive Felsformationen fielen zu grünen

Hängen ab, die sich wiederum zu schmalen Tälern weiteten. Der Grund, auf dem Sarah und Michael standen, war karg und steinig. Nur die widerstandsfähigsten Pflanzen konnten der Natur in den Stein gekrallt Lebensnotwendiges abtrotzen. Das Pfeifen des Windes war das einzige Geräusch, das bis zu ihren Ohren drang. Irgendwann bat er sie, ihm zu folgen und er zeigte ihr das Gipfelbuch, in das sich beide eintrugen.

„Ich würde vorschlagen, wir steigen ein bisschen ab, dann ist es wieder wärmer. Nicht weit von hier machen wir eine schöne lange Rast. Es gibt auch wieder etwas zu essen."

„Der Service ist hier wirklich gut." Sie sah ihn fröhlich an und folgte ihm dann beim Abstieg, der sie an Unmengen von Heidelbeersträuchern vorbeiführte. Immer wieder blieb sie stehen und naschte davon. Er tat es ihr gleich und bald grinsten sie sich mit blauen Mündern an. Auch ihre Hände waren blaugefärbt und Sarah betrachtete sie fasziniert.

„Ich will gar nicht wissen, wie ich jetzt aussehe!"

Salcher lachte nur und ging weiter. Auf einer Weide hielt er unter einem Baum an und setzte sich ins Gras. Auffordernd klopfte er neben sich. Brav gehorchte sie und ließ sich an seiner Seite nieder. Er packte diverse Köstlichkeiten aus dem Rucksack und schweigend kauten sie vor sich hin. Als er fertig war, rückte er ein Stück zur Seite und ließ sich nach hinten ins Moos sinken.

„Das sollten Sie auch mal ausprobieren", riet er ihr. Schnell verstaute sie die Sachen im Rucksack und legte sich neben ihn. Über sich konnte sie den blauen Himmel sehen, er wirkte unglaublich nah. Gerade so, als könnte sie ihre Hand ausstrecken und ihn berühren. Vereinzelt zogen Wolken vorbei und ein Ast des Baumes über ihr wiegte sich leicht im Wind. Ein tiefer Frieden erfüllte sie und sie bemerkte nicht einmal, dass sich ihre Lider schlossen und sie so schnell eingeschlafen war, wie schon seit langem nicht mehr.

„Verstehen Sie, weshalb ich Sie hier heraufgebracht habe?", fragte er nach einer Weile und war überrascht, als er keine Antwort bekam. Er richtete sich ein wenig auf und sah zu ihr hinüber. Lächelnd stellte er fest, dass sie tief und fest schlief. Vorsichtig stützte er sich auf einem Ellbogen ab und betrachtete sie. Sarah war wirklich ein wenig zu dünn, allerdings wirkte sie so, ungeschminkt, viel jünger, als sie wohl sein musste. Ihre entspannten Züge offenbarten eine Verletzlichkeit an ihr, die er noch nie zuvor wahrgenommen hatte und vor allen Dingen wirkte sie hübsch. Nicht wie Angelina Jolie oder die Frauen, die einen von den Plakatwänden her sexuell belästigten und die so echt waren wie Popeye, nein, auf eine natürliche Art. Würde sie diese nicht immer

hinter Schichten von Schminke verstecken, würde sie um einiges gewinnen. Ja, sie war tatsächlich auf ihre Art bezaubernd. Ihr blondes Haar, das sie die ganze Zeit in einem Zopf getragen hatte, musste sie gelöst haben, bevor sie sich hingelegt hatte – jetzt floss es über das Moos und begann, im Wind ein Eigenleben zu entwickeln. Fast hätte er danach gegriffen, um zu fühlen, ob es so weich war, wie es aussah, doch er unterdrückte den Drang und ließ sich wieder zurücksinken. Kurz würde er sie noch schlafen lassen, aber allzu viel Zeit sollte bis zu ihrem Abstieg nicht mehr vergehen. Er hatte ihr verschwiegen, dass für den Abend Gewitter angesagt waren.
Als sie sich ein wenig bewegte, beugte er sich über sie und berührte sie sanft am Arm.
„Aufwachen, Dornröschen, wir haben noch ein ganzes Stück Weg vor uns!"
Sarah öffnete die Augen und blickte ihn verwirrt an. Dann sah sie die Wolken über seinem Kopf vorbeiziehen.
„Bin ich eingeschlafen?", fragte sie entsetzt und setzte sich derart abrupt auf, dass er gerade noch zurückweichen konnte.
„Hat so ausgesehen." Er lächelte. „Ich hätte sie auch noch nicht geweckt, doch wir haben noch den größten Teil des Abstieges vor uns."
Sie nickte benommen und versuchte, ihre Sinne zu sammeln. Mittlerweile war er auf die Beine gekommen und streckte ihr eine Hand entgegen, um ihr aufzuhelfen. Sie griff danach und bedankte sich. Er schulterte den Rucksack, wartete bis sie bereit war und schritt dann zügig aus. Sarah empfand das Bergabgehen beinahe anstrengender als den Aufstieg. Allerdings kamen sie um einiges schneller voran. Als sie einmal den Blick zum Himmel hob, stockte ihr der Atem. In nicht allzu weiter Ferne konnte sie dunkle Wolken aufziehen sehen.
„Herr Salcher, wie lange brauchen wir noch? Das sieht nicht gut aus!"
„Keine Angst, bis die Wolken über uns sind, sitzen wir längst im Traktor."
„Im Traktor?" Sie fühlte Panik aufsteigen.
„Ja." Er bemerkte ihre Beunruhigung nicht, sondern setzte den Weg unverdrossen fort. Sarah beschloss, nicht weiter mit ihm zu diskutieren, sondern ihm so schnell wie möglich zu folgen. Atemlos erreichten sie die Alm und Salcher lud einige Laibe Käse in den Traktor. Dann verabschiedeten sie sich von Ferdl und er half ihr auf ihren Sitz. Sie konnte sich nicht erinnern, dass ihre Beine jemals so geschmerzt hatten. Salcher schloss die Fenster, dann startete er den Motor und

die Fahrt begann. Sarah war zu müde um eine Konversation aufrechtzuerhalten, abgesehen davon hatte sie den Eindruck, dass er sich besonders auf den Weg konzentrierte, da er schneller fuhr als bei der Auffahrt. Sie waren vielleicht zehn Minuten gefahren, als es zu donnern begann. Sarah zuckte zusammen.

„Können wir uns vielleicht irgendwo unterstellen?"

„In den Bergen?", fragt er zurück. „Eine sehr dumme Idee. Jetzt schaun Sie nicht so entsetzt! Wir sitzen in einem Faraday'schen Käfig – uns kann nichts passieren."

Im nächsten Moment öffneten sich die Schleusen und es begann zu schütten, sodass man nur wenige Meter weit sehen konnte.

„Bitte bleiben Sie stehen! Das ist zu gefährlich!"

„Ich kenne diesen Weg in- und auswendig. Ich bin hier schon bei schlechterer Witterung gefahren."

„Das mag schon sein, doch könnten Sie aus Rücksicht auf mich kurz anhalten? Wir sollten warten, bis das Ärgste vorüber ist."

„Das wird dann morgen früh sein. Sie werden doch wohl kaum hier im Traktor schlafen wollen! Ich will es jedenfalls nicht!"

Voller Furcht klammerte sie sich an den Griff.

„Unwetter hier am Berg fühlt man gleich viel stärker als im Tal", meinte er und es schien ihn nicht zu stören. Das dritte Gatter versperrte ihnen plötzlich den Weg.

„Sie bleiben sitzen. Ich mach das", befahl er.

„Nein, Sie können doch jetzt nicht aussteigen! Es blitzt!"

Er schaltete den Motor aus und blickte sie wieder an.

„Ich kann nur wiederholen, was ich bereits gesagt habe: Wollen Sie hier übernachten?"

„Wenn es sein muss!"

Salcher schüttelte ungeduldig den Kopf und griff nach der Tür.

„Nein!", stieß sie hervor und packte seinen Arm.

Seufzend drehte er sich zu ihr, hob eine Hand zu ihrer Wange und strich ein Haarsträhne zurück.

„Es ist nett, dass Sie sich um mich sorgen", meinte er, „aber vollkommen unnötig. Ich werde jetzt aussteigen, das Gatter öffnen und es wird nichts passieren. In Ordnung?"

Sie ließ ihren Arm sinken.

„Schneller würde es gehen, wenn Sie den Traktor die paar Meter führen."

Trotz des Dämmerlichts, das mittlerweile vorherrschte, konnte er sehen, wie sie noch mehr erblasste.

„Vergessen Sie´s!", meinte er und öffnete die Tür.
„Warten Sie! Ich mache es!"
„Braves Mädchen!"
Er schlug die Tür hinter sich zu und sie setzte sich auf den Fahrersitz. Ihre Hände zitterten und sie beobachtete gespannt, wie er das Gatter öffnete. Der Motor heulte auf, als sie nervös die Kupplung kommen ließ. Ruckelnd setzte sich der Traktor in Bewegung und sie passierte das Tor. Zu guter Letzt würgte sie den Motor ab.
„Das haben Sie doch gut gemacht!" Aufmunternd blinzelte er ihr zu und setzte sich triefnass nieder.
„Sie sind ja ganz nass!"
„Hab den Regenschirm vergessen", meinte er trocken und startete erneut den Motor.
„Sie werden sich noch erkälten!"
„Sie Schwarzmalerin! Sie unterschätzen eindeutig meine robuste Konstitution."
Ein Blitz zuckte über den Himmel und schlug ungefähr fünfhundert Meter entfernt in einen Baum ein, der splitterte und krachend zu Boden stürzte. Sarah kreischte leise auf. Vor ihnen sprudelten Wassermassen über den Weg.
„Ich kann nicht hinsehen!", schluchzte sie auf.
„Kein Grund zur Panik! Unsere Reifen sind riesig. So ein paar Wasserbäche können uns nichts anhaben."
Sie biss sich auf die Lippen und beobachtete, wie er den Traktor sicher über den schlammigen Boden steuerte. Plötzlich begann das Fahrzeug zu rutschen und Sarah kreischte zitternd.
Salcher steuerte dagegen und sein sanftes Spiel mit der Kupplung erkannte sie als Meisterleistung. Der Traktor fing sich wieder.
„Sie würden mir sehr helfen, wenn Sie mich nicht ständig mit Ihren Schreien erschrecken würden", meinte er in ihre Richtung, ohne die Augen von der Straße abzuwenden.
„Und Sie würden mir sehr helfen, wenn Sie anhielten!"
„Das denken Sie nur! Spätestens in einer Stunde würden Sie zu nörgeln anfangen."
Sarah klammerte sich an den Sitz, als der Traktor ein wenig schwankte. Sie fühlte sich, als säße sie in einer Glasglocke unter einem Wasserfall. Schweigend kämpften sie sich nach unten. Endlich kamen sie zum letzten Gatter.
„Sie sind wieder dran", sagte er und sprang ohne ein weiteres Wort ins Freie. Ihr ganzer Körper bibberte und sie musste alle Selbst-

beherrschung aufbringen, um sich zu zwingen, den Motor zu starten. Krampfhaft tastete sie sich Meter für Meter nach vorne. Als es geschafft war, brach sie in Tränen aus.
„Nur mehr eine halbe Stunde und wir sind auf der Straße."
Sie dachte, er wollte sie veräppeln, aber es schien nicht so, als hätte er einen Spaß gemacht. Tatsächlich fühlte es sich wie eine Ewigkeit an, bis sie endlich Asphalt unter den Rädern hatten.
„Haben Sie davon gewusst?", fragte sie tonlos, während er sich etwas entspannte.
„Wovon?"
„Von dem Unwetter."
„Natürlich. Ich sehe mir immer die Wettervorhersage an, bevor ich auf den Berg steig."
Schutzsuchend umschlang sie mit den Armen ihren Körper.
„Sie haben davon gewusst und sind trotzdem mit mir hinaufgestiegen?"
Er stieß einen Seufzer aus.
„Ja, weil zu keinem Zeitpunkt Gefahr bestand."
„Doch", flüsterte sie erstickt, „seit es zu regnen begonnen hat, besteht ununterbrochen Gefahr."
„Wenn Sie es so nennen wollen... Aber einigen wir uns auf eine kalkulierbare Gefahr."
„Keine Gefahr ist kalkulierbar!", schrie sie und bemerkte, wie sie die Nerven verlor. „Sie haben mich da hinaufgebracht, obwohl Sie gewusst haben, dass es gefährlich werden könnte! Sie haben meine Gesundheit aufs Spiel gesetzt und ich habe Ihnen vertraut!"
„Beruhigen Sie sich! Es ist nichts passiert, oder? Seien Sie doch mal ein wenig lockerer. Es sterben weniger Leute auf dem Berg als bei Autounfällen!"
„Das tut überhaupt nichts zur Sache! Sie haben mein Leben bewusst ..."
„Ruhig!", befahl er und legte eine Hand auf ihren Oberschenkel.
„Fassen Sie mich nicht an!"
„Doch, so lange, bis Sie sich wieder im Griff haben."
Sie atmete tief durch und stieß seine Hand weg.
„Herrgott, Sie führen sich auf, als wären wir auf dem Mount Everest", schimpfte er. „Sie denken, es ist spät in der Nacht, aber das ist es nicht. Es ist höchsten acht Uhr!"
„Es ist so dunkel, wie wenn es spät in der Nacht wäre!"
Erst jetzt wurde ihm bewusst, dass sie weinte.

Er hielt an und drehte sich zu ihr.
„Hören Sie, Sarah, es tut mir leid, wenn ich Ihnen Angst bereitet habe!" Vorsichtig beugte er sich ein wenig vor und legte eine Hand auf ihre Schulter. „Ich hatte nicht einkalkuliert, dass wir die Rast ein wenig länger ausgedehnt haben. Aber trotz allem war ich mir sicher, dass Ihnen nichts passieren würde. Es gab immer die Option, auf der Hütte zu übernachten, aber ich zog dies nicht in Betracht, da mir vollkommen klar war, dass ich Sie sicher nach Hause bringen würde. Ich wollte Ihnen keinen Schrecken einjagen und hoffe, dass Sie mir das glauben."
Seine Stimme war sanft und sie blickte ihn prüfend an. Mit dem Daumen wischte er die Tränen von ihren Wangen.
„Geht es wieder?"
Sie nickte. Er drehte sich wieder in Fahrtrichtung und folgte der Straße ins Tal. Als sie endlich den Hof erreichten, saß sie zusammengesunken auf ihrem Sitz. Alle Kraft hatte sie verlassen. Er stieg aus und als er bemerkte, dass sie ihm nicht folgte, ging er auf ihre Seite und öffnete die Tür.
„Kommen Sie!"
„Ich kann nicht", murmelte sie erschöpft.
Nachdenklich sah er zu ihr und streckte ihr beide Arme entgegen.
„So wie Sie beinander sind, können Sie heute unmöglich allein nach Hause fahren. Sieht so aus, als würde diesmal ich mein Bett mit Ihnen teilen müssen."
„Nein! Ich kann fahren!"
„Wir werden sehen. Und nun lassen Sie sich fallen. Ich fange sie auf."
Prüfend sah sie auf ihn nieder und ließ sich zögernd in seine Arme gleiten.
„Sehen Sie, ist doch alles gut."
Doch anstatt sie auf den Boden zu stellen, trug er sie in den Bauernhof und setzte sie an den Esstisch.
„Ich komme gleich", sagte er und verschwand wieder, um den Traktor zu parken.
„Wo sind denn alle?", fragte sie, als er zurückkehrte.
„Im Bett."
„Um diese Zeit?"
„Das Tagwerk beginnt früh und meine Eltern sind nicht mehr die jüngsten."
„Aber morgen ist doch Sonntag!"
„Trotzdem müssen die Tiere gefüttert und gemolken werden. Die scheren sich nichts um einen freien Tag!"

Das T-Shirt klebte nass an seinem Körper und sie konnte die Muskeln darunter gut erahnen.
„Ich denke, wir sollten beide heiß duschen."
„Ja, gute Idee. Ich fahre dann zurück ins Hotel!"
„Sie glauben doch nicht, dass ich Sie so fahren lasse!"
„Es geht mir wieder ausgezeichnet."
„So sehen Sie aber nicht aus. Sie kommen jetzt erst mal mit mir."
Noch bevor sie etwas dagegen sagen konnte, hatte er ihren Arm gepackt und zog sie mit sich einen langen Gang entlang und dann die hinteren Treppen hinauf in den zweiten Stock. Er öffnete eine Tür und ließ sie eintreten. Sie ging ein paar Schritte in den Raum hinein. Er hatte das Licht eingeschaltet und die Tür geschlossen.
„Meine Suite", erklärte er. „Setzen Sie sich dort aufs Sofa – ich mache uns einen Tee. Das soll fürs Erste helfen."
Prüfend ließ er seine Augen über sie gleiten, die wie ein zitterndes Häufchen vor ihm stand, ihre nassen Strähnen fielen wie dunkle Schlangen über ihren Oberkörper. Seine triefnasse Jacke hielt sie mit einer Hand vor ihrer Brust fest zusammen.
„Nein. Sie gehen zuerst duschen. Sie sind ja auch vollkommen durchnässt. Ich leihe Ihnen ein Shirt von mir."
„Kommt gar nicht in Frage!" Protestierend stemmte sie die Hände in die Hüften, doch er schob sie auf eine Tür zu.
„Da ist das Bad", er öffnete die Tür, „hier ein Badetuch", kurz verschwand er und kam mit einem Shirt zurück, „und da Ihre Abendgarderobe. Bitte beeilen Sie sich, damit ich auch aus den nassen Sachen schlüpfen kann."
Störrisch sah sie ihn an.
„Na los! Wir sind zwei erwachsene Menschen in einem Raum."
Noch immer rührte sie sich nicht.
„Ach, und dort ist Shampoo und Duschgel für Frauen und fragen Sie mich nicht, wer es vergessen hat. Ich weiß es einfach nicht."
Mit diesen Worten schloss er die Tür und sie hörte, wie sich seine Schritte entfernten.
„Beeilung!", rief er noch einmal und dann war es still.
Sich ihrem Schicksal fügend verschloss sie die Tür und entledigte sich ihres nassen Gewandes. Dann stieg sie in die Dusche und drehte das Wasser heiß auf. Nach wenigen Minuten fühlte sie sich um einiges besser und aufgewärmt. Nachdem sie sich abgetrocknet hatte, schlüpfte sie wieder in ihre Unterhose und sein Hemd, schloss die Tür auf und kehrte ins Wohnzimmer zurück, ihre nasse Kleidung vor ihren

Körper haltend und mit einer Hand das Shirt über ihre Knie nach unten ziehend.

„Die geben Sie am besten mir", meinte er, doch sie hob abwehrend die Hand. „Sagen Sie mir, wo ich die Sachen aufhängen kann."

Er schüttelte leicht genervt den Kopf, drehte sich von ihr fort, öffnete einen Schrank und holte einen Wäscheständer heraus, den er neben einem Fenster aufbaute.

„Bitte schön."

Er ging zu seiner Küchenzeile und holte eine Tasse mit dampfenden Tee. Diese stellte er auf den Couchtisch.

„Der ist für Sie. Und hier ...", lässig griff er nach einer Fleecedecke, die auf dem Sofa lag, „ist eine Decke. Machen Sie es sich gemütlich."

Mit diesen Worten verschwand er im Bad. Natürlich sperrte er nicht zu. Warum nur waren Männer immer so selbstsicher?

Ich such dich auf Wiesen, wo Blumen blühn, ...

Als er zwanzig Minuten später zurückkehrte, hatte sie sich in Decke und Sofa gekuschelt und nippte an ihrem Tee.

„Ich werde dann fahren", meinte sie, doch er schüttelte den Kopf.

„Nichts da! Sie können mein Bett haben und ich schlafe hier auf dem Sofa."

„Oh nein! Das kommt gar nicht in Frage!"

„Wollen Sie mit mir streiten, Frau Brunner?"

„Nein, aber Sie mit mir, Herr Salcher."

Lachend machte er das Peace-Zeichen.

„Frieden, Kollegin! Es ist nicht klug, wenn Sie jetzt fahren. Ich verspreche Ihnen, dass nichts passieren wird und Sie von meiner Anwesenheit nichts bemerken werden."

Sarah starrte in ihre Tasse und überlegte.

„Gut. Aber ich schlafe auf dem Sofa."

„Sie müssen immer das letzte Wort behalten?"

„Nicht immer. Aber ich würde mich besser dabei fühlen, wenn ich schon Ihre Gastfreundschaft in Anspruch nehme."

Ungläubig lächelnd blickte er sie an.

„Ich glaube, als der Herrgott Sie erschaffen hat, hatte er jede Menge Spaß."

Sarah runzelte die Stirn.

„Wie kommen Sie darauf?"
„Ach, nur so."
Er schenkte sich ebenfalls Tee ein und setzte sich ihr gegenüber auf einen gemütlichen Armstuhl.
Unwillkürlich zog Sarah die Decke höher.
„Wie sieht der morgige Tag aus?", wollte sie wissen, um von der peinlichen Situation abzulenken.
„Morgen gehen wir in die Kirche. Sie haben also frei."
„Und die Tiere?"
„Werden gefüttert und gemolken."
Sarah blickte nachdenklich in die Tasse, dann sah sie wieder zu ihm.
„Ich komme mit. Natürlich muss ich vor dem Kirchengang meine Kleidung wechseln und nach Treffen zurückfahren, aber ich komme dann direkt hin. Wo ist diese Kirche?"
„In Kärntens geografischem Zentrum."
„Also in Arriach."
„Ihre Allgemeinbildung macht unglaubliche Fortschritte."
„Sehr witzig. In Arriach gibt es also eine Kirche?"
„Ah, da kommt die Städterin wieder durch", stellte er fest und trank ein paar Schlucke. „Ob ich diese Ruine aus Ihrer Sicht als Kirche bezeichnen würde, weiß ich nicht. Die Eingeborenen hier nennen sie so."
„Hören Sie auf, Sie spötteln schon wieder!"
„Kann mir das irgendjemand übelnehmen? In Ihrer Gegenwart fühle ich mich ständig, als lebte ich in einem Entwicklungsland."
Sarah konnte ein Kichern nicht unterdrücken. „Tut mir leid. War nicht beabsichtigt. Zumindest gerade nicht."
Er beugte sich ein wenig vor und senkte die Stimme.
„Lassen Sie mich Ihnen ein Geheimnis anvertrauen."
Neugierig beugte sie sich ebenfalls vor. „Ja?"
„In Arriach steht die größte evangelische Kirche Kärntens."
„Sie scherzen schon wieder!"
Mit einem herablassenden Lächeln lehnte er sich wieder zurück.
„Wie Sie mich durchschauen!"
Er blickte auf die Uhr und erhob sich.
„Ich werde Ihnen Bettwäsche bringen, das Sofa ausziehen und Sie dann Ihrem Schicksal überlassen."
Sarah versuchte aufzustehen und die Decke so zu drapieren, dass er ihre nackten Beine nicht hervorblitzen sehen konnte. Dieses kindische Getue versuchte Salcher zu ignorieren, indem er sich auf sein Vorhaben konzentrierte. Trotzdem fühlte er Unmut in sich aufsteigen.

Dachte sie etwa, er würde über sie herfallen wie Anatolij Onoprienko*? Wie konnte sie nur so eingebildet sein zu denken, dass sie ihn in irgendeiner Form in Versuchung führte?
„So Prinzessin, Ihre Schlafstatt ist bereit.", meinte er mit einer ironischen Handbewegung.
Sie blickte ihn kurz an und spürte seine Abneigung ihr gegenüber, dann richtete sie ihre Aufmerksamkeit auf das Sofa.
„Es sieht sehr gemütlich aus. Vielen Dank!"
„Wenn Sie etwas brauchen, wissen Sie, wo Sie mich finden."
Ohne ein weiteres Wort verschwand er im Nebenzimmer. Sarah ließ sich aufs Sofa sinken und versuchte zu verstehen, weshalb sie seinen Unmut auf sich gezogen hatte. Im Nebenzimmer hörte sie etwas zu Boden fallen und einen leisen Fluch. Er war keineswegs in bester Stimmung. Doch noch vor wenigen Minuten hatte sie gemeint, so etwas wie freundliche Akzeptanz wahrzunehmen. Was war geschehen? Sie beschloss, nicht länger darüber nachzugrübeln und schaltete einen Deckenfluter ein, der neben dem Sofa stand, um das Zimmerlicht ausmachen zu können. Dann kehrte sie zum Bett zurück und schlüpfte unter die Decke. Dabei rutschte sein Hemd über ihren Oberschenkel nach oben und als sie hastig nach dem Stoff griff, um ihn nach unten zu ziehen, streiften ihre Finger die tiefe und wie sie fand hässlich entstellende Narbe. Immer wenn sie die Unebenheit der Haut an dieser Stelle fühlte, meinte sie das Auto auf sich zurasen zu sehen. Kurz schloss sie die Augen, dann schluckte sie hart. Nicht daran denken! Sie ließ sich auf den Polster zurückfallen und atmete tief durch.
Nach ein paar Minuten löschte sie das Licht und lauschte auf die Geräusche des Hauses. Das Holz, das einen leichten Duft verströmte, knackte leise, der Regen, den sie durch das offene Fenster gut hören konnte, beruhigte ihre Nerven. Egal in welchem Teil der Welt sie auch immer gewesen war, wenn es geregnet hatte, während sie in einem warmen Bett lag, hatte sie sich geborgen gefühlt. In heißen Ländern hatte sie dieses Prasseln schmerzlich vermisst. Sie dachte an ihre Schwester, deren Atem sie oft neben sich hatte hören können, auch ihre Anwesenheit hatte sie beruhigt. Ihr Hals schnürte sich zu und sie fragte sich, weshalb sie den Unfall überhaupt erwähnt hatte. Zu viele Bilder

---

* Onoprijenko tötete innerhalb eines Zeitraumes von sieben Jahren (1989–1996) 52 Menschen in der gesamten Ukraine. Die Zeitungen gaben ihm als dem schlimmsten Serienmörder des Landes den Beinamen „Terminator von Tschernobyl". Seine Opfer, in der Regel ganze Familien, die er nachts auf einsamen Höfen aufsuchte, tötete er mit einer abgesägten Schrotflinte, einem Messer oder anderen Gegenständen, wie etwa einem Spaten.

wurden damit wieder an die Oberfläche gewirbelt.

„Ich muss an etwas anderes denken", befahl sie sich leise. „Zum Beispiel könnte ich mir überlegen, was ich morgen anziehen werde." In Gedanken ging sie ihren Kleiderschrank durch. Immer wieder, bis sie endlich eingeschlafen war.

Salchers Tagwerk begann wie immer um sechs Uhr. Er stieg aus dem Bett, streckte sich und gähnte ausführlich. Erst jetzt erinnerte er sich, dass er einen Gast im Nebenzimmer hatte, deswegen schlüpfte er in seine Jeans. Leise öffnete er die Tür zum Wohnzimmer und warf einen prüfenden Blick in Sarahs Richtung. Alles, was er im grauen Dämmerlicht von ihr sehen konnte, waren Haare, die wirr über dem Kissen lagen und ein langes Bein, das teilweise auf und unter der Decke lag. Irgendetwas schien auf ihrem Oberschenkel zu kleben und Salcher schlich näher, um es vorsichtig zu entfernen. Erst als er vor ihr stand, bemerkte er, dass es eine Narbe war.

Sie war von der Beschaffenheit, wie er sie bei mehreren seiner Freunde gesehen hatte, die einen Motorradunfall überlebt hatten. Als hätte sie seine Blicke gespürt, bewegte sich Sarah ein wenig und er zog sich zurück und verschwand im Badezimmer. Was war nur mit ihr geschehen?, dachte er, während er seine Zähne putzte. Duschen würde er wie immer nach dem Frühstück. Als er kurze Zeit darauf im Stall war, um die Kühe zu melken, hatte er die Narbe längst vergessen.

Als Sarah erwachte, empfingen sie die Morgengeräusche des Hofes. Der Regen war versiegt und Sonnenstrahlen stahlen sich durch die Fenster ins Zimmer. Die junge Frau schloss noch einmal kurz die Augen, dann wurde ihr bewusst, wo sie war. Abrupt fuhr sie in die Höhe. Wie spät war es? Sie sprang aus dem Bett und eilte zu ihren Sachen. Aus der Tasche kramte sie ihr Handy und blickte auf das Display. Es war kurz nach 8.30 Uhr. Sie musste dringend ins Hotel fahren und sich umziehen. Schnell raffte sie ihre Sachen zusammen und stürzte ins Badezimmer. Gleichzeitig mit dem Dampf, der beim Duschen entsteht, bemerkte sie Salcher, der sich überrascht in ihre Richtung drehte. Seine Wangen waren mit Rasierschaum eingeseift und er hielt ein Rasiermesser in der Hand, das er nun langsam ein wenig sinken ließ. Zum Glück hatte er ein Badetuch um die Hüften geschlungen.

„Entschuldigung!", stieß Sarah entsetzt hervor und wich eilig zurück. „Ich wusste nicht, dass sie hier sind! Warum können Sie auch nicht zusperren?"

Schnell schloss sie die Tür, doch er öffnete sie wieder und blickte hinaus. Krampfhaft zog sie sein Hemd über ihre Schenkel und versuchte, es unterhalb des Knies festzuhalten. Deswegen stand sie nun leicht gebückt vor ihm und sah zu ihm auf.

„Wo kann ich mich anziehen, ohne Gefahr zu laufen, dass Sie mich stören?"

„Sie meinen, nicht so wie Sie es zu tun pflegen?"

„Wie gesagt, ich habe nicht annähernd geahnt, dass sie im Bad sind!", verteidigte sie sich und wandte den Blick ab.

„Am besten hier. Ich gehe wieder ins Bad und rasiere mich zu Ende. Ich nehme nicht an, dass Sie Stunden brauchen, um sich anzuziehen."

„Nein. Ich klopfe, bevor ich gehe kurz an Ihre Tür, dann wissen Sie, dass die Luft rein ist."

„In Ordnung." Er war dabei, die Tür zu schließen, als er noch schnell: „Guten Morgen übrigens!" rief. Sie antwortete nicht, sondern beeilte sich damit, schnell in ihre Kleidung zu schlüpfen. Hastig griff sie nach ihrer Tasche, klopfte an die Badezimmertür und verließ seine Suite. Inbrünstig hoffte sie, dass sie niemandem auf dem Weg zum Auto begegnen würde. So, wie sie mit Sicherheit aussah, würde ihr niemand glauben, dass sie Salcher im Stall geholfen hatte. Sicherlich verströmte sie ein Flair wie frisch aus den Federn gestiegen! Es war alles geradezu peinlich!

Als Frau Salcher aus der Küche trat, wäre sie fast mit ihr zusammengestoßen.

„Ich habe Ihrem Sohn im Stall geholfen", sagte Sarah schnell und drängte sich an der älteren Frau vorbei, „und muss jetzt dringend in mein Hotel zurück, um mich für den Gottesdienst umzuziehen."

Ohne noch etwas zu sagen, verließ sie das Haus. Frau Salcher blickte ihr kopfschüttelnd nach. Sie hatte die junge Frau gar nicht kommen sehen, abgesehen davon war sie beim Frühstück nicht anwesend gewesen. Ob ihr Sohn wieder mal seine Verführungskünste hatte spielen lassen? Frau Salcher seufzte und hoffte, dass es für ihren Sohn irgendwann ein gutes Ende nehmen würde. Auch wenn er dachte, sie würde es nicht bemerken, fühlte sie seine Einsamkeit sehr wohl und an manchen Tagen hätte sie ihn am liebsten vom Hof geschickt, damit auch er ein weniger beschwerliches Leben führen und seine Träume verwirklichen könnte, genau wie seine Geschwister. Doch sie konnte es nicht. Ihr Mann würde es nicht verkraften, wenn der Bauernhof verkauft werden müsste. Sie konnte ihn sich einfach nicht in einer Wohnung in der Stadt vorstellen. Er hatte immer gesagt, dass er hier sterben wollte.

Sarah kam einige Minuten zu spät in die Kirche, deren Größe sie überraschte. Auch wurde sie offensichtlich sorgsam gepflegt und in Schuss gehalten. In ihren Gedanken verwünschte sie Salcher. Doch ehrlicherweise musste sie sich eingestehen, dass sie diesen Spott geradezu herausforderte. Sie blickte sich auf der Suche nach Familie Salcher um. Als sie aber von mehreren Gottesdienstbesuchern neugierig angestarrt wurde, beschloss sie, sich auf einen leeren Platz in der letzten Reihe zu setzen. Ihre hohen Absätze klackten leise, als sie ihr Vorhaben in die Tat umsetzte. Das letzte Mal war sie vor vielen Jahren in der Kirche gewesen und sie wollte nicht daran zurückdenken. Doch sie fühlte eine Beklemmung in sich aufsteigen, die ihr das Atmen erschwerte. Sie sah den dunklen Sarg ihrer Schwester neben dem Predigtpult stehen. Er war alles, was sie an jenem Tag wahrgenommen hatte, denn tausende innere Stimmen sprachen auf sie ein und klagten sie an. „Wieso bist du nicht pünktlich gewesen?", „Wieso hat es sie erwischt und nicht dich?", „Wieso hast du nicht rechtzeitig reagiert?", „Wieso, wieso, wieso?"
Am liebsten wäre Sarah aufgesprungen und aus der Kirche gestürzt. Doch die Konvention hielt sie zurück, deswegen verharrte sie schmerzlich in ihrer Pein.
Plötzlich erklang das Spiel einer Trompete, in das weitere Instrumente mit einstimmten und Sarah blickte auf. Niemals zuvor hatte sie der Klang einer Trompete auf diese Weise berührt, wie in dem Moment. Als sich ihr Tränenschleier lichtete, erkannte sie Salcher, der inmitten des kleinen Ensembles stand und der Trompete jene vollkommenen Töne entlockte, die die Zuschauer in ihren Bann zogen.
„Der Mihael wird lei imma beser!", hörte sie eine Frau ihrem Mann zuflüstern, der daraufhin nickte. Er spielte also auch Trompete... Gebannt lauschte sie und ihre Tränen trockneten. Es war, als würde ihr ein kleines Stückchen Frieden dargeboten. Sie nahm dieses Geschenk gerne an.
Wäre sie privat an diesem Ort gewesen, hätte sie sich gleich nach dem Gottesdienst verdrückt. Sich ihrer Pflicht aber bis in die Fingerspitzen bewusst, musste sie sich dazu zwingen, vor der Kirche auf Familie Salcher zu warten. Die neugierigen Blicke der Einheimischen empfand sie als sehr unangenehm, dafür freute sie sich umso mehr über jedes Lächeln, das sie bedachte. Es dauerte lange, bis sie ihn endlich aus der Kirche kommen sah. In der einen Hand hielt er den Trompetenkoffer, die andere hatte er in der Hosentasche vergraben und er holte sie nur hervor, um dem Pfarrer die Hand zu schütteln. Dann sprach er mit dem

Mann an seiner Seite weiter. Obwohl es oft vorkam, dass sie immer wieder im Abseits und allein stand, konnte sie sich niemals an das Unbehagen, das sie dabei befiel, gewöhnen. Herr und Frau Salcher Senior begrüßten sie und wollten wissen, wie ihr der Gottesdienst gefallen hatte. In dem Moment gesellte sich Michael zu ihnen.

„Ihre Wimperntusche ist verwischt", stellte er mit einem kurzen Blick in ihr Gesicht fest.

Unwillkürlich hob Sarah eine Hand zu ihren Augen und versuchte, das Schwarz wegzuwischen.

„Sie sollte wasserfest sein", murmelte sie und errötete wie so oft in letzter Zeit.

„Hat Sie unsere Musik zu Tränen gerührt?"

Beflissentlich ignorierte sie seine Frage und blickte auf ihre Finger, die nun ein wenig schwarz waren. In ihrer Tasche begann sie nach einem Taschentuch zu kramen.

„Was geschieht jetzt?", wollte sie beiläufig wissen.

„Heute habe ich wenigstens ein paar Stunden frei. Die sollten Sie sich auch nehmen."

„Für meinen Bericht würde ich gerne sehen, wie Sie Ihre freie Zeit verbringen."

„Nicht einmal am Sonntag lassen Sie mir meine Ruhe?"

„Kommen Se doch zum Mittagessen", lud Frau Salcher sie ein und an ihren Sohn gewandt: „Du kannst do nit das Mädel über Nacht zu dir holen und sie am nächsten Tag wegschicken!"

„Das geht dich nichts an", wehrte sich Michael.

„Aber es war doch gar nicht so", versuchte Sarah gleichzeitig ihre Ehre zu verteidigen.

„Das geht meine Mutter nichts an", wiederholte er nun und blickte Sarah fest an.

„Aber ich möchte nicht, dass sie denkt, ..."

„Es kann Ihnen vollkommen egal sein, was sie von Ihnen denkt. In weniger als zwei Wochen sind Sie bereits wieder in Wien und werden meine Mutter nie wiedersehen."

Sarah wandte sich in Frau Salchers Richtung, sie fühlte sich unbehaglich. Die Bäuerin hatte die Arme verschränkt und schüttelte ihren Kopf.

„Wir fahren vor, i muass lei noch einiges für das Mittagessen vorbereiten", sagte sie schließlich und folgte ihrem Mann, der bereits zum Auto vorgegangen war. Sarah blickte ihnen nach, dann wandte sie sich zu Salcher, musste aber feststellen, dass er nicht mehr neben ihr stand. Einzig sein Trompetenkoffer zu ihren Füßen erinnerte daran, dass er eben noch dagewesen war. Ratlos blickte sie darauf, sah sich dann um und entdeckte ihn, als er einige Minuten später aus der Kirche eilte.

„Ich hab noch etwas vergessen", sagte er und blickte sich suchend um.

„Wo sind die Eltern?"

„Schon gefahren. Das haben Sie nun davon. Jetzt müssen Sie auch noch mit mir fahren."

„Nehme an, dass ich es überleben werde."

Sie ging zu ihrem Mini vor und er folgte.

„Meinen Sie wirklich, ich und meine Trompete passen da rein?"

„Der Kofferraum ist größer als man denkt", entgegnete Sarah, „und wenn Sie nicht auf den Beifahrersitz passen, können Sie sich ja zu Ihrer Trompete legen."

Sie öffnete den Kofferraum und er stellte das Instrument hinein, dann faltete er sich auf den Beifahrersitz. Sie war ein wenig nervös, als sie am Fahrersitz Platz nahm, startete aber den Motor und fuhr los.

„Ziemlich schnittig, der Kleine", stellte er fest. „Darf ich?"

Er deutete auf den Radio. Sie nickte und er schaltete ein.

„... hörst Du die Stimme, die dir sagt ..."

Falcos Stimme füllte augenblicklich das Innere des Wagens aus: Out of the dark, das Lied, in dem er meinte, erst zum Licht durchdringen zu können, wenn er gestorben war. Dann folgten die Zeilen, in denen er erklärt, bereit zu sein für den Pakt mit der Ewigkeit. Bereit zu sein zu sterben. Er kann den Tod schon spüren. Er ist ihm nah.

Sarah fühlte, wie sich ihre Hände am Lenkrad verkrampften.

Und Falco sang weiter von einem Kreis der sich schließt, während das Licht näher rückt.

„Out of the dark ..."

Sie schaltete das Lied aus und fühlte eine Welle der Übelkeit in sich aufsteigen.

„Hey, das ist Falco! Warum haben Sie ihn nicht angelassen?"

„Ich kann nicht."

„Was können Sie nicht? Keinen Patriotismus im Blut?"

„Es liegt an dem Lied."

„Was ist mit dem Lied?"

„Es war das letzte, das er vor seinem Tod aufgenommen hat. Bevor er starb: Betrunken."

Salcher seufzte.

„Und deswegen darf man das Lied nicht hören?"

„In diesem Sommer ..." Sarah brach ab. Sie wollte nicht schon wie-

der über den Tod ihrer Schwester sprechen. Es würde sie nur unnötig aufwühlen.
„Ja?"
Sie stellte die Klimaanlage etwas stärker ein.
„Was machen wir heute Nachmittag?"
„Wir?"
„Ich meine, was machen Sie?"
„Könnte mir vorstellen, an den Afritzer See zu fahren."
„Zum Schwimmen?"
„Natürlich, was denken Sie?"
Sarah zuckte die Achseln und fuhr auf den Hof. Sie stellte den Motor ab.
„Ich gehe nicht schwimmen. Aber ich kann ja zusehen."
Mühsam schälte er sich aus dem Auto und streckte aufatmend seine Glieder.
„Danke fürs Mitnehmen!" Er öffnete den Kofferraum. „Was soll das heißen, dass Sie nicht schwimmen gehen? Sie gehen heute nicht oder Sie können es gar nicht oder Sie wollen es nicht?"
Nachdem er den Trompetenkoffer herausgenommen hatte, schloss er den Kofferraum wieder. Sie verriegelte das Auto.
„Ich will nicht. Abgesehen davon habe ich keine Badesachen."
„Nicht hier ..."
„Nein, überhaupt nicht."
Fragend sah er sie an.
„Warum wollen Sie nicht schwimmen gehen?"
„Ich habe meine Gründe, über die ich nicht sprechen möchte."
„Dann sprechen Sie nicht", meinte er leichthin und verschwand im Haus.

Während des Mittagessens plätscherte die Unterhaltung im Dialekt dahin und Sarah ließ ihre Gedanken schweifen. Wer hätte gedacht, dass der Aufenthalt auf dem Land für sie emotional so anstrengend werden würde! Warum nur schien sich alles gegen sie verschworen zu haben? Warum stießen sie sogar die Lieder im Radio mit der Nase auf diese schreckliche Zeit vor vierzehn Jahren? Nach dem Essen verschwand Salcher mit der Bitte, im Hof auf ihn zu warten. Sarah trat ins Freie und setzte sich auf die Bank im Schatten. Erschöpft schloss sie die Augen. Es war noch nicht einmal Nachmittag und sie fühlte sich bereits, als hätte sie einen Lastzug von Linz nach Wien gezogen. Sie hörte die Tür ins Schloss fallen. Salcher hatte sich einen Rucksack über die Schulter

geworfen und ging auf sein Auto zu.
„Wenn es Sie nicht stört, nehmen wir meinen Wagen."
Sarah erhob sich.
„Nein, es stört mich nicht. Was machen Ihre Eltern am Nachmittag?"
„Mein Vater ist wahrscheinlich in seiner Werkstatt und tüftelt an irgendetwas herum und meine Mutter wird bestimmt stricken. Es fällt ihnen beiden schwer, still zu sitzen."
Sie fuhren vom Hof.
„Vielleicht kommen ein paar meiner Freunde direkt hin zum See. Dann können Sie weitere Studien über die Eingeborenen anstellen."
Sarah reagierte nicht auf seine Stichelei, sondern lehnte den Kopf zurück und blickte hinaus.
„Es ist wirklich schön hier", sagte sie nach einer Weile und sie passierten das Ortsschild von Afritz.
„Glei samma da."
Den Campingplatz am See ließen sie links liegen. Kurze Zeit darauf parkte er das Auto am Straßenrand und deutete auf einen Trampelpfad, dann blickte er auf ihre Schuhe.
„Ich ziehe sie aus."
Mit den Schuhen in der Hand folgte sie ihm.
„Treffen Sie sich immer an diesem Ort mit ihren Freunden?"
„Ja, wenn Zeit ist."
„Und was machen Sie noch in Ihrer Freizeit?"
„Manchmal findet auch ein Fest in der Nähe statt. Es gibt hier immer was zu feiern, besonders im Sommer."
„Mögen Sie solche Volksfeste?"
„Schon."
„Aber Sie sind doch Journalist."
Er lachte auf.
„Und? Schließt das eine das andere aus?"
„Habe ich wohl irgendwie angenommen. Bei den Artikeln, die Sie schreiben!"
Als sie das Wasser erreichten, ließ er den Rucksack aufs Gras fallen, bückte sich, öffnete ihn und zog eine Zeitung heraus. Sarah erkannte die AÖ und blickte unbehaglich weg.
„Apropos Artikel ..." Mit einer lockeren Bewegung warf er ihr die Zeitung zu. „Nicht schlecht. Hätt ich Ihnen nicht zugetraut."
„Ehrlich?", fragte sie und konnte nicht verhindern, dass Sie sich über seine Worte freute. „Sie finden meinen Artikel gut?"
„Ja, für die AÖ geradezu hervorragend!"

„Was soll das heißen für die AÖ?"
Das Kompliment hatte einen bitteren Beigeschmack bekommen und sie fühlte ihre Freude schwinden.
„Sie ist natürlich nicht die beste Zeitung", meinte Salcher und knöpfte sich das Hemd auf.
„Aber Ihre Vlaaa ist das?" Wut begann leise bis in ihre Fingerspitzen zu vibrieren.
„Vau EL A."
Er warf das Hemd auf den Rucksack.
„Ersparen Sie mir den Rest!", echauffierte sie sich, während sie schnell wegsah.
„Keine Panik, Sie prüde Eiskönigin", sagte er und schlang sich ein Handtuch um die Hüfte. Dann begann er, sich fertig umzukleiden. Sarah blickte konzentriert auf den See, während sie seine Bewegungen aus den Augenwinkeln mitverfolgte.
„Ich bin so weit. Sie dürfen sich wieder rühren."
Nun drehte sie sich zu ihm und für die Länge eines Herzschlages bewunderte sie ihn. Von der harten Arbeit am Hof hatte er einen gut strukturierten, muskulösen Körper und er schien zu wissen, dass er in seiner Badehose umwerfend aussah. Schnell wandte sie den Blick wieder ab. Ein Mann wie er hatte sie noch niemals in ihrem Leben ein zweites Mal angesehen. Weshalb sollte es dieses Mal anders sein? Abgesehen davon schien er sie nicht wirklich leiden zu können.
„Nun, da Sie mir schon bis ins Bett gefolgt sind, fehlt eigentlich nur mehr ein kleiner Teil, um Ihre Recherche perfekt zu machen", stellte er fest und breitete eine Decke neben ihr aus. Er deutete ihr, sich darauf niederzulassen. Nachdem sie umständlich Platz genommen hatte, setzte er sich neben sie.
„Und der wäre?"
Unbehaglich erwiderte sie seinen Blick, als er sie wie ein Studienobjekt fixierte.
„Sie müssen noch mit dem Bauern schlafen. Vielleicht ergäben sich für Sie daraus weitere interessante Vergleiche."
Sarah blinzelte. Hatte sie soeben richtig gehört? Unwillkürlich schnappte sie nach Luft, war sich jedoch dessen bewusst, dass er sie forschend beobachtete.
„Ich bin dafür, dass wir das direkt ansprechen. Wir beide sind erwachsene Menschen und ich habe nichts gegen gelegentliche Affären einzuwenden", fuhr er fort und lächelte hintergründig.
Peinlich berührt senkte Sarah das Haupt.

„Wenn Sie denken, ich würde so weit gehen, wegen einer Recherche mit einem Mann zu schlafen, haben Sie sich ganz schön geirrt!"
Ihre Antwort schien ihn keineswegs zu überraschen. Lächelnd rollte er sich gelassen auf den Rücken und verschränkte die Arme unter seinem Kopf.
„Sie müssen sich nicht gleich so aufregen! Ich wollte Sie doch nur testen."
„Wozu wollen Sie mich testen? Ich verstehe das nicht! Die ganze Zeit versuchen Sie, mich aus der Fassung zu bringen!"
Träge drehte er den Kopf ein wenig in ihre Richtung.
„Es macht einfach Spaß, tut mir leid! Sie sind eine dankbare Abwechslung, weil Sie so schrullig sind!"
Sarah wurde blass.
„Sie finden, ich bin schrullig?"
„Griaß eich!" Stimmen näherten sich und Sarah erkannte eine Gruppe Leute auf sich zukommen. Sie war dankbar für die Unterbrechung. Sie hatte irgendetwas getan, was ihn herausgefordert hatte und war froh, vor seinen Sticheleien für die nächste Zeit sicher zu sein. Sie erhob sich, bemüht darum, ihre Narbe verdeckt zu halten – eine Angewohnheit, die sich bereits so eingeprägt hatte, dass sie diese meistens nicht mehr bewusst registrierte – und schüttelte allen die Hand, nachdem Salcher sie vorgestellt hatte. Unauffällig ging sie ein paar Meter in den Hintergrund und setzte sich auf einen Baumstamm. Von hier aus konnte sie alles gut beobachten. Die anderen, bestehend aus drei Männern und zwei Frauen, entledigten sich ihrer Kleidung – sie hatten die Badesachen bereits darunter an und gemeinsam gingen sie ins Wasser.
„Kommt sie nicht?", fragte einer der Männer und deutete auf Sarah.
„Madame schwimmt nicht", erwiderte Salcher und machte einen Köpfler ins kühle Nass.
Während sie die anderen beobachtete, erinnerte sie sich an die vielen Male, als ihre Freunde im Wasser planschten und sie am Rand saß. In ihrer Kleidung. Von einer Glocke aus Einsamkeit umgeben. Wie damals, als sie nach Hawaii surfen gefahren waren. Sarah hatte wegen ihrer Verletzung nicht ins Wasser gehen dürfen, so war sie stundenlang am Strand gesessen und hatte ihre Eltern beobachtet. Mit dem Tod ihrer Schwester hatte ihre Einsamkeit begonnen. Weshalb kehrten ihre Gedanken in den letzten Tagen ständig zu dieser Zeit zurück? Sarah biss sich ratlos auf die Lippen.
Manchmal konnte sie gut damit umgehen, am Rand zu stehen, manchmal schmerzte es sie und sie biss die Zähne zusammen, um

nicht zu weinen oder sie begann darüber nachzudenken, was sie besser konnte als die anderen. Bisher jedoch hatte sie nichts davon entdecken können. Sie war bestenfalls Durchschnitt.

Mittlerweile hatte Salcher eine der Frauen auf seine Schultern gehoben, einer der anderen Männer die andere und die beiden versuchten nun, sich gegenseitig von den Schultern des anderen zu stoßen. Sarah drehte das Gesicht weg. Sie hätte doch nicht mitkommen sollen. Es war total sinnlos. Nächstes Wochenende wusste sie, dass sie den Sonntag beruhigt auf ihre Art verbringen konnte: Lange schlafen, essen und fernsehen.

„Frau Brunner, möchten Sie auch eine Kleinigkeit essen?"

Sarah fuhr auf – sie hatte nicht bemerkt, dass die Gruppe aus dem Wasser gekommen war. Salcher sah sie fragend an.

„Nur, wenn etwas übrig ist."

„Nicht so bescheiden!"

Er kam zu ihr und reichte ihr ein in Butterbrotpapier eingewickeltes Vollkornbrot mit Käse und Speck.

„Danke!"

Ein Tropfen löste sich aus seinem Haar und landete auf ihrem Handrücken, während er sich umwandte und zu seinen Freunden zurückging.

Um halb fünf saßen sie im Auto auf dem Rückweg.

„Sie sind so schweigsam heute", stellte er fest. „Was ist los?"

„Nichts. Könnten wir über Treffen fahren? Ich würde mich gerne umziehen, bevor ich Ihnen im Stall helfe."

Er warf ihr einen kurzen Seitenblick zu.

„Sie haben noch immer nicht genug?"

„Die zwei Wochen muss ich durchhalten. Danach kann ich mich ja wieder erholen."

Er nahm, wie sie ihn gebeten hatte, die Straße in Richtung Treffen, anstatt nach Arriach abzubiegen.

„Fahren Sie heute gar nicht in die Redaktion?"

„Nein, nur in Notfällen. Das Redaktionstreffen für die Montagszeitung machen wir bereits am Freitag. Wir besprechen, welche Themen wir bearbeiten wollen und einer meiner Redakteure ergänzt diese dann durch aktuelle Meldungen."

Sie passierten den Ort „Äußere Einöde", der sie damals zum Umdrehen bewogen hatte.

„Aber da ich nun schon mal hier bin, kann ich ja kurz drüben reinschauen. Sie holen mich dann einfach, wenn Sie fertig sind."

Er parkte vor dem Hotel und sie trennten sich.

Sarah wusch die Schminke von ihrem Gesicht, sie hatte ganz vergessen, dass ihre Augen noch immer schwarz umrandet waren. Was mussten Salchers Freunde nur von ihr denken? Allerdings hatte der König vom Salcherer-Hof recht mit der Aussage, dass sie niemanden von den Leuten hier jemals wiedersehen würde. Demzufolge bestand kein Grund, sich Gedanken über ihre Außenwirkung zu machen. Sie schlüpfte in robuste Kleidung und Wanderschuhe, dann verließ sie das Hotel. Sie hatte sich beeilt, weil sie wusste, dass die Tiere, außer den Kühen, gegen 17.00 Uhr gefüttert wurden. Die Kühe selbst bekamen ihr Futter erst nach dem Melken.
Sie betrat die Redaktion und steuerte auf sein Büro zu. Er saß hinter seinem Schreibtisch, allerdings wirkte er nicht so respekteinflößend wie beim ersten Mal, da er keinen Anzug trug und ihm eine Haarsträhne ins Gesicht fiel.
„Ich bin fertig."
Er fuhr den Computer herunter und rief seinem Kollegen, der in einem anderen Zimmer saß, einen Gruß zu. Kurze Zeit später saßen sie schon wieder im Auto. Beide schwiegen. Als sie den Hof erreichten, sagte sie: „Ich kümmere mich um die Hühner."
„Sie sind wohl auf den Geschmack gekommen?"
„Ja, ich weiß nicht warum und eigentlich ist es unglaublich, aber diese Hühner haben ein sehr einnehmendes Wesen."
Er lachte - das erste Mal an diesem Tag in ihrer Gegenwart.
„Ah, da haben Sie recht!"
Beim Melken blickte sie ihm schweigend über die Schulter.
„Wollen Sie auch einmal versuchen, das Vorgemelk zu melken?"
„Ich weiß nicht ..."
„Es ist nicht allzu schwer. Sehen Sie, man muss die Finger so halten und von oben nach unten einen Druck aufbauen."
Konzentriert beobachtete sie ihn, dann erhob er sich und sie setzte sich auf den Melkschemel. Unter seiner geduldigen Anleitung schaffte sie es tatsächlich, ein paar Tropfen aus der Kuh herauszupressen.
„Sehr gut!"
Sie lachte stolz.
„Ich glaube, ich habe ihr weh getan."
„Nicht doch, das hätte sie uns gezeigt."
Gemeinsam gingen sie in den angrenzenden Raum, um die Milch zu untersuchen, dann durfte sie die Zitzen desinfizieren.
„Sie lernen schnell."
Dazu sagte sie nichts. Sie wollte unter keinen Umständen, dass er

merkte, wie sehr sie sich über dieses Lob freute. Es fühlte sich an wie ein Tropfen Wasser, der auf Wüstenboden fiel und sie sog es in sich auf.
Viel mehr sprachen sie an diesem Abend nicht. Als alle Arbeit getan war, verabschiedeten sie sich im Hof voneinander.
„Ich denke, ich werde morgen Ihrer Mutter Gesellschaft leisten und ihr über die Schulter schauen."
„Das ist eine gute Idee. Vielleicht sehen wir uns am Abend."
„Weshalb nicht? Kommen Sie nicht auf den Hof?"
„Doch, aber ich dachte, Sie würden den Abend frei nehmen."
Lächelnd schüttelte sie den Kopf.
„Tag und Nacht, hat mein Chef gesagt und ich möchte es diesmal nicht versauen."
„Diesmal?"
„Ach nichts", sagte sie und stieg in ihren Mini. „Gute Nacht!"
Michael Salcher blickte ihr nach, als sie vom Hof fuhr.

… im Wald, wo die Vöglein singen schön …

Sarah hatte wie ein Stein geschlafen und brauchte ein paar Minuten, um sich zu orientieren, als der Wecker klingelte. Müde stellte sie ihn aus. Es war noch viel zu früh, um schon wieder aufzustehen, doch mit eiserner Disziplin schälte sie sich aus den Decken. Ohne zu frühstücken verließ sie das Hotel und erreichte einige Zeit später ihr Ziel. Im Stall brannte bereits Licht. Erschöpft fragte sie sich, wie Salcher es schaffte, Tag für Tag zu dieser Uhrzeit aufzustehen, um zu arbeiten. Sie ging ins Bauernhaus und trat zu Frau Salcher in die Küche.
„Mihael hat mir schon gesagt, dass Se heute bei mir bleiben wollen", sagte sie zur Begrüßung und Sarah nickte.
„Wenn es Sie nicht stört?"
„Nein, gar nit. Im Gegenteil i freu mi über Gesellschaft."
Sie lächelten einander an.
„Frau Salcher, davor möchte ich aber noch etwas klar stellen. Ich will nicht, dass Sie denken, dass ich mit Ihrem Sohn die Nacht verbracht habe."
Die Bäuerin winkte ab. „Wie´s da Mihael gestern gesagt håt, es geht mi nichts an."
„Trotzdem! Ich möchte nicht, dass Sie das denken. Das Wetter war

so schlecht, als wir von der Alm zurückkamen und ich war so kaputt, deswegen hat er mir sein Sofa angeboten."

„Is gut, Diandl."

Sie tätschelte Sarah die Hand und wechselte das Thema. „Zuerst måchan ma Frühstück."

Frau Salcher begann, selbstgebackenes Brot aufzuschneiden und drückte Sarah ein Messer in die Hand, mit dem sie den Käse schnitt und auf Holzbretter legte. Kaffee wurde aufgestellt und bald durchzog sein guter Duft die Küche.

„Hmmm", machte Sarah.

„Das ist ein fair gehandelter Kaffee, wenn Ihnen das etwas sagt", erklärte die Bäuerin. „Mihael legt da lei großen Wert drauf."

Sie begannen die Tische, auch für die Feriengäste, zu decken. Eier wurden gekocht und Butter auf den Tisch gestellt. Selbstgemachte Marmelade holte Sarah aus dem Kühlschrank.

„Die Khraitlach für den Frischkas sammle i imma im Garten", erklärte sie und gemeinsam gingen sie in den Kräutergarten, in dem diverse Kräuter üppig gediehen. Die Luft roch würzig und Sarah holte tief Luft.

„Oregano, Thymian, Petersilie und Basilikum", zählte die Bäuerin auf und schnitt von den jeweiligen Pflanzen ein paar Stängel ab.

Zurück in der Küche wurden die Blätter von den Stängeln befreit und klein gehackt. Dann vermischte die Bäuerin diese mit dem Frischkäse und teilte ihn in mehrere Schalen auf. Auf jeden Tisch kamen zwei.

„So", sagte sie, als alles bereit war, „jetzt kima in Ruhe die Wäsche aufhängen."

Sarah folgte Frau Salcher in die Waschküche, in der die Maschine die erste Ladung bereits fertig gewaschen hatte.

„Die jungen Bäuerinnen", erklärte sie, als sie die Wäsche in ein Schafferl lud, „håmp viel mehr Möglichkeiten als mir jemals ghåp hån. Dank der Maschinen bleibt mehr Zeit für andere Sachen."

Hinter dem Wirtschaftsgebäude befand sich eine Wäscheleine und die Frauen begannen große Laken aufzuhängen.

„Es is so, I måg die Arbeit. I tua mi gern ainetokern . Aber i merk, dass mia älter werden und i tat so gerne seng, dass da Mihael eine Frau bekimmt und Kinder. Aber des is lei nit so einfach."

Sarah nickte. „Das hat er mir schon erzählt. Er meinte, es gäbe heute fast keine Frauen mehr, die diese ganze Arbeit auf sich nehmen wollen."

Die Bäuerin schüttelte bedauernd den Kopf, während sie einen Kissen-

überzug mit einer Klammer fixierte. Ihre Hände waren rau und schwielig und ein Finger bereits ein wenig steif.
„Seng se, das is nimma so streng. Es is eine Frage der Einteilung. Man muass ja lei kan Khraitlachgarten anlegen. Oder man verkauft das Obst, ohne es zu verarbeiten."
„Ich verstehe."
Als sie fertig waren, füllte die Bäuerin die Waschmaschine erneut, dann kehrten sie gemeinsam ins Haus zurück. Sie zeigte Sarah, wie man Korn schrotete und mahlte und daraus einen Teig machte, der nun eine Stunde gehen musste. Dafür verwendete sie riesige Schüsseln und erklärte, dass sie meistens nur an einem Tag in der Woche buk. Allerdings musste sie, wenn viele Gäste mit leidenschaftlichen Essern im Haus waren, manchmal noch am Ende der Woche eine kleinere Menge backen.
Gegen 9.00 Uhr hörten sie die Männer hereinkommen und sich an den Tisch setzen, die ersten Gäste waren auch schon unterwegs und versammelten sich an ihren Tischen. Salcher Senior sprach ein Tischgebet und dann wurde kräftig zugegriffen.
„Sie schlagen sich wacker", stellte Salcher in ihre Richtung fest und Sarah lächelte leicht.
„Ich habe schon viel gelernt."
Sie warf Frau Salcher einen verschwörerischen Blick zu.
„Sie stellt si ned dumm an", nahm diese nun zum Anlass ihrem Sohn zu berichten. „Solltest dich um sie schauen."
„Muatta", stöhnte der geduldig, „Sie ist hier, weil sie eine Reportage über unser Leben macht. Nicht, weil sie einen neuen Job sucht!"
Sarah nickte mit leicht geröteten Wangen und Frau Salcher murmelte etwas in sich hinein.
Dann wandte sich das Thema anderen Dingen zu und Sarah lauschte kauend dem Klang der Worte. Nach dem Frühstück fuhr Salcher in die Redaktion und Frau Salcher führte Sarah auf den Dachboden des Wirtschaftsgebäudes. Große Holzkästen mit feinen Gittern waren dort aufgestellt und die Bäuerin deutete auf unterschiedliche Pflanzen und Früchte, die dort zum Trocknen auslagen.
„Das is der ideale Platz dafür", erklärte sie und wies sie ein wenig in die Kunst des Dörrens ein. Sarah lauschte und hoffte, sich alles zu merken. Einige Zeit später arbeiteten sie im Kräutergarten und Frau Salcher zeigte ihr, wie man Unkraut zupfte. Dabei erzählte die Ältere ihr die Geschichte von der Minze, die Selbstmord begangen hatte. Eine Freundin von ihr – Bäuerin auf einem anderen Hof – war begeisterte

Kräuterkundlerin und hatte in ihrem Garten unter anderem Minze angepflanzt.

„Die Khraitlach wandern, wie's eanan passt", erklärte die Bauerin und fuhr in der Erzählung fort. So konnte ihre Freundin beobachten, wie sich die Minze mit jedem Jahr einem Platz in der Sonne näherte. Auf der anderen Seite des Gartens, der an eine Mauer angrenzte, lag Schatten – welcher den Tod der Minze bedeuten würde. Jedes Jahr hatte die Bäuerin die Minze aus ihrem Garten geerntet, doch plötzlich entdeckte sie ein riesiges wildes Minzvorkommen irgendwo auf einer Wiese und sie erntete von da an die Minze nur mehr dort. Im nächsten Jahr, erzählte die Bäuerin, hielt die Gartenminze mit ihrer Wanderung in Richtung Sonne inne, machte eine 180 Grad Wendung und steuerte auf den Schattenplatz unter der Mauer zu. Die Minze hatte sich somit selbst umgebracht.

„Die Khraitlach seint sehr zartfühlend", resümierte Frau Salcher, „Die Natur fühlt mehr als ma denken." Sarah runzelte mitfühlend die Stirn und wusste instinktiv, dass sie die unglückliche Minze niemals vergessen würde.

Als Sarah am späten Nachmittag ihre Hände betrachtete, bemerkte sie Schmutzränder unter den Fingernägeln sowie Erde, die sich in schmalen Rissen ihrer Haut verfangen hatte und nicht mehr abgewaschen werden konnte. Abgesehen davon waren ein paar Swarovski-Steinchen abgefallen. Am Abend im Hotel würde sie die falschen Nägel abnehmen müssen, was nicht gerade ihre Lieblingsbeschäftigung war. „Jetzt sehe ich aus wie die Bauern-Sarah", stellte sie im Selbstgespräch fest.

Ziemlich sicher war Salcher schon aus der Redaktion zurückgekommen und im Stall mit den Kühen beschäftigt. Sarah hatte sich bereits um die Hühner gekümmert, ohne ihn zu Gesicht bekommen zu haben.
Sie bewegte ein wenig ihren Kopf hin und her, um den Nacken zu lockern. Die Arbeit hatte sie verspannt und sie gähnte. Dann kehrte sie zurück in die Küche und half Frau Salcher beim Aufdecken. Nicht lange und der Raum war gefüllt. Lois und Vater Salcher traten ein.
„Da Mihael håt ang'rufen. Er kimmt später."
Die Bäuerin nickte und teilte allen aus. Sarah fühlte Enttäuschung in sich aufsteigen, konzentrierte sich dann aber aufs Essen. Sie hatte sicherlich schon zugenommen – trotzdem nahm sie sich noch einmal nach.

Nach dem Essen verabschiedete sie sich und fuhr zum Hotel zurück. Auf dem Weg meinte sie, Salcher zu erkennen, der ihr in seinem Auto entgegenkam, sie war sich jedoch nicht sicher, da sie sich auf die Straße konzentrierte. Im Hotel nahm sie die Kunstnägel ab, was einige Zeit beanspruchte und sie fast verzweifeln ließ, danach konnte sie sich gerade noch ein Bad einlassen und ins Wasser legen. Dann schlief sie ein. Sie erwachte, weil sie fror. Ihre Haut war bereits schrumpelig. Schnell duschte sie heiß, zog ihr Nachthemd an und legte sich ins Bett. Nicht lange und sie schlief schon wieder tief und fest.

Die fröhlichen Vögel, die Blumen schön, sie haben die Freude ...

Um 6.30 Uhr betrat sie den Stall und begrüßte Salcher, der sich bereits wieder um die Kühe kümmerte.
„Wie war Ihr gestriger Tag?", wollte er wissen und blickte kurz in ihre Richtung.
„Sehr interessant! Ihre Mutter hat mir die Geschichte von der selbstmörderischen Minze erzählt."
Er lachte und beobachtete den Melkvorgang.
„Eine ihrer Lieblingsgeschichten."
Er schaltete die Maschine ab, wartete, bis sich das Vakuum abgebaut hatte und zog das Melkzeug von den Zitzen.
„Ich übernehme das Desinfizieren", sagte sie und er sah sie prüfend an.
„Dann kommen Sie mit. Ich gebe Ihnen die Handschuhe und den Spray."
Er kümmerte sich bereits um die nächste Kuh, als sie den Vorgang für die andere abschloss.
„Für morgen habe ich mir ein nettes Programm für Sie ausgedacht", teilte ihr Salcher mit, als er vom Untersuchen des Vorgemelks zurückkam.
„Tatsächlich?"
„Unser Förster wird sich um Sie kümmern."
Sarah blickte ihn ungläubig an.
„Ich weiß ja, dass ich viele Vorurteile habe, aber mir erschließt sich der Sinn nicht, mit einem Förster durch den Wald zu streifen."
„Den Sinn kann ich Ihnen gerne erklären: Es hängt alles zusammen. Und diesen Zusammenhang, liebe Frau Brunner, werden Sie vielleicht morgen verstehen."

Salcher legte das Melkzeug an.

„Heute können Sie mit Lois und meinem Vater die Arbeiten im Stall erledigen. Bisher haben Sie davon ja nicht allzu viel mitbekommen."

„Was kommt da auf mich zu?"

„Stall ausmisten, die Kühe auf die Weide treiben, Futter für die Hühner in den Eimer füllen, Schweine füttern und so weiter."

„Ich glaube, nach den zwei Wochen brauch ich dringend Urlaub."

Salcher sagte dazu nichts, sondern konzentrierte sich auf seine Tätigkeit. Das Kauen der Kühe schuf eine fast behagliche Atmosphäre.

„Wenn Sie machen könnten, was sie wollten", begann Sarah nach einer kurzen Pause, „was würden Sie tun?"

„Ich würde mir Urlaub nehmen."

Ihre Blicke trafen sich und sie lächelten einander verständnisinnig an.

„Und dann? Welchen Beruf würden Sie ausüben?"

Salcher stützte sich mit den Unterarmen auf der Kuh ab.

„Ich würde das machen, was ich jetzt mache."

„Ganz genau so?"

„Vielleicht würde ich noch ein paar Pferde und Ponys kaufen und eine kleine Reitschule für unsere Feriengäste anbieten."

„Was hält sie zurück?"

„Das, was alle zurückhält!" Mit dem Daumen rieb er über Zeige- und Mittelfinger. „Money. Ich bräuchte weitere Arbeitskräfte, wir müssten ausbauen und so weiter."

„Sie reiten gerne?"

„Ja, schon als Kind. Es ist zu jeder Jahreszeit schön, durch den Wald zu reiten. Im Frühling sprießt alles und der Duft der erwachenden Natur liegt in der Luft. Im Sommer ist es kühl und die Bäume knacken in der Hitze. Im Herbst kann man sich an den vielfältigen Farben nicht sattsehen und im Winter, wenn der Schnee liegt, fühle ich mich, als wäre ich der einzige Mensch auf Erden. Oder ich denke, ich wäre ein römischer Soldat, der durch den Wald zum nächsten Dorf reitet."

Bei den letzten Worten schmunzelte er und schaltete den Melkapparat aus. Dann richtete er sich auf und musterte sie.

„Ehrlich? Sie denken, Sie wären ein Römer?"

„Oder ein Handelsreisender kurz nach Christus. Es ist alles so ursprünglich und ich versuche zu verstehen, wie es war, bevor die Zivilisation begonnen hat, alles zu regeln."

„Oh, ich wünschte, ich wäre einmal im Winter hier und Sie könnten es mir zeigen!", stellte sie plötzlich aus der Tiefe ihres Herzens fest.

„Wir vermieten unsere Ferienwohnungen auch im Winter", erinnerte

er sie. „Aber nun zu Ihnen, was würden Sie machen, wenn Sie wählen könnten?"
Sarah zog sich Handschuhe an und trat mit dem Desinfektionsmittel zur nächsten Kuh. Sie zuckte mit den Achseln und mied seinen Blick.
„Na los! Irgendetwas muss Ihnen doch einfallen!"
„Ich weiß es nicht."
„Keine Träume?"
Sie schwieg und sprayte die Zitzen gewissenhaft ein.
„Frau Brunner, sprechen Sie mit mir!"
Obwohl sie fertig war, blieb sie sitzen und starrte auf den Boden vor sich.
„Nein, ich habe keine Träume", stieß sie plötzlich hervor und drehte sich zu ihm. „Alles, was ich möchte, ist Erfolg im Leben haben und einen Platz finden, den nur ich, ich ganz allein und niemand sonst, einnehmen kann!"
Nachdenklich blickte Salcher sie an.
„Geld ist also nicht Ihr Problem."
„Geld?", sie schnaubte verächtlich aus. „Geld hatten wir immer. Meine Eltern arbeiteten dafür Tag und Nacht. Wir konnten uns fast alles kaufen. Kaum ein Wunsch, der nicht erfüllt wurde."
Tränen stiegen in ihre Augen und sie wandte sich ab.
„Mit Geld kann man sich alles kaufen, nur keinen Platz, der nicht ersetzbar wäre. Ich habe es versucht, das können Sie mir glauben! Aber wie Sie sehen, schickt mein Chef mich aufs Land, um eine Reportage zu machen, die keinen interessiert. Ich sitze hier in einem Stall, anstatt Hände zu schütteln und Petit Fours bei einer Buchvorstellung zu essen. Ich bin über dreißig, fühle mich aber wie zwanzig, weil es nichts in meinem Leben gibt, was ich sicher weiß und keinen Platz habe, der nur mir gehört!"
Entsetzt schlug sie sich mit einer Hand auf den Mund und starrte ihn mit weit aufgerissenen Augen an. Er war näher getreten und sah sanft auf sie herab.
„Verzeihen Sie, ich habe zu viel gesagt, das wollte ich nicht."
Langsam hob er eine Hand und legte sie zart auf ihre Schulter.
„Ich denke, wenn Sie diesen Platz suchen, werden Sie ihn finden. Sie dürfen nur nicht aufgeben!"
Kopfschüttelnd wich sie zurück und seine Hand fiel herab.
„Vergessen Sie, was ich gesagt habe! Ich weiß nicht, was mit mir los ist. Seit ich hier bin, geht alles schief ..."
„Das stimmt nicht! Ihr Artikel war wirklich gut und ich bin überzeugt,

dass viele ihn lesen werden! Immerhin wird die AÖ österreichweit gelesen."

Er spielte auf ihre Worte an und sie brachte ein zittriges Lächeln zustande. Vielleicht würde er sie doch einmal mögen, dachte er bei sich, als sie so vor ihm stand, dann wandte er sich wieder seiner Arbeit zu. Nicht mehr lange und es würde Frühstück geben und danach musste er zur Redaktion aufbrechen. Die restlichen Arbeiten erledigten sie schweigend, erst am Esstisch löste sich ihre Anspannung.

Um 9.30 Uhr verabschiedete sich Salcher, ging duschen und fuhr in die Redaktion. Lois nahm sie unter seine Fittiche und gemeinsam trieben sie die Kühe auf die Weide. Auf dem Rückweg erklärte er ihr, dass sie nun mit dem Traktor zum Heuen fahren würden. Unter Tags sollte das Gras trocknen und am Abend, bevor die Kühe in den Stall getrieben wurden, mussten sie mit dem Kreiselzettwender das Heu in Schwaden legen, was das Gras vor dem neuerlichen Feuchtwerden über Nacht schützen sollte. Bis zum Mittagessen waren sie also mit dem Mähen der Wiese und dem Zetten beschäftigt, wobei das Gras auseinandergestreut wurde, damit es besser trocknen konnte. Nach dem Essen begannen sie, das Gras zu wenden. Sarah atmete die Luft tief ein. Der Geruch des trocknenden Heus erinnerte sie an das Meerschweinchen, das eine Schulkollegin vor vielen Jahren gehabt hatte. Es verkroch sich gerne im Heu und Sarah versuchte, gemeinsam mit ihrer Schwester, die Eltern davon zu überzeugen, dass ein Haustier als weiteres Familienmitglied angeschafft werden sollte. In diesem Punkt blieben ihre Eltern jedoch standhaft: Es gab keine Haustiere. Nun, als sie hier stand und ihre Haare in einen neuen Zopf wand, überlegte sie, wie viele Tiere Salcher wohl besaß. Trotz seiner Krisen, die er offensichtlich durchlitt, schien er mit seinem Leben zufrieden zu sein. Sie dachte darüber nach, wie viele ihrer Bekannten das von sich sagen konnten – sie eingeschlossen.

Als das Heu einmal gewendet worden war, fuhren sie zum Hof zurück, um das Futter für die Tiere vorzubereiten. Aus großen Silos wurden diverse Futtermittel wie Getreide oder Mais abgelassen und je nach Bedarf geschrotet. Aus der Küche holten sie die Küchenabfälle, die sich für die Schweine als Fraß eigneten. Alles wurde in unterschiedliche Eimer gefüllt und bereit gestellt. Zuerst bekamen die Schweine ihren Fraß, die hinter dem Wirtschaftsgebäude ihr Freigehege und einen Stall hatten, dann die Schafe und zu guter Letzt die Pferde. Während sie die Tiere fütterte, begann Lois damit, die Ställe auszumisten. Als sie fertig war, half sie ihm und schließlich fuhren sie mit dem Traktor wieder zum Schwaden aufs Feld. Nachdem sie den Traktor im Hof abgestellt

hatten, machten sie sich auf den Weg zur Kuhweide. Sarahs Armmuskeln schmerzten und sie knetete diese mit ihren Fingern.
„Jetzt kånnst di a bisserl ausråstn", sagte Lois und setzte sich neben das Gatter auf den Boden. Sarah machte es ihm nach und lehnte ihren Rücken an den Zaun. Niemals hätte sie gedacht, dass sie nach einem solchen Tag derartigen Frieden empfinden konnte. Versonnen lächelte sie. Es waren einige Minuten vergangen, als sie plötzlich einen Reiter in ihre Richtung galoppieren sah. Unwillkürlich stolperte ihr Herz, bevor es sich beschleunigte. Michael!
Neben ihnen zügelte er das Pferd.
„Nach harter Arbeit sieht das nicht aus!" Seine Worte begleitete ein spöttisches Lächeln.
„Das ist unsere erste Pause seit dem Mittagessen!", empörte sich Sarah.
„Lei losn", winkte Lois ab. „Er tuat nua kaschpan."
Salcher lachte und sprang ab. „Tua mi nit einelossn!"
Er streckte Sarah die Hand hin und zog sie auf die Beine, dann half er auch Lois, der ein wenig ächzte.
„Ich hab doch gesehen, dass ihr die Wiese sogar schon g'schwadet håpts!"
Sarah fand es lustig, ihm zuzuhören, wenn er zwischen Schriftdeutsch und Dialekt mitten im Satz wechselte.
„Wollen Sie mit mir auf dem Pferd zurückreiten?", fragte Salcher und sah sie an.
Oh ja! Wie gerne würde sie das machen! Allerdings dachte sie an den letzten Ritt zurück und zögerte.
„Wie schnell werden Sie reiten?"
Salcher blickte sie an.
„Wahrscheinlich viel zu schnell für Sie."
„Warum fragen Sie dann?"
„Aus Höflichkeit. Sie haben einen harten Tag hinter sich."
Der Stich, den seine Worte ihrem Herzen zufügten, schmerzte.
„Ich gehe. Danke."
„Bis nachher!", rief er, saß auf und galoppierte davon.
„Der Mihael måg di", meinte Lois, als sie ihm nachblickten.
„Ach was", winkte Sarah ab. „Das Gegenteil ist der Fall."
„Wenn er di nit mögn tet, tet er di nit auf sein Hiestl mitnehmen wolln."

Als sie hinter den Kühen den Hof erreichten, begab sie sich gleich zu den Hühnern, um diese zu füttern. Mittlerweile hatte sie diese Tätigkeit richtig lieb gewonnen und sie ging zu den Ställen, um Eier zu suchen, wie die Bäuerin es ihr am Tag zuvor gezeigt hatte. Da zu viele Eier darauf warteten mitgenommen zu werden, kehrte sie ins Wirtschaftsgebäude zurück, um einen Korb zu holen. Als sie alle eingesammelt und mit dem Datum beschriftet hatte, brachte sie diese in die Speisekammer, die neben der Küche eingerichtet war. Sie beschloss, Frau Salcher bei den letzten Vorbereitungen für das Abendessen zu helfen und gesellte sich zu ihr in die Küche.

„Se sand a fleißigs Diandl", stellte sie fest und lächelte Sarah zu. „Wie geht's dem Heu? Das Weata is lei guat zum Heuen!"

„Ja, das hat Lois auch gesagt, wenn ich ihn richtig verstanden habe. Er meint, es würde die nächsten Tage nicht regnen."

Während sie sich miteinander unterhielten, füllte sich das Esszimmer und Frau Salcher schickte Sarah mit den Brotkörben in den gegenüberliegenden Raum. Freundlich verteilte sie diese auf den Tischen und wünschte guten Appetit.

„Ich hab Sie im Stall vermisst", meinte Salcher und sah sie forschend an.

„Das hätte ich mir nicht gedacht", entgegnete Sarah spitz. „Ich habe mich um die Hühner gekümmert und Ihrer Mutter geholfen."

Damit verschwand sie wieder in der Küche und die drei Männer lachten gutmütig.

Nach dem Essen verabschiedete sie sich und Salcher erinnerte sie daran, dass sie am nächsten Tag mit dem Förster unterwegs sein würde.

„Es genügt, wenn Sie gegen 10.00 Uhr bereit sind. Martin wird Sie vorm Hotel abholen. Schlafen Sie wieder mal ein bisserl länger."

Das Angebot klang zu verlockend und sie nickte dankbar.

„Bis übermorgen!", rief er noch, bevor er im Haus verschwand.

… für ein junges Herz.

Kurz vor 10.00 Uhr stand Sarah vor dem Hotel und wartete auf den Förster. In Gedanken versunken blickte sie die Straße in Richtung Villach entlang, wo gerade eine größere Gruppe auf ihren Motorrädern angerollt kam. In den letzten Tagen war sie zu den Essenszeiten so gut wie nie dagewesen, doch an diesem Tag beim Frühstück war sie froh, einen Tisch weit entfernt von den wilden Gesellen ergattert zu haben. Sie waren ihr nicht geheuer. Die meisten von ihnen stanken nach

kaltem Rauch und Alkohol und diese Kombination hatte ihr schon immer Übelkeit verursacht. Sie war so in ihre Betrachtung versunken, dass sie nicht bemerkte, wie jemand neben sie trat. Erst als sie eine Hand auf ihrer Schulter fühlte, fuhr sie erschrocken herum. Ihr gegenüber stand der König vom Salcherer-Hof.
„Gefallen sie Ihnen?"
Er blickte an ihr vorbei die Straße hinunter.
„Ganz und gar nicht! Sie stinken nach nassen Socken!"
Auf diese Bemerkung hin entfuhr ihm ein amüsierter Lacher.
„Lassen Sie das die Jungs bloß nicht hören!"
Nun wandte er sich ihr zu.
„Ich sehe, Martin ist noch nicht da."
Er blickte auf seine Uhr. „Ist ja auch noch nicht zehn."
„Hab ich mich beschwert?"
„Nein. Wenn er in zehn Minuten noch nicht da ist, kommen Sie zu mir in die Redaktion."
„Soll ich Ihnen dann Nachhilfe geben?"
„Warum nicht? Doch eigentlich dachte ich daran, Martin anzurufen. Mit einem Telefon. Sie verstehen, was ich meine?"
Neckend blickte sie ihm in die Augen.
„Heute zeigen Sie es mir aber wieder!"
Eine kleine Weile standen sie so, dann wandte er sich ab.
„Also, Ihnen einen schönen Tag noch und bis morgen", rief er, während er die Straße überquerte. Er drehte sich nicht mehr um und betrat seine Redaktion, mit den Gedanken wahrscheinlich schon bei der nächsten Story.
Ein paar Minuten vergingen. Mittlerweile war die Motorradgang im Hotel verschwunden. Nur ihre Maschinen, die neben dem Hotel geparkt waren, erinnerten an ihre Anwesenheit.
Auf der anderen Straßenseite hielt ein Jeep und ein Mann winkte ihr zu.
„Frau Kraft?", rief er durch das geöffnete Fenster und sie nickte.
Schnell überquerte sie die Straße und setzte sich auf den Beifahrersitz, dann reichte sie ihm die Hand.
„Es ist wirklich nett von Ihnen, dass Sie heute Zeit haben!"
„Wie jeder Mann spreche ich gerne über meine Arbeit", lachte er.
„Die Freude ist also ganz auf meiner Seite!"
Beim Einsteigen hatte sie festgestellt, dass er dem Klischee des Försters entsprach. Er hatte kurze Haare und trug Dunkelgrün. Wenigstens einmal in den letzten Tagen war sie nicht überrascht.

„Wir werden glei mal in den Wald hinauffahren und ich zeige Ihnen einen kleinen Teil meines Reviers. Ich muss gestehen, ich bin wirklich froh über die Abwechslung. Als Förster muss man heutzutage mehr Papierkram erledigen, als dass man in der Natur sein kann."
„Das wusste ich gar nicht!" Sarah sah Martin interessiert an.
„Leider ist es so. Ich sitze fast die ganze Zeit am Schreibtisch."
„Was machen Sie da?"
„Ich muss Holzpreise ausrechnen, Mitarbeiter koordinieren, mir überlegen, wie ich die immer wieder neuen Richtlinien der EU umsetzen kann. Da haben wir gerade mit dem Naturschutz zu tun. Außerdem haben Staat und Kommunen Wünsche, die ich erfüllen soll."
Martin seufzte schwer.
„Derweil würde ich viel lieber auf meinem Hochstand sitzen."
„Aber auf dem Hochstand sitzen doch eigentlich nur Jäger, oder etwa nicht?"
„Das ist richtig. Meist ist es aber so, dass Förster gleichzeitig auch für die Jagd zuständig sind."
Sarah nickte.
„Macht auch irgendwie Sinn."
Sie hatten den Ort Äußere Einöde hinter sich gelassen und Martin bog auf eine Schotterstraße ein, die in den Wald führte. Sofort wurde die Hitze gemildert und Sarah atmete tief ein.
„Die Waldwirtschaft ist um einiges komplexer, als man glaubt", erklärte der Förster und deutete auf die Markierung an einem Baum. „Der muss gefällt werden. Er ist krank. Dadurch dass auch unsere Wälder kultiviert werden, müssen wir für ein gesundes Gleichgewicht zwischen Wild und Baumbestand sorgen. Ist zu viel Wild da, sind die Jungbäume gefährdet. Deswegen müssen wir die Bäume auch vor Fraßschäden schützen."
„Aber besteht nicht die Gefahr, dass zu viel Wild geschossen wird?"
„Damit das nicht passiert gibt's den Jäger. Er bestimmt, welche Tiere geschossen werden dürfen. Jedoch müssen Sie keine Bedenken haben, das Rotwild verfügt über keinen natürlichen Feind und vermehrt sich sehr schnell. Ein gesundes Gleichgewicht und alle sind glücklich."
Wieder lachte er, dann bremste er und ließ den Wagen an die Seite rollen.
„Den Rest erledigen wir zu Fuß."
Sarah bemerkte erstaunt, dass sich ihr Körper nicht mehr verkrampfte, wenn von einem längeren Fußmarsch die Rede war. Wahrscheinlich

begann sie, sich daran zu gewöhnen, ständig unterwegs zu sein. Sie verließen den Weg und gingen nebeneinander zwischen den Bäumen einher.
An einer Lichtung blieben sie stehen. Ungewöhnlich viele kleine Bäume standen hier in einigem Abstand zueinander.
„Was sehen Sie?", fragte der Förster.
„Kleine Bäume."
„Ich sehe den Wald in hundert Jahren."
Sarah sah ihren Gesprächspartner fragend an.
„Wenn ich heute einen Baum pflanze, muss ich ihn bereits in seiner vollen Größe sehen", erklärte Martin. „Als Förster muss man damit leben, die Früchte seiner Visionen niemals zu sehen. Dafür ernte ich, was Generationen vor mir entschieden haben. Ein Wald ist wie ein lebendiges Wesen. Erst wenn man über Jahre viel Zeit in ihm verbracht hat, bemerkt man es."
Im Weitergehen zeigte er auf eine Rinde.
„Hier kann ich Spuren eines Borkenkäfers erkennen. Dort drüben liegen Holzsplitter. Als Förster muss ich all diese kleinen Informationen suchen und sammeln und bewerten. Wenn Kleinigkeiten diese komplizierte Balance stören, kann dies schwere Folgen nach sich ziehen."
Vor einem Hochstand blieb er stehen und deutete nach oben.
„Nach Ihnen", sagte er und sie kletterte die Leiter empor.
Als er neben ihr saß, holte er ein Fernglas hervor.
„Eigentlich sollte man sich hier möglichst still verhalten, doch ich möchte Ihnen noch mehr über den Wald erzählen."
Sarah erfuhr, dass der Reisende, der Pflanzen oder auch Tiere von anderen Teilen der Welt in den eigenen Mikrokosmos mitbrachte, damit das Überleben heimischer Pflanzen und Tierarten gefährdete.
„Denn es fehlt der natürliche Feind."
Er erzählte, dass die europäische Honigbiene unter anderem auch für das Aussterben des Karolinasittichs in Amerika verantwortlich gemacht werden musste. Oder dass Schafe, im Besonderen auf Inseln, selten wachsende Pflanzen wegfraßen und somit Arten ausstarben, die der Mensch vielleicht noch gar nicht entdeckt hatte. Er berichtete, dass Hasen und Schweine, sich selbst überlassen, ganze Landstriche verwüsteten und Leben in jeglicher Form unmöglich machten.
„Haben Sie das Buch ‚Wenn das Schlachten vorbei ist' von T.C. Boyle gelesen?"
Sarah schüttelte den Kopf.
„Das sollten Sie lesen", sagte er nur. „Auch ein Kollege von mir aus

Deutschland befasst sich noch konkreter mit ebendiesem Thema. Er sagt, dass wir mit jeder Art, die ausstirbt, sei es Pflanze oder Tier, immer mehr verstummen. Dass unsere Sprache Ausdruck verliert. Dass wir, was die Natur uns lehren könnte, niemals wiederfinden werden und wir im Endeffekt in all unserem Tun, Sein und Handeln, in unserer Kreativität immer stärker eingeschränkt werden, bis wir uns nicht mehr ausdrücken können, da die Vorbilder fehlen."
Verwirrt blickte Sarah den Förster an.
„Wie bitte? Das alles finden Sie hier im Wald?"
„In der Natur, Frau Kraft. Die schöpferische Vielfalt ist unser Spiegel. Wenn wir diese Vielfalt aus Gier nach Geld und Reichtum immer mehr eindämmen, werden wir irgendwann nur mehr eine Rasse von jedem Tier haben und Rasen, so weit das Auge reicht. Können Sie erahnen, was das zu bedeuten hat?" Kurz hielt er inne, um sich zu sammeln. „Die EU möchte gerade ein Gesetz beschließen, das die Saatgutvielfalt stark eindämmen soll. Damit soll den Bauern verboten werden eigene Samen zu verkaufen und auf lange Sicht auch selbst zu verwenden. Die Großkonzerne wollen, dass ihre Hybridsamen gekauft werden müssen. Wissen Sie, was Hybridsamen sind?"
„Nein."
„Dabei handelt es sich um genetisch veränderte Samen, denen die Fähigkeit fehlt, sich zu reproduzieren. Auf gut Deutsch: Wenn Sie den Samen einer Frucht, die aus einem Hybridsamen gezogen worden ist, einpflanzen, wächst daraus nichts Brauchbares. Verstehen Sie, was das bedeutet?"
„Mein Gott!", entfuhr es Sarah. „Der Mensch wäre von diesen Konzernen abhängig. Diese Konzerne würden bestimmen, was angebaut werden kann!"
„Sie haben es erfasst! Und irgendwann werden sie die Preise nach oben treiben und kein Bauer wird mehr das Geld dafür haben, Samen zu kaufen, um die Felder zu bestellen."
Sarah griff sich ans Herz.
„Das darf nicht passieren! Was kann man dagegen tun?"
„Wenn die Politik unser Land und unsere Rechte, also quasi unsere Zukunft, verkauft, kann nur ziviler Ungehorsam dieser schrecklichen Entwicklung entgegenwirken. Wahrscheinlich wird es irgendwann ohnehin in Krieg enden. Wissen Sie, der Run auf die Rohstoffe hat bereits begonnen. Erdöl ist der geringste darunter. Es werden Kriege geführt werden, um Wasser, Sand und vielleicht Phosphor."
Sarah schwirrte der Kopf.

„Ich verstehe das alles nicht. Was haben Sand und Phosphor damit zu tun?"
„Sand wird heutzutage für jeden Hausbau benötigt. Allerdings kann dafür aufgrund seiner Struktur nicht Wüstensand, sondern nur Meeressand verwendet werden. Mittlerweile werden schon Strände abgetragen, was zur Folge hat, dass das Festland keinen Schutz mehr vor den Gezeiten hat und unterspült wird. Ganz zu schweigen von den verheerenden Folgen für Flora und Fauna – nicht nur im Meer. Phosphor, weil es ihn, genauso wie Sand, nur in begrenzter Menge gibt. Jeder Mensch, jede Pflanze, jedes Tier benötigt Phosphor, um zu leben. Es ist also wichtig, dass Phosphor, wenn es ausgeschieden wird, wieder dem natürlichen Kreislauf zugeführt und nicht vernichtet wird. Eine nachhaltige Abfallpolitik müsste dies regeln. Zurzeit wird aber alles verbrannt, was der Mensch vordergründig als nutzlos bezeichnet und damit für immer vernichtet."
Sarah schloss die Augen und eine Weile hing jeder seinen Gedanken nach.
„Und das alles lernen Sie vom Wald?"
„Er lehrt mich zu beobachten. Still zu werden. Zeichen zu deuten. Und zu erkennen, wie wenig es braucht, um die Balance zu stören."
Sofort wenn sie zu Hause war, würde Sarah niederschreiben, was sie heute gelernt hatte. Vorsichtig stieß Martin sie an und deutete auf ein Reh, das mit diesem eigentümlich springenden Gang die Lichtung überquerte.
Sie lächelte.
„Sie wollen es aber nicht bald töten", flüsterte sie.
„Nein. Es ist erst zwei Jahre alt und vollkommen gesund."

Nach dem Abendessen im Hotel fuhr Sarah an den Ossiacher See und setzte sich auf eine Bank. Dort starrte sie auf das Wasser und dachte nach. Vielleicht hatte sie heute, wie Salcher prophezeit hatte, ein wenig von dem großen Zusammenhang verstanden. Einem Zusammenhang, der so komplex schien, dass kein Mensch ihn jemals fassen könnte.
Da schuf Gott den Menschen nach seinem Bilde; nach dem Bilde Gottes schuf er ihn; als Mann und Frau schuf er sie. Gott segnete sie dann mit den Worten: „Seid fruchtbar und mehret euch, füllt die Erde an und macht sie euch untertan und herrscht über die Fische im Meer und über die Vögel des Himmels und über alle Lebewesen, die auf der Erde sich regen." Dann fuhr Gott fort: „Hiermit übergebe ich euch alle samentragenden Pflanzen auf der ganzen Erde und alle Bäume mit

samentragenden Früchten: die sollen euch zur Nahrung dienen!"
Vor langer Zeit hatten sie im Religionsunterricht den Schöpfungsbericht durchgenommen und Sarah war überrascht, wie gut sie sich an die Worte erinnerte. Nun, als sie hier in Kärnten am See saß und aufs Wasser blickte, fragte sie sich, ob entweder Gott einen Fehler gemacht hatte, als er dem Menschen seine Schöpfung anvertraute, oder sich der Mensch so weit von Gott entfernt hatte, um mit dieser Verantwortung weise umzugehen.

Zum Schluss finde ich ...

Um 6.30 Uhr betrat Sarah den Stall und grüßte in Salchers Richtung, der gerade aus dem Milchraum kam.
„Ich werde Ihnen heute bei der Reinigung der Melkanlage helfen", sagte sie und stellte sich neben ihn.
„Guten Morgen", erwiderte er. „So? Werden Sie das?"
„Ja. Das habe ich bisher noch nicht gemacht."
„Wenn Sie weiterhin so tatkräftig mitarbeiten, werden wir Sie ungern gehen lassen. Eine Zukunft als Bäuerin könnten Sie sich nicht vorstellen?
„Haha", machte Sarah nur, zog sich Handschuhe an und holte den Desinfektionsspray.
Er beobachtete sie dabei und ein wenig Bewunderung für sie stieg in ihm auf. Sie hatte sich anders entwickelt, als er nach ihren ersten Begegnungen angenommen hatte. Das überraschte ihn. Vor allen Dingen aber auch die Tatsache, dass ihr die Arbeit Spaß zu machen schien. Für ihre Recherche war es durchaus nicht nötig, dass sie jeden Morgen um diese Zeit im Stall mithalf.
Als er fertig war, desinfizierte sie die Kuh, während er zur nächsten weiterging.
„Sie sehen zufrieden aus. Darf ich annehmen, dass Sie gestern einen guten Tag hatten?"
„Ich bin überhaupt nicht zufrieden", stritt sie vehement ab. „Ich bin überaus schockiert! Kennen Sie T.C. Boyles Buch?"
„Ich nehme an, Sie meinen das vom Schlachten. Ja, ich habe es gelesen. Martin hat es mir geliehen. Hat er also mit Ihnen über den großen Zusammenhang gesprochen?"
„Wieso machen Sie sich immer über mich lustig?"

„Das haben Sie falsch verstanden. Im Moment richtet sich mein Spott gegen Martin."
„Aber Sie haben auch von dem großen Zusammenhang gesprochen. Vorgestern, wenn ich Sie dran erinnern darf."
„Gut, Sie haben gewonnen. Ich spotte über Martin und mich."
Sarah zog die Handschuhe aus und verschränkte die Arme.
„Ich glaube, dieser Zusammenhang von dem Sie sprechen, ist zu groß, um ihn zu verstehen."
Salcher musterte sie verwundert.
„Meine Güte, ich erkenne Sie kaum wieder."
„Ich mich auch nicht", stimmte sie ironisch zu.
Ein paar Augenblicke hielten ihre Blicke einander fest und Sarah fühlte erneut Röte in ihre Wangen schießen.
„Morgen haben wir einen Stand auf dem Bio-Bauernmarkt. Normalerweise fahren meine Eltern hin, doch ich denke, ich werde sie bitten, mit mir zu tauschen. Wir zwei werden das in die Hand nehmen."
„Und die Redaktion?"
„Wird einmal ohne mich auskommen. Ich werde am Samstag zwischendurch ein paar Artikel für die Montagsausgabe schreiben. Es ist egal, wann ich das mache."
„Ehrlich, das möchten Sie tun? Mit mir gemeinsam am Stand stehen?"
„Warum nicht? Es ist eine willkommene Abwechslung."
Ob sie es wollte oder nicht, ein Strahlen glitt über Sarahs Züge, das ihn für den Bruchteil einer Sekunde den Atem anhalten ließ. Dann wandte er sich den Kühen zu.
„Nun aber schnell weiter. Sonst kommen wir in Verzug!"
Seite an Seite arbeiteten sie und waren rechtzeitig zum Frühstück fertig.

„Ich würde gerne morgen mit Frau Kraft den Wochenmarkt übernehmen", erklärte Salcher am Tisch und Lois wechselte mit Vater Salcher einen vielsagenden Blick. „Könntet ihr meine Arbeiten am Hof stemmen?"
„Natürlih!", meinte seine Mutter, bemüht, die Freude über dieses Ereignis zu überspielen und wandte sich an Sarah: „Da Markt wird Ihnen g'falln!"

Als Sarah neben Lois auf dem Traktor saß, der eine Ballenpresse hinter sich herzog, sagte dieser mit einem rechthaberischen Grinsen: „Håb i nit gsågt, dass da Mihael di måg?"
Sarah schüttelte den Kopf und winkte ab.

„Er hilft mir nur, dass ich genug Stoff für meinen Artikel zusammenbekomme."
„Ah so", nickte er ältere Mann, sah aber drein, als würde er kein Wort von dem, was sie sagte, glauben.
„Darf ich absteigen und von der Seite zusehen?", fragte sie, als sie über die Schwaden fuhren und hinter dem Traktor große Heuballen davonrollten.
„Ja. Aber sei vorsichtig, dass di nit dawischen!"
Kurz hielt er an, sodass sie abspringen konnte und als er sah, dass sie sich aus der Gefahrenzone entfernt hatte, fuhr er weiter. Sarah wusste nicht weshalb, aber sie könnte stundenlang zusehen, wie diese riesigen Ballen hinten aus der Presse kullerten.

Am Abend trafen sie wieder auf Salcher, der mit seinem Pferd auf die Kuhweide geritten kam und Sarah fühlte bei seinem Anblick tiefe Freude in sich aufsteigen. Sie begann, die tägliche Routine, von der nun auch sie ein Teil geworden war, lieb zu gewinnen. Die Arbeit auf dem Hof war abwechslungsreich und wurde immer mit seinem Kommen beschlossen. Als sie an ihr Leben in Wien dachte, schien es weit weg zu sein, so weit, dass sie sich gar nicht vorstellen konnte, dorthin zurückzukehren.
Überraschender Weise begleitete Salcher Sarah nach dem Abendessen in den Hof.
„Ich hole Sie in einer halben Stunde ab", erklärte er zu ihrem Erstaunen.
„Ziehen Sie sich nicht zu schick an."
„Wohin gehen wir?"
„Zum Summertime."
„Was ist das?"
„Werden Sie früh genug erfahren."
Voller Vorfreude stieg sie in ihren Mini und winkte ihm zu.
„Bis gleich", sagte er noch und sie konnte im Rückspiegel erkennen, dass er ihr nachsah.
Sie duschte in Windeseile, schlüpfte in einen langen Rock und eine kurzärmlige Bluse. Eine Strickjacke legte sie sich zur Sicherheit über die Schultern. Sie wollte sich gerade schminken, als es an der Tür klopfte.
Sie öffnete und Salcher trat ein. Auch er war frisch geduscht, trug Jeans und Poloshirt und duftete nach Aftershave.
„Bereit?"
„Nein, ich brauche noch etwas Make-up ..."

„Lei losn", meinte er. „Wer soll das schon sehen? Außerdem sehen Sie ohne viel besser aus."
Natürlich errötete Sarah. Diesmal dunkelrot.
„Wenn Sie meinen ... Dann können wir gehen."
Schnell holte sie ihre Tasche und schloss hinter ihnen ab.
Er startete den Wagen und bog auf die Straße in Richtung Villach ein.
„Es kann sein, dass wir um diese Zeit nicht mehr die besten Plätze bekommen, aber es ist es trotzdem wert hinzugehen."
„Sie machen es wirklich spannend!", stellte Sarah fest und warf einen Blick auf sein Profil. Dann sah sie schnell weg und überlegte, wohin das alles führen sollte. Es wäre äußerst dumm, sich mit ihm einzulassen! Im Gegensatz zu ihm hatte sie etwas gegen Affären. Entschieden lenkte sie ihre Gedanken von dem Thema fort - sie wollte lieber den Moment genießen und sich nicht gerade jetzt zermürben.
Salcher parkte in der Innenstadt, holte seinen Rucksack aus dem Kofferraum und bot ihr galant den Arm. Ihre Bedenken ignorierend legte sie ihre Hand in seine Armbeuge und auf diese Weise flanierten sie nebeneinander die Straßen entlang. Plötzlich drang leise Musik zu ihnen herüber und Sarah blieb stehen, um zu lauschen.
„Was ist das?"
„Musik."
„Sehr witzig, das weiß ich auch. Woher kommt sie?"
„Von der Drau. Dort findet alljährlich auf Bühnen, die im Wasser schwimmen, ein Konzert statt. Dort gehen wir hin."
„Wie aufregend!"
Bald erreichten sie das Flussufer. Allerdings standen so viele Menschen herum, dass sie nicht weiter konnten.
„Wie ich es mir gedacht habe. Kommen Sie!"
Sie gingen einige Meter zurück, um dann in eine Straße einzubiegen und sich wieder vom Ort des Geschehens zu entfernen.
„Wir werden ziemlich weit rausgehen müssen", warnte er sie und sie nickte.
„Macht mir nichts!"
Schließlich fanden sie doch noch ein Plätzchen, auf dem sie sich niederlassen konnten und Salcher öffnete den Rucksack und zog eine Decke hervor.
„Bitte schön", sagte er und sie setzte sich vorsichtig. Wieder irritierte ihn, mit welcher Sorgfalt sie zu verhindern suchte, dass auch nur ein Stück ihrer Haut entblößt wurde. Aber er beschloss, ihr Getue zu ignorieren und den Abend zu genießen. Er ließ sich zurück auf den

Rücken sinken und blickte in die Sterne, während er der Musik lauschte, die leise über das Wasser zu ihnen geweht wurde. Ihr schmaler Rücken wölbte sich leicht, da sie ihre Knie angezogen und ihren Kopf darauf gelegt hatte. Er hob eine Hand und verharrte kurz zwischen ihren Schulterblättern, ließ sie dann aber wieder sinken, ohne Sarah berührt zu haben. Schließlich zog er sie neben sich und sie drehte den Kopf in seine Richtung und sah ihn an. Er erwiderte diesen Blick. Sarah meinte, jeder in einem Umfeld von 20 km müsste ihr Herz pochen hören. Was, wenn er sie jetzt küssen wollte? Nein, das war mehr als unvernünftig! Sicherheitshalber drehte sie ihr Gesicht weg und beobachtete die Sterne, war sich aber bewusst, dass er sie weiter betrachtete. Irgendwann wandte auch er seine Aufmerksamkeit dem Firmament zu. Sie sprachen nicht, bis Feuerwerke in den Himmel stiegen und das Wasser erleuchteten. Sarah sprang schnell auf die Beine, um besser sehen zu können. Er stellte sich neben sie und sie machten sich einen Spaß daraus, jedes Feuerwerk mit einem „Ah!" oder „Oh!" zu kommentieren.

Nachdem er die Decke verstaut hatte, traten sie den Rückweg an.

„Hat es Ihnen gefallen?"

„Sehr! Vielen Dank, dass Sie mich mitgenommen haben!"

„Gerne! Normalerweise würde ich Sie noch auf einen Drink einladen, aber ich gehe davon aus, dass Sie ziemlich müde sind."

„Sie nicht?"

„Es geht. Ich bin es gewohnt."

„Ich glaube, ich könnte mich nie daran gewöhnen, immer so früh aufzustehen."

„Der Mensch vermag mehr, als er denkt."

„Ja, sicherlich, wenn er dazu gezwungen wird."

Darauf sagte er nichts und jeder hing seinen Gedanken nach, bis sie sein Auto erreichten.

Als er vor dem Hotel hielt, reichte sie ihm die Hand.

„Vielen Dank für den schönen Abend!"

„Gerne! Schlafen Sie gut! Ich hole Sie morgen gegen acht Uhr ab."

„Dann kann ich ja richtig lange schlafen!", stellte sie begeistert fest, was ihm ein Lächeln entlockte. Sie schloss die Wagentür und sah ihm nach, als er davonfuhr.

... die Freude doch ...

Sarah saß beim Frühstück im Gastgarten, als Salcher eintraf. Diesmal fuhr er einen Lieferwagen, den er neben dem Hotel parkte. Sie trank ihren Kaffee schnell aus und erhob sich.
„Nur keinen Stress! Wir liegen gut in der Zeit!"
„Bin fertig!", sagte sie mit vollem Mund und hielt sich eine Hand vor, was ihn schmunzeln ließ.

Wieder fuhren sie in Richtung Villach, diesmal jedoch hielten sie direkt am Hans-Gasser-Platz, wo der Markt stattfand. Der Wagen hatte eine Klappe, die man öffnen konnte und eine Theke freigab. Hier wurden Milch, Eier, Speck und Käse gekühlt. Salcher baute ein paar Kisten mit Obst und Gemüse auf und sie half ihm dabei, es schön zu präsentieren. Als sie fertig waren, begrüßte Salcher seine Nachbarn, die er, wie es aussah, alle kannte und bald war er in ein angeregtes Gespräch mit einem von ihnen verwickelt. Sarah setzte sich auf eine Kiste, die nicht gebraucht wurde und beobachtete das Treiben um sich herum. Verträumt stellte sie sich vor, sie wäre im Mittelalter und würde gemeinsam mit ihrem Mann Waren feilbieten.
„Es geht los!", holte sie Salchers Stimme in die Gegenwart zurück und sie schrak auf. Schnell kam sie zu ihm in den Lieferwagen und sah ihn an.
„Was soll ich tun?"
„Verkaufen."
„Ja, aber ich kenne doch die Preise gar nicht!"
„Ich stehe doch neben Ihnen, mich können Sie fragen. Außerdem mache ich die Kasse."
„Trauen Sie mir nicht zu, dass ich rechnen kann?", fragte sie empört.
„Sie müssen aber auch immer streiten! Und jetzt ist Ruhe, hier kommt der erste Kunde."
Von diesem Moment an riss der Strom der Besucher über einen langen Zeitraum nicht mehr ab. Sarah wog und verpackte, reichte und redete, bis ihr der Kopf schwirrte. Gegen Mittag wurde es etwas ruhiger.
Als gerade niemand vor ihrem Wagen stand, meinte Salcher: „Ich hole uns etwas zu essen. Glauben Sie, Sie kommen kurz allein zurecht?"
„Natürlich! Gehen Sie nur! Dann kann ich mir endlich die Kasse schnappen und abhauen!"
Lachend schüttelte er den Kopf und verschwand. Wie es immer in solchen Situationen passierte, kam genau in dem Moment, als Salcher

nicht da war, der unangenehmste Kunde, den sie an diesem Tag zu bedienen hatte. Genau genommen war es eine Frau und ihrer Sprache konnte Sarah entnehmen, dass sie nicht aus der Umgebung stammte.

„Wie viel kostet der Speck?", wollte sie wissen und Sarah nannte ihr den Preis.

„Und woher soll ich wissen, dass der auch bio ist?"

„Sehen Sie, es gibt hier dieses Siegel und das wird nur für Bioprodukte vergeben."

Geduldig deutete Sarah auf ein Schild, das in den Speck gesteckt worden war, dabei suchte sie verzweifelt nach Salchers Gestalt. Sie hoffte, dass er bald zurückkam!

„Ich möchte von dem Käse probieren."

Sarah schnitt ein Stück ab und reichte es der Frau, während sie erklärte: „Der kommt direkt von unserer Alm. Ich kenne den Senner und die Kühe persönlich."

Die Kundin blickte skeptisch auf den Preis.

„Das sind aber wirklich stattliche Preise! Für zwei Euro weniger würde ich einen Speck mitnehmen."

Nun fühlte Sarah Wut in sich aufsteigen und wie von selbst fuhren ihre Krallen aus.

„Hören Sie mal, gute Frau! Diese Produkte werden unter harten Bedingungen mit viel Liebe hergestellt. Jedem dieser Tiere geht es gut und der Bauer steht jeden Tag – auch am Sonntag – sehr früh auf, um die Tiere zu versorgen, damit Leute wie Sie hochqualitative Produkte essen können. Aber eines sage ich Ihnen, er steht sicherlich nicht dafür auf, um mit Ihnen wegen zwei Euro zu verhandeln! Dass Sie sich nicht schämen! Sie haben diesen Speck gar nicht verdient! Gehen Sie zum Discounter oder sonst wohin ..."

„Sarah?" Eine Hand legte sich auf ihre Schulter und sie brach ab. „Lassen Sie mich weitermachen."

Beschämt wich sie zurück.

„Was ist denn das für eine unverschämte Person, die Sie da beschäftigen!", keuchte die Frau, die während Sarahs Tirade blass geworden war.

„Bitte entschuldigen Sie, dass sie Sie erschreckt hat."

Sarah hätte sich am liebsten in Luft aufgelöst. Sie hatte sich vollkommen blamiert und Salcher fiel ihr auch noch in den Rücken! Wie sehr wünschte sie sich, dass wenigstens der Boden unter ihr aufgehen und sie verschlucken würde!

„Aber das, was sie sagt, stimmt. Sie sehen vor sich und überhaupt auf diesem Markt, die hochwertigsten Produkte Österreichs. Es ist eine Beleidigung, wenn Sie versuchen, den Preis zu drücken!" Seine Stimme war ruhig und höflich.

„Es ist immerhin ein Markt!", kreischte die Frau empört und Sarah fühlte sich ein klein wenig besser. Außer sich vor Wut stob die Kundin davon. Salcher drehte sich zu Sarah.

„Da ist Ihr Temperament aber ganz schön mit Ihnen durchgegangen", stellte er belustigt fest. „Sie haben ja ein Feuer unterm Arsch lodern, hätt ich Ihnen nicht zugetraut."

Er reichte ihr einen Karton mit Biopizza.

„Ihr Mittagessen. Sie haben es sich wahrhaftig verdient!"

Während sie in die Pizza biss und genüsslich kaute, meinte er: „Sie haben wirklich viel gelernt in den letzten Tagen. Allerdings auf diplomatisches Parkett sollten Sie sich noch nicht wagen."

Da ihr Mund voll war, funkelte sie ihn nur an, was ihn auflachen ließ.

„Meine Güte, sind Sie ein Original!"

„Schrullig!", bekräftigte sie mit halbvollem Mund.

„Ach ja, stimmt, so habe ich Sie bezeichnet. Vielleicht doch nicht ganz der richtige Ausdruck. Ich würde sagen supercalifragelistischexpialigetisch trifft es eher."

Kurz musterte er sie. „Ja, Sie sind eindeutig supercalifragelistischexpialigetisch und ich frage mich, welchen Charakterzug Sie als nächstes aus ihrem Koffer zaubern."

Darauf wusste Sarah nichts zu sagen, da er sich aber köstlich zu amüsieren schien, stimmte sie in sein Lachen mit ein.

Kurz vor 16.00 Uhr begannen Sie einzupacken. Es war nicht mehr viel übrig und Salcher wirkte sehr zufrieden.

Eine Stunde später ließ er sie vor dem Hotel raus.

„Wie wäre es mit einem gemeinsamen Abendessen? Ich könnte gegen halb neun hier sein."

Sarah rechnete kurz nach und ließ sich von ihrer inneren Freude nichts anmerken.

„Ja, bis dahin müsste ich den Artikel geschrieben haben."

„Gut, bis später."

Fast hätte sie laut „Yeah!" gerufen und den Ellbogen in Richtung Knie gezogen, doch sie beherrschte sich.

Plötzlich wurde ihr bewusst, dass dies ihr letztes Wochenende hier sein würde und so etwas wie Trauer machte sich in ihrem Inneren breit. In einer Woche war sie bereits wieder in Wien.

„Um zu beschreiben, wie wichtig eine nachhaltige Landwirtschaft für die Zukunft unserer Nation ist, müsste ich Seiten füllen, die mir nicht zur Verfügung stehen. Ihre ungeahnten Verflechtungen mit dem Leben des zivilen Menschen sind vielfältig und komplexer, als es auf den ersten Blick erscheinen mag. Es ist eine fragile Balance, die der breiten Masse des Volkes Wohlstand sichert und die durch unsere Politiker aus dem Gleichgewicht gebracht wurde und wird ..."
Sarah schrieb ohne Unterbrechung, vergaß die Welt um sich herum und wusste, dass sie am Ende stark würde kürzen müssen. Es galt, um Worte zu ringen, Passagen zusammenzufassen, sich auf das Wesentliche zu beschränken. Sie war fast fertig, als es an der Tür klopfte.
Sie öffnete und ließ Salcher herein.
„Einen Moment noch, ich bin fast fertig."
Er griff nach einem Stuhl, rückte ihn näher und versuchte auf den Bildschirm zu spähen.
„Nein!", wies sie ihn zurecht. „So kann ich nicht arbeiten! Vielleicht sollten Sie besser unten warten?"
Abwehrend hob er die Hände und schob den Stuhl wieder etwas zurück.
„Schon gut! Sie müssen mich ja nicht gleich verschlingen!"
Sarah knurrte noch kurz in seine Richtung, dann konzentrierte sie sich auf die letzte Zeile. Einmal noch las sie den Artikel durch, dann schickte sie ihn an die Redaktion von AÖ. Mit einem Seufzer schloss sie den Laptop und erhob sich.
„Jetzt habe ich Riesenhunger!", sagte sie. Während sie nach unten gingen, fragte sie ihn nach den Hühnern.
„Natürlich vermissen sie Sie, aber sie haben nach gutem Zureden das Futter auch von mir genommen."
„Wer´s glaubt", lachte sie, freute sich aber über seine Antwort.
Nachdem sie bestellt hatten, lehnte sich Sarah ein wenig zurück und schloss die Augen.
„Die Woche ist rasend schnell vergangen", stellte sie fest und blickte ihn an. „Ich kann mir gar nicht vorstellen, dass ich in einer Woche schon wieder in Wien bin."
„Ja, es ist, wie wenn man in eine andere Welt kommt", stimmte er zu.
„Als ich damals in Wien studierte, fühlte ich mich wie ein zweigeteilter Mensch. Nicht, dass Sie meinen zerrissen, nein, wie zwei Menschen in einem Körper. In der Großstadt ist man ganz anders als auf dem Land."
„Mhm."

Die Getränke wurden gebracht und Sarah hob ihr Glas: „Prost."
Er erwiderte die Geste und gleichzeitig nahmen sie einen Schluck.
„Fahren Sie eigentlich nie in den Urlaub?"
„Doch. Drei Wochen im Jahr gehören mir."
„Und wer kümmert sich dann um Ihren Job auf dem Hof?"
„Mein Bruder abwechselnd mit meiner Schwester. Jeder von ihnen opfert eineinhalb Wochen seines Urlaubes, damit ich wegfahren kann. Mein anderer Bruder ist Arzt und hat sich selbst von diesem Deal befreit."
„Ich wusste gar nicht, dass Sie Geschwister haben."
„Drei."
„Alle jünger?"
„Ja. Hat sich bei uns traditionell entwickelt. Auf vielen anderen Höfen übernimmt nicht zwangsläufig der Älteste den Betrieb."
„Was machen Ihre Geschwister?"
„Wie gesagt, der eine ist Arzt, verheiratet, keine Kinder, lebt in Amstetten. Der andere ist Schreiner und ledig, Hauptwohnsitz in Villach und meine Schwester ist verheiratet, zwei Kinder und Hausfrau. Sie lebt in Klagenfurt."
„Und die kommen, damit Sie in den Urlaub fahren können?"
„Genau und außerdem übernimmt jeder noch ein Wochenende im Jahr. Ich glaube, sie haben ein schlechtes Gewissen und versuchen, sich damit sozusagen freizukaufen."
Er lachte leise.
„Wo waren sie das letzte Mal im Urlaub?"
„Kommt das auch in Ihren Bericht?"
„Ich denke nicht. Ist das denn hier ein Geschäftsessen?"
„Keinesfalls. Also ich war unten in Spanien. Meine damalige Freundin wollte wohin, wo's heiß ist, es Strand und Meer gibt und eine andere Kultur."
„Aber Sie wären lieber woanders hingefahren?"
„Wie haben Sie das nur erraten? Strand und Meer sind schön, mich hätte es aber doch nach zwei, drei Tagen mehr ins Landesinnere gezogen. Ich hab das früher mal mit einem Freund gemacht: Einfach mit dem Rucksack in den Zug springen, irgendwo aussteigen und schauen, was kommt."
„Klingt ziemlich spannend."
„Ich nehme mal an, Sie haben es noch nie probiert."
„Bei uns muss immer alles bis ins letzte Detail geplant sein. Drei Jahre im Voraus!"

„Bei Ihnen und Ihrem Freund?"
„Meinem Freund? Nein, bei meiner Familie."
„Fahren Sie noch immer mit Ihren Eltern in den Urlaub?"
„Gott bewahre! Nein! Aber früher war es immer so. Das einzige Mal, als wir spontan verreisten ..."
Sarah brach ab und war froh, dass genau in diesem Moment das Essen serviert wurde.
„Das sieht lecker aus", meinte sie, um das Thema zu wechseln. Aber so leicht ließ er sich nicht ablenken.
„Stimmt, aber Sie wollten mir von dem einzigen Mal erzählen, als Sie mit Ihren Eltern spontan verreist sind."
„Wollte ich nicht. Ich hab´s mir anders überlegt."
„Sie können nicht einfach mitten im Satz aufhören. Das ist unfair! Wenn Sie nicht sofort weitersprechen, werde ich richtig böse und das möchten Sie sicherlich nicht erleben."
„Also gut." Sarah holte tief Luft. „Das einzige Mal war nach dem Tod meiner Schwester. So, jetzt habe ich es gesagt und nun können wir das Thema wechseln."
„Wie alt waren Sie?"
„Was?"
„Wie alt waren Sie, als Ihre Schwester den Unfall hatte?"
„Sechzehn. Sie war meine beste Freundin."
„Jünger?"
„Nein, sie war zwei Jahre älter."
„Das muss hart für Sie gewesen sein."
Sarah nickte und senkte den Kopf. Wenn er nicht sofort aufhörte, darüber zu sprechen, würde sie in Tränen ausbrechen. Salcher schien dies zu fühlen, denn er lenkte das Thema auf andere Dinge. Als sie fertig waren, bestand er darauf, die Rechnung zu übernehmen, da er für das Essen zuständig sei und sie am Hof so viel helfe.
Sarah gab nach und bedankte sich. Neben ihr stieg er die Treppe in den ersten Stock hinauf.
„Ich möchte Sie nur sicher in Ihr Zimmer bringen."
„Sie wollen mich aber nicht loswerden, damit Sie sich etwas hinter die Binde kippen können?"
„Keine Angst!"
Sie holte den Schlüssel aus der Tasche und schloss auf.
„Dann gute Nacht", sagte sie.
„Gute Nacht."
„Vielen Dank für alles."

„Gerne ... Sarah?"
„Ja?"
Plötzlich drängte er sie ins Zimmer und schloss die Tür hinter sich. Dann beugte er sich zu ihr herab und legte seine Lippen auf die ihren. Seine Berührung verursachte ein Beben in ihrem Körper und sie wollte sich näher an ihn schmiegen, als er mit einem Ruck zurückwich. Fragend öffnete sie die Augen und sah ihn an. In seinem Gesicht konnte sie das blanke Entsetzen erkennen, gleichzeitig wirkte er überrascht und ungläubig. Instinktiv wich sie zurück.
„Michael?", fragte sie unsicher.
Nun fixierte er sie und hob seine Hand, um mit zwei Fingern seine Lippen zu berühren.
„Tut mir leid", brachte er schließlich hervor und ließ die Hand wieder sinken. „Das hätte nicht passieren dürfen. Bitte verzeih mir und vergiss, was geschehen ist!"
Wie um sich zu sammeln, schloss er die Augen und holte tief Luft.
„Wie bitte?"
Sarah fühlte Tränen aufsteigen, doch er wandte sich wortlos um, riss die Tür auf und floh aus dem Raum. Fassungslos starrte sie ihm nach, unfähig sich zu bewegen. Es war, als hätte jemand sie ins Gesicht geschlagen – oder besser getreten – und damit gleichzeitig betäubt. Minuten vergingen, dann schloss sie die Tür und versperrte sie. Weinend ließ sie sich auf einen Stuhl sinken, während Fragen in quälend schneller Geschwindigkeit auf sie einhackten. Hatte sie irgendetwas falsch gemacht? Wieso war er plötzlich vor ihr zurückgewichen?
In einer Endlosschleife zermarterte sie sich das Gehirn, was der Auslöser für seinen rätselhaften Rückzug gewesen sein könnte und kam irgendwann zu dem Schluss, dass etwas mit ihr nicht stimmte. Denn für sie war dieser Kuss wie eine Offenbarung gewesen, auch wenn er nur wenige Sekunden angedauert hatte. Dieser kurze, besondere Augenblick hatte ihr enthüllt, dass er der Mann ihres Lebens war. Hier in Kärnten und doch so weit entfernt wie der Mond. Diese Erkenntnis ließ ihre Tränen sprudeln und sie trauerte um eine Beziehung, die es nie gegeben hatte und auch nie geben würde.

Mit wild pochendem Herzen stieg Michael in sein Auto und umklammerte das Lenkrad. Minutenlang war es ihm unmöglich, den Motor zu starten. Er starrte mit trübem Blick geradeaus und versuchte zu verstehen, was gerade passiert war. Tief in seinem Herzen wusste er es jedoch. Dieser Kuss hätte nie geküsst werden dürfen! Hätte er auch nur geahnt oder damit gerechnet, dass es ihm tatsächlich passieren würde und noch dazu mit dieser Frau, er hätte sie nicht einmal angesehen – ja, er hätte sogar den Artikel für sie verfasst, um dem Risiko ihrer Anwesenheit zu entgehen! Doch nun war es geschehen. Wovor er die größte Angst in seinem Leben hatte, war eingetreten: Dass er für eine Frau mehr empfinden konnte als freundliche Zuneigung. Liebe hatte in seinem Leben keinen Platz, denn sie bedeutete, dass er sich immer nach jemandem sehnen würde, den er niemals bekommen konnte. Liebe bedeutete Schmerz, denn bisher hatte sich jede Frau aus seinem Leben verabschiedet. Wie viel Qual es gekostet hatte, das zu lernen! Vor Jahren hatte er sich geschworen, Empfindungen, die solche Verlustgefühle hervorrufen konnten, nicht mehr zuzulassen. Und Sarah… sie hatte ihn getroffen, ihn berührt, wie keine Frau zuvor. Aber Sarah würde in wenigen Tagen abreisen und mit ihr der Mensch, den er niemals zu finden gehofft hatte.

Dieser Kuss hatte alles verändert. Doch noch war er, Michael, nicht verloren. Er würde eine Mauer errichten, die Sarah niemals würde überwinden, Gräben graben, die sie niemals würde überbrücken können. In eine Rüstung aus Stahl würde er schlüpfen, damit sie ihm niemals mehr so nahe kommen konnte. Denn wenn er sich verlor, konnte er für den Hof nicht mehr garantieren. Dessen Fortbestehen hatte oberste Priorität, seine persönlichen Bedürfnisse waren zweitrangig.

Mit zusammengebissenen Zähnen startete er den Motor und fuhr wie in Trance nach Hause. In seiner Suite griff er in den Schrank mit den Spirituosen. Er blickte nicht auf das Etikett, Hauptsache das Gesöff betäubte dieses schreckliche Gefühl des Verlustes! Die Mühe, ein Glas zu suchen, machte er sich nicht, sondern trank direkt aus der Flasche.

… am Dorfplatz da drüben, erreich ich sie doch.

Sarah zwang sich dazu, am nächsten Tag auf den Hof zu fahren und nicht im Hotel zu bleiben, um sich zu verkriechen und ihre Wunden zu lecken. Ihr graute vor einer Begegnung mit Michael, doch sie hatte einen Job zu erledigen und ihr blieben nicht mehr viele Tage, um so viele Informationen wie möglich zu sammeln. Das einzige Zugeständnis, das sie sich erlaubte, war, Frau Salcher in der Küche zu helfen, anstatt in den Stall zu gehen. Sie hörte Michaels Stimme,

als er mit seinem Vater zum Frühstücken kam und ihr Herz zog sich zusammen.
„Los, Diandl", forderte Frau Salcher sie auf und schob Sarah ins Esszimmer.
Michael schaute kurz in ihre Richtung, wandte dann aber den Blick ab. Sarah wäre am liebsten im Boden versunken, doch sie setzte sich an den Tisch. Nach dem Gebet begannen sie mit dem Essen. Sie war sich nicht sicher, meinte aber eine Alkoholfahne aus seiner Richtung wahrzunehmen. Wieso hatte er getrunken? Wieso hatte er sie geküsst, war dann geflohen, um danach sein Elend im Alkohol zu ersäufen? Je mehr sie darüber nachdachte, desto weniger verstand sie ihn.
„Wia war's denn auf'm Markt gestern?", wollte Frau Salcher wissen.
„Gut", sagte Michael einsilbig.
„Es hat Spaß gemacht", berichtete Sarah schnell, „Wir haben viel verkauft. Michael war zufrieden."
„Aha." Die drei anderen warfen sich bedeutungsvolle Blicke zu. Irgendetwas musste zwischen den beiden vorgefallen sein. Die restliche Unterhaltung bestritten die drei unter sich, während Michael in sich gekehrt sein Essen verzehrte und Sarah an einer Brotrinde kaute – sie hatte keinen Hunger. Sie fühlte sich zu elend, um etwas zu essen. Nach dem Mahl stand Michael auf und verschwand.
„Ich denke, ich werde heute wieder bei Ihnen bleiben", sagte sie an Frau Salcher gewandt und folgte der Frau in die Küche.
Das Mittagessen verlief ähnlich wie das Frühstück und das Abendessen ähnlich wie das Mittagessen. Michael ignorierte sie und sprach sehr einsilbig. Nach dem Essen fuhr sie zurück in ihr Hotel. Er wirkte, als hätte er sich in seinem Inneren eingeschlossen. Sarah konnte nicht nachvollziehen weshalb und der Schmerz über seine Ablehnung ließ sie schlecht schlafen.

Sarah beschloss, erst am Sonntag Nachmittag auf den Hof zu fahren und Lois zu helfen, das Futter für die Tiere fertig zu machen. Um sich abzulenken, griff sie während des Frühstücks nach der AÖ und blätterte ein wenig darin. Ihr Artikel wurde auf der Titelseite angekündigt und hatte die erste Seite der Rubrik „Gesellschaft" erhalten. Obwohl sie wegen des vergangenen Tages niedergeschlagen war, fühlte sie so etwas wie Stolz und Freude in sich aufsteigen. Das immerhin hatte sie Michael zu verdanken! Er hatte ihr die Augen für den „großen Zusammenhang" geöffnet. Sie blätterte weiter und war überrascht, in der Rubrik „Leserbriefe" auf eine große Resonanz zu ihrem Artikel der

letzten Woche zu stoßen.
„Mit ihrem Artikel spricht Frau Kraft mir aus dem Herzen! Es wird Zeit, dass das Berufsbild des Landwirtes aufgewertet wird und in den Fokus der Gesellschaft rückt ..."
„Gratulation zu Ihrem Artikel über die Landwirtschaft – hoffentlich beginnt auch in der Politik bald ein Umdenken zugunsten des Schutzes der österreichischen Bauern ..."
„Frau Kraft setzt mit dem Artikel über die österreichischen Landwirte auf billige Meinungsmache. Bitte das nächste Mal nicht so viel Schwarzmalerei!"
„Vielen Dank für Ihren gut recherchierten Artikel über die Landwirtschaft. Ich als Landwirt kämpfe tagtäglich mit den Problemen, die Sie schildern ..."
Auf diese Weise ging es weiter, wobei es nur zwei negative Meldungen gab. Nicht in ihren kühnsten Träumen hätte Sarah mit dieser Welle an Zustimmung gerechnet! Im Grunde hatte sie nicht einmal daran geglaubt, irgendjemand würde ihre Zeilen lesen, geschweige denn, daraufhin zu einem Stift greifen und einen Brief an die Zeitung zu verfassen! Bis sie am späten Nachmittag auf den Hof fuhr, sonnte sie sich auf der Welle des Erfolgs, dabei lenkte sie bewusst ihre Gedanken fort von jenem Mann, den sie ohnehin nicht verstand.

Gerade als sie aus dem Auto gestiegen war, kam Salcher aus dem Haus und sah sie überrascht an.
„Was machst du denn hier?"
„Ich wollte Lois helfen, das Futter herzurichten."
„Das ist nicht nötig, du hättest dir den Tag ruhig ..."
Weiter kam er nicht, denn ein zerbeulter Ford rollte auf sie zu und hielt in einigen Metern Entfernung an. Michael drehte sich in die Richtung des Autos und gemeinsam beobachteten sie, wie eine Frau ausstieg. Sie hatte rotes, gewelltes Haar, eine zarte Haut mit Sommersprossen und war in bunte Stoffe gekleidet. Sarah fand, dass sie allerliebst aussah.
„Was zum Teufel", begann Michael, verstummte aber.
„Michael, hab doch gewusst, dass ich dich hier finde."
Schnell kam sie näher und blickte zu Sarah.
„Deine Neue?"
„Nein, das ist Frau Kraft von der Zeitung ..."
Die Frau schien ihm nicht zuzuhören, sondern fixierte ihn nur.
„Du wunderst dich sicher, weshalb ich hier bin."
„Kann man so sagen."

„Es geht um Verantwortung", erklärte sie und stemmte die Hände in die Hüften.

„Na, worum sonst? Darum dreht sich mein ganzes Leben", meinte er trocken, doch ein wenig misstrauisch. Sie blickte sich um und ließ ihre Augen über den Hof wandern.

„Ja, das ist genau das Richtige", sagte sie zufrieden, drehte sich um und kehrte zum Auto zurück.

Salcher wurde langsam ungeduldig.

„Willst du nicht endlich auf den Punkt kommen?"

Sie beobachteten, wie die Frau die Tür hinter dem Fahrersitz öffnete, sich ins Innere beugte, irgendetwas machte und sich schließlich wieder aufrichtete. Nun hielt sie auf ihrem Arm ein kleines Mädchen. Mit dem Kind auf der Hüfte kehrte sie zu Salcher zurück.

„In den letzten drei Jahren habe ich sie gehegt und gepflegt, ihre Windeln gewechselt, sie getröstet, gestillt, gefüttert, gesund gepflegt und mit all der mütterlichen Liebe überschüttet, die sie für ihr späteres Leben brauchen wird."

Salcher starrte sie verständnislos an.

„Nun bist du an der Reihe."

Sie hob Michael das Mädchen entgegen und er nahm es reflexartig.

„Helene, das ist dein Papa." Mit diesen Worten kehrte sie zum Auto zurück, öffnete den Kofferraum, hob zwei Reisetaschen heraus und stellte sie auf den Boden. Dann holte sie den Kindersitz und legte ihn auf die Taschen.

„Hier sind ihre Sachen drinnen, und hier", sie reichte ihm einen kleinen rosafarbenen Rucksack, „die Papiere. Impfausweis und so. Wir planen eine Tour durch Europa und haben noch einiges zu organisieren."

Sie kehrte zu ihrer Tochter zurück und küsste sie sanft auf die Wange, mit ihren Gedanken war sie offensichtlich schon weit weg.

„Du bleibst jetzt bei Papa. Sei ein liebes Kind."

Salcher, der bis jetzt kein Wort über die Lippen gebracht hatte, so baff war er, schaffte es nun doch, etwas zu sagen: „Bist du sicher, dass sie meine Tochter ist?"

„Natürlich. Wäre ich sonst hier?"

Sarah war überzeugt davon, dass er nun auf einen Vaterschaftstest bestehen würde, aber er starrte das Kind auf seinem Arm an. Einige Augenblicke vergingen, doch plötzlich erhellte ein strahlendes Lächeln sein Gesicht.

„Wie ich sehe, versteht ihr euch", stellte die Frau fest und öffnete die Fahrertür. „Ich melde mich spätestens in drei Jahren wieder! Gottbefohlen!"

Am liebsten hätte Sarah „Halt!" gerufen und fühlte sich gleichzeitig in einem skurrilen Film gefangen, als sie zusah, wie das Auto vom Hof fuhr. Helene begann zu weinen und streckte die kleinen Ärmchen in die Richtung aus, in der ihre Mutter verschwunden war.
„Ich habe eine Tochter!", flüsterte er ungläubig. „Ich habe tatsächlich eine Tochter!"
Er drückte dem weinenden Kind zarte Küsse auf die Wange.
„Du musst nicht weinen, kleine Maus, ich bin doch dein Papa. Schau, ich habe ganz viele Tiere! Die machen muh. Ich zeig sie dir und dann stelle ich dich deiner Nena vor. So nennen wir hier die Großmütter."
Es überraschte Sarah, wie locker Michael diese Nachricht wegsteckte. Fast wirkte es, als würde er sich riesig darüber freuen, Vater zu sein! Wahrscheinlich ahnte er nicht, welche Verantwortung nun zusätzlich auf ihm lastete! Sarah folgte den beiden irritiert hinter den Stall, wo die Kühe immer am Sonntag weideten. Helene hatte aufgehört zu weinen und blickte die Tiere mit großen Augen an.
„Kuh!", sagte sie.
„Sehr gut", lobte Salcher. „Sprechen kannst du also auch schon."
Die Kleine lächelte und klatschte in die Hände, dann streckte sie einen kleinen Arm aus und versuchte, eine der Kühe zu streicheln.
„Sie hat keine Scheu vor Tieren", stellte Michael stolz fest. „Sehr gut. Da sieht man gleich, wessen Tochter das ist!"
„Meinst du nicht, du solltest einen Vaterschaftstest machen? Schließlich kann die Frau behaupten, was sie will." Sarah verschränkte die Arme argwöhnisch vor der Brust.
Der König vom Salcherer-Hof blickte sie an wie einen lästigen Wurm.
„Wenn Therese sagt, sie ist meine Tochter, hat das seine Richtigkeit. Von wem sollte sie denn sonst sein?"
Über so viel Naivität konnte sich Sarah nur wundern.
„Es ist ohnehin egal. Ich habe sie als meine Tochter anerkannt. Um nichts in der Welt würde ich sie wieder hergeben! Sie ist ein Wunder! Ich dachte schon, ich würde kinderlos bleiben. Helene, du bist mein kleines Geschenk, weißt du das?"
Sarah konnte nur staunen über die unbefangene Art, mit der er die Kleine behandelte. Wahrscheinlich hatte er schon als Onkel jede Menge Erfahrungen mit Kindern sammeln können. Sie wäre an seiner Stelle vollkommen von der Situation überfordert!
„Ich gehe jetzt Lois helfen", sagte sie schließlich und ließ die beiden allein.

Nach verrichteter Arbeit stapfte sie an Lois' Seite auf das Bauernhaus zu. Als sie eintraten, konnten sie aufgeregte Stimmen aus der Küche hören und blieben stehen.

„Unmöglich! Wie sollst du dich nebenbei auch noch um das Kind kümmern?" Dies sagte nun eine Frauenstimme, die sie nicht kannte.

„Mia san auch noh då!" Das war eindeutig Frau Salcher. „Mia wern des scho schåffn!"

„Zumindest für die nächste Woche musst du dir frei nehmen, damit sich die Kleine an ihre neue Umgebung gewöhnen kann!", meinte nun wieder die unbekannte Frauenstimme.

Es entstand eine kurze Pause, während Lois mit Sarah einen schnellen Blick wechselte. Sie hatte ihm von der kleinen Helene während der Arbeit erzählt. „Was ist denn das für eine Mutter, die ihr Kind einfach abliefert und mir nichts, dir nichts verschwindet!"

„Sie ist Künstlerin und war immer schon ziemlich flatterhaft. Aber was soll's: Ich freue mich über Helene." Kurz war es still und kein Laut drang in den Flur.

„Gehn ma esn", schlug Michael schließlich vor und es klang, als wäre die Diskussion für ihn beendet.

Sarah und Lois begannen, gleichzeitig zu reden und taten so, als wären sie gerade von draußen hereingekommen.

Michael blickte die beiden kurz an und ging dann ins Esszimmer weiter.

„Wo ist die Kleine?", fragte Sarah.

„Sie schläft. Nachdem wir alle Tiere besucht hatten, ist sie auf meinem Arm eingeschlafen."

Während er sich daran erinnerte, huschte ein sanftes Lächeln über seine Züge. Als er sie ansah, verschwand es aber wieder. Er setzte sich.

„Und wo schläft sie jetzt, wenn ich fragen darf?"

„Geht dich zwar nichts an, aber in meiner Suite."

„Und wenn sie aufwacht? Hast du dir darüber schon Gedanken gemacht? Sie kennt die Umgebung nicht, weiß nicht, wo du bist."

In dem Moment kam Frau Salcher herein, hinter ihr eine junge Frau, die sie nun interessiert musterte.

„Das is Frau Kraft", stellte Frau Salcher vor. „Sie schreibt einen Artikel über uns."

„Ah, den hab ich gelesen", sagte die junge Frau und reichte ihr die Hand. „Bei uns sprechen alle darüber. Ich bin Petra. Die Tochter oder Schwester, wie man es nimmt."

Sie lächelten einander kurz zu, dann wandte sie sich an Michael.

„Frau Kraft hat recht. Du kannst sie da oben nit einfach liegen lassen."
„Gut", schnaubte er und blickte Sarah wütend an. Im Grunde wusste er ebenfalls, dass sie richtig lag und es störte ihn nicht, nach oben zu gehen und dort zu essen. Aber er konnte es nicht ausstehen, dass sie sich hier aufspielte, als könnte sie ihm irgendetwas sagen. Mit schnellen Schritten holte er ein Tablett und lud sein Abendessen darauf. Dann verschwand er.
„So kenne ich ihn ja gar nicht!", meinte Petra verwundert.
„Ich kenne ihn nur so", stellte Sarah fest. „Ein schwieriger Typ. Aber er hat mir sehr geholfen."
Alle sahen nun in ihre Richtung.
„Wie lange werden Sie noch bleiben?", wollte Petra wissen.
„Dienstag ist mein letzter Tag hier. Am Mittwoch fahre ich zurück."
„Du willst nit bleiben?" Lois sah sie an und erklärte dann an Petra gewandt: „Des Diandl war lei a guate Bäuerin."
„Ja, mia würden se sofort behalten!", bekräftigte Frau Salcher und lächelte Sarah an.
Ob des Lobs errötend senkte Sarah den Blick und versuchte sich zu sammeln. Sie schluckte, dann sah sie wieder auf.
„Vielen Dank! Ich bin auch wirklich sehr gerne hier! Aber ich habe in Wien einen Job, den ich nicht so einfach hinwerfen kann." In Gedanken fügte sie hinzu, „Abgesehen davon scheint Michael meine Anwesenheit nicht sonderlich zu schätzen."
„Schod! Oba se kimman uns lei besuacha!"
Sarah nickte. „Das mache ich gerne!"
Nach dem Essen half Sarah beim Abräumen und verabschiedete sich. Sie überlegte, ob sie auch zu Michael auf Wiedersehen sagen und den morgigen Tagesablauf mit ihm abstimmen sollte. Sie gab sich einen Ruck und stieg die Treppe zu seinen Zimmern hinauf. Leise klopfte sie. Nicht lange und er öffnete. Als er sie erkannte, verfinsterten sich seine Züge.
„Was willst du?", fragte er flüsternd.
„Darf ich reinkommen?"
Er wich zurück und sie trat ein.
„Also?", fragte er ungeduldig.
„Bevor ich fahre, wollte ich wissen, was du für morgen geplant hast."
„Was geht das dich an?"
„Nein, ich meine bezüglich meines Artikels."
Nachdenklich blickte er sie an. Die Feindseligkeit flaute etwas ab und er deutete auf das Sofa.

„Setz dich."
Schnell kam sie seiner Aufforderung nach und er nahm seufzend auf einem Stuhl ihr gegenüber Platz.
„Gibt es noch etwas, was du wissen musst? Etwas, was dir weiterhilft?"
Sarah zuckte die Achseln. „Ich habe das Gefühl, alles zu wissen. Aber das hatte ich auch, als ich herkam. Deswegen auch die Frage an dich."
Forschend blickte er sie an.
„Das Sterben", meinte er nach einer Weile mit ruhiger Stimme.
Verwirrt zog sie die Augenbrauen zusammen.
„Ich könnte noch den Schlachter rufen. Es gibt ein Schwein, für das es Zeit ist."
Sarah biss sich auf die Lippen.
„Ehrlich gesagt kann ich auf diese Erfahrung verzichten."
Noch immer sah er sie ernst an.
„Nein, das glaube ich nicht. Das wäre doch ein passender Abschluss für deinen letzten Tag auf dem Hof."
Bilder, die sie im Laufe ihres Lebens gesehen hatte, schossen vor ihrem geistigen Auge vorbei. Im Zentrum standen immer leidende Tiere. Ihr Unbehagen wuchs.
„Nein, das werde ich nicht machen! Ich werde nicht kommen!"
„Natürlich wirst du kommen. Du kannst dabei sein, bei jedem Schritt."
„Aber ich will nicht dabei sein!"
„Leise!", warnte er aufgrund ihres entsetzten Ausrufs. „Du brauchst keine Angst zu haben. Du wirst sehen, dass die Tiere nicht leiden. Wir schlachten hier, bei uns am Hof. Den kennen die Tiere und sie haben keine Angst. Von mir aus kannst du das Schwein streicheln, wenn es betäubt wird."
Sarah presste die Lippen aufeinander und fühlte Tränen aufsteigen.
„Danach können wir uns gerne über die Unterschiede zur herkömmlichen Schlachtung unterhalten. Ich könnte mir vorstellen, dass du in diesem Zusammenhang weitere Anregungen für ein Umdenken deiner zahlreichen Leserschar finden wirst."
Michael musste sie wirklich hassen, dass er ihr so etwas zumuten wollte.
„Was habe ich dir getan, dass du mich so behandelst?" Ihre Stimme zitterte und er hätte sich am liebsten erhoben und sie getröstet, doch er hielt sich zurück und konzentrierte sich darauf, seine Hände nicht zu Fäusten zu ballen, um diesen Drang zu unterdrücken.
„Hör mir zu, Sarah, du bist eine Reporterin und du hast diesen Beruf gewählt, weil du den Dingen auf den Grund gehen willst."

„Nein! Ich wollte Stars interviewen!"
Michael schüttelte lächelnd den Kopf.
„Sieht so aus, als wärst du zu Höherem berufen. Ich nehme an, du hast die zahlreichen Reaktionen auf deinen Artikel gelesen?"
„Ja", murmelte sie. „Ich konnte es kaum glauben."
Ernst beugte er sich vor.
„Also hör mir zu! Es geht um den großen Zusammenhang! Wer Schnitzel sagt, muss auch Schlachten sagen, nur verdrängt das die Masse der Menschen. Du hast die Möglichkeit, vielleicht ein paar von ihnen zum Umdenken zu bewegen. Du weißt, dass es mir nicht darum geht, Vegetarismus zu propagieren. Es geht darum, die Geschöpfe, die wir essen, gut und fair zu behandeln und als Lebewesen und nicht als Ware zu sehen. Wie kannst du denken, ich würde meine Tiere auf irgendeinem beliebigen Schlachthof hinrichten lassen?"
Als sie ihn in diesem Moment anblickte und seinen Zorn in den letzten Worten heraushören konnte, wusste sie, dass sie ihn liebte. Er hatte sie vom ersten Moment an herausgefordert, er hatte sie mit Dingen konfrontiert, von denen sie bisher nichts geahnt hatte, da ihre Eltern sie in Watte gepackt hatten und später auch sie sich selbst. Niemand zuvor hatte ihr zugetraut, sich mit den dunklen Seiten des Lebens auseinander zu setzen. Aber Michael hatte es getan und er war damit noch nicht fertig.
„Gut", murmelte sie nach einer Weile, in der sie regungslos verharrt hatte. „Aber du bist dabei."
„Ja, wir alle sind dabei."
„Und morgen?"
„Morgen kannst du noch einmal der gewohnten Routine folgen, beziehungsweise mit Lois auf den Steilhang gehen. Dort muss das Gras mit der Sense gemäht und mit dem Rechen in Schwaden gelegt werden."
„Gut."
„Ich werde mir wegen Helene diese Woche von der Redaktion frei nehmen, vielleicht werden wir etwas unternehmen."
„Da kommt ja noch einiges auf dich zu", meinte Sarah mitleidig. „Und du musst schauen, ob du überhaupt noch einen Kindergartenplatz für sie bekommst."
„Sie ist doch erst drei!"
„Eben!"
„Ach was, wir sind nicht in der Stadt. Sie hat noch Zeit. Weißt du, die Routine hat einen viel zu schnell. Die will ich von ihr fernhalten

solange es geht."
„Ich verstehe."
Sarah erhob sich und er folgte ihr zu Tür.
„Gute Nacht", sagte sie und trat in den Gang.
„Gute Nacht", erwiderte er und blickte ihr nach, bis sie über die Treppe nach unten verschwunden war.

Schau dort, ...

Wenn er mich fragen würde, ob ich bleibe, dachte Sarah, ich glaube, ich würde ja sagen. Mit dieser Erkenntnis betrat sie am nächsten Tag um 6.30 Uhr den Stall und begrüßte Michael, der bereits mit dem Melken begonnen hatte.
„Wo ist Helene?"
„Bei ihrer Nena in der Küche. Eine echte Frühaufsteherin."
Er lachte.
„Und wie war die Nacht?"
„Sie hat gut geschlafen. Ist nur einmal aufgewacht und ich habe sie getröstet. Natürlich vermisst sie ihre Mutter. Aber ich habe sie gut ablenken können. Bin mit ihr zu den Kätzchen gegangen und hab ihr gezeigt, wo sie schlafen."
„Gut gemacht! Ist sicherlich nicht leicht für das arme Kind."
„Ja, Therese hätte uns wenigstens ein paar Tage Zeit geben können, um uns aneinander zu gewöhnen. Aber so war sie schon immer. Meinst du, sie hätte mich informiert, dass ich Vater geworden bin? Wundert mich echt, dass ich mich mit ihr eingelassen habe ... Aber nun, im Nachhinein gesehen, hat es durchaus etwas Gutes."
Er zwinkerte ihr zu, dann beugte er sich zum Euter der Kuh. Sie zog Handschuhe an und holte das Desinfektionsmittel. Seite an Seite arbeiteten sie, ohne viel zu sprechen und Sarah sagte sich immer wieder, dass es das vorletzte Mal war, dass sie diese Arbeit verrichtete. Was sie sich niemals vorgestellt hatte war eingetreten: Sarah würde den Hof vermissen.

Gemeinsam mit Lois trieb sie die Kühe auf die Weide, dann fuhren sie mit dem Traktor etwas weiter hinauf, um beim Steilhang das Gras zu mähen. Es war brütend heiß. Da es die letzten Tage nicht geregnet hatte, war die Wiese bereits sehr trocken. Lois war überaus zufrieden damit, denn dann konnte er womöglich morgen schon das Heu einholen. Er zeigte ihr, wie sie das Gras mit dem Rechen zum Trocknen auseinanderziehen konnte und dann arbeiteten sie schweigend, während die Sonne auf sie niederbrannte. Der Schweiß rann ihr in Strömen ins T-Shirt und ihre Armmuskeln schmerzten bereits nach einer halben Stunde Arbeit. Zum Mittagessen kehrten sie auf den Hof zurück und Sarah hätte sich am liebsten umgezogen, doch sie hatte keine Wechselkleidung mit. Salcher musterte sie eingehend.

„Am Nachmittag kommen wir mit euch. Helene wird es sicherlich Spaß machen, den Hang hinunter zu rollen." Die Aussicht, Zeit mit Michael zu verbringen, erfüllte sie mit Glücksgefühlen und alle Müdigkeit war vergessen. An den dumpfen Schmerz, der seit jenem Kuss ihr ständiger Begleiter war, hatte sie sich schon fast gewöhnt. Niemals zuvor hatte ein Mann sie so verletzt wie Michael. Niemals zuvor wartete sie jedoch bereitwillig darauf, ihm zu vergeben. Wenn er doch nur einen Schritt in ihre Richtung machen, ein Wort der Erklärung sagen würde!

Lois fuhr mit dem Traktor vor, die anderen folgten in Michaels Geländewagen.

„Kannst du ein bisschen nach Helene schauen?", bat Salcher, „Dann sind wir hier schneller."

„Gerne!" Sarah nahm das Mädchen an die Hand und ging langsam mit ihr den Hang hinauf.

„Steil ist das hier, gell?"

„Ja!"

„Ich zeige dir ein lustiges Spiel!"

Sie setzte sich auf den Boden und Helene kletterte neben sie.

„Wir müssen uns hinlegen und dann kugeln wir den Hang hinunter. Dein Papa meint, das würde dir Spaß machen."

Sarah legte sich hin. „Schau, so geht das!"

Und dann ließ sie sich bergab rollen. Helene sah ihr aufmerksam zu. Als Sarah ein paar Meter weit gekullert war, richtete sie sich wieder auf und rief: „Jetzt du! Ich fang dich auf!"

Helene legte sich hin und jauchzte vor Freude, als sie an Geschwindigkeit zulegte. Sarah fing sie auf und beide lachten fröhlich.

„Noch einmal!" Das Mädchen war schon wieder dabei, nach oben zu klettern und Sarah folgte ihr.

„Du siehst aus wie ein kleines Heumonster", stellte sie nach einer Weile fest und zupfte ein paar Halme aus den Haaren des Kindes.

„Du auch!"

Und ab ging es. Nicht lange und Sarah war außer Atem.

„Weißt du was, ich warte jetzt hier unten auf dich und du läufst allein hinauf!"

„Ist gut!"

Das Kind hatte Energien, stellte Sarah erstaunt fest, woher nahm so ein kleines Wesen nur solche Ausdauer?

Immer wieder hielt Michael in der Arbeit inne und blickte zu den beiden hinunter. Sie hatten sichtlich Spaß und er musste unwillkürlich lächeln. Sarah passte gut hierher. Schade nur, dass sie das wohl niemals einsehen würde!

„Mit dem Lochn in die Ohren, arbeitets si's glei viel besa", stellte auch Lois fest und Michael nickte. Vielleicht, dachte er wehmütig, war dies der schönste Tag seines Lebens.

Auf dem Rückweg schlief Helene ein.

„Wenn sie nach dem Gerenne nicht erschöpft wäre, hätte ich mich echt gewundert!", meinte Sarah. „Sie war die ganze Zeit in Bewegung!"

„Ich hab´s gesehen. Ein echtes Energiebündel, meine Tochter." Wie er die letzten Worte betonte! Sarah lächelte in sich hinein.

In der Küche stellte Michael ein Klappbett auf, damit Helene in der Nähe seiner Mutter schlafen konnte. Vater Salcher hatte am Nachmittag oben in Michaels Suite das Kinderbett aufgebaut, welches schon seit Generationen Salcherkinder beherbergt hatte. Sobald Helene sich eingelebt hatte, würde sie dort schlafen können.

Lois war bereits zu den Kühen auf die Weide gegangen und Salcher folgte ihm auf dem Pferd. Sarah ging die Schweine füttern.

„Euch geht's hier gut, oder?", fragte sie die grunzenden Tiere, die aus unterschiedlichen Rassen zu bestehen schienen. Sie waren fleckig, getupft, rosa und sogar wollig behaart! Als die Schweine sie erblickten, kamen sie sofort in ihre Richtung gelaufen. Manche schienen sogar zu galoppieren, was wirklich drollig aussah. Die Schar war lustig anzusehen – besonders die kleinen Ferkel fand sie geradezu süß. Sarah schüttete das Futter in einen Trog und versuchte, nicht daran zu denken, dass für eines dieser witzigen Geschöpfe morgen das letzte Stündlein schlagen würde. Sie verharrte eine Weile bei den Tieren und beobachtete sie beim Fressen. Gerade als sie gehen wollte, sah sie Salcher, der sein Pferd neben sich führend auf sie zukam.

„Siehst, wie gut es ihnen geht?"

„Ja."

„Wir haben hier ein paar seltene Rassen, die sogar vom Aussterben bedroht sind", erklärte er und lehnte sich neben ihr an den Zaun. Das

Pferd schnaubte und warf den Kopf zurück. „Die da wären Duroc, Mangalitza und Turopolje."
Er deutete auf eine besonders witzige Rasse. „Das da ist eine Mischung aus einem Haus- und einem Wildschwein. Die mögen wir besonders gern. Das Fleisch von all diesen Rassen ist auch qualitativ sehr hochwertig und lecker."
„Das glaube ich!" Sarah lachte. „Die sehen ja so komisch aus! Auch die, die mit ihren dicken Bäuchen am Boden schleifen."
Michael nickte zustimmend.
„Erst wenn Tiere artgerecht gehalten werden, kann man ihre Eigenheiten beobachten. Wenn man sich darauf einlässt, kann man viel von den Viechern lernen. Das da drüben ist übrigens ein Erdstall. Meiner Meinung nach die natürlichste Unterbringung für Schweine."
Mit einem Ruck richtete er sich wieder auf.
„Ich werde mich dann mal um Scharnik kümmern. Komm, mein Junge!" Das Pferd neben sich führend, ging er zur Koppel hinüber.
Sarah griff nach den leeren Eimern und verschwand im Wirtschaftsgebäude. Dort stellte sie diese ab und hob den vollen für die Hühner auf. Dann ging sie in den Hof.
„Das letzte Mal, ihr Lieben", erklärte sie den Tieren und verteilte das Futter.

„Warum gibt es eigentlich so wenig Hähne?", fragte sie später, als sie Michael beim Melken half.
„Nun findest du also schon von selbst die wunden Punkte der Tierhaltung", stellte er fest.
„Wieso?"
„Weil sie gleich nach dem Schlüpfen getötet werden."
„Aber warum denn das?"
„Weil die Aufzucht eines Hahnes zur reinen Fleischgewinnung sehr teuer ist. Unrentabel, genau genommen."
„Ich verstehe nicht. Kostet das Futter für den Hahn mehr?"
„Nein. Aber er frisst doppelt so viel wie ein Legehuhn und braucht ca. 120 Tage, bis er ein Gewicht hat, das zum Schlachten geeignet ist. Dabei produziert er nicht einmal Eier. Das heißt, der Kilopreis für so einen Hahn beträgt um die sechzehn Euro im Verkaufspreis."
„So viel?"
Salcher nickte. „Gott sei Dank haben wir Kunden, die das Geld gerne zahlen, um den Hähnen das frühe Sterben zu ersparen. Es gibt zum Glück schon einige Initiativen zur Rettung der Hähne.

Abgesehen davon beginnt man gerade, eine Rasse zu züchten, die sich Zweinutzungshuhn nennt. Das heißt, die Hähne setzen gut Fleisch an und die Weibchen legen relativ regelmäßig ihre Eier. Aber teuer sind die Hähne trotzdem."
Nachdenklich desinfizierte Sarah die Zitzen der soeben gemolkenen Kuh.
„Warum lernt man das alles nicht in der Schule?"
Salcher lachte bitter.
„Warum lernen wir in der Schule nicht fürs Leben, wie es früher war?", gab er die Frage zurück.

Während des Essens ließen sie die Türen zur Küche offen, damit sie hören konnten, wenn die Kleine erwachte. Freudig bemerkte Sarah, dass sie sich in das Kärntnerische schon ein wenig eingehört hatte und mehr verstand, als noch vor einigen Tagen. Der vorletzte Abend, dachte sie immer wieder und es fiel ihr schwer, sich nichts anmerken zu lassen.

Mit einem bangen Gefühl fuhr sie am nächsten Tag zurück auf den Hof. Das Programm, das Salcher für heute geplant hatte, lag ihr schwer im Magen.
„Heute so schweigsam?", fragte er, als sie leise ihrer Arbeit nachging.
„Naja, mir ist nicht nach sprechen."
„In Ordnung. Nach dem Frühstück kommt Leo Huber – er ist Fleischhauer in Arraich – gemeinsam mit seinem Lehrling, und wird die Schlachtung vornehmen."
Sarah schlang die Arme um ihren Körper und versuchte, nicht zu zittern. Während er zur nächsten Kuh weiterging, warf er ihr einen Blick zu.
„Töten ist niemals schön", sagte er. „Aber es gehört dazu. Die Art, wie man es tut, macht den Unterschied."
Sarah seufzte. Seinen Standpunkt kannte sie mittlerweile. Sie selbst würde sich damit am liebsten nicht befassen. Als sie mit dem Melken fertig waren, ergriff er ihren Arm.
„Komm mit!"
Er führte sie zu dem Schweinegehege.
„Den Auserwählten werden wir nun in das Nebengehege treiben."
„Warum?"
„Damit die anderen nicht zusehen."
Er öffnete die Umzäunung und trat ein. „Du auch."
Hinter ihm betrat sie das Gehege.

„Siehst du das kleine Gatter dort drüben?"
Sarah nickte nervös.
„Geh dort hin und öffne es, wenn ich es dir sage."
Folgsam stakste sie darauf zu. Salcher ging zu einem großen Tier und drängte es in Sarahs Richtung. Das Schwein gab nach und Salcher rief: „Jetzt!"
Sarah öffnete das Tor und das Schwein galoppierte an ihr vorbei in das andere Gehege.
„Wieder schließen!", wies er sie an und Sarah tat wie geheißen.
„Jetzt bekommt das Viech seine Henkersmahlzeit", erklärte Salcher und ging ins Wirtschaftsgebäude, um das Fressen zu holen. Ein paar Minuten später kehrte er zurück und verfütterte alles an das Schwein. Dieses zweite Gehege grenzte direkt an die Wand des Wirtschaftsgebäudes. Erst jetzt entdeckte Sarah eine Eisenstange, die in die Wand eingelassen war, sowie ein Eisengerüst, das wie eine freistehende Leiter aussah. Ungefähr 10 m² waren mit Betonsteinen belegt. Unbewusst fuhr ein Schauer über ihren Körper. Ein undurchsichtiger Zaun aus Brettern verhinderte, dass die Tiere von dem einen Gehege in das andere schauen konnten. Am liebsten wäre sie auf der Seite geblieben, auf der auch die anderen Schweine glücklich herumtobten.
„Hier oben wird das getötete Tier nach dem Ausbluten aufgehängt", erklärte Salcher und deutete auf die „Leiter". „Dort auf dem Steinboden wird das Blut abgelassen und aufgefangen. Meine Mutter verarbeitet es dann zu Blutwurst."
„Mir wird schlecht!", flüsterte Sarah bleich.
„Um den Tieren Stress und Schmerzen zu ersparen, geht es darum, dass die Betäubung gut gemacht wird. Dann fühlen sie davon gar nichts!"
Sarah hielt sich eine Hand vor den Mund.
„Diese Betäubung wird in großen Betrieben nicht sorgfältig durchgeführt. Abgesehen davon leiden die Tiere davor aufgrund des Transportes unter schrecklichem Stress. Hast du den Eindruck, unser Kleiner hier fühlt sich nicht wohl?"
Stumm schüttelte Sarah den Kopf.
„Eben. Es ist für ihn wie einschlafen, an einem schönen Ort. Nichts Bedrohliches, nichts Schmerzliches. Für dich ist es viel schlimmer als für ihn."
Sie starrte entsetzt zu dem Gerüst.
„Jetzt komm frühstücken."
„Ich werde nichts herunterbringen."
„Versuche es! Du kannst alle Kraft gebrauchen!"

Helene stand in der Küche auf einem Stuhl, hielt ein stumpfes Messer in der Hand und bearbeitete einige Kräuter.
„Mama?", fragte sie, als sich die Tür öffnete. Ihr Mund verzog sich schmerzlich, als sie nur Sarah und Michael erkannte. Dieser ging zu ihr.
„Deine Mama kann jetzt nicht kommen. Aber du darfst hier auf dem Hof bleiben, ist das nicht toll?"
Helene begann leise zu schluchzen. Michael hob sie auf den Arm und sah hilflos zu seiner Mutter.
„Schaun se mal Frau Kraft", begann nun Frau Salcher und deutete auf die Kräuter. „Wia guat di Helene die Khraitlach gschnitten håt!"
Sarah trat näher und begutachtete Helenes Werk.
„Das hast du gemacht?", fragte sie das Kind und die Kleine warf ihr einen tränennassen Blick zu. „Richtig gut hast du die Kräuter geschnitten! Wie die Großen! Gell, Frau Salcher, Helene ist Ihnen eine große Hilfe!"
„Ja, eine sehr große Hilfe!" Nun griff sie nach den Kräutern. „Schau Kind, jetzt tamma die Khraitlach in die Schisl."
Helene verfolgte ihre Bewegungen.
„Mågst du jetzt umrühren?"
Das Mädchen nickte und Michael stellte sie auf einen Schemel. Helene begann fleißig zu rühren, während Frau Salcher die Schüssel festhielt. Die Erwachsenen warfen einander erleichterte Blicke zu. Frau Salcher schüttelte dabei tadelnd den Kopf. Diese Missbilligung galt ohne Zweifel Therese.

„Des Diandl wird lei imma ruhiger", stellte Vater Salcher beim Frühstück fest und lachte munter. „Und blass is se!"
Sarah stand zum zweiten Mal auf und verschwand auf die Toilette.
„Heast, wiaso rennstn åle Rit aufs Haisle?", fragte Lois, als sie zurückkam.
„Hört auf!", bat Salcher, als Sarah ihm einen flehentlichen Blick zuwarf. „Es wird schon schwer genug für sie."
Kurz vor zehn Uhr trafen Fleischhauer und Lehrling ein und wurden auf einen Plausch an den Tisch gebeten. Die Stimmung war ausgelassen und gut, nur Sarah konnte sich kein Lächeln abringen. Als sie erneut von der Toilette zurückkehrte, standen die Männer auf und gingen Richtung Tür. Sarah blieb unschlüssig stehen.
„Kimmst?", rief Michael und sie folgte in einigem Abstand. Michael ließ die anderen vorgehen und wartete auf sie.

„Es wird jetzt folgendermaßen ablaufen", begann er ruhig zu erklären. „Das Schwein wird an einem Hinterbein angebunden. Dann wird Leo das Tier mit dem Bolzenschuss betäuben. Es ist wichtig, dass er die richtige Stelle trifft, damit das Tier keine Schmerzen hat. Wenn möglich, schreie in dieser Phase nicht hysterisch auf."
Sarah war zu aufgelöst, um etwas Schnippisches zu erwidern, deswegen nickte sie nur.
„Das Schwein wird noch zucken, aber das sind die normalen körperlichen Reaktionen. Spüren tut es nichts mehr. Denk daran!"
„Oh mein Gott!", flüsterte Sarah entsetzt.
„Danach wird's etwas blutig, aber dann ist das Schlimmste überstanden. Wichtig ist noch, dass du, wenn das Schwein bewusstlos ist, nicht im Weg stehst. Das Blut muss schnellstmöglich abgelassen werden, da sich sonst Stoffe darin sammeln, die die Qualität mindern."
Ein Nicken.
„Wird schon nicht zu schlimm", munterte er sie noch auf, dann traten sie zu den anderen Männern in das Gehege neben dem Wirtschaftsgebäude. Der Lehrling trug verschiedene Messer seines Meisters sowie den Schlachtschussapparat. Vater Salcher holte Eimer und Schüsseln und Lois schlang einen Strick um das rechte Hinterbein des Tieres.
„Darf ich zu dem Schwein gehen?", fragte Sarah und Michael nickte. Langsam trat sie näher und ging neben dem Tier in die Knie. Alle Männer hielten in ihrer Tätigkeit inne und beobachteten sie überrascht.
„Die Weiber seint ma lieba, wennse nit dabei seint", stellte Leo mit einem Grinsen fest.
„Sie ist Reporterin und schreibt eine Artikelreihe über uns", erklärte Michael und ließ sie nicht aus den Augen. Nun konnte er verfolgen, wie sie die Hand hob und das Tier streichelte. Sie schien die Kommentare der Umstehenden nicht zu hören. Nachdem die Männer alles hergerichtet hatten, legte Michael eine Hand auf Sarahs Schulter und sie blickte mit feuchten Augen zu ihm auf.
„Komm, lass den Mann seine Arbeit tun."
Sie erhob sich und er führte sie ein paar Schritte hinter das Tier. Mit dem Schlachtschussapparat trat der Fleischhauer nun zu dem Schwein. Sein Lehrling stellte sich neben den Kopf des Tieres und versuchte es zu fixieren. Das Tier blickte neugierig um sich. Es ahnte nicht, was kommen würde. Mit einer schnellen Bewegung setzte Leo den Apparat an und drückte ab. Sogleich fiel das Schwein um. Kurz blickte er ihm in die Augen und sah, dass das Tier bewusstlos war.
„Wöld!", meinte er zufrieden, trat hinter das Tier und streckte des-

sen Kopf nach hinten, dabei hielt er die Hand auffordernd in Richtung seines Lehrlings, der ihm ein spitzes Messer reichte.

„Die Shisl?"

Vater Salcher kam mit einer flachen Schüssel in der Hand näher. Leo hob das Messer und setzte es an der Kehle an. Sarah entfuhr ein unwillkürliches Stöhnen. Mit einer schnellen Bewegung stieß der Fleischer zu und im nächsten Augenblick sprudelte dunkles Blut aus einem kleinen Loch. Sofort hielt Vater Salcher die Schüssel darunter, um es aufzufangen. Das Tier begann zu zucken. Die junge Frau griff entsetzt nach Michaels Arm und packte diesen, wobei sie ihre Finger mit aller Kraft in sein Fleisch trieb. Beruhigend legte er seine Hand über ihre.

„Es spürt nichts", erinnerte er sie leise. „Leo hat es gekonnt betäubt. Siehst du, die Zuckungen hören langsam auf. Jetzt ist es wichtig, dass das Tier vollkommen ausblutet und das aufgefangene Blut nicht gerinnt."

Lois reichte Vater Salcher eine leere Schüssel und nahm die volle entgegen, diese kippte er in ein größeres Gefäß.

Michael löste sich entschieden von der jungen Frau und ging zu diesem Gefäß. Mit einem großen Holzlöffel, begann er, das Blut umzurühren. Als das Tier ausgeblutet war, brachte er das Blut in die Küche zu seiner Mutter, die für die Verarbeitung schon alles hergerichtet hatte. Helene stand neben ihr, als er eintrat und rief freudig „Papa!". Glück durchströmte ihn bei diesen Worten und er nahm sie kurz in den Arm. Dann erklärte er, dass er zurück zur Arbeit müsse.

Sarah hatte in der Zwischenzeit beobachtet, wie das Tier auf eine Art Holztisch mit durchbrochener Tischplatte gehoben worden war.

„Jetzt ist es aber tot?", fragte sie Michael bittend, als dieser zurückkam.

„Ja. Jetzt ist es im Schweinehimmel."

Die Männer begannen nun, heißes Wasser über die Haut zu gießen und die Borsten abzuschaben. Dann griff Leo nach einem Bunsenbrenner und versengte die letzten Härchen. Als er fertig war, packten die Männer das Tier und befestigten es mit dem Kopf nach unten auf der eisernen Leiter. Mit einem langen Schnitt wurde der Bauch aufgeschnitten und die Innereien herausgenommen und gewaschen. Der Kopf und die Füße wurden abgetrennt und das Tier nach und nach zerlegt. Im Wirtschaftsgebäude begann man mit der Verarbeitung des Fleisches. Es wurde faschiert, gewürzt, in Wursthäute gefüllt und aufgehängt, Teile wurden gepökelt, große Stücke geteilt und eingefroren, Koteletts gesägt, Fleisch für den guten Speck zum Räuchern aufgehängt. Sarah hatte sich etwas gefangen und war erstaunt, wie viel Fleisch so ein Tier hergab. Als sie neben Michael stand und beobachtete, wie er den Fleischwolf bediente, fragte sie ihn, ob die Tötung der Rinder ebenso erfolgte.

„Dank eines engagierten Bauern und seiner Tochter aus Deutschland," hob er an, „ist es uns aufgrund der mobilen Schlachtbox möglich, direkt auf der Weide zu schlachten. Unsere Rinder bekommen von ihrem Tod noch weniger mit als die Schweine. Es geht alles ganz ruhig vor sich. Nicht einmal die Rinder, die daneben stehen, verspüren Stress. Trotz allem aber kann ich mich an das Töten nicht gewöhnen."

„Ich wünschte, es wäre überall so." Sarah seufzte und fühlte, dass die letzten Stunden sie emotional sehr angestrengt hatten.

„Ich auch", stimmte Michael zu.

Bevor Lois am späten Nachmittag ging, um die anfallenden Arbeiten für die Abendfütterung zu erledigen, verabschiedete er sich noch mit einem freundlichen Lächeln von der jungen Reporterin, wobei Sarah ganz mulmig ums Herz wurde. Michael drehte sich zu ihr.

„Du kannst auch für heute Schluss machen. Es war ein anstrengender Tag für dich."

Sarah, die gehofft hatte, noch zum Abendessen bleiben zu können, fühlte einen leichten Stich.

„Okay", murmelte sie und verabschiedete sich von den Männern in der Schlachtkammer. Michael begleitete sie in den Hof. Sie drehte sich zu ihm und blickte ihn an.

„Vielen Dank für alles!", sagte sie und streckte ihm die Hand entgegen. Sein Händedruck war fest und sie konnte ein Gefühl in seinen Augen schimmern sehen, das sie nicht einordnen konnte. „Wie gesagt, ich hoffe, es hat dir geholfen."

„Sehr!" Sie deutete in einer schnellen Geste auf das Bauernhaus. „Ich werde mich noch von deiner Mutter und Helene verabschieden."

„Mach das!"

Kurz sahen sie einander an, dann wandte er sich ab. Im Weggehen warf er noch einen Blick über die Schulter zurück. „Du hast wirklich gute Arbeit geleistet! Danke dafür!"

Noch ehe sie etwas erwidern konnte, war er im Wirtschaftsgebäude verschwunden. Sarah stand kurz still, überrumpelt, dass ihr Abschied nun schneller gekommen war, als erwartet. Eine schwere Traurigkeit überwältigte sie und sie musste sich zusammenreißen, um mit letzter Kraft das Bauernhaus zu betreten und sich von Frau Salcher und Helene zu verabschieden.

„Noch einmal Wiese fahren!", bat das Kind und blickte sie treuherzig an.

Fragend sah Sarah Frau Salcher an.
„Ich hätte Zeit, ich könnte noch kurz mit ihr zum Hang fahren."
„Ja!" Die Kleine klatschte begeistert in die Hände.
„Soll ich noch Michael fragen?"
„A na." Sie winkte ab. „I geb ihm Bescheid. Sei Auto is offen. Nehmen se den Kindersitz einfach mit!"
Mit Helene an der Hand ging sie zu Michaels Geländewagen und holte den Kindersitz heraus, den sie in ihrem Mini befestigte. Dann schnallte sie Helene fest.
„Also, dann fahren wir zwei zur Wiese!", sagte sie und startete den Motor.
Nicht lange und sie hatten ihr Ziel erreicht. Helene war ganz aufgeregt und Sarah musste über ihren Übermut lachen. So schnell sie konnte, erklomm die Kleine den Hang und ließ sich nach unten kugeln. Sarah machte mit. Gemeinsam rollten sie über die Wiese. Nach einiger Zeit schloss Sarah unten angekommen die Augen und atmete tief ein. Diesen Geruch nach gemähtem Gras würde sie schmerzlich vermissen. Wie so viele andere Dinge auch.
Das Geräusch eines näherkommenden Autos veranlasste sie dazu, sich aufzusetzen. Es war Michael, der hinter ihrem Mini parkte und ausstieg.
„Ich habe gehört, hier findet ein fröhliches Wiesenkugeln statt!"
„Papa!" Helene stürzte auf ihn zu, packte seine Hand und zog ihn mit sich. Michael folgte brav und lachte von einem Ohr zum anderen.
„Du musst es unbedingt ausprobieren!", rief Sarah.
„Rate mal, was ich meine ganze Kindheit lang gemacht habe!"
Zu Helenes Begeisterung legte er sich ebenfalls auf die Wiese und ließ sich nach unten rollen. Eine halbe Stunde tollten sie im Gras, dann klopfte er sich das Heu von der Hose und schaute auf die Uhr.
„Es is Zeit."
„Mhm."
Sarah blickte ihn nicht an, sondern ging vor Helene in die Hocke.
„War echt schön, dich kennenzulernen", sagte sie zu dem Mädchen.
„Pass gut auf deinen Papa auf!"
„Mhm!" Das Kind nickte ernst. „Kommst du nicht mit?"
„Nein." Ihr graute vor dem Gedanken, sich noch einmal von allen verabschieden zu müssen. "Ich muss zurück in mein Hotel. Morgen fahre ich nach Wien."
Michael holte den Kindersitz aus dem Mini und befestigte ihn auf dem Rücksitz seines Wagens.
„Also dann", sagte er, strich Sarah über den Arm und musterte sie kurz.

Dann beugte er sich schnell vor, drückte ihr einen flüchtigen Kuss auf die Wange und setzte sich in sein Auto.
„Pass auf dich auf und lass dich nicht vom Großstadtdschungel verschlingen!"
„Ja, werde ich!", rief sie und versuchte, eine unbekümmerte Miene aufzusetzen. Sie ging ebenfalls zu ihrem Auto, während er wendete und den Weg zurückfuhr. Eine Weile stand sie still und ließ den Kopf hängen. Dann wischte sie mit dem Handrücken die Tränen fort, stieg ein und machte sich auf den Weg zu ihrem Hotel. Als sie den Hof passierte, blickte sie starr geradeaus. Ob Michael noch einmal kommen würde, um sie zu sehen? Diese kleine Hoffnung flackerte in ihr, während sie zu Abend aß und auf die Straße blickte, auch noch, als sie frühstückte und die Rechnung beglich. Sie erstarb erst, als sie Treffen hinter sich zurückgelassen hatte und akzeptieren musste, dass ihr eine lange Rückfahrt nach Wien bevorstand.

… ja dort, ...

Wie erwartet, fühlte sich Sarah, als würde sie in eine andere Welt kommen. Der Verkehrslärm, die Abgase, der Stress, das Grau der Straßen und Häuser – all das wirkte nun abstoßend auf sie und nicht mehr wie die Verheißung ihrer Träume. Den ersten Tag in der Redaktion empfand sie als schrecklich und sie dachte an den Stall zurück, wo die Kühe gemolken wurden und die tägliche Routine doch niemals gleich war.
Matthias Hüttinger begrüßte sie begeistert, er war ganz aufgedreht von der Furore, die ihre Artikel hervorriefen. Auch auf ihren zweiten Bericht erfolgte eine unglaubliche Resonanz und die Leserbriefe stapelten sich auf den Tischen.
„Alles für dich", rief er begeistert und Sarah schüttelte ungläubig den Kopf.
„Am besten, du setzt dich gleich mal und schreibst den letzten Teil."
„Gute Idee!"
Sarah ließ sich hinter ihrem Tisch nieder, fuhr mit den Fingerspitzen über die Tischplatte und starrte auf den Bildschirm. Sie drehte den Kopf und blickte aus dem Fenster. Alles, was sie sah, war die graue Fassade des Nachbarhauses. Wie sollte sie hier schreiben können? Traurig schloss sie die Augen und versuchte sich vorzustellen, sie wäre

in ihrem Hotelzimmer, um sie herum Wiesen und Berge. Doch als sie die Augen wieder öffnete, verschwammen die Erinnerungen und lösten sich auf.

Das Telefon läutete. Automatisch beschleunigte sich ihr Herzschlag. Vielleicht war es Michael und er wollte sie bitten zurückzukommen?

„Kraft?"

„Ah, endlich bist du wieder im Lande!"

Es war Andi, der sich mit ihr zum Abendessen verabreden wollte, und sie versuchte ihre Enttäuschung zu unterdrücken. Um nicht allein in ihrer Wohnung sitzen zu müssen, sagte sie zu. Nachdem sie das Gespräch beendet hatte, wandte sie sich wieder dem Bildschirm zu.

„Eine Gesellschaft, die die Erhaltung der Würde des Menschen, der des Tieres als auch der Natur einen Stellenwert unter den wirtschaftlichen Aspekten einreiht, wird früher oder später ihre Identität verlieren. So macht sich der zivilisierte Mensch, der den Bezug zu Natur und Umwelt als auch zu den Dingen, die er isst, verloren hat, abhängig von Großkonzernen, die schon längst die Geschicke unseres Landes lenken. In einer Gesellschaft, in der die Politiker Marionetten großer Konzerne sind und Wirtschaftswachstum um jeden Preis gewährleistet sein muss, entwickelt sich der Mensch zurück zu einer schnöden Arbeitsmaschine. Wissenschaftliche Entdeckungen, literarische Dramen, große Denkleistungen werden in diesem Klima der Leistung und der Wirtschaftlichkeit ausgerottet, nicht mehr geschrieben, nicht mehr gedacht ..."

All ihrer Wut und Ohnmacht machte sie in ihrem Bericht Luft. Ihre Finger flogen über die Tastatur und die Zeit floss vorbei, ohne dass sie es bemerkte. Als ihr Telefon klingelte, zuckte sie zusammen und hob ab.

„Wo bleibst du?"

„Andi?"

„Genau der."

„Sorry, ich hab die Zeit übersehen!" Sarah warf einen Blick auf die Uhr, drückte auf speichern und schaltete den Computer aus. „Ich mache mich sofort auf den Weg! Bin gleich da! Bestell schon einmal!"

„Gut, also bis gleich."

Eine halbe Stunde später betrat sie das Restaurant. Als Andi sie sah, sprang er auf und breitete seine Arme aus. Kurz drückten sie einander, dann nahmen sie Platz. Andis Wangen waren eingefallen, sein Blick gehetzt und unstet.

„Du siehst gut aus", stellte er fest und musterte sie. „Hast du zugenommen?"

„Wahrscheinlich. Ich bin noch nicht auf die Waage gestiegen."

„Kochen gut, die Kärntner", meinte er und Sarah nickte, während sie ihn ihrerseits forschend betrachtete.

Er holte eine Zigarette aus einem Päckchen und zündete sie an. Tief sog er den Rauch ein, während er sich zurücklehnte.

„Du siehst ziemlich fertig aus, wenn ich das so sagen darf."

„So wie ich aussehe, fühle ich mich auch." Er schob ihr die Speisekarte hinüber. „Was willst du?"

Sarah blätterte die Karte durch. Es gab fast nur Fleischgerichte.

„Findest du nichts? Ich hab gerade ein Schnitzel bestellt, wird hier richtig gut gemacht."

Wer Schnitzel sagt, muss auch Schlachten sagen, hörte sie Michael in ihrem Kopf rezitieren.

„Ich glaube, ich werde Nudeln nehmen und irgendeine vegetarische Sauce."

Schon jetzt fehlte ihr Frau Salchers hervorragende Küche. Andi verengte die Augen zu Schlitzen.

„Ich habe deine beiden Artikel gelesen."

„Und, haben sie dir gefallen?"

„Ich muss ehrlich sagen, sie haben mich umgehaut! Auf diese Weise hast du zuvor noch nie geschrieben!"

Sarah lächelte. „Danke! Ich muss gestehen, es ist nicht allein mein Verdienst. Der Landwirt, auf dessen Hof ich gearbeitet habe, hat mir alles gezeigt. Er hat mich wirklich mit hineingenommen. Ihm habe ich viel zu verdanken."

„Hört, hört!" Andi erwiderte ihr Lächeln, während er Rauch aus seiner Lunge strömen ließ. „Das muss ein ziemlich besonderer Mann sein."

Ihm entging die zarte Röte nicht, die über ihre Wangen huschte.

„Aha", stellte er fest.

„Nichts aha. Es war nichts."

„Wer verteidigt sich denn da?"

„Ich verteidige mich nicht! Ich stelle klar, dass du die Situation falsch einschätzt."

Andi zuckte die Achseln und klopfte die Asche seiner Zigarette in den Aschenbecher.

„Wie geht es dir? Waren die letzten Tage wieder erträglicher?"

„Ja, es ist wieder besser geworden. Ich habe eine Aussprache mit

meinem Chef gehabt... Du hattest recht. Vielleicht sollte ich den Job doch nicht hinschmeißen."
Die Bedienung kam und brachte Andis Schnitzel, dann nahm sie Sarahs Bestellung auf.
„Freut mich wirklich, das zu hören, Andi. Nach unserem Telefonat habe ich mir echt Sorgen gemacht."
Nach dem Essen verabschiedeten sie sich voneinander und jeder fuhr in seine Wohnung zurück. Sarah blickte zu dem Anrufbeantworter. Keine neue Nachricht.

In den nächsten Wochen wurde Sarah mit weiteren Themen zu Umwelt, Natur und Tierschutz beauftragt und endlich trat ein, was sie sich immer gewünscht hatte: Man legte Wert auf ihre Meinung. Nun verbrachte sie Abende mit Fingerfood bei diversen Veranstaltungen, obwohl sie dieses nur aß, wenn es vegetarisch war. Seit dem Tag, als sie dem Schlachten beigewohnt hatte, wollte sie nur mehr Fleisch essen, wenn sie wusste, woher es kam und wie geschlachtet wurde. Ihre Welt hatte sich verändert. Sie hatte sich verändert. Erstaunt bemerkte sie, dass der Erfolg sie nicht glücklich machte und auch nicht vermochte, ihre innere Leere zu füllen. Die Sehnsucht nach diesem Mann, der sie zum Leben erweckt hatte, wurde mit jedem Tag schlimmer. Doch er meldete sich nicht. Wahrscheinlich hatte Michael sie längst vergessen.

Als Sarah das Büro ihres Chefs betrat, blickte er sie feierlich an.
„Sarah, meine liebe Sarah", rief er aus und streckte ihr beide Hände entgegen, die sie ergriff.
„Ich freue mich außerordentlich, dir zu sagen, dass du für deine mehrteilige Reportage den Preis ‚Journalisten des Jahres' für den Fachbereich Umwelt und Kultur gewonnen hast!"
Ungläubig sah Sarah ihren Chef an.
„Ist nicht wahr!"
„Oh doch! Die Preisverleihung findet nächste Woche im Salzburger Kongresshaus statt."
Diese Meldung musste Sarah erst einmal verdauen. Sie konnte noch immer nicht glauben, dass ihre Arbeit einen Preis wert war.
„Aber ich ... wie ist das möglich?"
„Ich habe deine Arbeit eingereicht."
„Du?"
„Es ist die beste Werbung für unsere Zeitung, wenn wir preisgekrönte Journalisten beschäftigen."

„Darf ich mich setzen?"
„Natürlich."
Langsam ließ sie sich auf einen Stuhl sinken.
„Ich kann es nicht glauben ..."
„Nadine hat schon ein Hotel für uns gebucht. Frag sie wegen der genaueren Details."
„Du fährst auch mit?"
„Denkst du, ich lasse mir so eine Gelegenheit entgehen?"
„Darf ich noch jemanden einladen?"
„Wenn der sein Hotel selbst bezahlt ... Wir haben vier Freikarten."
„Dann reserviere bitte noch eine davon für mich."
Wenig später schwebte sie wie auf Wolke sieben zurück in ihr Büro. Dort versuchte sie, sich zu fassen. Doch die Aussicht, Michael anzurufen, ließ sie nicht zur Ruhe kommen. Im Gegenteil, sie hatte das Gefühl zu ersticken. Sie blickte auf die Uhr. Es war kurz nach 15.00 Uhr. Er war sicherlich noch in der Redaktion. Ihre Hände bebten unkontrolliert, als sie seine Nummer wählte. Freizeichen. Beim dritten Mal wurde abgehoben.
„Salcher."
Sarah schluckte.
„Michael, hallo, hier spricht Sarah."
„Sarah?" Pause. „Ach Sarah, die Kollegin aus Wien!"
Er hatte nachdenken müssen, schoss es ihr durch den Kopf und sie fühlte einen dicken Kloß im Hals. Sie räusperte sich.
„Störe ich?"
„Du weißt doch, wie hektisch das Leben eines Chefredakteurs ist, aber für dich habe ich selbstverständlich ein paar Minuten Zeit."
Kurz war es still.
„Wie geht es euch?"
„Gut, danke."
„Und Helene?"
„Hat sich gut eingewöhnt."
„Schön."
Eine kurze Pause.
„Sarah ..."
„Ja?"
„Was kann ich für dich tun?"
„Ach so, ja. Ich wollte ... es ist so, ich habe gerade erfahren, dass ich einen Journalistenpreis für meine Reportage bekomme."
„Gratulation! Den hast du dir auch wirklich verdient."

„Danke! Aber ich wollte dich fragen, ob du zur Preisverleihung kommen möchtest. Du hast mir so viel gezeigt und ich finde, der Preis gehört auch irgendwie dir. Die Verleihung findet nächste Woche in Salzburg statt."
„Zuviel der Ehre", sagte Michael und Sarah versuchte, sich sein Gesicht vorzustellen.
„Meine Redaktion hat Freikarten erhalten und ich könnte eine davon für dich reservieren."
„Das ist wirklich nett. Aber ich weiß nicht, ob ich es zeitlich schaffen werde. Du weißt, der Hof, Helene, meine Redaktion ..."
Natürlich! Wie hatte sie auch nur denken können ... Tränen traten in ihre Augen.
„Schon gut, ich habe ohnehin nicht damit gerechnet ..." Ihre Stimme zitterte und brach.
„Hör zu, Kollegin, ich kann dir nichts versprechen, doch wenn es nur irgendwie geht, werde ich kommen. Aber du kannst deine Freikarte jemand anderem geben. Ich kann mir über die Zeitung eine eigene organisieren."
Krampfhaft presste Sarah die Augen zusammen und stieß atemlos hervor: „Na ja, vielleicht klappt es ja. Ich muss Schluss machen, es hat gerade an die Tür geklopft. Grüße bitte alle von mir! Auf Wiederhören!"
Ohne auf eine Antwort zu warten, warf sie den Hörer von sich. Er hatte nicht einmal gefragt, wie es ihr ging! Sie ließ ihre Stirn auf die Tischplatte sinken und hätte vor Enttäuschung am liebsten laut geschrien.

Sarah verbot es sich, Michael anzurufen und zu fragen, ob er kommen würde. Es fiel ihr schwer, die Hoffnung zu unterdrücken, die immer wieder in ihr aufstieg und mit der Angst vor einer weiteren Enttäuschung in stetem Widerstreit stand. Dieser emotionale Stress ließ sie wieder in eine alte Verhaltensweise fallen, die sich in einer ausgedehnten Shoppingtour äußerte. Schließlich mussten für diesen Anlass das richtige Kleid, die passenden Schuhe, eine kesse Tasche und Schmuck gefunden werden.

Am Tag der Preisverleihung fuhren sie zu viert in Matthias Hüttingers Mercedes nach Salzburg. Sie hatte ihren Eltern eine Einladung auf den Anrufbeantworter gesprochen und eine SMS mit einer Absage erhalten – was sie nicht überraschte und nicht einmal traurig stimmte. Dieses Verhalten kannte sie von Kindestagen an.
In einem Hotel, nicht weit vom Kongresshaus entfernt, checkten

sie ein, dann gingen sie gemeinsam abendessen. Die Stimmung war ausgelassen, nur Sarahs Blick schweifte immer wieder zum Eingang oder durch das Fenster ins Freie auf der Suche nach Michael.

„Er wird nicht kommen", sprach sie sich in einer Endlosschleife zu und hoffte, dass sie es irgendwann glauben würde. Nach dem Essen zogen sich alle in ihre Zimmer zurück, um sich für den Abend umzukleiden. Sarah musterte sich eindringlich im Spiegel. Die Bräune, die sie sich in Kärnten geholt hatte, war fast vollständig verblasst, die Kilos, die sie zugelegt hatte, waren unbemerkt dahingeschmolzen und sie fand, dass sie nun noch dünner aussah, als vor der Reportage. Sie würde ihm ohnehin nicht gefallen, mit ihrem hervorstehenden Schlüsselbein, den spitzen Ellbogen und den geschrumpften Brüsten. Auch diese hatten sich, wie ihr schien, zusammengezogen. Das Kleid hing an ihrem Körper wie an einem Kleiderbügel. Doch eigentlich wollte sie sich schön fühlen, atemberaubend, umwerfend, selbstbewusst! Noch einmal griff sie nach dem Kamm und versuchte, die Haare zu toupieren. Sie war vor zwei Tagen beim Friseur gewesen und hatte ihr Haar schulterlang in eine Art Longbob schneiden lassen. Damit hoffte sie, dem Aussehen einer gefeierten Journalistin näherzukommen. Mit Spray fixierte sie alles und blickte auf die Uhr. Es war Zeit. Im Foyer warteten die anderen schon auf sie und gemeinsam legten sie das kurze Stück zu Fuß zurück. Hüttinger zeigte ihre Karten vor und sie wurden eingelassen. Es war der letzte Hoffnungsschimmer, der sie dazu veranlasste, noch einmal um sich zu sehen und als ihr Blick auf Michaels großgewachsene, muskulöse Gestalt fiel, brach unbändige Freude durch all die Verzweiflung, Selbstzweifel und Mutlosigkeit der letzten Tage. Er war gekommen! Sie musste ihm etwas bedeuten! Schnell entschuldigte sie sich bei ihren Kollegen und ging auf ihn zu. Erst jetzt bemerkte sie die schöne Frau, die ihm gegenüber stand und angeregt mit ihm plauderte. Sarah verhielt ihren Schritt und überlegte, was sie machen sollte. Sie zögerte nicht lange und gab sich einen Ruck – immerhin war er ihretwegen hier. So trat sie hinter ihn und stupste ihn zart an. Er wandte sich um und sein Blick fiel auf sie.

„Du bist gekommen! Wie ich mich freue!", sprudelte es aus ihr heraus und sie lächelte ihn selig an.

„Sarah, schön dich zu sehen", erwiderte er und die Distanz, die er ausstrahlte, fuhr wie eine steinerne Mauer zwischen ihnen empor. „Anna, das ist Sarah, von der ich dir erzählt habe. Sarah, das ist Anna."

Die Frauen reichten einander die Hände.

„Eigentlich meide ich solche Veranstaltungen", erklärte Anna an Sarah

gerichtet. „Doch als Freundin eines Preisträgers bleibt mir nichts anderes übrig."
„Oh, Ihr Freund ist einer der Preisträger?" Unbewusst blickte sie sich nach einem weiteren Mann um.
„Ach, wussten Sie gar nicht, dass Michael ebenfalls gewonnen hat?" Es war, als fiele die Welt um sie herum zusammen und sie konnte sich plötzlich kaum mehr auf den Beinen halten. Michael hatte eine Freundin! Dieses atemberaubende, schöne Wesen war seine Freundin. Sie fühlte, dass er sie ansah, doch sie versuchte, seinem Blick auszuweichen. „Gratulation", presste sie hervor und drehte sich schnell um. „Ich glaube, ich muss zu meinen Kollegen zurückgehen. Schönen Abend noch!" So würdevoll es ihr möglich war, ging sie davon. Doch statt sich zu ihren Kollegen zu gesellen, huschte sie zur nächsten Toilette. Ihr Körper bebte, als würde sie ein schreckliches Erdbeben erschüttern und Trümmer auf sie einstürzen. Mit beiden Händen stützte sie sich auf dem Waschbecken ab und ließ den Kopf zwischen ihren Schultern nach unten hängen. Sie musste dringend an etwas anderes denken, denn in wenigen Minuten sollte sie einen Preis entgegennehmen, ohne dass irgendjemand merken durfte, wie es ihr ging. Ein paar Mal atmete sie tief durch, dann richtete sie sich auf und starrte sich im Spiegel an. In diesem Augenblick hasste sie sich dafür, es nicht zustande zu bringen, auszusehen wie Angelina oder Anna. Für die Männerwelt würde sie ihr Leben lang eine graue Maus mit Swarovski-steinen an den Fingernägeln bleiben. „Egal, du musst jetzt stark sein!" Immer wieder sagte sie diesen Satz vor sich her, bis sie sich dem Kommenden annähernd gewachsen fühlte. Dann kehrte sie ins Foyer zurück. Ihre Kollegen waren mittlerweile in den Saal gegangen und sie ließ ihren Blick über die Menge schweifen. Matthias winkte ihr und sie steuerte auf ihn zu.
„Wie siehst du denn aus?"
„Das macht mich alles ziemlich nervös."
„Ruhig Blut, es wird alles gut gehen."
Die Preisverleihung zog an ihr vorüber – selbst als sie auf der Bühne stand und die Ehrung entgegennahm, hatte sie das Gefühl, neben sich zu stehen. Sie hatte eine kurze Rede vorbereitet und las diese wortwörtlich von einem Papier ab, an das sie sich geradezu klammerte. Sarah war froh, als es endlich vorbei war und die Gäste zum Ausgang strömten. Nicht ein einziges Mal blickte sie sich nach Michael um.
„Wir gehen noch etwas trinken", bestimmte Matthias. „Schließlich müssen wir dich feiern!"

Sarah blieb nichts anderes übrig, als sich dieser Runde anzuschließen. Nur wenige Meter vom Ausgang des Veranstaltungsortes entfernt, konnten sie ins Sheraton eintreten, um sich an die Bar zu setzen.
„Heute zahle ich", erklärte der Chef. „Was wollt ihr?"
Als alle ihre Wünsche geäußert hatten, blickte er Sarah an. „Und du?"
„Egal." Sie zuckte die Achseln. Es war ihr wirklich schnurzpiepegal.
„Dann bekommst du Champagner!"
Gemeinsam gingen sie zu einem Tisch und setzten sich.
„Auf unsere Preisträgerin!", sagte Matthias und hob sein Glas.
„Auf unsere Preisträgerin!", wiederholten die anderen außer der Preisträgerin und nippten an ihren Gläsern. Sarah trank das Glas in einem Zug leer, was Matthias die Augenbrauen lüpfen ließ. Dann hob er die Hand und bestellte eine ganze Flasche.
Irgendwann verlor die Umgebung für sie Kontur und auch ihre Gefühlswelt driftete irgendwohin ab. Als sie schließlich beschlossen, ins Hotel zurückzukehren, fühlte sie sich ziemlich wackelig auf den Beinen, weswegen ihr Matthias stützend unter die Arme griff.
„Du hast aber ganz schön einen sitzen!", meinte er und Sarah zuckte mit den Achseln.
„Einmal is kei....kei...n....maaal", zitierte sie und hob einen Zeigefinger. Verdutzt blickte sie ihn selber an – irgendwo in einem Hinterstübchen sagte eine Stimme: „Jetzt bist du so peinlich wie alle anderen Betrunkenen! So wolltest du doch nie sein! Nimm den Finger runter und halt den Mund!"
Folgsam ließ sie die Hand sinken und sich, ohne weitere Worte zu verlieren, in ihr Zimmer bringen. Ohne aus der Kleidung zu schlüpfen, ließ sie sich aufs Bett fallen. Dann begann sie, bitterlich zu weinen.

Die folgenden Wochen in Wien vergingen langsam und zäh. Je kürzer die Tage wurden, desto stärker fühlte Sarah die Einsamkeit in ihre Glieder fahren. Als sie zu Weihnachten allein vor dem Fernseher saß, eine Flasche Wein neben sich, wusste sie, dass sie auf dem besten Wege war, sich selbst zu verlieren und das, obwohl sie sich gerade erst gefunden hatte. Sie stellte die Weinflasche ungeöffnet zurück in die Küche, schaltete den Fernseher aus und dachte nach. Dann fasste sie einen Entschluss. Doch um diesen Entschluss umzusetzen, brauchte sie Mut. Wahrscheinlich würde sie sich noch ein paar Wochen lang immer wieder neu dazu durchringen und ihre Angst überwinden müssen, bis sie ihn endlich in die Tat umsetzte. Aber sie würde nicht aufgeben. Wenn sie nicht alles haben konnte, würde sie sich eben mit einem Teil zufriedengeben.

Im Februar war es so weit und sie betrat das Zimmer von Matthias Hüttinger, den sie um ein Gespräch gebeten hatte. Nachdem sie einander gegenüber Platz genommen hatten, meinte Matthias ahnungsvoll: „Du gehst."
Sarah hielt seinem Blick stand und nickte.
„Zu welcher Zeitung?"
„Nein, nach Kärnten. Ich wollte dich fragen, ob du mich als freie Journalistin behältst."
„Nach Kärnten?", wiederholte er baff. „Ja bist du denn noch zu retten?"
„Ich habe lange darüber nachgedacht und bin zu dem Schluss gekommen, dass ich es tun muss."
Matthias legte die Fingerspitzen aneinander und dachte nach.
„Du wirst uns fehlen."
Sarah lächelte.
„Ich werde euch erhalten bleiben."
„Den Monat machst du aber noch zu Ende."
„Natürlich. Ich kenne die Kündigungsfrist."
Der Chefredakteur seufzte.
„Hoffentlich hast du eine gute Entscheidung getroffen."
„Das hoffe ich auch! Aber im Moment fühlt es sich richtig an."
„Dann wünsche ich dir, dass sich alles erfüllt, wie du es dir vorstellst!"
„Danke!"

Zu einer Zeit, zu der Michael normalerweise in der Redaktion war, rief sie beim Bauernhof an. Frau Salcher nahm ab und als sie Sarahs Stimme hörte, fühlte Sarah aufgrund der Freude der anderen Frau über ihren Anruf Wärme aufsteigen.
„Frau Salcher, ich möchte ein Zimmer bei Ihnen mieten."
„Wie schen! Se kimman uns besuchen!"
„Für länger, Frau Salcher. Ich weiß noch nicht genau, für wie lange, aber sicherlich nicht nur für einen Besuch."
„Beim Herrgod! Des muas i glei dem Mihael sågn!"
„Das bitte nicht! Es wäre mir lieber, er würde es vorerst nicht wissen."
„Wia se meinen. I werd nit a Wort sågn!", gelobte sie verschwörerisch.
Dann sprachen sie noch eine Weile über den Hof und was sich verändert hatte. Nach einiger Zeit beendeten sie das Gespräch und Frau Salcher versprach, ihr das schönste Zimmer freizuhalten. Dabei verschwieg sie, dass dieses zufällig direkt neben Michaels Suite lag.

... ja dort spielt sie mit Kindern lieb ...

Der Schnee war in Kärnten noch nicht gänzlich geschmolzen, als Sarah den Weg in Richtung Arriach entlangfuhr. Obwohl sie wegen der bevorstehenden Begegnung mit Michael nervös war, fühlte sie ihr Herz aufgehen. Tränen der Befreiung stiegen in ihre Augen und sie meinte, nach Hause zurückzukehren. Schnell schluckte sie den Kloß hinunter und erfreute sich an der Landschaft. Als sie durch Treffen fuhr, wurde sie langsamer. Dem Kichler-Wirt warf sie einen schnellen Blick zu, viel mehr interessierte sie der Parkplatz und sie entdeckte tatsächlich Michaels Geländewagen. Nicht mehr lange und er würde sich zurück auf den Hof begeben, um die Kühe zu melken. Was würde er sagen, wenn er ihren Mini im Hof stehen sah? Sie wollte nicht daran denken, dass es ihn eher ärgern als freuen würde.

Frau Salcher schloss sie wie eine Tochter in die Arme und wieder fühlte Sarah Tränen aufsteigen. Es gab nicht viele Gelegenheiten, bei denen sie in den Arm genommen wurde. Überschlagen ging die Zahl gen Null.
„I zeig dia glei dein Ziema!" Frau Salcher hatte darauf bestanden, zum „Du" überzugehen und von nun an Maria genannt zu werden.
Sarah folgte ihr aufgeregt und stutzte, als sie die Tür neben Michaels Gemächern öffnete.
„Ich weiß nicht, ob ihm das gefallen wird", sagte sie. „Gibt es kein anderes Zimmer?"
„Des Ziema is bestens geeignet. Es is lei dås greßte. Außerdem wiads Zeid, dåss der Bua auf åndre Gedanken kimmt!"
„Was meinst du damit?"
„Die Anna, mein i. Die is nit fia a Lebn aufm Land gschaffen. Du hast scho kehrt von ihr?"
„Ja, ich hab sie in Salzburg getroffen. Sie ist wunderschön!"
„Scheenheit allein reicht nit! Då drin muas es stimma!"
Maria deutete auf ihr Herz und Sarah nickte.
„Aber wenn er sie liebt?"
„Pah!" Die Bäuerin machte eine abfällige Handbewegung. „Liaben tuat da Mihael koane von denen. Des kånnst mia glauben!"
Gemeinsam betraten sie das Zimmer. Auch hier waren so gut wie alle Möbel aus Holz, ein Doppelbett nahm den großen Teil einer Wand ein, ein kleiner Schreibtisch stand an einer anderen. Eine Tür führte ins Badezimmer und der Blick ging in den Hof.

„Es ist wirklich schön!", sagte sie und drehte sich zu Maria. „Danke!" Gemeinsam gingen sie nach unten und Sarah begann, ihre Koffer nach oben zu tragen. Lois, der ihr Auto im Hof stehen sah, kam sogleich, um sie zu begrüßen und ihr zu helfen. Sarah meinte, noch nie so glücklich wie in diesem Moment gewesen zu sein. Ihre Ankunft fühlte sich an, als wäre sie zu ihrer Familie zurückgekehrt. Maria hatte ihr berichtet, dass Helene ein paar Tage bei ihrer Tante und deren Kindern bleiben durfte – sie sollte sich über deren Abwesenheit also nicht wundern.
„Kimmst dann zum Abendessen!", forderte die Bäuerin sie auf und Sarah nickte. „Du siast eh so blåss und schmål aus."
„Deine Küche hat mir gefehlt!" Sarah lächelte und die Bäuerin kniff ihr freundschaftlich in die Wange. „Und ab morgen werd ich mir das Essen verdienen."
Als Michaels Geländewagen in den Hof fuhr, beobachtete Sarah ihn von ihrem Fenster aus und hoffte, dass er nicht auf die Idee kam, nach oben zu schauen. Er stieg aus und starrte kurz auf ihr Auto. Von ihrem Blickwinkel aus konnte sie nicht erkennen, was in ihm vorging. Ohne Eile ging er auf das Bauernhaus zu und entschwand ihrem Blickfeld. Nicht lange und sie hörte seine Schritte die Treppe heraufsteigen und in sein Zimmer gehen. Kurze Zeit später war er wieder auf dem Weg nach unten und Sarah lief zum Fenster, von wo aus sie ihn zum Stall hinübergehen sah. Sarah zog einen Stuhl ans Fenster und setzte sich darauf. In Gedanken ging sie durch, was er wohl gerade machen würde: Scharnik satteln und zur Weide reiten, Scharnik striegeln, füttern und auf die Koppel zu den anderen Pferden schicken. Nicht mehr lange und er würde die Hühner füttern. Sarah wartete und ihr Herz stolperte, als er mit dem Eimer aus dem Wirtschaftsgebäude kam. Die Hühner sammelten sich um ihn. Jede seiner Bewegungen verfolgte sie genau, konnte sich jedoch nicht aufraffen, zu ihm zu gehen. Als der Eimer leer war, räumte er ihn auf und ging in den Stall. Seufzend lehnte Sarah den Kopf an die Scheibe und verharrte so eine Weile. Mit einem Blick auf die Uhr beschloss sie, nach unten zu gehen. Vielleicht konnte sie ja noch etwas helfen. Gerade als sie den Fuß auf die unterste Stufe setzte, wurde die Eingangstür geöffnet und Michael trat ein. Sarah erstarrte und hörte ihn auf sich zukommen. Als er sie erblickte, hielt er inne.
„Sieh an", meinte er. „Die Kollegin aus der Großstadt. Was hat dich hierher verschlagen? Machst du eine weitere Reportage oder Urlaub?"
„Hallo, erstmal", sagte sie. Als er nichts erwiderte, fuhr sie fort: „Ich mache keinen Urlaub und auch keine Reportage. Ich habe vor zu bleiben."
Er begann, wie über einen guten Scherz zu lachen.

„Du brauchst gar nicht lachen! Ich meine es ernst!"
Michael griff sich an die Brust und fing sich schließlich.
„Du? Du mit deinen Glitzersteinchen auf den Fingernägeln? Was denkst du, wie lange wirst du durchhalten, bevor dir alles zu viel wird?"
Seine Worte trafen sie, wie schon so oft zuvor.
„Ich kann das! Ich will es zumindest probieren!"
„Du meinst, weil du einmal zwei Wochen durchgehalten hast, weißt du, wie das läuft?" Wieder lachte er auf, diesmal klang es bitter. „Wart nur ab, wenn du ein bisschen hier bist und du so richtig müde wirst und in der Früh nicht aus den Federn kommst! Ich habe mir gedacht, dass du deine romantischen Vorstellungen über Bord geworfen hast! Aber anscheinend habe ich mich geirrt! Will auf dem Hof bleiben!"
Sarah verschränkte die Hände vor der Brust, wich seinem Blick aber nicht aus.
„Und wo wirst du wohnen?"
„Hier."
„Unmöglich. Wieso weiß ich davon nichts?"
„Weil ich die Angelegenheit mit deiner Mutter geklärt habe."
„Du ziehst hier ein, ohne dass ich informiert werde? Herrgott noch einmal, das ist mein Hof!"
„Ärgerst du dich, weil ich es bin, die eingezogen ist oder nimmst du tatsächlich so großen Anteil an all euren Feriengästen?"
„Du bist kein Feriengast."
„Was dann? Ich bin ein Feriengast zur Miete."
Darauf sagte er nichts mehr, drehte sich um und verschwand in den Waschräumen. Das wäre also geschafft. Sarah holte tief Luft und ging in den Speiseraum. Im Gegensatz zum Sommer gab es zurzeit nur eine Familie mit kleinen Kindern, die auf dem Hof Ferien machte. Sarah nickte grüßend zu ihnen hinüber und setzte sich an den Tisch. Alle schienen sich über ihre Anwesenheit zu freuen, außer Michael. Er starrte griesgrämig vor sich hin. Sarah war überzeugt, dass er sich schon wieder beruhigen würde, wenn er den ersten Schock überwunden hatte. Nach dem Essen zogen sich alle in ihre Zimmer zurück. Die Salcher-Eltern als auch Lois wohnten im ersten Stock, den man über die hintere Treppe erreichen konnte, Michael und sie im zweiten. Als sie leise hinter ihm die zweite Treppe hinaufschlich, blieb er abrupt stehen und drehte sich zu ihr.
„Wieso läufst du mir nach?"
„Ich gehe in mein Zimmer."
Überrascht runzelte er die Stirn.

„Was soll das heißen? Bist du nicht bei den Gästen auf der anderen Seite untergebracht?"
„Deine Mutter hat mir dieses Zimmer zugeteilt. Ich habe protestiert, da ich deine Reaktion vorhergesehen habe. Doch sie meinte, es wäre das geeignetste von allen."
Er fluchte in sich hinein, öffnete die Tür zu seiner Suite, ohne noch etwas zu sagen und warf sie hinter sich zu. Sarah brauchte ein paar Atemzüge, bis sie sich wieder beruhigt hatte, dann trat sie in ihr neues Reich. Wenn sie nur daran dachte, dass er wenige Meter neben ihr war! Es trennten sie nicht mehr hunderte von Kilometern, sondern nur ein Schritt. Ach ja, und die Entfernung zum Mond und wieder zurück.
Sarah ging ins Bad, um sich umzuziehen und zu waschen. Gerade als sie unter die Bettdecke schlüpfte, hörte sie jemanden an ihre Tür klopfen. Überrascht rief sie „Herein!" und konnte kaum glauben, Michael zu sehen, der mit zwei Tassen Tee eintrat.
Schnell zog sie die Bettdecke höher und beschloss, lieber im Bett zu bleiben, als höflich zu sein. Er reichte ihr eine Tasse und setzte sich auf den Stuhl, den sie zum Fenster geschoben hatte.
„Ich möchte dir ein Friedensangebot machen", fing er schließlich an.
„So kann das nämlich nicht weitergehen. Wir hier am Hof müssen immer als Team arbeiten. Private Unleidlichkeiten haben hier einfach keinen Platz."
„Ich bin also eine private Unleidlichkeit?", fragte Sarah und nippte an dem Tee.
„Nein, nicht eine: Meine. Alle anderen scheinen sich sehr darüber zu freuen, dass du wieder da bist. Du hast sie alle in die Tasche gesteckt. Wenn ich nur an Lois` einfältiges Grinsen denke ..."
Sarah stellte ihre Tasse auf das Nachtkästchen und blickte ihn abwartend an. Kurz war es still und Michael schien um Worte zu ringen.
„Es wird kein Flirten geben", erklärte er fest. „Wir werden uns wie Teammitglieder verhalten und wenn du auch nur annähernd hoffst, dass sich so ein Fehltritt wie damals wiederholt, irrst du dich. Dann solltest du sofort fahren."
„Ich bin nicht hier, um zu flirten."
„Gut. Wie du dich erinnern kannst, habe ich eine Freundin. Respektiere das."
„Natürlich. Wie kommst du darauf, dass ich auch nur annehmen könnte, du würdest sie meinetwegen verlassen!"
Er konnte nicht nur Zorn in ihren Worten schwingen hören, da war

auch etwas anderes, das er nicht einordnen konnte. Nun musterte er sie eingehender. Sarah war noch dünner, als zu der Zeit, da sie einander kennengelernt hatten.

„Wieso siehst du mich so an?"

„Du hast ziemlich stark abgenommen."

„Daran bist nur du Schuld!", fauchte sie.

„Ich? Was habe ich denn gemacht?"

„Du hast mich gezwungen, bei der Schlachtung zuzusehen."

„Gezwungen ist nun wirklich übertrieben."

„Wie auch immer. Seither will ich wissen, wie die Tiere geschlachtet werden. Find doch mal in der Großstadt jemanden, der dir das sagen kann!"

Nun begann er zu lachen und nahm noch einen Schluck.

„Das heißt, du bist zurückgekommen, um dich vor dem Hungertod zu retten?"

„Das auch."

„Nun ist mir alles klar. Armes Großstadtprinzesschen. Wir werden dich schon wieder aufpäppeln!"

Er erhob sich mit seiner Tasse in der Hand.

„Schlaf gut. Morgen früh im Stall?"

Sarah lächelte ihn glücklich an.

„Ja!"

Leise öffnete er die Tür.

„Ach, und danke für den Tee!"

Freundlich zwinkerte er ihr zu und ließ sie allein zurück. Gelöst trank Sarah noch aus, dann löschte sie das Licht und ließ sich in ihren Polster zurücksinken. Jetzt würde sie richtig gut schlafen können. Immerhin war sie heute offiziell in sein Team aufgenommen worden!

… bei ihnen, dort ist sie zu Haus.

Als ihr Wecker läutete, setzte sie sich auf. Gähnend streckte sie sich. Dies war der erste Tag ihres neuen Lebens! Nebenan wurde eine Tür geöffnet und sie hörte Michael die Treppe hinuntergehen. Mit einem Satz sprang sie aus dem Bett, putzte sich die Zähne, spritzte Wasser in ihr Gesicht und zog sich an. Als sie dabei auf ihre funkelnden Nägel schaute, murmelte sie zu sich: „Die müssen weg."

Heute Nachmittag würde sie also kurz nach Villach fahren müssen, um

ein Nagelstudio aufzusuchen. Es ging um einiges schneller, wenn der Profi die Kunstnägel abnahm. Das letzte Mal hatte sie dafür zu viel kostbare Zeit vergeudet.
Schnell warf sie sich eine Jacke über und folgte Michael in den Stall.
„Gut geschlafen?", wollte er wissen, als er sie erblickte.
„So gut wie lange nicht mehr. Nehme an, das ist die Landluft!"
„Weißt du noch, wie alles geht?"
„Aber sicher!"
„Na dann, hol dir deine Handschuhe!"
Sie kam seiner Aufforderung nach und nahm zusätzlich noch das Desinfektionsmittel mit.
„Im Winter sind wir immer länger mit dem Melken beschäftigt."
Er deutete auf den vollen Stall. „Frühestens im Mai geht es für die Lieben wieder hinauf auf die Alm."
„Wann dürfen sie wieder raus?"
„Sobald der Schnee geschmolzen ist, dürfen sie auf die Wiesen hier im Tal. Aber ich habe vor, einiges umzustellen."
„Ach ja? Was denn?"
„Wir werden die Milchproduktion stark zurückfahren. Das heißt, ich werde nur mehr ein paar Kühe als Milchkühe halten, der Rest soll in einem natürlichen Herdenverband auf der Weide leben. Damit wird die Stallarbeit im großen Rahmen wegfallen."
„Geht das denn?"
„Natürlich. Es entspricht dem ursprünglichen Verhalten der Kühe. So können Kälber bei ihren Müttern bleiben und in der Herde aufwachsen. Diese Art der Haltung wirkt sich auch beruhigend auf die Bullen aus. Dadurch dass sich die Herde auf natürliche Art vergrößert, werden wir allerdings regulierend eingreifen und regelmäßiger schlachten müssen."
„Mit dieser Box?"
„Genau. Mit der mobilen Schlachtbox. Damit Leute wie du mit gutem Gewissen ihr Schnitzel genießen können."
„Was heißt da, Leute wie ich?"
„Leute, die noch Empathie mit den Tieren empfinden. Die nachdenken."
„Vielen Dank für das Kompliment!"
Michael verschwand mit dem Vorgemelk.
„Bild dir bloß nichts ein", meinte er beim Zurückkommen neckend. „Schließlich bist du meine Kreatur, ich habe dich geformt!"
Er desinfizierte die Kuh und setzte das Melkzeug an. Sarah ging, um das andere zu waschen.
„Das Gleiche gilt für dich! Um Gott zu spielen, fehlen dir noch ein paar Fähigkeiten", sagte sie im Hinausgehen.

Nach dem Frühstück fuhr Michael in die Redaktion und Sarah half, wo sie gebraucht wurde. Am Nachmittag kam Petra mit ihren Kindern und Helene. Die Kleine konnte sich fast nicht mehr an Sarah erinnern, zu viel Zeit war seit ihrer Abreise im Sommer vergangen. Die Kinder liefen in den Hof und spielten, während Maria Kaffee aufgoss und frischen Kuchen holte. Sie meinte, dass für ein kurzes Schwätzchen immer Zeit wäre und Sarah genoss das lockere Beisammensein. Sie war froh, zurückgekommen zu sein.

Am Freitagabend, nach getaner Arbeit, ging sie neben Michael zurück zum Bauernhaus.
„Ich treffe mich in eineinhalb Stunden mit Anna."
Sarah meinte, ihr Herz würde aussetzen und sie schalt sich eine dumme Kuh. Damit hatte sie rechnen müssen!
„Eigentlich liegt Helene dann schon im Bett. Ich hab meiner Mutter auch Bescheid gesagt, aber vielleicht könntest du ein bisschen auf sie achten?"
Sarah nickte.
„Kein Problem. Wenn du willst, bringe ich sie auch zu Bett."
„Das ist ein sehr nettes Angebot! Danke! Dann müsste ich mich nicht so stressen."
„Schon okay. Ich mache das gerne."

Nach dem Abendessen ging Sarah schnell duschen, dann klopfte sie bei Helene und Michaels Suite.
„Dort drüben liegen einige Bilderbücher", erklärte Michael und deutete in eine Ecke. Dann öffnete er den Schrank und suchte ein paar Sachen heraus, mit denen er im Bad verschwand.
„Möchtest du dir eine Gute-Nacht-Geschichte aussuchen?", fragte Sarah die Kleine.
„Ja! Ich möchte bitte die Geschichte von der Raupe Nimmersatt hören!"
„Unglaublich", dachte Sarah bei sich, „dass es die noch immer gibt!"
Helene brachte das Buch, wobei ihre Zöpfe fröhlich wippten.
„Zuerst solltest du dich aber umziehen! Soll ich dir helfen?"
Heftig schüttelte das Mädchen den Kopf. „Nein! Das kann ich selber!"
Sarah setzte sich lächelnd auf die Bettkante und blätterte die Seiten des Buches durch.
„Ich geh noch Zähne putzen!", rief die Kleine und war schon aus dem Zimmer gelaufen. Sarah erhob sich und trat ans Fenster. Die Aussicht

von hier erstreckte sich über weite Felder vor steil aufragenden Bergen. Früher einmal hätte sie nicht verstanden, was einen daran reizen konnte. Doch diese Zeiten waren schon lange vorbei. Helene kam zurückgelaufen und kroch unter die Bettdecke.
„Sollst du nicht in dein Bett gehen?"
„Nein, ich darf bei Papa schlafen."
„Okay."
Sarah setzte sich mit dem Buch neben sie.
„Du musst dich ordentlich hinsetzen, so kann ich ja gar nichts sehen."
Deswegen hob Sarah ihre Füße vom Boden und lehnte sich an das Kopfteil. Helene schmiegte sich an ihren Arm.
„Bereit?"
Das Kind nickte.
„Nachts, im Mondschein, lag auf einem Blatt ..."
Die Raupe hatte sich bereits durch einige Erdbeeren gefressen, als Michael hereinkam.
„Tut mir leid, wenn ich störe. Ich möchte mich nur verabschieden."
„Ist nicht schlimm." Sarah ließ das Buch sinken und beobachtete, wie Michael seiner Tochter einen Kuss auf die Stirn drückte. Dabei streifte sein rechter Arm Sarahs Wange und der Geruch seines Aftershaves umhüllte sie. Die Sehnsucht nach ihm schmerzte sie fast körperlich und sie hielt unwillkürlich die Luft an.
„Aber nicht zu lange lesen! Du musst brav schlafen!"
„Jaja", murmelte Helene und Michael zwinkerte Sarah zu, die es einiges an Selbstbeherrschung kostete, seinem Blick standzuhalten.
„Danke!", sagte er noch einmal im Hinausgehen, während sein Geruch noch ein paar Minuten im Zimmer hing. Es brach ihr fast das Herz, als sie daran dachte, dass er nun zu seiner Freundin ging. Deswegen konzentriere sie sich ganz aufs Vorlesen und befahl sich, die Zeit mit Helene zu genießen. Was sie auch wirklich tat.
„Nicht gehen!", bettelte Helene und umklammerte ihre Hand, als sich Sarah erheben wollte. „Noch kurz kuscheln! Bitte!"
Das Mädchen sah sie so treuherzig an, dass Sarah gar nicht anders konnte, als nachzugeben.
„Also gut, aber nicht allzu lange und ich mache das Licht aus."
„Okay."
Helene hob ihre Decke an, damit Sarah darunterrutschen konnte. Diese schaltete die Nachttischlampe aus und legte einen Arm um das Kind, das ganz nah an sie heranrückte. Sarah hatte nicht gewusst, wie tröstlich

es war, neben einem Kind zu liegen. Sie schloss die Augen und atmete den Duft der Kleinen ein. Helenes Wärme war das Letzte, was sie wahrnahm, bevor sie einschlief.

Im Nebenzimmer ließ Michael das Licht brennen und schlich in sein Schlafzimmer, um Helene nicht zu wecken. Auf Zehenspitzen trat er auf das Bett zu und stutzte, als er eine zweite Person darin liegen sah. Die beiden schienen ineinander verschlugen zu sein. Helenes Hand lag um Sarahs Hals und Sarahs Arm lag unter Helenes Nacken. Unwillkürlich musste er lächeln. Die zwei sahen wirklich süß aus. Wie kleine Katzenbabys. Kurz ließ er ihren Anblick auf sich wirken, während er nachdachte. Unter diesen Umständen würde er für die Nacht eben das Sofa im Wohnzimmer nehmen. Er holte seinen Wecker und zog die Tür hinter sich zu.

„Sarah!", flüsterte er um kurz vor halb sieben und beugte sich über sie. Da sie nicht reagierte, legte er vorsichtig, um Helene nicht zu wecken, eine Hand auf Sarahs Schulter. Für den Bruchteil einer Sekunde konnte er sich nicht bewegen, da ihn diese Berührung geradezu fesselte. Doch dann rief er sich innerlich zur Besinnung, schüttelte die junge Frau leicht und sagte noch einmal „Sarah!"
Verschlafen öffnete sie die Augen und sah ihn verwirrt an.
„Du musst aufstehen!"
Sie blickte neben sich und entdeckte Helene, die noch tief und fest schlief.
„Ah, bist du schon zurück?", fragte sie und gähnte. „Sorry, ich bin wohl eingeschlafen."
Vorsichtig stieg sie aus dem Bett, drehte sich um und deckte Helene zu. Dann folgte sie Michael in den Nebenraum und er zog die Tür hinter sich zu.
„Schon ist gut. Ich muss dich enttäuschen, du kannst jetzt nicht weiterschlafen, der Gockel kräht gleich zum zweiten Mal."
Verschlafen suchte sie nach einer Uhr.
„Es ist kurz vor halb sieben."
„Oh!", entfuhr es ihr und sie warf ihm einen schnellen Blick zu. Er war also die ganze Nacht weg gewesen! Die ganze Nacht! „Dann werde ich mich geschwind umziehen gehen!"
Ohne ein weiteres Wort ließ sie ihn zurück.

Er hatte also die ganze Nacht in den Armen dieser Anna verbracht, während sie den Babysitter für seine Tochter spielte. Zweiteres störte sie ganz und gar nicht, im Gegenteil, es machte ihr Spaß, ersteres allerdings hatte das Potenzial, ihr alle Freude aus den Poren zu saugen.
„Nicht daran denken!", befahl sie ihrem Spiegelbild, während sie sich die Zähne putzte. „Du hast gewusst, dass es nicht leicht wird!"
Also blieb ihre Taktik nach wie vor unverändert: einfach ignorieren und an etwas anderes denken.

Du, mein'liebe Freude ...

Gegen Mittag zog der Himmel zu, es wurde schnell dunkler, als sich Wolkenfetzen formierten. Innerhalb kurzer Zeit prasselte ein heftiges Gewitter auf das Tal nieder. Michael war mit Helene und Anna zum Schwimmbad gefahren und Sarah beschloss, die Stadtbibliothek zu besuchen. Schon immer hatte sie das Ambiente einer Bücherei genossen, doch leider in den letzten Jahren viel zu wenig Zeit dafür gehabt, um sich dort aufzuhalten. Außerdem war genau ein solch verregneter Tag wie dafür gemacht, um sich zwischen Büchern zu verkriechen.

Mit dem Schirm in der Hand rannte sie auf den Eingang zu, der leider verschlossen war. Schimpfend blickte sie auf die Öffnungszeiten. Die Bibliothek hatte Samstags ab 12.00 Uhr geschlossen. Sie war davon ausgegangen, dass diese, wie ihre Schwester in Wien, erst um 17.00 Uhr schließen würde. Was sollte sie machen? Einfach wieder zurückfahren? Dann hätte sie den ganzen Weg umsonst gemacht!
Ratlos stand sie unter ihrem Schirm und dachte nach. Sie beschloss, einfach spazieren zu gehen und irgendwo einen Kaffee zu trinken. Sie schlenderte die Straßen entlang und entdeckte ein Buchgeschäft, das noch offen hatte. Wenn schon keine Bibliothek, dann wenigstens eine Buchhandlung, dachte sie bei sich und trat ein. Sie versuchte, den Schirm so gut wie möglich auszuschütteln, bevor sie in den Laden hineinschlüpfte. Es war unglaublich schön, wenn man Zeit hatte, etwas in Ruhe zu machen und sie genoss es, von einem Regal zum anderen zu schlendern, in Bücher hineinzulesen und sie zurückzustellen oder in ihren Einkaufskorb zu legen. Als sie T.C. Boyles Buch entdeckte, packte sie es zu den Büchern, die sie kaufen wollte. Kurz vor Ladenschluss bezahlte sie und machte sich auf den Rückweg. Den Kaffee

würde sie ein anderes Mal trinken, denn bald mussten die Tiere versorgt werden. Nach wie vor regnete es in Strömen, deswegen klammerte sich Sarah an das Lenkrad und konzentrierte alle Aufmerksamkeit auf den Verkehr. In Treffen, beim Hotel Kichler Wirt, fuhr sie erschöpft auf den Parkplatz, um eine kurze Pause einzulegen und tief durchzuatmen. In dem Moment sah sie Michaels Geländewagen neben sich halten. Er sprang aus dem Auto und winkte ihr zu. Sie ließ das Fenster herunter. „Ich muss nur schnell etwas holen!", rief er ihr zu. „Wir sehen uns!"
Erleichtert stellte sie fest, dass Anna nicht im anderen Auto saß, nur Helene winkte ihr vom Rücksitz aus zu. Sarah stieg aus und öffnete die Hintertür, um ein paar Worte mit dem Mädchen zu wechseln. Gerade als sie wieder zu ihrer Fahrertüre zurückkehrte, fühlte sie Unheil in der Luft liegen. Sie riss den Kopf herum und blickte geradeaus auf die Bundesstraße. Ein Motorrad schoss in ihre Richtung, direkt auf sie zu. Sie sah, wie der Fahrer zu lenken versuchte, um ihr auszuweichen, doch es half nichts. Wie auf einer Rutschbahn glitt er mit beängstigender Geschwindigkeit weiter in ihre Richtung.
Sarah war wie gelähmt – vor ihr inneres Auge schob sich die Erinnerung an ein Auto, das geradewegs auf sie zuschlitterte. Wie in Trance spürte sie einen heftigen Stoß und ein Gewicht, das sie auf die Seite schleuderte und fand sich überrascht am Boden liegend unter Michael wieder. In dem Moment krachte es und Sarah schrie entsetzt auf. Sie hob ihre Hände schützend vor ihren Kopf und versuchte, ihr Gesicht zu verbergen. Michael sprang auf die Beine und rannte um das Auto herum. Das Motorrad hatte sich in den Mini gebohrt und der Fahrer lag bewusstlos auf dem Boden daneben.
„Geht´s dir gut?", rief Michael in Sarahs Richtung und stürzte zu dem Bewusstlosen.
Er brachte den Fahrer in die stabile Seitenlage und schrie einem Autofahrer zu, der angehalten hatte, um zu helfen, er solle die Rettung rufen. Dann kontrollierte er die Vitalfunktionen und begann, vorsichtig den Helm abzunehmen. Überrascht stellte er fest, dass es sich bei dem Fahrer um eine Frau handelte. Er ließ sich nicht lange von seiner Entdeckung aufhalten, sondern untersuchte, ob der Mund der Verletzten frei war. Mittlerweile war der andere Fahrer hinzugekommen und breitete eine Decke über die Bewusstlose, während Michael zu Sarah zurückkehrte. Sie lag noch immer auf dem Boden, das Gesicht von ihren Händen abgeschirmt.
„Du musst aufstehen!", sagte er zu ihr, doch sie reagierte nicht. Deswegen bückte er sich und hob sie auf seine Arme. Vollkommen apathisch ließ sie es mit sich geschehen.

„Ich glaube, sie hat einen Schock!", rief Michael dem anderen Mann zu. „Ich laufe mit ihr in die Redaktion dort drüben und lagere ihre Füße hoch! Wenn die Rettung da ist, schicken Sie bitte jemanden herüber!" Er öffnete die Hintertüre seines Wagens, was nicht ganz einfach war mit Sarah auf den Armen.
„Komm Helene, wir müssen uns schnell um Sarah kümmern!"
Helene kletterte blass aus dem Auto. „Halt dich an meinem Gürtel fest!"
Brav kam sie seiner Anordnung nach und schnell hasteten sie zur Redaktion. Auch hier musste er sehr viel Kraft aufwenden, um aufzuschließen und gleichzeitig die Frau in seinen Armen nicht fallen zu lassen.
„Was ist mit ihr?", fragte Helene entsetzt.
„Es wird ihr gleich wieder gut gehen, sie hat nur einen Schrecken bekommen."
„Was ist mit dem Motorrad?"
„Das ist kaputt."
Behutsam bettete er Sarah auf ein Sofa und legte ihre Füße nach oben.
„Ich lauf nur schnell zum Auto und hole eine Decke! Pass du bitte auf Sarah auf!"
„Mach ich."
Als Michael kurze Zeit später zurückkam, saß Helene neben Sarahs Kopf und streichelte ihr über das Haar.
„Es wird alles wieder gut, hat Papa gesagt", sprach sie der Frau gut zu.
Langsam kehrte Farbe in Sarahs Gesicht zurück.
„Gut machst du das", lobte Michael und beugte sich über Sarah. Er bemühte sich, ihr Wärme zu spenden, ohne sie zu erdrücken.
„Was machst du da?"
„Ich versuche, sie aufzuwärmen. Das ist jetzt ganz wichtig für sie."
Immer wieder richtete er sich ein wenig auf und blickte in Sarahs blasses Gesicht. Endlich begannen ihre Augenlider zu zucken und sie öffnete diese. Die Sirenen des Krankenwagens drangen von draußen herein.
Zitternd hob sie eine Hand an seine Wange und streichelte ihn mit Tränen in den Augen.
„Du lebst!"
„Natürlich! Es ist alles gut. Mach dir keine Sorgen."
„Ich blute", flüsterte sie schwach und ließ die Hand sinken.
„Wo?" Michael hatte nichts von einer Verletzung bemerkt.
„Mein rechter Oberschenkel und der Bauch."

Michael richtete sich auf und zog die Decke weg.
„Nein. Du blutest nicht."
Sarah ergriff seine Hand.
„Ist sie tot?"
„Gott sei Dank nicht. Die Rettung ist jetzt da. Gleich wird auch jemand kommen, um nach dir zu sehen."
Sarah suchte seinen Blick und als er ihr in die Augen schaute, begann sie zu weinen.
„Du hast mir das Leben gerettet."
„Wer weiß ..."
Sie schlug die Hände vor ihr Gesicht und begann fürchterlich zu schluchzen.
„Aber es ist doch alles gut! Kein Grund zu weinen!"
Doch sie konnte nicht mehr aufhören, ihr Körper wurde von unkontrollierbarem Schluchzen gebeutelt und Michael sah Helene beschwichtigend an.
„Keine Sorge, sie beruhigt sich bald wieder."
Genau in diesem Moment öffnete sich die Tür und ein Sanitäter kam herein. Er eilte schnell auf sie zu. Der Mann beugte sich über Sarah, fühlte den Puls und kontrollierte ihre Gesichtsfarbe.
„Sind Sie ein Angehöriger?", fragte er an Michael gewandt.
„Ja."
„Können Sie sie sich um sie kümmern und sie beruhigen?"
„Ich hoffe es."
„Es müsste ihr bald besser gehen. Zum Glück hat sie keinen lebensbedrohlichen Schock."
Der Sanitäter richtete sich wieder auf und hastete zur Tür.
„Der Krankenwagen wartet."
„Wohin bringen Sie sie?"
„Ins LKH Villach."
Ohne sich noch einmal umzudrehen, riss der Sanitäter die Tür auf und rannte aus dem Raum.
„Danke!", sagte Michael, obwohl der Mann ihn nicht mehr hören konnte.
Die Sirene heulte auf, verklang aber bald in der Ferne.
Ein Polizist trat ein und bat Michael, den Unfallhergang zu schildern. Da er in dem Moment, kurz bevor es passierte, aus der Redaktion gekommen war, hatte er einen guten Überblick über das Geschehen gehabt und konnte alles ziemlich genau berichten. Während er sprach, vergaß er nicht, tröstend über Sarahs Kopf zu streichen. Der Polizist

nahm noch die Personalien auf und informierte Michael, dass die beiden in den Unfall verwickelten Fahrzeuge bald abgeschleppt würden. Langsam beruhigte sich Sarah.
„Sie kann bei mir mitfahren", erklärte Michael und der Polizist nickte beruhigt.
Als der Uniformierte gegangen war, beugte er sich über Sarah.
„Glaubst du, wir können nach Hause fahren?"
Sarah nickte und versuchte, sich die Tränen zu trocknen. Michael half ihr in eine leichte Sitzposition und stellte fest, dass sie am ganzen Körper zitterte.
„Ich trage dich!"
„Nein, geht schon."
Bibbernd klammerte sich an ihn, um sich weiter aufzusetzen. Da hob er sie kurzerhand hoch.
„Es tut mir leid, ich weiß nicht, warum ich soeben die Beherrschung verloren habe."
„Wir sprechen zu Hause darüber."
Vorsichtig setzte er Sarah auf den Beifahrersitz und schnallte Helene auf dem Rücksitz an. Dann zog er sein Handy hervor und wählte die Nummer vom Hof. Kurz erklärte er seiner Mutter, dass sie aufgehalten worden waren, sie sich aber keine Sorgen machen müsste. Es wäre ein Unfall passiert, aber es ginge allen gut, nur Sarah wäre davon sehr mitgenommen. Frau Salcher machte sich hörbar Sorgen, sagte aber, dass Vater Salcher bereits im Stall war, um die Kühe zu melken. Sie sollten vorsichtig heimfahren und nicht hetzen.
Mit einem kurzen Seitenblick auf Sarah startete er den Wagen. Gerade als er vom Parkplatz fahren wollte, bog ein Abschleppwagen ein und Michael stoppte den LKW.
„Wo ist dein Autoschlüssel?", fragte er.
Sarah senkte den Blick auf ihre Hand, dort hatte sie ihn gehalten, bevor der Unfall passiert war. Nun war er fort. Ratlos blickte sie Michael an.
„Wahrscheinlich liegt er noch am Boden", meinte dieser und sprang noch einmal aus dem Auto. Neben dem zerbeulten Mini fand er den Schlüssel und hob ihn auf. Der Mann vom Abschleppdienst kam auf ihn zu und Michael reichte ihm seinen Fund.
„Jetzt weiß ich auch, wohin er dein Auto bringt", sagte Michael, nachdem er wieder eingestiegen war. Mit einer Hand strich er sich die regennassen Haare zurück. „Müssen wir morgen wenigstens nicht die Polizei anrufen, um das herauszufinden."
Während der Rückfahrt schweigen sie. Der Regen prasselte

laut auf das Dach und Michael fuhr hochkonzentriert. Er atmete erleichtert aus, als er auf den Hof einbog. Frau Salcher kam ihnen gleich entgegengelaufen. Als sie sah, dass Michael sich um Sarah kümmerte, eilte sie zu Helene und half ihr aus dem Sitz. Vor dem Kind fragte sie nicht viel, sondern befahl Michael, Sarah in ihr Bett zu bringen. Weil Sarah noch immer zittrig auf den Beinen war, hob er sie erneut hoch und trug sie die Treppen nach oben. Da sie ohnehin sehr dünn war, stellte dies für ihn keine große Anstrengung da.

In ihrem Zimmer angekommen, setzte er sie auf einen Stuhl.

„Als dieses Auto auf mich zuraste, konnte ich mich nicht bewegen", murmelte Sarah leise.

Vor ihr ging er in die Knie, um mit ihr auf gleicher Augenhöhe zu sein.

„Es war ein Motorrad."

„Ein Motorrad?" Verwirrt blickte sie ihn an. Michael nickte, dann deutete er auf ihre durchnässte und verdreckte Kleidung.

„Du musst jetzt raus aus den nassen und schmutzigen Sachen!"

Er griff nach ihrem Pulli und wollte ihn ihr über den Kopf ziehen, doch sie zerrte ihn krampfhaft nach unten.

„Nein!"

Genervt und ungeduldig blickte er sie an.

„Glaubst du, du bist die erste Frau, die ich sehe?"

Sarah schüttelte den Kopf.

„Aber ich ..."

„Was?"

„Du darfst nicht hinsehen!"

„Gut, ich verspreche dir, ich werde mein Bestes tun."

Schnell ging er ins Badezimmer und holte ein Badetuch.

„Das kannst du dann sofort vor deinen Körper halten, wenn es dich beruhigt."

Sarah nickte dankbar.

Vorsichtig zog er den Pullover über ihren Kopf und so schnell sie konnte, hielt sie das Badetuch vor sich. Obwohl er sich bemüht hatte, nicht hinzusehen, war es unvermeidlich gewesen, eines schmalen Streifens ihres Bauches ansichtig zu werden. Es war unmöglich, die Narbe zu übersehen, die über ihren Unterleib verlief. Augenblicklich erinnerte er sich an die Narbe auf ihrem Oberschenkel, die er vor langer Zeit einmal entdeckt hatte.

„Die Hose."

Verzweifelt blickte sie ihn an.

„Na komm, mach sie auf! Ich ziehe sie dir dann aus."

Nervös zitternd öffnete sie den Reißverschluss und er zerrte sie ihr von den Beinen, während sie hektisch das Badetuch über ihren Körper zupfte. Er stand auf und brachte beides ins Badezimmer.
„Wo ist dein Nachtgewand?"
„Unter der Bettdecke."
Er holte es und zog es über ihren Kopf, dann wandte er sich ab, damit sie es in Ruhe nach unten ziehen konnte.
„Willst du den BH anlassen?", fragte er, als sie aufstand und vorsichtig auf das Bett zuging, während er herbeigeeilt kam, um sie zu stützen.
„Nein. Ich mache das gleich."
„Ich drehe mich weg."
Sarah schlüpfte noch einmal aus den Ärmeln und befreite sich umständlich von dem Kleidungsstück. Dann legte sie es zusammen und versteckte es hinter ihrem Polster.
„Es geht wieder."
Nun setzte er sich an ihre Bettkante. Mit forschendem Blick betrachtete er sie.
„Willst du darüber sprechen?"
Nun starrte sie ihn an und ihre Wangen färbten sich vor Scham dunkelrot.
„Du hast sie gesehen!", brach es aus ihr hervor.
„Ja, aber daran ist doch nichts Schlimmes!"
Tränen stiegen in ihre Augen und sie wandte sich beschämt ab.
„Bitte geh! Ich danke dir dafür, dass du mir das Leben gerettet und auch jetzt geholfen hast. Aber ich glaube, ich sollte jetzt schlafen."
Michael ignorierte ihre Bitte und griff entschlossen nach ihrer Schulter.
„Erzähl mir, was passiert ist.",
„Ich kann darüber nicht sprechen!"
„Du solltest es! Ich denke, es ist an der Zeit! Heute haben deine Reflexe vollkommen versagt und das hätte dir vielleicht das Leben gekostet. Meinst du nicht, der Augenblick, um darüber zu reden, ist gekommen?"
„Ich kann nicht! Ich kann nicht! Ich kann nicht!" Ihre Finger krallten sich in die Decke.
Sanft begann er, sie zu massieren.
„Natürlich werde ich dich nicht zwingen."
Sarah weinte leise und vergrub ihr Gesicht in ihrem Polster.
„Du hattest schon einmal einen Unfall, nicht wahr?"
Sarah nickte. Ihre Finger krampften sich nun in die Matratze.
„Mit einem Auto."

„Mhm."
„Was ist dann passiert?"
„Meine Schwester ..."
„Was ist mit deiner Schwester?"
„Sie hat mir das Leben gerettet." Ihre Worte drangen gedämpft durch den Polster hervor.
„Hat sie dich weggestoßen?"
Sarah nickte und er konnte sehen, dass ihr Schluchzen heftiger wurde.
„Aber sie ist gestorben ..."
Wieder nickte Sarah. Vorsichtig beugte er sich über sie und drückte ihr zärtliche Küsse auf den Hinterkopf.
„Es tut mir leid", murmelte er. „Aber ich bin mir sicher, dass sie nicht möchte, dass du dir deswegen Vorwürfe machst."
Ihr Weinkrampf ließ nach und sie lockerte auch ihre Hände. Er setzte sich wieder auf.
„Woher weißt du, dass ich mir Vorwürfe mache?" Sie drehte das Gesicht zu ihm und blickte ihn aus geschwollenen Augen an.
„Ist nicht schwer, darauf zu kommen."
Sarah schloss die Augen und ließ ihren Gedanken freien Lauf.
„Sie ist gestorben, als sie mir das Leben gerettet hat. Ich habe immer das Gefühl, dass es meine Schuld ist. Wenn ich besser aufgepasst hätte, hätte ich vielleicht das Auto rechtzeitig auf uns zuschießen gesehen. Wenn ich pünktlich bei unserem Treffpunkt gewesen wäre, wären wir schon viel weiter gewesen und das Auto wäre nur gegen eine Wand geprallt. All das ..."
„Es bringt überhaupt nichts, sich deswegen schuldig zu fühlen. Man weiß nie, welche Faktoren oder Entscheidungen welche Folgen nach sich ziehen. Es ist nicht gesagt, dass deine Schwester noch leben würde, wenn ihr an diesem Abend schon weiter weg gewesen wärt. Das kann man einfach nicht wissen. Du konntest es nicht wissen. Hör auf, dir die Schuld an ihrem Tod zu geben!"
Sarah blickte ihn ernst an. Ein kleiner Hoffnungsschimmer flackerte in ihren Augen auf.
„Hat dir das noch niemand bisher gesagt?"
Wieder fühlte sie Tränen aufsteigen.
„Ich habe noch nie darüber gesprochen."
Ungläubig schüttelte er den Kopf. „Du arme Kleine! Du armes kleines Wesen!"
Als er diese Worte aussprach, kullerten ihr erneut Tränen über die Wangen und er zog sie an sich, um sie zu trösten. Er roch noch ein

wenig nach Chlor und sie vergrub ihre Nase an seinem Nacken. Er war warm und weich. Wie gerne würde sie immer von ihm getröstet werden. Ihn niemals mehr loslassen!
Das Klopfen an der Tür ließ sie zurückzucken.
„Ja?", rief er und Sarah legte sich auf ihren Polster zurück, bemüht, ihre Tränen abzuwischen.
Gemeinsam mit Helene trat Maria ein, in der Hand eine dampfende Tasse mit Suppe.
„Dås is fia di, du armes Diandl", sagte sie und wartete, bis Michael den Polster hinter ihr festgesteckt hatte, damit sie gut sitzen konnte, dann reichte sie ihr die Suppe und Sarah begann, vorsichtig zu essen.
„Mein Lebensretter ist sicherlich auch hungrig", meinte sie und bemühte sich zu lächeln. Erst in diesem Moment fiel ihr auf, dass Michael ebenfalls nass und dreckig war. „Außerdem sollte er auch aus den nassen Sachen schlüpfen."
„Glaubst du, du kommst jetzt zurecht?" Sorgenvoll musterte er sie.
„Ja, danke!"
Helene kletterte neben sie.
„Soll ich heute bei dir schlafen? Damit du nicht so allein bist?"
„Es ist wirklich ganz lieb, dass du fragst, aber ich denke, das ist nicht ..."
„Das ist eine sehr gute Idee, Helene! Sarah sollte wirklich nicht allein sein", fiel ihr Michael ins Wort und Maria nickte zustimmend.
„Wenn das so ist, freue ich mich sehr, wenn du bei mir schläfst!" Lächelnd drückte sie Helene an sich. Was gäbe sie darum, eine eigene Familie zu haben!

Nachdem Michael geduscht, gegessen und seinen Eltern sowie Lois berichtet hatte, was geschehen war, schlich er leise in Sarahs Zimmer, um noch einmal nach Helene zu sehen. Vorsichtig zog er ihre Decke zurecht und drückte ihr einen Kuss auf die Wange. Dann wanderte sein Blick zu Sarah, die ebenfalls ruhig atmete. Lange betrachtete er sie in Gedanken versunken. Schließlich riss er sich von ihrem Anblick los und ging in seine Suite.

Helene erwachte mit dem ersten Hahnenschrei und lief zu ihrem Vater, der sich nach der Stallarbeit duschte.
„Du bist schon wach, sehr gut! Wenn du Zähne geputzt hast, suchen wir dir ein hübsches Kleid für die Kirche raus."
„Kommt Sarah auch mit?"

„Nein. Lass sie noch schlafen."
Helene putzte sich die Zähne und folgte ihrem Vater ins Schlafzimmer, um sich ein Kleid auszusuchen. Als beide fertig waren, gingen sie nach unten zu einem schnellen Frühstück. Frau Salcher stellte auf der Küchenarbeitsplatte ein Tablett mit Frühstück für Sarah bereit, das sich diese nehmen konnte, wenn sie aufgestanden war.

Als Sarah erwachte, lag das Haus in vollkommener Stille. Gähnend stand sie auf und blickte aus dem Fenster. Michaels Geländewagen parkte nicht mehr im Hof. Wahrscheinlich war die Familie in die Kirche gefahren. Sie schlang einen Morgenmantel um ihren Körper und stieg auf der Suche nach etwas Essbarem die Treppe in die Küche hinab. Ein warmes Freudengefühl durchflutete sie, als sie das Tablett entdeckte, stellte es auf den Küchentisch und begann zu essen. Kauend ließ sie ihre Gedanken wandern und als diese zum vergangenen Abend zurückkehrten, lenkte sie jene in eine andere Richtung. Sie wollte und konnte nicht darüber nachdenken. Doch immer wieder stieg die Frage, wie es wohl dem Motorradfahrer ergangen war, in ihr auf. Sarah musste sich eingestehen, dass sie Angst hatte, er könnte den Unfall nicht überlebt haben.
Als sie mit dem Essen fertig war, kehrte sie in ihr Zimmer zurück und zog sich an. Dabei fiel ihr Blick immer wieder auf das Handy. Besser, ich bringe es hinter mich, dachte sie und griff danach. Sie rief im LKH Villach an und erklärte, dass sie wissen wollte, wie es dem Mann ging, der gestern verunglückt war. Natürlich weigerte man sich, ihr Informationen darüber zu geben, doch so schnell gab sie nicht auf. Sie erklärte, dass sie in den Unfall verwickelt gewesen war und sich Sorgen machte.
Es half nichts. Frustriert legte sie auf. Dann rief sie bei der Polizei an und erfuhr den Namen des Verunglückten. Überrascht stellte sie fest, dass es sich um eine Frau handelte. Merkwürdig, dachte sie bei sich, ich war mir sicher, dass es ein Mann gewesen war. Hätte sie jetzt ihren Mini gehabt, wäre sie direkt ins Krankenhaus gefahren. Sie hatte ihn aber nicht und somit saß sie hier fest.

Nicht lange und sie hörte die Familie zurückkommen. Helene blieb im Hof und sah nach den Katzen, während Michael im Haus verschwand. Sie würde ihn fragen, ob er sie nach Villach bringen könnte, damit sie, wie mit der Vollkasko-Versicherung vereinbart, ein Mietauto abholen konnte. Sie öffnete die Tür ihres Zimmers, als sie seine Stimme hörte, während er die Treppe hinaufstieg.

„... soll ich denn das noch sagen?" Er klang ungeduldig und ein wenig müde. „Unfälle passieren, ob man will oder nicht und vor allen Dingen immer in einem ungünstigen Moment."
Sarah zog sich in ihr Zimmer zurück, schloss die Tür aber nicht.
„Dann komm doch her!"
Pause.
„Gut, dann werde ich kommen. Aber ich nehme Helene mit. Heute ist unser gemeinsamer Nachmittag."
Nun war er vor seiner Suite angekommen und öffnete die Tür.
„Immerhin ist sie meine Tochter. Während der Woche habe ich ohnehin viel zu selten Zeit für sie."
Hinter ihm fiel die Tür zu. Wie es aussah, hatte er Ärger mit Anna. Sarah wartete ein paar Minuten, dann klopfte sie an seine Tür.
„Ja?"
Sie öffnete und steckte den Kopf ins Zimmer, ohne einzutreten.
„Es tut mir leid, wenn ich dich schon wieder belästige", sagte sie.
„Komm rein." Er seufzte und lockerte seine Krawatte. Der Trompetenkoffer stand neben dem Sofa.
Sarah trat ein.
„Ich wollte fragen, ob du zufällig heute nach Villach fährst."
„Ja."
„Hättest du noch einen Platz für mich frei? Ich muss mir dringend ein Mietauto besorgen. Meine Versicherung zahlt."
„Manchmal haben Versicherungen wirklich ihre guten Seiten. Ja, du kannst gerne mitfahren. Wir werden nach dem Mittagessen aufbrechen."
„Danke!"
Sie wandte sich zum Gehen.
Bevor sie die Tür hinter sich schloss, drehte sie sich noch einmal zu ihm. Er stand mitten im Raum und blickte ihr regungslos nach.
„Soll ich heute auf Helene aufpassen? Ich meine, es stört mich nicht und du kannst in Ruhe ..."
„Du hast gelauscht", stellte er emotionslos fest.
„Nun ja, ich kam nicht umhin. Ich wollte gerade nach unten gehen."
„Anstatt das zu tun, hast du dich versteckt."
„Ich wollte dich nicht stören. Abgesehen davon war ich ohnehin auf dem Weg zu dir."
Er nickte.
„Nein, danke für dein Angebot. Anna muss zur Kenntnis nehmen, dass Helene der wichtigste Mensch auf dieser Welt für mich ist."
„Gut. Ich wollte dir nur helfen."

„Ich weiß. Danke noch einmal. Ein andermal komme ich gerne darauf zurück."
Wieder wandte sich Sarah zum Gehen. Erneut drehte sie sich zu ihm.
„Danke übrigens für gestern."
„Nichts zu danken. War selbstverständlich."
Kurz überlegte sie, ob sie noch etwas sagen sollte, doch sie verließ den Raum ohne ein weiteres Wort.

Vor einer Mietautofirma ließ Michael sie aussteigen und Sarah winkte beiden nach, als sie weiterfuhren. Sie fand es komisch, dass Anna seit Sarahs Rückkehr noch nicht auf dem Hof gewesen war. Aber es war nicht ihre Aufgabe, sich darüber den Kopf zu zerbrechen. Nachdem sie alle Formalitäten ausgefüllt hatte, bestieg sie einen Citroen C3. Über den Schaden ihres Autos würde sei frühestens am Montagabend Genaueres wissen, da die Werkstatt über den Sonntag geschlossen hatte. Sarah machte sich nichts daraus, sie hatte es nicht eilig.
Wenig später fuhr sie auf den Parkplatz des LKH Villach und ging zur Unfallchirurgie. Dort fragte sie nach Angelika Frei und erklärte, sie wäre ihre Schwester. Man nannte ihr die Zimmernummer und Sarah machte sich mit klopfendem Herzen auf den Weg dorthin. Vor der Tür blieb sie kurz stehen, um sich zu sammeln, dann klopfte sie und trat ein. Beide Betten des Zweibettzimmers waren belegt und Sarah versuchte, schnell herauszufinden, bei wem es sich um Frau Frei handelte. Sie trat ans erste Bett, auf dem eine Frau mit Gips und bandagiertem Kopf lag. Sie hatte die Augen geschlossen.
„Frau Frei?"
Die Angesprochene öffnete die Augen und blickte sie an, dabei schien Sarah ein Fünkchen des Wiedererkennens aufflackern zu sehen.
„Trügt mich der Schein oder bist du tatsächlich die Frau, die ich als letztes gesehen habe, bevor bei mir die Lichter ausgingen?"
„Sie können sich also daran erinnern?"
Von ihrem Gesicht her zu schließen, war sie vielleicht ein paar Jahre älter als Sarah.
„Natürlich. Es war meine größte Sorge, dass ich dich bei dem Aufprall verletzen könnte. Wie geht es dir?"
„Gut, dank eines Freundes habe ich keinen Kratzer abbekommen. Aber ich bin eigentlich gekommen, um diese Frage Ihnen zu stellen."
„Angelika", sagte die Verletzte und reichte ihr die Hand.
„Ähm ja, ich bin Sarah."

Angelika gab sie nicht frei und zog sie auf die Bettkante zu sich.
„Mir? Ach, nur ein gebrochener Oberschenkel und eine Gehirnerschütterung. Es hat mich schon schlimmer getroffen."
„Ehrlich?" Sarah entzog ihr die Hand und verschränkte die Finger auf ihrem Schoß.
„Nicht der Rede wert", meinte Angelika mit einer abwinkenden Geste. „Viel mehr möchte ich darüber nachdenken, ob es Schicksal war, dass wir einander auf diese Weise begegnet sind."
„Ich weiß nicht, es hätte sich einen nicht so dramatischen Weg wählen sollen."
„Wo hätte ich dich sonst kennenlernen können?"
„Im Hotel Kichler-Wirt vielleicht."
„Wohnst du dort?"
„Nein, ich habe eine Zeit lang dort verbracht, wegen einer Reportage, die ich schreiben musste."
„Schreibst du für eine Zeitung?"
„Ich habe für die AÖ geschrieben, nun bin ich freie Journalistin."
„Von der Zeitung also. Dann muss ich wohl auf der Hut sein."
„Ach nein, ich plaudere keine Geheimnisse aus."
Sarah verengte die Augen zu schmalen Schlitzen und musterte die andere nachdenklich.
„Was hast du eigentlich bei diesem strömenden Regen dort getrieben?", wollte sie schließlich wissen.
„Ich war bei einem Pferdeaufzüchter in Feldkirchen. Die haben dort die besten Tiere und ich habe sie begutachtet. Auf dem Rückweg hat mich dieses heftige Gewitter überrascht und als ich am Parkplatz anhalten wollte, habe ich die Kontrolle über die Maschine verloren. Den Rest kennst du ja."
„Reitest du?"
„Ja. Genau genommen leite ich mit meinen Eltern einen Pferdehof in Oberösterreich. Wir kaufen hin und wieder einen Hengst, der nicht zur Körnung zugelassen wird. Und die von diesem Jahr wollte ich mir ansehen."
„Körnung?"
„Für die Zucht. Du reitest wohl nicht?"
„Nein. Ich bin nur einmal wo mitgeritten."
„Und, hat´s dir gefallen?"
„Nicht wirklich. War ziemlich wild. Ich wurde total hin- und hergeschüttelt."
„Ja, so fühlt man sich am Anfang. Aber es ist wie bei allen Dingen:

Wenn man übt und die Bewegung heraußen hat, ist es eines der schönsten Dinge, die man auf dieser Welt tun kann."
Sarah zuckte die Achseln.
„Vielleicht komme ich ja noch mal auf den Geschmack."
Die Tür wurde geöffnet und eine Schwester steckte den Kopf herein.
„Die Besuchszeit ist um."
„In Ordnung!" Sarah erhob sich und reichte Angelika die Hand.
„Schön, dass du da warst", sagte diese. „Komm doch wieder vorbei. Ich liege sicherlich noch ein paar Tage hier. Das Reiten werde ich für die nächste Zeit wohl bleiben lassen müssen."
Sarah reichte Angelika ihre Visitenkarte.
„Falls du was brauchst, melde dich. Ach, und es stimmt nur noch die Handynummer. Alle anderen Daten sind überholt."
Angelika betrachtete die Visitenkarte.
„Wien?"
„Erzähle ich dir, wenn ich das nächste Mal vorbeischaue. Bis dahin, gute Besserung!"
Sie winkte der Verletzten noch einmal zu, dann verließ sie das Zimmer. Auf dem Rückweg nach Arriach starrte sie, als sie den Unglücksort passierte, konzentriert geradeaus. Es war noch zu früh, um an dieser Stelle vorbeizufahren, als wäre nichts gewesen.

„Wie war dein Tag?", fragte Michael, als sie den Stall betrat. Nachdem sie heimgekommen war, hatte sie sich in ihr Zimmer zurückgezogen und ein wenig geschlafen. Sie hatte nicht gehört, dass Michael und Helene zurückgekehrt waren.
„Gut. Ich war im Krankenhaus."
Sarah reichte ihm das Melkzeug für die nächste Kuh.
„Was heißt das, du warst im Krankenhaus? Hast du dich doch verletzt?"
„Aber nein! Ich habe Angelika Frei besucht. Wieso hast du mir eigentlich nicht gesagt, dass der Motorradfahrer eine Frau ist?"
„Ich dachte mir, du wüsstest das. Als du mich gefragt hast, ob sie tot ist, war ich erstaunt, dass du gewusst hast, dass es sich um eine Frau handelte."
„Ich habe gefragt, ob sie tot ist?" Sarah dachte angestrengt nach.
„Ja, stimmt. Dabei dachte ich wohl an meine Schwester."
„Konnte ich nicht wissen." Michael setzte das Melkzeug an. „Wie geht es ihr?"
„Sie hat einen gebrochenen Oberschenkelknochen und eine Gehirnerschütterung."

„Da ist sie nochmal glimpflich davongekommen."
„Ja, obwohl sie jetzt sicherlich lange nicht mehr reiten kann."
„Sie reitet?"
„Ja. Gemeinsam mit ihren Eltern führt sie einen Pferdehof in Oberösterreich."
Er schwieg, während er wartete, bis sich das Vakuum aufgebaut hatte. Dann schaltete er die Maschine ein.
„Ja, du sagst es, auf das Reiten wird die Arme dann wohl in nächster Zeit verzichten müssen. Das würde mir sehr schwer fallen. Abgesehen von der fehlenden Arbeitskraft am Hof. Solche Unfälle können einen ganz schön hinunterreißen."
Sarah half beim Füttern der anderen Tiere und war ziemlich hungrig, als sie sich zum Abendessen setzte. Lois beobachtete sie sorgenvoll, als er allerdings merkte, dass es ihr gut ging, machte er so viele Scherze auf ihre Kosten, wie schon lange nicht mehr. Zum Glück verstand sie nicht jedes Wort, lachte jedoch fröhlich mit, da sie die ausgelassene Stimmung sehr genoss.

… wo bist du zu Haus´, ...

Die Wochen vergingen und der Frühling wechselte in den Sommer. Sarah schrieb hin und wieder eine Reportage, die in der AÖ gedruckt wurde. Dafür musste sie manchmal für ein, zwei Nächte verreisen und sie freute sich jedes Mal, wenn sie auf den Hof zurückkehren konnte. Angelika hatte sie noch ein paar Mal im Krankenhaus besucht – seit sie wieder in Oberösterreich war, telefonierten sie ab und zu. Anna begleitete Michael selten für ein paar Stunden auf den Hof und Sarah versuchte, sich während dieser Zeit so gut wie möglich zu verdrücken.

An einem Nachmittag stand Sarah mit einem Handtuch um den Leib gewickelt vor dem Spiegel und kämmte sich die Haare. Das Badezimmer war von der warmen Luft beschlagen, deswegen öffnete sie die Tür in ihr Zimmer. Für den restlichen Tag hatte sie ausnahmsweise frei und beschlossen, sich in Ruhe der Körperpflege zu widmen. Als es plötzlich klopfte.
„Ja?"
Michael trat ein, an der Hand seine Tochter.

„Oh, entschuldige, wollte nicht stören", sagte er schnell und blickte in eine andere Richtung.
„Schon gut!" Sie griff nach einem weiteren Handtuch und legte es sich um die Schultern. „Was gibt's?" Neugierig kam sie näher.
„Ich wollte dich fragen, ob du heute auf Helene aufpassen könntest."
„Natürlich kann ich das."
Sie streckte eine Hand nach dem Mädchen aus, die diese ergriff und sich an sie schmiegte.
„Wäre es auch möglich, dass sie über Nacht bei dir bleibt? Ich weiß nicht, wann ich zurückkomme. Ich treffe mich mit Anna."
Kurz schloss Sarah die Augen. Unter keinen Umständen wollte sie darüber nachdenken, was das zu bedeuten hatte. Diese Beziehung hielt nun schon beängstigend lange. Laut Maria hatte er noch niemals eine Freundin über einen so langen Zeitraum gehabt. Sarah schluckte, dann blickte sie ihn wieder an.
„Sicher kann sie bei mir schlafen", und zu Helene gewandt, „Da freu ich mich aber sehr, wenn du heute Nacht bei mir schläfst!"
Die Kleine lächelte.
„Ähm und noch etwas", fuhr er fort, sichtlich peinlich berührt.
„Ja?"
„Könntest du die Gatter öffnen und die Hühner füttern?"
„Die Hühner füttere ich so gut wie immer", erklärte sie, „und die Gatter kann ich gerne öffnen. Aber ich möchte dich darauf hinweisen, dass ich noch immer nicht reiten kann. Ich würde es ja lernen, aber irgendwie ist es dazu noch nicht gekommen."
Kurz war es still. Sie hatte ihn mehrmals darum gebeten, ihr Unterricht zu erteilen, doch bisher hatte er offensichtlich keine Zeit dafür finden können oder wollen.
„Könntest du es heute zu Fuß machen?"
„Ja, nicht wahr, Helene, wir machen heute einen richtig schönen, langen Spaziergang zu den Kühen und dann füttern wir die Hühner!"
„Oh ja!", sagte das Kind begeistert und strahlte von einem Ohr zum anderen.
„Danke!", sagte Michael und wandte sich zum Gehen.
„Aber nur unter einer Bedingung!", rief sie schnell.
„Ja?" Angespannt drehte er sich um.
„Du trinkst nichts."
Verärgert fixierte er sie.
„Es geht dich zwar nichts an, aber ich trinke nicht mehr, seit ich sie habe."

Mit dem Kinn wies er auf seine Tochter, öffnete die Tür und schloss sie mit einem mäßig lauten Knall.
Sarah blickte Helene mit einem zufriedenen Lächeln an.
„Nun, dann hätten wir ja alles geklärt, nicht wahr, du kleine Fee?"

Sarah wusste, dass Michael erst in der Früh zurückkehren würde und versuchte, sich mit Gedanken an andere Dinge abzulenken. Trotzdem schlief sie schlecht und hatte ein unbestimmt ungutes Gefühl im Magen. Als Anna am Sonntagmorgen am Frühstücktisch saß – Sarah trat hinter Michael ein, nachdem sie gemeinsam die Tiere versorgt hatten – meinte Sarah, das Herz würde ihr bis hinunter in die Schuhe rutschen. Es war noch nie vorgekommen, dass Anna am gemeinsamen Frühstück teilgenommen hatte! Unter großer Anstrengung brachte Sarah ein Lächeln zustande und setzte sich zwischen Lois und Helene. Michael drückte Annas Schulter sanft und erkundigte sich danach, wie sie sich fühlte.
„Überraschend gut", meinte die Angesprochene und lächelte in die Runde. Einzig Sarah erwiderte das Lächeln, alle anderen schauten angelegentlich auf ihren eigenen Teller, oder waren damit beschäftigt, sich Brote zu streichen.
„Jetzt wohnt noch jemand bei uns!", stellte Helene begeistert fest und erst in diesem Moment begriff Sarah das Ausmaß von Annas Anwesenheit.
Da keine Reaktion der anderen erfolgte – im Gegenteil, Lois wandte sich an Vater Salcher und begann ein Gespräch, als ginge ihn die ganze Angelegenheit nichts an – meinte Sarah: „Dann herzlich willkommen. Du wirst sehen, es fällt einem nicht schwer, sich hier einzuleben."
„Vielen Dank für deine Worte, aber daran habe ich meine Zweifel."
Anna biss in ihr Brot, kaute, trank einen Schluck Kaffee.
„Was hast du dir für heute ausgedacht?", wollte sie nach einer Weile an Michael gewandt wissen.
„Ich würde vorschlagen, dass du deine Koffer auspackst."
„Das ist schnell geschehen. Danach?"
Michael drehte sich zu Helene: „Was möchtest du am Nachmittag anstellen?"
„Ich würde gerne schwimmen fahren!"
Anna verdrehte die Augen.
„Gut, dann werden wir schwimmen gehen."
Ein paar Minuten vergingen schweigend, wenn man das Gespräch von Lois und Vater Salcher nicht wertete, doch plötzlich drehte sich Anna zu Michael.

„Hast du schon mit Sarah gesprochen?"
Diese Worte veranlassten sowohl Sarah als auch Maria fragend in Annas Richtung zu blicken.
„Nein", sagte Michael und man musste kein Detektiv sein, um zu erkennen, wie unbehaglich er sich fühlte. „Ich wollte das in Ruhe machen. Hier ist nicht der richtige Ort dafür!"
Er warf seiner Freundin einen warnenden Blick zu.
„Was fragen?", wollte nun Helene wissen und es dauerte ein paar Minuten, bis Michael ihr erklärt hatte, dass dies ein Gespräch unter Erwachsenen betraf und sie nicht zu interessieren hatte. Nun war Sarah jeglicher Appetit vergangen. Was würde er sie fragen? Ob sie in ein anderes Zimmer ziehen oder, noch schlimmer, ganz ausziehen könnte? Das würde er doch sicherlich nicht von ihr verlangen! Schließlich war sie sein Teammitglied!

Nach dem Mittagessen bat Michael Sarah, ihm ins Freie zu folgen. Mit einem flauen Gefühl im Magen kam sie seiner Aufforderung nach. Er setzte sich unter den Kirschbaum und wartete, bis auch sie neben ihm Platz genommen hatte. Den Blick geradeaus gerichtet begann er zu reden:
„Anna wünscht sich etwas mehr Privatsphäre."
Unwillkürlich ballte Sarah die Hände. Michael räusperte sich. Es schien ihm unangenehm zu sein, darüber zu reden.
„Sie möchte das Schlafzimmer ...", wieder räusperte er sich, „... also, äh, allein für uns haben. Ohne Helene."
Sarah schluckte. Jetzt würde es kommen und er sie hinauswerfen.
„Wir hatten uns überlegt, ob Helene nicht vielleicht bei dir schlafen könnte."
Wie vom Donner gerührt starrte sie Michael an.
„Du willst deine Tochter aus deinem Schlafzimmer verbannen?"
„Nun ja. Sie ist vier. In dem Alter ist es natürlich, wenn die Kinder langsam in ihr eigenes Zimmer ziehen."
„Weiß Helene davon?"
„Ich wollte zuerst mit dir reden."
Ungläubig schüttelte Sarah den Kopf.
„Für mich ist das in Ordnung. Aber ich verstehe nicht ..."
Sie brach ab und erhob sich.
„Ich verstehe dich ohnehin nicht. Was soll das alles? Willst du sie heiraten?"

Nun blickte Michael sie das erste Mal voll an. Seine Miene war undurchdringlich.
„Geht dich nichts an, oder?"
„Doch, jetzt schon. Immerhin wird deine Tochter bei mir schlafen!"
„Nein, ich habe nicht vor, sie zu heiraten. Ich glaube, diesbezüglich habe ich mich schon einmal klar ausgedrückt, oder etwa nicht?"
„Was soll das dann alles? Ich verstehe es nicht!"
„Was das soll? Anna bleibt, bis sie geht."
Sarah blickte wütend auf Michael hinab.
„Du tust mir wirklich leid!", stieß sie hervor und ging davon.

Anna auf dem Hof war wie eine exotische Blume in einer Steinwüste. Sie nahm keinen Anteil am täglichen Leben, außer den gemeinsamen Mahlzeiten. So oft es ihr möglich war, ging sie auf Reisen. Wohin, war keinem wirklich klar, vermisst wurde sie nicht. Wie Sarah schien, nicht einmal von Michael. (Bei einem Gespräch, weshalb sie mit Michael befreundet war, meinte Anna, er würde das Bodenständige in ihrem Leben verkörpern.) Vielleicht war diese Teilnahmslosigkeit an ihrer Person daran Schuld, dass Anna immer eifersüchtiger auf Sarah reagierte. Was wiederum zur Folge hatte, dass Michael nur das Nötigste mit seinem Teammitglied sprach.

Doch dies war der Gewitterwolken nicht genug, die langsam über dem Salcherer-Hof aufzogen und den Frieden der Bewohner raubten: Helene, die zwar gerne bei Sarah schlief, hegte einen inneren Groll gegen die Frau, der sie ihren Rausschmiss aus Michaels Schlafzimmer zu verdanken hatte. Sie sprach fast nie mit Anna und wollte die gemeinsamen Stunden mit ihrem Vater ohne die andere Frau verbringen. So baute sich über die Wochen eine unangenehme Spannung auf, die sogar die Mahlzeiten in Mitleidenschaft zog. Die fröhlichen Gespräche von früher fanden nur mehr in gebührender Entfernung zu Anna statt. Alle warteten darauf, dass Anna auszog, oder Michael Konsequenzen aus der unerfreulichen Situation ziehen würde, doch nichts geschah. Der Sommer verlor an Kraft und ging langsam in einen warmen Herbst über. Sarah half Maria fleißig beim Marmeladen einkochen, dörren und Saft pressen.

... wo bist du zu Haus´,...

„Heia håm mia zweng Heu måchen kennan. So keman mia nit über den Winter", stellte Vater Salcher beim Abendessen fest. Anna war abwesend und die Familie genoss es, wieder unter sich zu sein.
„Es wird sich nicht vermeiden lassen, dass wir zukaufen", stimmte Michael zu. „Das wird uns wieder ein ganz schönes Loch in die Tasche reißen."
„I såk allewei, dass mia di Viecher sein lassen sollten."
„Fang nicht schon wieder damit an", sagte Michael sichtlich verärgert. „Die Tiere werden nicht verkauft."
„Manchmal muass man si von was trennen, auch wenn´s weh tuat", blieb Vater Salcher bei seiner Meinung.
„Mia haben das oft genug diskutiert." Michael erhob sich, vor unterdrückter Wut bebend, und verließ den Raum. Sarah blickte ihm mitleidig nach.
„Di Viecha werden ihm no die Birn kosten." Vater Salcher schüttelte traurig den Kopf. „Wenn nit båld a bisl a Kies einakimt, dån kema bådn gehen."

Nachdem Sarah geduscht, Helene eine Gute-Nacht-Geschichte vorgelesen hatte und sich ebenfalls gerade bettfertig machte, läutete ihr Handy. Es war Andi. Er klang gar nicht gut.
„Ich habe gekündigt", murmelte er am Telefon und Sarah wusste nicht, was sie darauf sagen sollte.
„Wenn meine Kündigungsfrist abgelaufen ist, werde ich nach Indien fahren. Dort haben sich doch alle wiedergefunden, oder?"
„Nach Indien?" Sarah schüttelte unmerklich den Kopf.
„Oder weißt du etwas Besseres?"
„Nein." Sarah ließ sich auf einen Stuhl sinken. „Wie lange möchtest du fortbleiben?"
„Wenn möglich, für immer."
„Das ist nicht dein Ernst", meinte Sarah und schloss die Augen. „Was willst du dort die ganze Zeit machen?"
„Keine Ahnung", Andi klang resigniert. „Vielleicht verkaufe ich Gewürze."
„Du und Gewürze? Andi, ich bitte dich!"
„Na ja, meine Profession ist es nicht ... Aber immerhin noch besser als das hier!"
Sarah lehnte sich etwas nach vorne und blickte aus dem Fenster.

Wie aus dem Nichts stieg plötzlich eine Idee in ihr auf.
„Andi, ich glaube, ich hatte gerade so eine Art Erleuchtung!", flüsterte sie plötzlich aufgeregt. „Vielleicht ist es gar nicht nötig, dass du nach Indien reist!"
„Bin ganz Ohr!"
„Nein, ich muss zuvor ein paar Sachen klären. Ich melde mich in den nächsten Tagen. Versprochen!"
„Ach Sarah, verrate es mir! Komm schon! Das ist echt nicht fair!"
„Nein, nein und nochmal nein. Jetzt mach ich Schluss, ich muss ins Bett."
Sie verabschiedeten sich voneinander und Sarah fiel aufgeregt in die Federn. Wenn sie Michael von ihrer Idee überzeugen konnte, wer weiß, vielleicht könnte man dann mehrere Fliegen mit einer Klatsche schlagen.

Um kurz nach 6.00 Uhr des nächsten Tages kam Sarah in den Stall. Michael war bereits wieder mit dem Melken beschäftigt. Aufgeregt trat sie auf ihn zu und knetete dabei ihre Finger.
„Ich muss mit dir sprechen."
Überrascht blickte er auf.
„Es wäre mir lieber, wir könnten das auf später verschieben."
„Wann später? Soll ich in die Redaktion kommen?", meinte sie mehr im Scherz.
Er dachte kurz nach.
„Ja, warum nicht?"
Entgeistert starrte sie ihn an.
„Das ist wohl ein schlechter Witz! Ich will ein paar Minuten mit dir sprechen und soll dafür bis in die Redaktion fahren?"
Ohne sie anzusehen, schaltete er das Melkgerät aus.
„Warum?", fragte Sarah, als er nicht antwortete.
Mit einer Hand fuhr er sich durchs Haar und wandte sich in ihre Richtung, ohne sie anzusehen. Gerade, dass er nicht auf seine Schuhspitzen starrt, dachte Sarah wütend bei sich.
„Wie soll ich sagen, Anna ist sehr eifersüchtig, das weißt du."
Sarah verschränkte die Arme vor der Brust.
„Aha", meinte sie genervt und funkelte ihn herausfordernd an. „Dann sag Anna, dass immer eine Kuh zwischen uns steht."
Nun musste er lachen und blickte sie das erste Mal richtig an.
„Also gut, was willst du?"
„Es geht um die Feriengäste."

Er lüpfte die Augenbrauen, sagte aber nichts und musterte sie abwartend.

„Mir kam der Gedanke, dass es dem Hof eine finanzielle Sicherheit geben würde, wenn ihr mehrere Mieter wie mich hättet, anstatt der Feriengäste."

Michael nahm der Kuh das Melkzeug ab und verschwand kurz im angrenzenden Raum.

„Nette Idee. Aber wir reden hier von Arriach, nicht von der Salzburger Innenstadt.", sagte er, als er mit dem Desinfektionsmittel zurückkam.

„Ich weiß – ist mir auch voll bewusst. Hör zu, das, was du brauchst, um die Almwirtschaft erhalten zu können, sind möglichst kostengünstige Arbeitskräfte."

„Du weißt, dass ich gegen Ausbeutung bin - auch gegen die des Menschen."

„Mhm. Und genau da setze ich an. Es müssen natürlich alle etwas davon haben."

„Du machst mich neugierig."

Nachdem er das Euter desinfiziert hatte, verschwand er wieder, um kurz darauf mit dem Eimer für das Vorgemelk zurückzukommen.

„Ja, ich weiß, es ist vielleicht auf den ersten Blick nicht so ideal, aber angenommen, ihr würdet die Zimmer günstiger vermieten und zwar an die Leute, die dann hier leben und arbeiten würden. Die Kost ginge aufs Haus und mit der Arbeit verdienen sie sich sozusagen die Lebenshaltungskosten."

„Du sprichst hier von einer Art Hippie-WG?"

Seine Schultern zuckten, als er einem heftigen Lachanfall nachgab.

„Hör auf zu lachen! Das ist kein Scherz! Denk darüber nach!"

Er wurde wieder ernst.

„Schon geschehen. Deswegen muss ich dir leider sagen: Vergiss es! Wer, bitte schön, sollte sich darauf einlassen?"

„Das lass meine Sorge sein."

Fest blickte sie ihn an. Als er sich mit dem Vorgemelk erhob, blieb er kurz vor ihr stehen und musterte sie nachdenklich.

„Du denkst wirklich, dass du jemanden findest?"

„Zumindest könnte ich es versuchen."

Wieder verschwand er im Nebenraum. Wenige Minuten später kehrte er zurück.

„Gut", sagte er, „dann versuch es. Aber sei nicht traurig, wenn du kläglich scheiterst."

Große Freude stieg in ihr auf und sie hätte ihn am liebsten umarmt.

Doch so ablehnend, wie er auf ihre Gegenwart reagierte, hielt sie es für klüger, nichts dergleichen zu tun. Trotzdem erleuchtete ein glückliches Strahlen ihr Gesicht und er drehte sich der Kuh zu, um ihrer unglaublichen Anziehungskraft zu entgehen.
Sarah wandte sich um und ging auf den Ausgang zu.
„Bis später!", rief sie und verschwand im Freien.
„He, warte!", schrie er hinter ihr her und die Kühe blickten verdutzt in seine Richtung.
Sarah streckte noch einmal den Kopf zur Tür herein.
„Hilfst du mir nicht?"
Prüfend blickte Sarah auf die Uhr.
„Gut, mache ich, stimmt ... hab ich grad ganz vergessen ... aber nach dem Frühstück muss ich los."
„Was hast du denn heute Großartiges vor?"
Sie holte Handschuhe und Desinfektionsmittel.
„Ich muss ein paar Besorgungen in der Stadt machen."
Ihre Geheimniskrämerei machte ihn umso neugieriger.
„Nun sag schon, was willst du dort erledigen?"
„Ich muss ein paar Hosen kaufen."
„Ach, überkommt die Prinzessin wieder einmal das Shoppingfieber?"
„Du musst gerade reden! Du hältst dir doch eine richtige Prinzessin, sie trägt noch immer High Heels! Das habe ich mir immerhin schon nach meinem ersten Tag hier abgewöhnt."
„Anna ist gerade nicht unser Thema."
Wütend legte Sarah die Stirn in Falten.
„Also, du kaufst Hosen. Braucht die aktuelle Kollektion neuen Pepp?"
„Nein. Das ist nicht der Grund. Wie du weißt, ist es vollkommen sinnlos für Bauern, Haute Couture zu tragen. So modebewusst wie die sind."
Um ihn zu ärgern, schlüpfte sie wieder in die Rolle der Großstadttussi und musterte ihn arrogant. Eine Hand hob sie lässig in die Höhe – das Gelenk ließ sie allerdings locker – spreizte die Finger wie bei der Maniküre und schüttelte sie leicht.
Er ließ sich nicht aus der Ruhe bringen, schien sogar in sich hineinzuschmunzeln.
„Sage einer, Frauen wären logisch", murmelte er und klopfte der Kuh freundschaftlich aufs Hinterteil. „Sie kauft Hosen ohne ersichtlichen Grund."
„Oh, es hat durchaus einen ersichtlichen Grund!", wetterte Sarah. „Das Essen hier hinterlässt Spuren!"

Nun musterte er sie und die junge Frau verschränkte die Arme vor der Brust.

„Deine Hosen kneifen endlich? Sieht man gar nicht. Du siehst einem Hungerhaken immer noch ähnlicher als einer ordentlichen Frau."

„Vielen Dank für das nette Kompliment! Aber viel leichter als deine geliebte Anna Jolie bin ich auch nicht!"

„Iss ruhig weiter! Frauen, die wie Spatzen essen, können das Leben nicht genießen. Und diejenigen, die mit ihnen essen genauso wenig."

Sarah schüttelte empört den Kopf.

„Schon mal bemerkt, wie wenig Anna isst? Die nimmt sicher nicht zu!"

„Ich schau nicht in ihre Richtung, wenn wir essen. Da würd's mia echt vergehen."

Sarah verdrehte die Augen und schüttelte den Kopf. Nachdem sie die Zitzen der Kuh desinfiziert hatte, richtete sie sich auf und starrte Michael ungläubig an.

„Das hat keine Zukunft."

„Sag ich doch!" Er zuckte mit den Achseln und brachte das Melkzeug in den angrenzenden Raum. Ein paar Mal musste Sarah durchatmen, bevor sie sich wieder unter Kontrolle hatte und nicht befürchten musste, auf ihn zu stürzen und ihn wegen seiner Dummheit mit Fäusten zu traktieren. Fest biss sie die Zähne aufeinander und schwieg, bis sie fertig waren und zum Frühstück gingen. Anna schlief wohl noch, denn ihr Platz war leer. Wenigstens etwas, dachte Sarah bei sich.

„Gehst du mit mir nach dem Frühstück zu den Kätzchen?", fragte Helene und schaute Sarah bittend an.

„Ich muss nach dem Essen in die Stadt fahren", erklärte diese bedauernd. „Wenn Zeit ist, können wir das gerne nachholen, wenn ich zurück bin."

„Darf ich mitfahren?" Helene blickte nun zwischen Michael und ihr hin und her.

„Wenn es dein Papa erlaubt, kannst du mitkommen. Könnte aber langweilig für dich werden."

„Sicher darfst du mitgehen! Aber gib nicht zu viel Geld aus!" Dabei zwinkerte er Sarah zu. Die setzte ihr arrogantestes Gesicht auf und erwiderte den Blick ohne eine Regung.

„Gehst zum Fetzntandla?", wollte Vater Salcher wissen.

„So is es", stimmte Michael zu, wobei er Sarah weiterhin fixierte. „Das Essen schmeckt der Madame zu gut. Die Hosen zwicken."

Die Männer lachten und Sarah schnaubte empört. „Das geht hier wohl wirklich niemanden etwas an!"

„Lei losn!", rief Lois und klopfte sich auf die Schenkel. „Sis Zeit, dass d a bisl zualegst!"
Maria schüttelte den Kopf.
„Lassts des Diandle in Rua!", befahl sie und lächelte Sarah zu, die den Blickkontakt mit Michael erbost abgebrochen hatte.

Nach dem Essen ging sie in ihr Zimmer, um zu duschen. Als sie sich angekleidet hatte, wählte sie Andis Nummer. Sie ließ sich auf ihr Bett fallen und starrte an die Decke. Sie konnte sich an dem honigfarbenen Holz nicht sattsehen. Aber vielleicht musste sie das ja auch gar nicht ... Als er abhob, begrüßte sie ihn freudig.
„Gute Neuigkeiten, lieber Andi! Ich erspare dir eine Reise nach Indien."
„Soll ich mich jetzt darüber freuen?"
„Ja, denn dein Leben erhält einen neuen Sinn!"
Aufgeregt setzte sie sich auf.
„Und wie?"
„Hör zu", befahl Sarah, „Hohe Berge, dichte Wälder, grüne Weiden. Ein Hahn, der in der Früh kräht, Bienen, die verträumt summen. Ein Bauer, der mit einer Sense die Wiesen mäht. Ruhe. Bestes Essen und gute Gesellschaft, wie Urlaub unter Freunden. Ist es nicht das, wonach dein Herz verlangt?"
„Liest du aus einem Reiseprospekt vor?"
„Nein!" Sarah sprang aus dem Bett und begann, im Zimmer auf und ab zu gehen. „Ich schaue aus dem Fenster!"
Sie hörte Andi am anderen Ende der Leitung lachen.
„Du bist wirklich ein Unikat! Also, hör auf zu witzeln. Wohin willst du mich schicken? Welche Kur verschreibst du mir?"
„Ich scherze nicht!" Sarah hielt in ihrer Runde inne. „Aus vollster Überzeugung verschreibe ich dir drei Wochen hier auf dem Hof und wenn die Kur anschlägt, kannst du auch länger bleiben."
„Du bist nicht ganz dicht."
„Andiiiiiii! Hast du mich jemals glücklicher gesehen?"
„Ich sehe dich gar nicht und meiner Meinung nach klingst du eher ein wenig verrückt."
„Wann kannst du kommen?"
„Es ist dir tatsächlich ernst?"
„Mhm!"
„Mein Chef lässt mich nach dem Projekt gehen. Das müsste in einer Woche abgeschlossen sein. Danach kannst du mit mir rechnen. Aber glaube nicht, dass ich bei euch auf dem Land versumpere."

„Schau ma mal."
Als sie aufgelegt hatte, klatschte Sarah begeistert in die Hände und ging zu Frau Salcher, um ihr von dem nächsten Dauergast auf dem Hof zu berichten und mit ihr über ein passendes Zimmer zu sprechen.

Als sie das Ortsschild von Treffen passierten, wollte Helene unbedingt anhalten und ihren Vater in der Redaktion besuchen. Sarah, die dem Kind schwer etwas abschlagen konnte, hielt auf dem Parkplatz.
Michael blickte auf, als sie eintraten.
„Welch nette Überraschung!", stellte er fest, erhob sich und fing seine Tochter mit den Armen auf. Sanft hob er sie an und drückte ihr einen Kuss auf die Wange.
„Wir wollten nur deine Kreditkarte holen", meinte Sarah trocken und ließ sich auf seinen Stuhl hinter dem Schreibtisch fallen. Neugierig blickte sie auf seine aktuelle Arbeit und las ein paar Zeilen. „Die Jagd bald bleifrei?" Seine Augen ruhten auf ihr und als sie den Kopf hob, warf er ihr ein liebevolles Lächeln zu. Sarah stockte der Atem.
„Kribbelt es dich in den Fingern?", fragte er und stellte seine Tochter auf den Boden, die sogleich auf Sarahs Schoß kletterte, nach einem Stift griff, eine Schublade aufzog und ein Blatt Papier hervorholte. Eifrig begann sie zu malen. Schützend legte Sarah einen Arm um das Mädchen, damit es nicht hinunterrutschen konnte, senkte den Blick und folgte mit den Augen den Linien, die Helene mit dem Stift zog.
„Ich komme auf meine Kosten", sagte sie. „Du weißt, ich schreibe hin und wieder für die AÖ."
Noch immer spürte sie seinen Blick auf sich ruhen.
„Hast du schon mal daran gedacht, eventuell auch hin und wieder etwas für das hiesige Blatt zu verfassen?"
Überrascht sah sie auf und ihm direkt in die Augen.
„Du meinst doch nicht etwa die Vlaaaa?"
Ihr wurde warm ums Herz, als sie einander zulächelten. Er wirkte so gelöst, so entspannt wie schon lange nicht mehr.
„Nun ja, ich weiß, wir sind nicht ganz auf deinem Niveau ..."
Sarah nickte. „Ist wirklich ein Problem ...Aber vielleicht kann man mich ja überreden."
„An welche Art der Bestechung hat die werte Kollegin denn gedacht?"
Sarah runzelte die Stirn, während sie nachdachte, dabei weilten seine lächelnden Augen noch immer auf ihr. Seine Lachfältchen traten ein wenig hervor und sie hätte sie am liebsten berührt.
„Guten Käse habe ich genug."

„Oh ja, daran mangelt es dir nicht."
„Über meine Wurstvorräte kann ich auch nicht klagen."
„Wahrlich ein Zustand wie im Schlaraffenland."
„Milch ist im Überfluss vorhanden."
„Ein niemals versiegender Strom."
„Was also fehlt mir noch, außer ein paar passenden Hosen?"
Michael schmunzelte amüsiert. „Oh Sarah!", murmelte er und sie meinte etwas wie Sehnsucht in seiner Stimme schwingen zu hören.
„Freundschaft!", flüsterte sie und senkte den Blick, da sie fühlte, wie ihr das Blut in die Wangen schoss.
„Wir sind doch Freunde!"
„Nein. Wir sind Teammitglieder."
Kurz war es still.
„Du lässt dich also mit Freundschaft bestechen?", fragte er und unterbrach das leise Geräusch des Stiftes, der über Papier glitt.
„Normalerweise nicht", erklärte Sarah. „Aber diesmal mache ich eine Ausnahme. Außerdem gibt es nichts, was du mir sonst noch bieten könntest."
Nun wurde er ernst und ihre Worte hallten in seinem Kopf wider.
„Helene, wir sollten dann weiterfahren", sagte Sarah zu dem Kind und stellte es auf den Boden, nachdem es den Stift weggelegt hatte. Dann erhob sie sich ebenfalls.
„Nun Freund, dann erwarte ich deinen ersten Bericht."
Er streckte ihr zum Einschlagen eine Hand entgegen. Als sie diese ergriff, zog er sie an sich und umarmte sie. Dabei fühlte sie sein starkes Herz pochen und roch seinen angenehmen Duft. Er hielt sie länger an sich gedrückt, als sie es erwartet hatte und sie wich verlegen zurück, als er sie freigab. Kurz konnte sie etwas in seinen Augen lesen, das jedoch sofort verschwand, als er ihren Blick auf sich ruhen fühlte. Unbewusst lockerte er mit einer Hand den Hemdkragen.
„Zu welchem Thema?", wollte sie schnell wissen, um von der peinlichen Situation abzulenken.
„Bitte?" Er blickte sie an, als käme sie von einer anderen Welt, oder besser, als käme er von einer anderen Welt und wüsste nicht, was er mit ihr anfangen sollte.
„Ach, schreib etwas über einen Stadtmenschen auf dem Land. Du weißt schon, Schwierigkeiten, Besonderheiten etc.", meinte er schließlich.
„Ich soll also meine Biografie verfassen?"
Michael lachte, bückte sich und drückte seiner Tochter einen Kuss auf die Stirn. „Viel Spaß beim Einkaufen!" Als er sich aufrichtete meine er:

„Ausgezeichnet, schreib über die Prinzessin vom Salcherer-Hof."
Nun begann auch Sarah zu kichern und winkend verließen sie den Raum. Wie hatte sie ihn heimlich immer genannt? Den König vom Salcherer-Hof – und nun hatte er sie zu seiner Prinzessin gemacht! Natürlich hatte das nichts zu bedeuten, trotzdem lächelte sie noch den ganzen Weg bis nach Villach. Niemals hätte sie es für möglich gehalten, dass der große Chefredakteur der besten Zeitung, die sie kannte – wobei sie niemals eingestehen würde, dass es so war – ihr angeboten hatte, einen Artikel beizusteuern.

Die Hosen waren schnell gefunden und Helene überredete Sarah, noch einen Stopp bei Mc-Donald´s einzulegen. „Aber nur vegetarische Sachen!", vereinbarte sie mit dem Kind, das aufgeregt nickte. „Wenn ich eine Juniortüte haben kann!"
„Du willst doch nur das Spielzeug! Da kannst du dir doch gleich etwas im Spielzeuggeschäft aussuchen. Abgesehen davon hast du dort eine größere Auswahl!"
„Nein. Das ist nicht das Gleiche."
So saßen sie also kurze Zeit später bei der Fast Food Kette und Sarah versuchte, kein allzu ablehnendes Gesicht zu machen.
Irgendwo auf dem Weg zum Auto sahen sie noch ein wirklich schönes, rosafarbenes Glitzerkleid in einem Schaufenster hängen. Als Helene es probierte, wirkte sie wie eine kleine Fee aus Zuckerguss, ganz oben auf einer Torte.
„Siehst du süß aus!"
„Sehe ich aus wie eine Prinzessin?"
„Ja, wie eine ganz echte."
Helene drehte sich.
„Schau, wie schön sich der Rock dreht!"
„Ja, es ist wirklich ein tolles Kleid und ich denke, wir sollten es kaufen."
„Darf ich es gleich anlassen?"
„Dein Vater wird sich freuen", meinte Sarah und schmunzelte. „Ja, sicher, lass es an!"
„Auf dem Rückweg müssen wir es ihm gleich zeigen."
„Nein, damit musst du warten, bis er von der Redaktion nach Hause kommt. Wir können ihn nicht schon wieder stören."
Helene machte ein betrübtes Gesicht, das aber nicht allzu lange anhielt. Als sie hinten im Mini auf dem Kindersitz saß, wippte sie aufgeregt mit den Beinen.
„Was Nena wohl dazu sagt?"

„Sie wird sicher ganz begeistert sein!"
Und so war es auch. Maria lachte herzhaft über das aufgeregte Mädchen in seinem schönen neuen Kleid.
„Schiach schean pist!", gluckste sie immer wieder und beobachtete die Kleine bei ihrer Vorführung, was das Kleid alles konnte und ach wie schön es fiel und wallte und wehte und sich drehte und raschelte und schimmerte und duftete …
Sarah ging sich umziehen und danach ins Wirtschaftsgebäude, um das Futter für die Tiere herzurichten. Dann half sie Vater Salcher beim Stall ausmisten. Als um kurz nach fünf der Geländewagen von Michael im Hof hielt, lugte sie neugierig aus dem Inneren heraus, blieb aber, wo sie war. Als seine Tochter auf ihn zugeflitzt kam und sich stolz präsentierte, lachte er und machte ihr die schönsten Komplimente. Dabei blickte er suchend um sich. Sarah wich in den Stall zurück.
„Warum versteckst di?", wollte Vater Salcher wissen und Sarah zuckte mit den Schultern.
„Ich weiß nicht. Der Moment gehört den beiden."
Als sie fertig waren, machte sie sich zu Fuß auf den Weg zu Lois, der sicherlich bald bei den Kühen auf der Weide eintreffen würde. Auf einer großen Weidefläche, die sie passierte, graste die kleine Herde, die Michael im Frühling zusammengestellt hatte und die ganze Zeit im Freien hielt. Sarah hatte ein paar Äpfel mitgebracht und trat auf die Tiere zu, die ruhig auf sie zukamen. Mit einem Haps fraßen sie die ihnen dargebotenen Leckerbissen. Sarah lächelte und streichelte eine Kuh, dann verabschiedete sie sich und ging weiter. Das Donnern von Hufen veranlasste sie dazu, sich umzuwenden. Michael kam, diesmal ohne Sattel, auf sie zugeritten.
„Komm!", sagte er und streckte ihr eine Hand entgegen. „Steig auf den Zaun!"
Abwägend starrte sie ihn an.
„Keine Angst!", beruhigte er sie. „Steig mit dem Fuß hierhin."
Er rückte ein wenig zurück und drehte sich dann in ihre Richtung. Noch immer stand sie unschlüssig da.
„Na los!"
Sarah gab sich einen Ruck, kletterte auf die mittlere Zaunlatte, ergriff seine Hand, und überlegte, wie es weitergehen sollte.
„Ich komm da nicht rüber."
Mit einem Schenkeldruck drängte er das Pferd noch näher in ihre Richtung. Dann beugte er sich nach vorne und streckte ihr beide Hände entgegen. Als wöge sie nichts, hob er sie kurzerhand vor sich aufs Pferd.

Mit etwas Mühe gelang es ihr, das Bein über den Kopf des Tieres zu schwingen.
„Ich weiß nicht, ob das eine gute Idee ist."
„Du wolltest doch mit mir durch den Herbstwald reiten, kannst du dich nicht mehr daran erinnern?"
Schnell legte er einen Arm um sie, riss die Zügel herum und trieb das Tier in Richtung Wald an. Sarah umklammerte die Mähne und unterdrückte einen Schrei.
„Nein, das war der Winterwald", widersprach sie, als sie sich vom ersten Schreck erholt hatte. „Wohin reiten wir? Lois wartet doch sicher schon ..."
„Wir haben noch etwas Zeit. Nur eine kleine Runde."
Und schon galoppierten sie einen schmalen Waldweg entlang. Die ersten Blätter verfärbten sich bereits und Sarah ließ den Kopf nach hinten sinken, um nach oben in die Baumkronen zu sehen. Dabei streifte sie seine Wange und wieder fühlte sie das Sehnen nach ihm in sich aufsteigen, das sie, so gut es ging, zu unterdrücken versuchte. An seiner Schulter fand ihr Kopf Halt und da er nichts dagegen einwandte, ließ sie ihn dort liegen und begann, den Ausritt zu genießen. Die Farben der Blätter verschwammen ineinander in einem bunten Wirbel.
„Was wird Anna dazu sagen?"
„Was soll sie denn sagen? Ich werde wohl mit einem Freund ausreiten dürfen."
„Ich weiß, dass du versuchst, es zu ignorieren, doch bin ich ein weiblicher Freund. Das dürfte ihr nicht gefallen."
„Kannst du nicht einfach den Augenblick genießen und mal still sein?", knurrte er in ihre Richtung.
„Okay."
Sie drehte ein wenig den Kopf und blickte ihm ins Gesicht. Kurz erwiderte er ihren Blick, dann konzentrierte er sich wieder auf den Weg. Einige Sekunden lang schloss sie die Augen und ließ den Moment auf sich wirken: das Trommeln der Hufe, knackende Äste, raschelnde Blätter, der Duft nach Moos und altem Laub, nach verrottendem Holz und Pilzen. Sie seufzte tief.
„Schön", murmelte sie. „Das ist schön!"
Viel zu schnell verging die Zeit und sie verließen den Wald. Nicht weit und Sarah entdeckte Lois und die Milchkühe.
„Übrigens, danke für das Kleid", meinte Michael, als sie wieder langsamer wurden.

„Ach, gerne! Ich wollte dir immer schon mal eine schöne Robe kaufen."
Er lachte auf. Vor dem Gatter sprang er ab und hob dann Sarah neben sich.
„Du hast meine Tochter sehr glücklich gemacht."
Lois kam langsam näher und musterte die beiden zufrieden. Sarah griff sich an die erhitzten Wangen – es fühlte sich an, als hätte sie einen Sprint hinter sich.
Kurz sprachen die Männer miteinander, dann schwang sich Michael wieder auf den Rücken seines Hengstes. „Wir sehen uns im Stall."
Beide blickten sie ihm nach.
„I håb do gsogt, da Mihael måg di", stellte Lois fest und grinste, als wäre nun die ganze Welt in Ordnung.
„Und wenn schon", seufzte Sarah. „Erstens hat er eine Freundin und zweitens hängt er viel zu sehr an dem Bild von sich als dem armen Landwirt, der niemals eine Frau finden wird, die ihn nicht verlässt."
Lois blickte sie von der Seite an.
„Wås wüllst jezan måchn?"
„Nichts." Sarah spähte noch immer in die Richtung, in die er verschwunden war. „Ich werde bleiben."
Wie einem braven Pferd klopfte Lois ihr aufmunternd auf die Schulter.
„Sauba", sagte er nickend. „Lei losn, der Rest kimmt von alan."

… wo bist du zu Haus´?

„Morgen bleibe ich auf dem Hof", sagte Michael beim Abendessen und seine Freundin lächelte bei dieser Aussicht erfreut. „Der Schlachter kommt. Wir werden auf die Weide fahren."
Anna erblasste sichtlich und senkte den Blick auf den Teller.
„Sarah, kommst du mit?"
Annas Kopf schnellte in die Höhe und sie warf Sarah einen warnenden Blick zu. Unbehaglich sah diese kurz zu Michael, dann wieder zu Anna.
„Ich glaubte nicht. Vielleicht sollte ich den Artikel schreiben, von dem wir gesprochen haben ..."
„Ihr habt über einen Artikel gesprochen?" Anna wandte ihre Aufmerksamkeit nun Michael zu.
„Das dürfte dich nicht wundern, immerhin sind wir beide Journalisten."

Annas Wangen röteten sich, während Michael sich wieder Sarah zuwandte.
„Du warst noch nicht dabei, wenn wir auf der Weide schlachten. Es kann nicht schaden, es einmal gesehen zu haben."
Sarah fand es unfair, dass er Anna vor allen so gleichgültig und von oben herab behandelte. Immerhin war sie seine Freundin und wohnte mit ihm zusammen. Schnell schob sich Sarah den letzten Bissen in den Mund und erhob sich. Was sollte sie nun sagen? Alle starrten sie an. Lois hatte aufgehört zu kauen.
„Vielen Dank für deine Anteilnahme an meiner Arbeit", sagte sie nun höflich zu Michael. „Doch unter diesen Umständen ist es mir nicht möglich, daran teilzunehmen."
Das Messer klirrte, als er es unwirsch auf dem Teller ablegte.
„I glab, du bist a nit gånz alanig im Kopf!", schimpfte er im breitesten Dialekt und Sarah, bereits auf dem Weg zur Tür, drehte sich überrascht um.
„Nein", entgegnete sie und fühlte Wut in sich aufsteigen. „Ich glaube du bist nicht mehr ganz richtig im Kopf. Immerhin ist Anna deine Freundin! Wenn es sie stört, musst du eben Rücksicht auf sie nehmen. Und wenn du es nicht tust, dann mache ich es."
Nun stand er mit einem Ruck auf, sodass der Stuhl hinter ihm mit einem lauten Krachen zu Boden fiel.
„Wer hat gesagt, ich soll ihr ausrichten, dass immer eine Kuh zwischen uns steht?"
Sarah schnappte nach Luft und warf Anna einen entschuldigenden Blick zu. Die junge Frau verlor etwas Farbe, während Helene aufsprang, zu Sarah lief und nach deren Hand griff. Sarah drückte die Kinderhand und lächelte dem Mädchen beruhigend zu, dann blickte sie wieder auf.
„Mhm. So ist es aber auch, oder?"
„Dann steht morgen wieder eine Kuh zwischen uns. Lois wird dafür sorgen und Anna braucht sich nicht vor Eifersucht grämen." Sein bitterer Sarkasmus ergoss sich über die Anwesenden wie eine alles zerschmetternde Welle.
„Ich verstehe nicht, was jetzt los ist, wieso du wegen meiner An- oder Abwesenheit derart reagierst. Es kann dir doch egal sein."
„Es ist mir auch im Prinzip egal, ob du dabei bist! Aber es geht nicht an, dass dieses Weib mir vorschreibt, wen ich wann sehen darf und wer mir bei der Hofarbeit hilft."
Während seine Stimme immer lauter wurde, deutete er zornig auf Anna, die etwas zurückzuckte.

„Dieses Weib", entgegnete Sarah und wurde ebenfalls lauter, „ist deine Freundin. Du hast dich für sie entschieden! Und sie hat jedes Recht, ihre Wünsche zu äußern! Vielleicht solltest du dir überlegen, was du willst, du Togga ! Und vielleicht will sie dir ja im Stall helfen, hast du sie schon gefragt?" Sarah wandte sich zur Tür. „Komm, Helene!" Gemeinsam mit dem Kind verließ sie den Raum.
Anna starrte ihr nach, als hätte sie einen Geist gesehen.
„Resches Diandl", murmelte Lois anerkennend.
„Sie will, dass ich im Stall helfe?", fragte Anna tonlos.
Maria Salcher beugte sich vor und tätschelte der jungen Frau die Hand.
„A was, kana will, dass Se im Stall helfen."
Michael starrte noch immer auf die Tür und atmete tief aus. Etwas ruhiger hob er den Stuhl auf und setzte sich wieder.
„Entschuldigung", sagte er, blickte in die Runde und verhielt den Blick bei Anna. „Und du kommst morgen mit. Wenn du etwas dagegen hast, dass Sarah hilft, musst du für sie einspringen."
„Ich komme morgen nicht mit!" Anna erwiderte seinen Blick fest. „Ich werde Victoria anrufen und fragen, wo sie gerade ist. Sicherlich bekomme ich noch einen Flug in ihre Richtung. Sonst muss ich Daddy bitten, dass er mir seinen Jet schickt."
„Dann rede wenigstens mit dieser Verrückten und erklärte ihr, dass es für dich okay ist, wenn sie morgen dabei ist."
„Wieso sollte ich?", entgegnete Anna und erhob sich würdevoll. Auch sie verließ den Raum.
„Mit de Diandl håst nua dei Geschea!", murmelte Vater Salcher und schnitt etwas Speck ab.

Sarah duschte, zog sich ihren Morgenmantel an und setzte sich zu Helene aufs Bett.
„Wird auch Zeit für dich. Gehen wir Zähne putzen."
In diesem Moment knallte die Tür des Nebenzimmers und sie hörte Annas Stöckelschuhe nach unten eilen. Sarah trat ans Fenster und beobachtete, wie die andere Frau in ihr Sportcoupé stieg und wenige Minuten später vom Hof brauste. In dem Moment klopfte es und Michael trat ein.
„Das hast du ja toll hingekriegt heute Abend", stellte er fest und Sarah funkelte ihn wütend an.
„Ich?"
Dann wandte sie sich ab und ging zu Helene ins Badezimmer.
„Dein Vater ist da. Ich denke, er möchte dir eine gute Nacht wünschen."

Nachdem sie ihren Mund ausgespült hatte, lief sie zu ihm und ließ sich auf seinen Arm heben.
„Willst du heute bei mir schlafen?"
„Ja! Ist Anna nicht da?"
„Nein. Anna ist zu ihrer Freundin gefahren."
„Kommt sie wieder?"
Salcher zuckte mit den Achseln.
„Ich nehme es an. Sind noch einige Sachen von ihr hier."
Sarah hatte sich abgewandt und starrte aus dem Fenster.
„Gute Nacht!", sagte er und wollte das Zimmer verlassen, doch Helene befreite sich und lief zu ihr. Vertrauensvoll schlang sie die Arme um Sarahs Beine und die strich dem Mädchen zärtlich durchs Haar.
„Schlaf gut!"
„Du auch! Und danke für das schöne Kleid!"
Ach, das war ja heute gewesen ...
„Gerne. Bis morgen."
Schnelles Kinderfüßetrippeln, dann schloss sich die Tür. Sarah hob eine Hand und wischte über ihre Augen. Sie würde auf keinen Fall weinen.

Wie erwartet schlief sie schlecht und als sie am nächsten Morgen in der Früh den Stall betrat, musste sie sich mit eisernem Willen dazu zwingen, die Augen offen zu halten. Michael war wie immer schon da und bei der Arbeit. Er blickte kurz auf und murmelte einen Gruß, den sie ebenso unbeteiligt erwiderte, dann ging sie in den angrenzenden Raum und begann, das Melkzeug zu reinigen, das er bereits verwendet hatte. Michael trat mit dem Vorgemelk unter das Licht und untersuchte es.
„Du kommst heute mit", meinte er und ging zurück zu den Kühen.
Als Sarah mit ihrer Arbeit fertig war, nahm sie Handschuhe und Desinfektionsmittel und folgte ihm in den Stall.
„Ich glaube, ich habe mich dazu klar geäußert", erwiderte sie ruhig.
Als hätte er sie nicht gehört, beobachtete er den Melkvorgang, schaltete im richtigen Zeitpunkt aus und wartete, bis sich das Vakuum gelöst hatte. Er nahm das Melkzeug ab und reicht es ihr.
„Das meine ich von mir auch zu behaupten."
„Du kannst mich nicht zwingen."
„Nein, das nicht. Doch wenn du heute nicht mitkommst, kannst du gehen."
Bei seinen Worten durchlief sie ein Zittern und sie starrte ihn ungläubig an. Hatte er diesen Satz wirklich gesagt? Ja, ihr Körper reagierte

darauf, indem er ein Frösteln über ihren Rücken schickte und den Magen zusammenkrampfen ließ. Sie fühlte sich, als wäre sie in großer Höhe aus einem Flugzeug gestoßen worden. Ohne Fallschirm.

„Du würdest mich rauswerfen?" Ihre Stimme war nicht lauter als das Piepsen einer Maus.

Mit durchdringendem Blick fixierte er sie.

„Dies ist mein Hof, ich trage dafür die Verantwortung. Ich habe schon einmal gesagt, dass wir als Team miteinander arbeiten müssen. Wir können es uns nicht leisten, wegen eines Zickenkriegs unsere Arbeit nicht machen zu können."

„Zickenkrieg?", keuchte Sarah und fühlte sich, als hätte sie einen weiteren Schlag abbekommen.

Die Luft vibrierte angesichts der Spannung, die sich zwischen ihnen aufgebaut hatte. Es war, als würde auch Michael den Atem anhalten, während er auf ihre Antwort wartete.

Sie ging in den Nebenraum und legte das Melkzeug ab. Ihre Hände zitterten, während ihre Gedanken hin und her jagten. Dann kehrte sie zu ihm zurück.

„Gut, ich werde mitkommen. Es ist eine Sache zwischen Anna und dir, ihr müsst das klären. Du hast recht, der Hof darf darunter nicht leiden."

Sarah blickte ihn nicht an, ihr war klar, dass er sie fürs Schlachten nicht brauchte. Bisher hatte er immer ohne sie geschlachtet. Wie es schien, meinte er auf diese Weise Anna seine Grenzen zu zeigen. Sarah war leider in diese Auseinandersetzung hineingezogen worden. Michael atmete aus. „Bin ich froh, dass du für eine schlüssige Argumentationslinie offen bist."

„Schlüssige Argumentationslinie, pah", schnaufte Sarah und fühlte Tränen aufsteigen. Die letzten Stunden hatten sie emotional verwundet und sie meinte, bei jeder Kleinigkeit in Tränen ausbrechen zu müssen.

„Dann erkläre mir mal das", flüsterte sie und räusperte sich, um den Kloß hinunterzuschlucken. Da die Stimmung nun ohnehin schon den Tiefpunkt erreicht hatte, nahm sie all ihren Mut zusammen und stellte eine Frage, die sie schon lange bewegte: „Weshalb darf sie bei dir einziehen und mir gibst du keine Chance?"

Michael ballte seine Hände zu Fäusten und öffnete sie wieder. Lange sagte er nichts. Es schien, als würde er mit sich ringen, vielleicht auch um Worte. Endlich meinte er: „Dich will ich als Freund haben. Frauen gehen, Freunde bleiben."

Sarah biss die Zähne zusammen und wandte sich ab, damit er nicht sehen konnte, wie sich ihre Augen immer mehr mit Tränen füllten.

„Wenn Anna geht, ist es mir egal", fuhr er fort und seine Stimme klang tiefer als sonst, „doch wenn du gehst ..."
Unvermittelt brach er ab, drehte sich um und verließ eiligen Schrittes den Stall.
Verzweifelt blickte sie ihm nach, während sie die Tränen von der Wange wischte und in ihrer Hosentasche nach einem Taschentuch kramte. Als sie sich die Nase putzte, wurde ihr schlagartig bewusst, dass Michael das Melken noch niemals zuvor unterbrochen hatte. Seine Worte hallten in ihrem Kopf wider und sie fühlte Schmerz gepaart mit Übelkeit aufsteigen. Sie blickte die Kuh an, die er gerade desinfiziert hatte und die darauf wartete, gemolken zu werden.
„Es tut mir leid, ich kann dir auch nicht helfen", flüsterte sie, ging ins Wirtschaftsgebäude zu Lois und bat ihn, das Melken zu übernehmen. Dann rannte sie in ihr Zimmer.

„Du musst dich zusammenreißen", befahl sie sich und wischte die nicht mehr versiegen wollenden Tränen ab. Es war ihr unmöglich, diesen feuchten Strom zu unterbinden. Im Hof hörte sie das Geräusch eines Wagens, der anhielt und kurze Zeit später kündigte auch der Traktor sein Kommen an. Sarah trat ans Fenster und konnte verschwommen sehen, wie Michael vom Traktor sprang und Leo die Hand schüttelte. Er verhielt sich, als wäre nichts geschehen. Für ihn war das vielleicht auch so. Noch einmal putzte sie sich die Nase, ging ins Badezimmer und wusch sich das Gesicht mit kaltem Wasser. Als ihr Spiegelbild mit rot umrandeten Augen zurückblickte, hätte sie sich am liebsten geweigert, nach unten zu gehen. Doch sie hatte keine Wahl. All ihre inneren Kräfte mobilisierend, straffte sie die Schultern und stieg die Treppen hinunter.
„Kommst du auch schon", hörte sie Michael sagen, der gerade von draußen hereinkam.
Ohne auf seine Stichelei zu reagieren, ging sie an ihm mit gesenktem Kopf vorbei. Er zuckte mit den Schultern, als hätte er keine Ahnung, was mit ihr los war und folgte ihr ins Freie. Auch sie reichte Leo und seinem Lehrling die Hand.
„Du fährst bei mir mit!", befahl Michael und deutete auf den Traktor. Sarah kletterte hinauf und erinnerte sich daran, wie sie einst während des schrecklichen Gewitters vom Berg hinunter geschlittert waren. Damals war ihre Welt irgendwie noch um einiges einfacher gewesen.
Am Wippen des Traktors konnte sie fühlen, dass er sich neben sie setzte. So gut es ihr möglich war, versuchte sie von ihm abzurücken und nach

rechts aus dem Fenster zu schauen.

„Schmollst du jetzt?", wollte er wissen, nachdem er den Motor gestartet hatte.

„Nein", sagte sie leise.

„Was ist dann?"

„Nichts."

Michael stöhnte laut auf.

„Soll ich dir eines verraten?" Er blickte zu ihr, doch sie wandte sich ihm nicht zu. „Ich hasse es, wenn eine Frau ‚nichts' sagt. Das bedeutet so viel wie ‚alles'. Warum, verdammt noch einmal, könnt ihr nicht einfach sagen, was los ist! Der Menschheit wäre damit geholfen! Das kannst du mir glauben!"

„Weil du keinen Frieden gibst! Könntest du dir vorstellen, dass ich mit dir nicht darüber sprechen will?"

„Mit mir konntest du bisher meistens gut reden."

Michael sah aus dem Augenwinkel, dass sie eine Hand an die Augen hob.

„Hör zu", sagte er sanfter, als ihm klar wurde, was sie damit bezweckte. „Wir sind alle etwas überreizt. Es tut mir leid, dass es diese Auseinandersetzung gegeben hat. Wenn du willst, drehe ich noch einmal um und bringe dich nach Hause."

Nach Hause. Bei diesen Worten fühlte sie wieder Tränen aufsteigen. Bis vor Kurzem hatte sie gedacht, der Hof wäre ihr zu Hause. Doch er hatte ihr gedroht, sie hinauszuschmeißen und ihr somit wieder vor Augen geführt, dass es nicht so war. In ihrem Leben hatte sich nichts geändert. Sie hatte noch immer keinen Platz gefunden, an dem sie sicher war. Immer willkommen. Nicht daran denken!

„Soll ich umdrehen?", wiederholte er seine Frage, als sie nicht reagierte. Sarah schüttelte den Kopf. Er legte tröstend eine Hand auf ihren Schenkel, doch sie zuckte zusammen, als hätte sie sich verbrannt. Sofort zog er seinen Arm zurück und umklammerte das Lenkrad. Mittlerweile verließen sie den Schotterweg und fuhren über die Wiese auf die Kuhherde zu. Mühelos zog der Traktor die mobile Schlachtbox hinter sich her. Ziemlich dicht vor den Kühen hielt er an. Michaels Geländewagen parkte weiter hinten und Lois, Vater Salcher und die beiden Fleischhauer stiegen aus. Leo kümmerte sich mit dem Lehrling um die Schlachtbox, bereitete sie vor, damit das betäubte Tier dann zügig eingeladen werden konnte.

„Sarah, ich möchte, dass du hier bleibst. Ich habe das Gefühl, dass du vielleicht die falschen Schwingungen ausstrahlst. Es muss hier alles

emotional absolut ruhig zugehen."
Es störte Sarah nicht im Geringsten, in der Nähe des Traktors bleiben zu dürfen.
„Das Ganze funktioniert so: Ich werde mit dem Gewehr nah an dem Tier vorbeigehen und es betäuben, ohne dass es etwas davon merkt. Auch der Rest der Herde wird nichts mitbekommen, da die Waffe schallgedämpft ist. Die Kuh wird umfallen, die anderen Kühe werden sie anstupsen und sich von ihr verabschieden. So wie sie es tun, wenn eine von ihnen auf der Weide stirbt. Dann wird Lois sie vorsichtig weitertreiben und wir werden die Kuh in die Schlachtbox hängen. Dort bekommt sie den obligatorischen Schnitt, damit sie ausbluten kann."
„Sie spürt nichts?", fragte Sarah.
„Rein gar nichts. Durch den Schuss ins Gehirn wird der ganze Körper lahmgelegt. Du weißt ja, wie man es bei einem Menschen nennt, wenn das Gehirn nicht mehr funktioniert?"
„Klinisch tot."
„Genau, das ist unsere Kuh. Du wirst sehen, ich werde ihre Augen untersuchen, daran kann ich erkennen, ob sie noch reagiert. Sollte das der Fall sein, muss ich noch einmal schießen. Aber das ist mir lange nicht mehr passiert."
Er deutete auf das Gewehr in seiner Hand.
„Dafür verwenden wir eine bleifreie Munition. Neueste Studien haben gezeigt, dass das Blei Mensch und Tier nicht zuträglich ist."
„Tier?"
„Bei der Jagd werden manche geschossenen Vögel nicht gefunden. Wenn ein anderes Tier die Kadaver frisst, kann es an Vergiftung sterben."
„Und Martin?"
„Hat schon umgestellt. Musste etwas überzeugt werden. Aber das Argument mit dem Grundwasser hat dann, glaube ich, den Ausschlag gegeben. Du weißt ja, wie er ist. Über seine Natur lässt er nichts kommen."
„Das Blei sickert also auch in das Grundwasser?"
„Ja. Gerade auch bei Schießständen konnte man das beobachten. Wie du weißt, schreibe ich zurzeit einen Artikel zu dem Thema."
Sarah nickte. War es wirklich gestern gewesen, als die Welt noch in Ordnung war?
„Ich rechne mit einem Shitstorm aus Richtung der Jäger. Die meisten von ihnen schwören auf die alten Traditionen. Hat ja bisher alles gut geklappt. Fällt ihnen schwer, sich umzustellen. Durch meine Tätigkeit als Journalist muss ich mich mit vielen Themen

auseinandersetzen, noch bevor sie der Öffentlichkeit präsentiert werden. Ich habe das Glück, dass ich manches direkt hier ausprobieren und dann sozusagen einen Praxisbericht schreiben kann."

„Der dåldat und dåldat", rief Leo in Lois Richtung, laut genug, dass Michael es hören konnte. „Wärst du so kamot?"

„I kimm glei!", rief er zurück und wandte sich noch einmal an Sarah. „Das Wichtigste ist jetzt, dass alles passt. Unter Zeitdruck töte ich nicht. Wenn das Vieh und ich also nit zusammenkimman, dann miassma wieder fahren."

An seinem Kauderwelsch konnte sie erkennen, dass er mit seinen Gedanken bereits bei der Arbeit war. Unwillkürlich musste sie lächeln, er hob eine Hand, kniff sie zärtlich in die Wange, wandte sich um und ging ruhig auf die Herde zu. Dabei sprach er mit den Tieren, so, wie er es sonst tat. Die Kuh, die sie auserwählt hatten, lag gemütlich auf dem Boden und verdaute kauend ihre Mahlzeit. Sarah fühlte wieder dieses beklemmende Gefühl aufsteigen und hielt den Atem an. Doch alles verlief schnell und ruhig, die Kühe schnupperten an ihrer betäubten Genossin und ließen sich dann willig weitertreiben. In dem Moment begann die Arbeit der anderen und mit gekonnten Griffen, die perfekt aufeinander abgestimmt waren, wurde das Tier in die Box gezogen. Den Schrecken, der ihr von den Schlachthöfen her bekannt war, konnte sie hier nirgends entdecken. Natürlich war ein Tier getötet worden und das war nie schön. Aber es geschah mit gegenseitigem Respekt. Michael war für sie der größte Lehrer, den sie jemals gehabt hatte! Obwohl er stark war und ein Mann, wie man ihn sich vorstellte, empfand er Empathie für Menschen und die Tiere, für die er verantwortlich war. Nun ja, musste sie sich eingestehen: nicht für sie und nicht für Anna. Aber sonst war er durchaus mitfühlend, ohne ins Rührselige abzurutschen. Er stieg auf den Traktor und wartete, bis sie neben ihm saß.

„Alles in Ordnung?"

„Ja. Es war sehr friedlich."

Michael lächelte ihr kurz zu, startete und sie fuhren zum Hof zurück. Die eigentliche Arbeit begann jetzt mit dem Ausnehmen und Verarbeiten der Kuh. Auch hier wurde dem Tier Respekt entgegengebracht. Sarah half, wo sie konnte und ging vor dem Abendessen duschen. Sie war vollkommen erschöpft. Kurz ließ sie sich im Morgenmantel auf ihrem Bett nach hinten sinken und wollte dann in einen Trainingsanzug schlüpfen, um zum Abendessen zu gehen. Doch sie konnte nicht verhindern, dass ihre Augen zufielen und sie sich

plötzlich im Reich der Träume wiederfand.
Ein leises Klopfen ließ sie hochschrecken und noch bevor sie wusste, wo sie war, stand Michael im Zimmer.
„Oh, entschuldige, ich wollte nur nachsehen, ob alles in Ordnung ist. Du bist noch nicht zum Abendessen gekommen."
Sarah gähnte und streckte sich, doch als sein Blick über ihren Körper wanderte, wurde ihr bewusst, dass sie so gut wie nichts trug, außer diesem Morgenmantel und der war verrutscht. Schnell zog sie den Stoff zurecht. Viel hatte er vermutlich nicht zu sehen bekommen. Er stand noch immer wie angewurzelt da.
„Noch nie eine Frau gesehen, oder was?", fragte sie und spielte damit auf seine eigenen Worte an.
Er riss sich von ihrem Anblick los und räusperte sich.
„Also, zieh dich an und komm. Oder soll ich dir was ans Bett bringen?"
„So weit kommt's noch!"
Sarah schob die Beine über den Bettrand. Irgendwie war es befreiend, nicht ständig befürchten zu müssen, jemand könnte ihre Narben entdecken. Er hatte sie bereits gesehen und sie schienen ihn nicht weiter abzuschrecken. Sie hörte die Tür hinter ihm zufallen und seine Schritte, die sich nach unten entfernten. Das einfachste Temperament hat er nicht, stellte sie mehr zu sich selbst fest, schlüpfte in ihre Unterhose und dann in den Hausanzug. Es war ein älteres Teil aus ihrer Zeit als Yuppie, in rosa gehalten, mit einem Schriftzug aus Strasssteinchen. „Dancing Queen". Vollkommen fehl am Platz, doch es war ihr egal.

Ach sag´mir´s wo wohnst du, ...

Am Freitag fuhr Sarah mit Maria und Helene auf den Markt. Vater Salcher hatte ihr beigebracht, wie man den Lieferwagen lenkte und diese Aufgabe gerne an sie weitergegeben. Helene hatte ihren kleinen Koffer dabei, denn Petra würde gegen Mittag kommen, um sie abzuholen und mit nach Klagenfurt zu ihrer Familie zu nehmen. Das Wochenende durfte sie wieder mit ihren Cousins und Cousinen spielen. Sie freute sich schon riesig darauf.
Es war bereits ruhiger geworden und die Frauen beschlossen einzupacken, als Sarahs Handy läutete. Maria deutete ihr, dass sie ruhig alleine weitermachen konnte und Sarah hob ab. Es war Angelika.

Seit Sarahs Besuch im Krankenhaus hatte sich eine Freundschaft zwischen den beiden entsponnen und Sarah meinte manchmal, ihre ältere Schwester wiedergefunden zu haben. Natürlich wusste sie, dass Sophie durch niemanden zu ersetzen war, doch sie musste jedes heimatliche Gefühl in sich aufsaugen, da sie zu wenig Halt in dieser Welt gefunden hatte. Sie plauderten ein bisschen und dann erkundigte sich Angelika nach ihrem Retter. So nannte sie Michael immer.
„Es geht ihm gut."
„Ist er noch immer mit Anna zusammen?"
„Ja, es gab vor ein paar Tagen ziemlichen Krach wegen ihr. Jetzt ist sie weg."
„Kommt sie wieder?"
„Keine Ahnung. Ihre Sachen sind zumindest noch da. Sie ist zu ihrer Freundin Victoria geflogen."
„Zu der Victoria, an die ich denke? Die Hotelerbin?"
„Jep."
„Verstehe nicht, dass der Mann so an ihr hängt."
„Sie ist schön und hat sich bisher nicht verscheuchen lassen. Laut Frau Salcher hat noch nie eine seiner Beziehungen so lange gehalten wie diese."
„Du bist auch schön."
„Nein", widersprach Sarah. „Du weißt, dass das nicht stimmt. Es macht auch nichts, ich habe mich daran gewöhnt und ich bin sicher, dass es Vorteile hat. Wenn einen kein Mann ansieht, kann einem außer einem gebrochenen Herzen nichts passieren."
Kurz war es still, dann meinte Angelika: „Wie lange willst du das eigentlich noch durchhalten?"
„Für immer?"
„Das macht dich kaputt."
Sarah kaute auf ihrer Lippe.
„Noch geht´s."
„Aber warte nicht zu lange. Irgendwo da draußen läuft der richtige Mann für dich herum. Einer, der deine Qualitäten wirklich zu schätzen weiß."
Aber den habe ich doch gefunden, schrie es verzweifelt in Sarah.
„Schaun mia mal. Ich muss jetzt wieder Maria helfen. Wir sind nämlich auf dem Wochenmarkt."
Sie verabschiedeten sich voneinander und Sarah kehrte zum Wagen zurück. Gemeinsam mit Maria hievte sie die Kisten ins Innere, dann fuhren sie nach Hause. Michaels Geländewagen stand noch auf dem Parkplatz in Treffen. Er würde sicherlich bald Feierabend machen.

Im Hof stand Annas Auto. Sie war also zurückgekommen. Sarah schlich sich die Treppe nach oben und klopfte an die Tür. Anna öffnete in einem enganliegenden Kleid. Es verschlug Sarah fast die Sprache, so perfekt sah die andere Frau aus.
„Was willst du?", fragte diese und musterte ihr kleineres Gegenüber.
„Michael ist noch nicht da."
„Ich weiß. Ich möchte mit dir sprechen."
Anna trat einen Schritt zurück und ließ Sarah eintreten. Diese ergriff Annas Hand, zog die verdutzte Frau mit sich ins Schlafzimmer und direkt vor einen Spiegel. Entschlossen stellte sie sich neben sie. Sarah war verschwitzt und müde, während Anna frisch und munter aussah. Sich diesem Kontrast im Spiegel zu stellen, schmerzte Sarah bis ins Mark.
„Sieh uns an",sagte sie mit erstickter Stimme. „Dich und mich. Siehst du es nicht?"
Anna war zu überrascht, um zu sprechen.
„Ich bin keine Gefahr für dich. Michael und ich kannten einander, bevor du ihn getroffen hast. Waren wir ein Paar? Nein. Weil er mich nicht will, verstehst du?"
Anna nickte und es kostete Sarah alle Anstrengung, der anderen Frau nicht zu zeigen, wie sehr sie diese Worte schmerzten.
„Solltest du gehen", fuhr sie tapfer fort, „wird er sich eine andere suchen. Jedoch nicht mich. Du kannst beruhigt sein. Es gibt nichts, was ihn an mir interessieren würde."
Ohne ein weiteres Wort drehte sie sich um und stürmte aus dem Raum. In ihrem Zimmer konnte sie die Tränen nicht länger zurückhalten. Sie warf sich aufs Bett und schluchzte in den Polster. Niemand sollte von ihrem Schmerz erfahren!

Sein Auto fuhr in den Hof, seine Schritte erklommen die Stufen, sie hörte ihn eintreten. Ein paar Minuten später drang Lachen zu ihr herüber. In diesem Augenblick beschloss Sarah, sich nicht länger zu foltern. Sie packte ein paar Sachen in eine Reisetasche und ging damit hinunter.
„Ich bin am Sonntagabend wieder da. Könnt ihr mich bis dahin entbehren?"
„Natürlich! Warst lei eh so fleißig."
Sie warf die Reisetasche in den Kofferraum ihres Minis und fuhr vom Hof. Als sie auf die Autobahn auffuhr, rief sie Angelika über die Freisprecheinrichtung an und fragte, ob sie im Gästehaus noch ein Zimmer für sie hätten. Angelika freute sich riesig über die Nachricht

ihres Kommens. „Du kannst bei mir schlafen. Ich habe eine kleine Wohnung und genug Platz!"

Es war noch nicht dunkel, als sie ihr Ziel erreichte.
„Du hast es dir nach unserem Telefonat aber schnell überlegt", stellte Angelika fest und zog Sarah tröstend in die Arme. „Was ist passiert?"
„Anna ist zurückgekommen und du hättest sie sehen müssen! Sie ist der Traum eines jeden Mannes! Helene ist zu Besuch bei ihrer Tante und du kannst dir vorstellen, wie das Wochenende ablaufen wird! Ehrlich, das muss ich mir nicht antun!"
Angelika nickte verständnisvoll und führte sie in ihre Wohnung. Auch hier war so gut wie alles aus Holz gefertigt, allerdings gaben die Fenster einen Blick über weite Koppeln frei.
„Es ist schön hier!", stellte Sarah fest.
„Komm, ich zeige dir die Reithalle!"
Nebeneinander schlenderten sie über das Gestüt.
„Wie geht es deinem Bein? Kannst du wieder reiten?"
„Ist ganz gut verheilt, aber natürlich spüre ich es noch. Ganz langsam beginne ich wieder mit dem Training. Aber eines kann ich immer noch: anderen das Reiten beibringen. Wie wär's: Möchtest du es morgen probieren?"
„Ich weiß nicht ..."
„Natürlich willst du!"
„Ja, du hast recht! Ich würde es gerne versuchen."
„Dann wäre das abgemacht." Angelika lächelte zufrieden. „Heute machen wir uns einen Mädelsabend."
„In welcher Form?"
„Es gibt zwei Möglichkeiten, wir schauen uns einen Film an und knabbern dabei ungesundes Zeug oder wir gehen in die Stadt und flirten mit wem auch immer."
„Ersteres. Aber keinen romantischen Film."
„Knight and day? Kennst du den schon?"
„Ist das der mit Tom Cruise und Cameron ..."
„Genau. Spielt sogar kurz in Salzburg. Ist eher ein Actionfilm."
„Ja, das klingt gut. Auf ‚Was Frauen schauen' pfeifen wir heute!"
Sie grinsten einander an, dann griff Angelika nach dem Telefon.
„Pizza?"
„Oh ja! Lange nicht mehr gegessen!"

Als Sarah am nächsten Tag ihre erste Reitstunde beendet hatte, fühlte sie ihre Narbe heftig pochen. Bei dem Unfall waren vor Jahren nicht nur sämtliche Muskelstränge zertrennt worden, sondern der Knochen mehrmals gesplittert, was komplizierte Operationen nach sich gezogen hatte. Jedoch biss Sarah die Zähne zusammen und erzählte Angelika nichts von ihren Schmerzen. Sie musste diese ignorieren, wenn sie ihrem Ziel, reiten zu lernen, näher kommen wollte. Über ihren Muskelkater stöhnte sie dafür umso mehr und Angelika konnte ein Grinsen nicht unterdrücken.
„Die ersten Tage sind hart. Du solltest in Arriach weiter reiten und nicht wieder aufhören."
„Lei losn", meinte Sarah schulterzuckend. „Mal sehen, ob es sich ergibt."

Um kurz nach fünf fand sie sich am Sonntag Nachmittag im Stall ein. Michael drehte sich zu ihr.
„Zurück?"
Sarah lächelte.
„Ja. Hat gut getan."
Sie streichelte eine Kuh zwischen den Hörnern.
„Und bei dir? Hast du ein bisschen ausspannen können?"
„Ja, erstaunlicherweise ist das Wochenende sehr angenehm verlaufen", Michael wirkte bei diesen Worten ein wenig abwesend, kehrte aber mit den Gedanken wieder zu ihr zurück. „Nach einem Streit ist die Versöhnung umso schöner."
Sarah fühlte, wie sie sich innerlich verkrampfte.
„Dann ist ja alles gut!", sagte sie schnell und ging in den Nebenraum, wobei sie sich bemühte, nicht vor Schmerz zu humpeln.
Gerade als sie zurück in den Stall kam, trat Maria ein.
„Sarah, der junge Mann is ankimma!"
Michael richtete sich auf.
„Welcher junge Mann?"
„Andi?", wollte Sarah wissen, Michaels Frage ignorierend.
„Aus Wien ist er."
„Ich komme sofort!"
Sie rannte aus dem Stall und Michael blickte ihr nach.
„Verstehst du das?", fragte er seine Mutter.
„Na, er solltad doch erst am Mittwoch kimman."
„Du wusstest aber, dass er kommen würde?"
„Sicher!"
Als er die Kuh zu Ende versorgt hatte, trat er in den Hof. Sarah stand

neben einem müde wirkenden Mann, lachte fröhlich und half ihm, einen Koffer auszuladen.

„Kann mir bitte jemand erklären, was das hier soll?", fragte Michael im Näherkommen.

„Schau, das ist der Bauer, dem das hier alles gehört", sagte Sarah in Andis Richtung, ohne auf Michaels Worte einzugehen. Sie vermied bewusst das Wort „Landwirt" - mal sehen, wie Michael das parierte! Michael streckte die Hand aus und schüttelte die von Andi.

„Magister Salcher", stellte er sich förmlich vor. Sarah lüpfte überrascht die Augenbrauen und versuchte, ein Grinsen zu unterdrücken. Da hat er sich wohl ganz schön in seiner Ehre angegriffen gefühlt!

„Okay, also das ist dann Herr Magister Berger. Ich habe ihm hier eine Kur verordnet. Für die nächsten drei Wochen darfst du ihn also genauso tyrannisieren wie mich. Bis dahin musst du ihn so weit haben, dass er bleibt, sonst haut er nach Indien ab."

„Du hast nichts davon gesagt, dass das hier ein Bootcamp wird."

Sarah kicherte. „Warte nur ab! Herr Magister Salcher kann sehr streng sein! Dieser Hof wird mit eiserner Hand geführt. Also, pass gut auf, dass du spurst."

„Was redest du da für einen Holler?" Michael verschränkte die Arme.

„Oh, ich dachte, Sie hätten es verstanden, Herr Magister!" Sarah musterte ihn mit einem neckischen Lächeln. Wie lange war es her, dass er sie so fröhlich gesehen hatte? „Herr Magister Berger wird Ihnen zur Hand gehen und in den ersten drei Wochen zahlt er noch dafür. Danach wird er freiwillig bleiben. Ach ja, und weil wir schon dabei sind: Könnten Sie mich bitte alle Frau Doktor Preisträgerin nennen?"

Sie machte sich tatsächlich über ihn lustig, schoss es Michael durch den Kopf und er musste sich eingestehen, dass sie recht damit hatte.

„Bevor sie größenwahnsinnig wird", meinte Michael und zwinkerte Andi freundschaftlich zu, „Ich bin Michael. Mir war nicht klar, von welcher Art dein Aufenthalt hier ist."

Noch einmal schüttelten sie einander die Hände.

„Andi. Bin schon neugierig, was mich hier erwartet. Sarah schwärmt in den höchsten Tönen von dir."

„Von hier", besserte Sarah mit einem entzückenden Lächeln aus.

„Ähm, ja, natürlich von hier."

Andi zog sie spielerisch in die Arme. „Meine Güte, siehst du gut aus!" Kurz beobachtete Michael die beiden, wie sie unbefangen miteinander blödelten, dann entschuldigte er sich und kehrte zu seiner Arbeit zurück.

„Heute hast du noch Schonfrist", sagte sie zu Andi, nachdem sie die Koffer in seinem Zimmer abgestellt hatten. „Um 20.00 Uhr gibt's Abendessen. Du kannst dich hier in der Zwischenzeit ja umsehen. Ich muss wieder in den Stall zurück."
Andi blickte sie forschend an.
„Zu deinem Michael."
Sarah verschränkte die Arme. „Er ist nicht mein Michael. Wage dies weder zu sagen noch zu denken!"
Mit diesen Worten verließ sie den Raum und kehrte in den Stall zurück. Michael war bereits mit dem Melken fertig und Sarah übernahm die Reinigung der Melkmaschine, während er die Kühe fütterte.
„Woher kennst du diesen Andi?", wollte er wissen, als sie sich zu ihm gesellte und ihm half.
„Wir sind uns vor Jahren bei irgendeinem geschäftlichen Anlass über den Weg gelaufen. Haben gequatscht und uns auf Anhieb gut verstanden. Das ist bis heute so."
„Mehr war nicht?"
Sarah schoss das Blut in die Wangen. Es hatte tatsächlich eine Zeit gegeben, zu der sie sich hätte vorstellen können ... aber, von Andis Seite her war da nie etwas gewesen.
„Aha", stellte Michael fest, ohne von seiner Arbeit aufzusehen.
„Nein, du verstehst das falsch. Wir waren immer nur Freunde."
„So wie wir?"
„Ja, so wie wir."
„Das heißt, du warst in ihn verliebt?"
Sarah runzelte die Stirn.
„Wie kommst du darauf? Meinst du, ich will was von dir?"
Nun hielt er in seiner Arbeit inne und stützte sich auf der Heugabel ab. Dann musterte er sie.
„Ja", stellte er schließlich fest. „Du willst was von mir."
Seine Worte berührten sie peinlich und sie wusste, dass sie mittlerweile rot wie eine Tomate war.
„Ich wollte nie etwas von Andi, genauso wenig wie von dir!", stieß sie hervor und es war ihr egal, dass sie log. Ihre Gefühle gingen niemanden etwas an! Schon gar nicht einen Mann, der sich dafür in keiner Weise interessierte! Michael lachte ungläubig auf.
„Wieso fühle ich mich gerade in meine Kindergartentage zurück versetzt?", fragte er erheitert. „Wir sind erwachsen. Wir können doch wohl offen über unsere Gefühle sprechen."
Nun funkelte sie ihn wütend an und meinte sarkastisch: „So, können

wir das? Na dann, bitte schön, fang mal an!"
In diesem Moment vibrierte ihr Handy und sie zog es heraus. Irritiert erkannte sie die Nummer ihres Vaters. Entgeistert starrte sie darauf.
„Willst du nicht abnehmen oder hoffst du, dass das Telefon die Entscheidung für dich trifft?"
Mit ihren Gedanken weit weg blickte sie zu ihm.
„Entschuldigung", murmelte sie und hob im Hinausgehen ab. „Ja?"
„Ich habe mir schon gedacht, du meldest dich gar nicht mehr", hörte sie die ungeduldige Stimme ihres Vaters.
„Tut mir leid, ich hab gerade gearbeitet."
„Gearbeitet? Es ist Sonntag. Da pflegst du doch normalerweise faul auf der Haut zu liegen."
„Ich bin in Kärnten, auf einem Bauernhof und helfe hier. Da gibt es keinen Sonntag."
Kurz war es still. „Was ist los, weshalb rufst du an?"
„Es ist wegen deiner Mutter, sie ist heute Mittag gestorben."
Obwohl Sarah keine enge Beziehung zu ihrer Mutter gehabt hatte, traf sie diese Nachricht wie ein Schlag. Es war, als hätte eine eisige Windböe nach ihr gegriffen und sie unvermittelt an einem anderen Ort abgesetzt. Es war einsam dort.
„Wieso? Hatte sie einen Unfall?"
„Sie hatte Krebs."
„Krebs? Wie langes schon?"
„Wir wissen es seit ein paar Monaten."
„Seit ein paar Monaten? Wieso habt ihr mir nichts davon erzählt?" Sie hörte ihre Stimme brechen.
„Es war so viel zu tun und sie wollte nicht darüber sprechen. Es ist dann doch schneller gegangen, als wir erwartet hatten."
„Ihr habt nicht daran gedacht, dass ich sie vielleicht gerne noch einmal gesehen hätte?"
„Wie gesagt, die Krankheit ist schneller verlaufen, als wir annehmen konnten."
Sarahs Hände begannen unkontrolliert zu zittern, sodass sie jegliches Gefühl in den Fingern verlor. Sie stand wie erstarrt und bemerkte nicht, dass ihr das Handy aus der Hand rutschte und zu Boden fiel. Regungslos stand sie da, während sich die Welt rasend schnell um sie drehte. Sie hörte nicht, dass ihr Vater ihren Namen rief, bemerkte nicht, dass Salcher neben sie trat, das Telefon aufhob und kurz mit ihrem Vater sprach. Erst als er ihre Schultern umfasste und ihr fest in die Augen sah, kehrte sie in die Realität zurück.

„Komm, Sarah, setzt dich hin."
Wie ein Roboter ließ sie sich zu der Bank unter dem Kirschbaum führen. Er drückte sie nieder und sie ließ es geschehen. Dann setzte er sich neben sie und ergriff ihre Hände, die sich ganz kalt anfühlten.
„Tut mir leid."
Alles, was sie zustande brachte, war ein schwaches Nicken.
„Wirst du zur Beerdigung fahren?"
„Wann?"
„Am Donnerstag, hat dein Vater gesagt. In Wien."
„Ja, ich muss wohl hinfahren ..."
Langsam stand sie auf und er gab sie frei.
„Wohin willst du?", fragte er besorgt.
„Ich muss kurz ..."
Er wollte nach ihr greifen, doch sie hob abwehrend die Hand. Wie in Trance verschwand sie im Torbogen des Wirtschaftsgebäudes und ging auf die Weiden zu. Michael erhob sich beunruhigt. So konnte er sie unmöglich allein lassen! Mit etwas Abstand folgte er ihr, doch als er auf der anderen Seite ins Freie trat, konnte er sie nirgendwo entdecken.
„Sarah!", rief er und begann zu laufen. Weit konnte sie ja noch nicht sein. Er rannte zu dem einen Ende des Hofes und spähte um die Ecke. Nichts. Dann eilte er in Richtung Schlachtkammer und blieb atemlos stehen.
„Sarah!"
Voll Sorge ließ er seine Augen auf der Suche nach ihr herumschweifen – es war unmöglich, dass sie verschwunden war. Er sprang über das Gatter, durchmaß mit großen Schritten das Gehege und öffnete die Tür der Schlachtkammer. Sie war leer. Doch die Tür, die aus dem Raum in den Hof führte, stand offen. Schnell trat er wieder ins Freie. Er hätte sich die Haare raufen können, sie war nicht im Hof. Vielleicht war sie in ihr Zimmer gegangen? Er rannte zu ihrem Zimmer und öffnete die Tür, ohne vorher anzuklopfen. Leer. Das Badezimmer: leer.
„Verdammt, Sarah!", stieß er hervor.
„Was ist los?", fragte Anna, als er wieder in den Gang trat.
„Ich hab jetzt keine Zeit."
Schnell verstellte sie ihm mit einem herausfordernden Lächeln den Weg.
„Lass mich durch!"
„Erst, wenn ich bekomme, was ich möchte."
„Das wäre?"
Ihre Lippen kamen näher und sie schlang die Arme um seinen Hals, während sie ihren Körper aufreizend an ihn schmiegte. Er schloss die Augen und gab sich kurz ihrer Berührung hin – es hatte keinen Zweck, mit ihr zu streiten.

„Entschuldigung", sagte Sarah, „darf ich bitte durch?"
Michael fuhr zurück und erbleichte. Was mochte sie nun von ihm denken?
„Wo warst du?"
„In der Küche. Ich habe ein Glas Wasser getrunken. Wusste nicht, dass ich davor einen Antrag stellen muss."
Sie blickte ihn nicht an, als sie sich an ihnen vorbeidrängte und in ihrem Zimmer verschwand. Michael starrte ihr nach. Anna hob die Hand zu seinem Kinn und drehte sein Gesicht in ihre Richtung.
„Wo waren wir stehengeblieben?"
Michael seufzte. Sarah war nicht verschwunden und er musste sich also keine Sorgen um sie machen. Im Gegenteil: Sie schien sich wieder gefangen zu haben.

Beim Abendessen war sie etwas ruhiger als sonst, doch alle schoben es darauf, dass sie müde war. Hin und wieder übersetzte sie Andi ein paar Worte, damit er von der Unterhaltung auch etwas verstand. Andi blickte immer wieder fragend in ihre Richtung, doch Sarah wich seinem Blick aus. Es gab niemanden, mit dem sie reden wollte. Die Einsamkeit stülpte sich nicht zum ersten Mal wie eine gläserne Glocke über sie. Bisher hatte sie immer wieder versucht, einen kleinen Riss zu erhalten, doch dieser schien nun nicht mehr vorhanden zu sein. Vollkommen war das Gefängnis, das sie nun umgab. Sie war es leid, immer wieder dagegen anzukämpfen. Sie hatte gehofft, hier einen Platz ... Nein!
Nach dem Essen wünschte sie allen eine gute Nacht und verschwand in ihrem Zimmer. Dort warf sie sich auf ihr Bett und starrte an die Decke. Sie hatte keine Tränen mehr.

Andi und Michael wechselten einen besorgten Blick.
„Sie hat gerade erfahren, dass ihre Mutter heute gestorben ist."
Andi blickte ihn betroffen an.
„Soll ich zu ihr gehen oder sie lieber in Ruhe lassen?", fragte er ratlos.
„Eher in Ruhe lassen", mischte sich Anna ein.

... mein Herzallerliebst, mein Herzallerliebst, mein Herzallerliebst?

Am Montag in der Früh packte Sarah ihre Sachen, verabschiedete sich von allen, drückte Helene noch einmal fest und setzte sich in ihr Auto. In Treffen hielt sie nicht an, um auch zu Michael Lebewohl zu sagen, sondern fuhr an der Redaktion vorbei, als wäre sie noch niemals dort gewesen.

Ihre Wohnung in Wien hatte sie vermietet. Da sie auch nicht bei ihrem Vater übernachten wollte, nahm sie sich ein Hotelzimmer. Sie ging in die Stadt, um die passende Kleidung für einen Trauergottesdienst zu erwerben. Sie setzte sich auf das Bett im Hotelzimmer und dachte nach. Dabei kam sie zu dem Schluss, dass der Welt nichts fehlen würde, wenn sie nicht mehr wäre.

Der Trauergottesdienst wurde von einem Pfarrer gehalten, der tatsächlich zu glauben schien, was er predigte. Er sprach von einem Leben nach dem Tod, von einem liebenden Gott, der jedem die Hand reichte und von Hoffnung. Ein kleiner Funken davon sprang auf sie über und sie hoffte, dass dieser Gott tatsächlich existierte und sich als Einziger darüber freute, dass es sie gab.
Neben ihrem Vater stehend nahm sie die Beileidsbekundungen der wenigen Leute, die gekommen waren, entgegen.
„Der Leichenschmaus findet beim ‚Simmeringer Bier- und Kulturschmankerl' statt."
„Wer kommt?"
Ihr Vater blickte sich suchend um, doch es waren bereits alle anderen gegangen.
„Wir beide?"
Sarah sah ihn zweifelnd an – sie war sich nicht sicher, ob es eine gute Idee war. Andererseits konnte sie ihn nicht einfach allein den Leichenschmaus zu sich nehmen lassen. Es war schon alles traurig genug. So saßen sie einander kurze Zeit später schweigend gegenüber. Anfangs hatte Sarah versucht, ihren Vater in ein Gespräch zu verwickeln, da er aber nur eintönige Antworten gab, hatte sie es bald aufgegeben. Verzweifelt wurde ihr bewusst, dass sie eigentlich einem Fremden gegenüber saß. Impulsiv beugte sie sich vor und legte eine Hand über seine.
„Papa, jetzt haben wir nur mehr uns beide."
Er hob den Kopf und sah sie nachdenklich an.

„Haben wir uns jemals gehabt?", fragte er philosophisch und Sarah ließ sich wieder zurücksinken. Ihre Hand rutschte über die Tischplatte.
„Nein, haben wir nicht."
Eindringlich musterte sie ihn. Er war braun gebrannt, wie sie ihn kannte, sein teurer Maßanzug saß perfekt wie immer. Man sah, dass er regelmäßig Sport trieb. Auch in seinen jungen Jahren war er niemals ein Schönling gewesen, doch seine unebenmäßigen Züge machten ihn durchaus interessant und er hatte nie Probleme bei der Frauenwelt gehabt.
„Warst du bei ihr, als sie starb?"
„Nein, das wollte sie nicht. Ich habe sie die letzten zwei Wochen nicht mehr gesehen."
„Du hast sie allein sterben lassen?"
„Wie gesagt, sie wollte es so."
Mit einer schnellen Bewegung drehte er sein Handgelenk mit der Uhr und warf einen Blick darauf.
„Es ist Zeit. Ich habe noch einen Termin."
„Heute?"
„Warum nicht?"
Er winkte dem Kellner nach der Rechnung und bezahlte, als sie gebracht wurde.
„Viel hast du ja nicht gegessen", meinte er mit einem Blick auf ihren Teller.
Förmlich reichte er ihr die Hand.
„Ich werde dich wegen des Erbes noch kontaktieren."
Sarah nickte und blickte ihm nach, als er das Lokal verließ. Irgendwann, nachdem der Kellner ihr auffordernde Blicke bitte zu gehen, zugeworfen hatte, stand sie auf und schlurfte in die Stadt. Sie ließ sich die Haare schulterlang schneiden und schwarz färben, ging in ein Einkaufszentrum und kaufte, was ihr unter die Finger kam. Dabei erwarb sie auch einen wunderschönen, mit Federn geschmückten Haarreifen für Helene. Dann kaufte sie eine schmerzstillende Creme für ihre Narben, die noch immer weh taten und kehrte in ihr Hotel zurück. In ihrem Hotelzimmer setzte sie sich ans Fenster und starrte hinaus, ohne etwas zu sehen. Ihre Gefühle verschloss sie tief in sich, so wie sie es immer getan hatte. Als sie sich ins Bett legte, wusste sie, dass es Zeit war, eine Entscheidung zu treffen. Ihre Tage auf dem Salcherer-Hof waren gezählt. Aber nicht, wie Michael annehmen würde, weil sie gehen wollte, sondern weil sie es musste. Zuvor aber würde sie ihm das Haus mit Menschen füllen, das hatte sie ihm versprochen.

Am Freitagabend erreichte sie den Hof und holte ihre Reisetasche sowie die Einkäufe der letzten Tage aus dem Kofferraum. Der Mini war ziemlich voll. Michael, der den Wagen vorfahren gehört hatte, trat aus dem Stall und blieb, von ihrem Anblick überrascht, abrupt stehen. Kurz starrte er sie an, dann kam er näher.

„Warte, ich helfe dir."

„Nein, danke, es geht schon."

„Meine Güte, hast du den Wienern schon noch etwas dort gelassen?"

Sarah erwiderte nichts, bückte sich und hob die Tasche an. Entschlossen nahm er sie ihr aus der Hand und ignorierte ihren Protest.

„Wie ist es gelaufen?"

Eine nach der anderen hob sie die restlichen Einkaufstaschen an und wandte sich dem Haus zu.

„So, wie solche Dinge laufen."

Ohne auf ihn zu warten, trat sie ein. Michael blickte ihr nach und fühlte, dass sich etwas verändert hatte. Diese Erkenntnis schmerzte ihn wie ein tragischer Verlust. Gebeugt folgte er ihr und stellte die Tasche in ihrem Zimmer ab.

„Helene!", rief er. „Sarah ist wieder da!"

Sofort kam Helene aus ihrem Zimmer geschossen und schloss Sarah in die Arme. Es schien, dass es doch einen Menschen gab, der sich über ihre Anwesenheit freute. Gerührt drückte sie dem Mädchen Küsse auf den Scheitel.

„Ich hab dir etwas mitgebracht."

„Echt?" Helenes Augen begann aus Vorfreude zu strahlen.

„Warte mal!" Sie begann in ihren Taschen zu wühlen. „Hier ist er ja." Sie reichte Helene den Haarreifen und das Mädchen stieß einen andächtigen, überwältigten Laut hervor.

„Er ist wunderschön! Ich glaub, er passt zu meinem Kleid!"

Vorsichtig nahm sie ihn in die Hand und setzte ihn auf, dann rannte sie ins Badezimmer, um sich im Spiegel anzusehen.

„Vielen, vielen Dank!", rief sie, als sie zurückkam. „Schau Papa, steht er mir nicht ausgezeichnet?"

Michael lächelte. „Du siehst umwerfend aus! Sarah hat wieder mal genau das Richtige gefunden."

Plötzlich fiel ihm ein, dass im Stall noch einiges zu tun war.

„Ich muss noch mal zurück zu den Kühen. Wir sehen uns beim Abendessen?"

Sarah nickte, blickte ihn aber nicht an. Stattdessen ging sie in die Hocke und zupfte ein paar Federn von Helenes Haarreifen zurecht.

Nach einem letzten Blick auf die beiden wandte er sich um und kehrte zu seiner Arbeit zurück.

Mit eiserner Selbstbeherrschung tat Sarah beim Abendessen so, als wäre nichts geschehen und ließ die Scherze über ihre neue Frisur freundlich lächelnd über sich ergehen.

„Auch wenn ich mich geehrt fühle, dass du anscheinend so aussehen möchtest wie ich, finde ich, die neue Haarfarbe steht dir überhaupt nicht. Sie macht dich richtig blass!", meinte Anna.

„Leider konnte ich nur einen Termin beim Friseur ergattern, der Kalender vom Schönheitschirurgen war dummer Weise schon voll."

„Ich finde die Haare schön!", rief Helene. „Sie sieht aus wie Schneewittchen!"

„Oh danke, Helene!", lächelte Sarah. „Sind meine Lippen auch so rot wie Blut?"

Das Mädchen schüttelte verneinend das Köpfchen. „Aber meine Mami hat einen Lippenstift und den kann sie dir nächstes Mal leihen."

„Fein!" Sarah drehte sich zu Andi. „Und du? Wie war deine erste Woche?"

„Unglaublich anstrengend", stöhnte der Angesprochene. „Aber auch sehr befriedigend."

„Hab ich es nicht gesagt?" Sie zwinkerte ihm zu.

Michael beobachtete sie schweigend. Wie konnte sie auch nur annehmen, dass er ihren Schmerz nicht sah - dass sie diesen vor ihm verbergen konnte? Nicht ein Mal blickte sie in seine Richtung.

„Von mir aus kannst du morgen schlafen. Ich übernehme deine Schicht", fuhr sie an Andi gewandt fort.

„Ein andermal gern, aber ist morgen nicht ..."

„Mir macht es gar nichts, dass morgen Samstag ist", unterbrach sie ihn. „Wirklich!"

Während sie gähnte, hielt sie sich eine Hand vor den Mund.

„Ich glaube, ich werfe mich in die Federn. War eine lange Fahrt."

Sie stand auf.

„Helene, kommst du mit?"

„Mhm. Bin froh, dass das Bett nicht mehr so leer ist!"

„Ich komme noch mal kurz für einen Gute-Nacht-Kuss vorbei", versprach Michael seiner Tochter.

Die anderen wünschten ihnen schöne Träume und sie hörten, wie die Stimmen leiser wurden, je weiter sie sich von ihnen entfernten.

Als Michael fünfzehn Minuten später Sarahs Zimmer betrat, lag Helene allein im Bett.

„Sie ist unter der Dusche", erklärte das Mädchen und schlang ihrem Vater den Arm um den Hals.
„Also, schlaf gut, meine Kleine", flüsterte er liebevoll und drückte ihr einen Kuss aufs Ohr.
„Danke, du auch!"
Kurz hielten sie sich so, dann unterbrach das hohe Stimmchen die Stille: „Papa, wann geht Anna endlich, damit für mich und Sarah wieder in deinem Bett Platz ist?"
Michael befreite sich aus dem Griff und rückte etwas ab, um ihr in die Augen sehen zu können.
„Sarah ist eine gute Freundin. Aber sie würde niemals in meinem Bett schlafen. Deswegen ist es doch egal, wie lange Anna bleibt."
Helene zuckte mit den Achseln.
„Aber ich hätte wieder Platz."
Sie waren so in ihr Gespräch vertieft, dass sie nicht hörten, wie die Dusche abgestellt und die Tür geöffnet wurde. Als Sarah Michael erblickte, wich sie sofort ins Badezimmer zurück. Um die Aufmerksamkeit aber nicht auf sich zu lenken, wagte sie nicht, die Tür zu schließen. So war diese angelehnt und sie hörte jedes verdammte Wort.
„Du hast doch hier genug Platz!"
„Aber du bist mein Papa! Ich will auch wieder bei dir schlafen."
Sarah schloss die Augen und atmete tief durch. Die Kleine meinte es nicht so, doch sie hatte recht, er war ihr Papa. Kein Mensch dieser Welt konnte diesen Platz und den ihrer Mutter jemals ersetzen. Helene scheint die Beziehungen am Hof besser zu begreifen, als ich selbst, dachte Sarah und griff nach dem Föhn. Um nicht noch mehr zu hören, schaltete sie ihn ein. Als ihre Haare trocken waren, drang kein Laut mehr aus dem angrenzenden Zimmer. Vorsichtig lugte Sarah in den Nebenraum. Zum Glück war Michael gegangen.

Pünktlich stand Sarah am nächsten Morgen im Stall.
„Wenn du mich mit der Melkmaschine einweist, kann ich dich auch mal ablösen", erklärte Sarah im Näherkommen.
„Gute Idee." Michael richtete sich auf. „Komm her, du kannst gleich beginnen."
Er erklärte ihr die genaue Funktion der Messgeräte und wie wichtig es war, mit voller Konzentration zu arbeiten, da man die Tiere sonst verletzte. Sie hörte aufmerksam zu, froh, von ihrem Kummer abgelenkt zu werden.

„Haben Sie sich alles gemerkt, Frau Doktor Preisträgerin?", versuchte er sie mit einem Scherz aus der Reserve zu locken.
„Ich hoffe es!" Sarah ging nicht darauf ein, sondern wiederholte wie eine artige Schülerin alles, was sie sich gemerkt hatte.
„Sehr gut! Setzen!"
Er hielt ihr den Melkschemel hin. Da Sarah immer wieder das Vorgemelk hatte melken dürfen, fiel ihr die Aufgabe nicht mehr so schwer wie am Anfang. Unter seinen beobachtenden Blicken untersuchte sie die Milch und fand, dass diese einwandfrei war. Michael nickte.
„In ein paar Tagen kannst du es tatsächlich alleine machen", meinte er anerkennend. „Du bist Gold wert."
Wieder sagte Sarah nichts dazu – im Gegenteil, sie tat, als hätte sie nichts gehört. Sie glaubte ihm kein Wort. Hätte sie wirklich den Gegenwert eines Edelmetalls, er hätte sicherlich nicht damit gedroht, sie hinauszuwerfen. Was er zu ihr gesagt hatte, hatte eine tiefe Wunde in sie gerissen – ihre Unsicherheit war zurückgekehrt.
„Ich würde heute gerne mit Helene ins Kino gehen", erklärte sie auf dem Weg zum Wohnhaus.
„Darf ich mitkommen?"
„Nein. Wir wollen unter uns bleiben. Frauengespräche."
„Schade, ich war lange nicht mehr im Kino."
Er öffnete die Tür und hielt sie ihr auf.
„Also, was ist? Darf ich sie mitnehmen?"
„Wenn sie es möchte."
Helene war von der Idee begeistert.
„Papa, kommst du auch mit?"
Michael blickte hilflos zu Sarah.
„Ich würde gerne einen Mädchentag machen", erklärte Sarah.
„Aber es ist viel lustiger, wenn Papa auch mitkommt."
„Dann werde ich mich natürlich anschließen", sagte Anna und plötzlich bereute Sarah, diese Idee gehabt zu haben.
„Wisst ihr was, ich denke, ihr solltet zu dritt gehen", schlug Sarah stattdessen vor, verzweifelt versucht, sich aus der Schlinge zu winden, die sie sich selbst gelegt hatte.
„Nein, du kommst mit! Immerhin war es deine Idee!" Michael fixierte sie eindringlich.
„Ins Kino! Ins Kino!", rief Helene begeistert und begann, im Zimmer auf und ab zu hopsen.
„Setz di hin, Kind!", sagte ihre Nena ermahnend und das Mädchen setzte sich wieder.

201

„Nein", blieb Sarah hart.
„Lass sie doch!", stimmte ihr Anna zu und Michael biss die Zähne zusammen. Da hatte er aber ganz schön etwas angerichtet!
„Tut mir leid", meinte er in Sarahs Richtung.
„Schon okay!" Sie winkte lässig ab. „Wo ist eigentlich Andi?"
„Der schläft sicherlich noch immer. Ist bisher noch keinem über den Weg gelaufen."
„Wann fahren wir endlich?", wollte Helene ungeduldig wissen.
„Nach dem Mittagessen. So früh spielen sie keine Filme."
Als alle genug gefrühstückt hatten, entschuldigte sich Sarah mit der Begründung, noch an einem Artikel arbeiten zu müssen und verschwand in ihrem Zimmer. Sie zog sich ihre Wanderschuhe an und als sie hörte, wie die drei anderen in Michaels Suite verschwanden, öffnete sie die Tür und schlüpfte hinaus. Ohne sich noch einmal umzusehen, verließ sie den Hof und folgte der Straße in Richtung Wald. Auch wenn sie versuchte, nicht daran zu denken, dass heute ihr Geburtstag war, wollte sie diesen Tag doch irgendwie besonders verbringen. Dank des Gels hatten ihre Narben aufgehört zu schmerzen und sie schritt groß aus. Als sie eine Weide passierte, hörte sie die Grillen zirpen. Sie wollte gar nicht daran denken, dass sie nun ganz allein und auf sich gestellt war. Sollte irgendetwas geschehen, würde sie so schnell niemand finden. Störrisch schob sie die Gedanken beiseite und stapfte weiter. Als sie ein Auto hinter sich hörte, trat sie auf die Seite, um es vorbei zu lassen.
„Frau Kraft?"
Jemand hatte das Fenster der Beifahrertür heruntergelassen und sie erkannte Martin hinter dem Steuer sitzen. „Wohin des Weges?"
„Ach, ich wollte die Gegend einfach ein bisschen erkunden."
„Wollen Sie mich begleiten? Genau das habe ich auch vor."
„Gerne!"
Sie öffnete die Tür und setzte sich.
„Was steht an?"
„In erster Linie die Jagd. Fast alle Tiere dürfen zurzeit geschossen werden. Wir haben die Vorgabe, unsere Wildstände innerhalb der nächsten fünf Jahre um 30 % zu reduzieren."
„So viel?"
„Die vermehren sich fast so schnell wie die Karnickel. Wir haben einige Schäden in den Schutzwäldern. Das ist nicht gut."
„Was ist denn ein Schutzwald? Muss der besonders geschützt werden?"
„Nein!" Der Förster lachte auf. „Das ist ein Wald, der zum Schutz vor Erdrutschen, Lawinen, Überschwemmungen und so weiter dient.

Wenn die Viecher den wegfressen, haben wir in ein paar Jahren ein großes Problem. Deswegen wurde sogar die Jagdsaison verlängert."
Plaudernd fuhren sie weiter. Nach einiger Zeit bog Martin auf einen Forstweg und parkte den Wagen.
„Also los, die Murmeltiere nehme ich mir nächste Woche vor. Die sind aber auch weiter oben. So weit kommen wir heute nicht."
Nachdenklich passte Sarah sich den Schritten des Mannes an.
„Darf man eigentlich Bären das ganze Jahr über schießen?"
„Nein, die sind verboten. Die darf keiner anrühren. Genauso wie die Wölfe."
„Wölfe?" Erschrocken sah sie ihn an.
„Nur keine Panik! Hin und wieder zieht mal einer durch, wie zum Beispiel ‚Slavko'. Der hat übrigens einen GPS- Sender um den Hals und ist über die Karawanken, vorbei an Klagenfurt in die Steiermark und durch Osttirol zum Gardasee nach Italien gezogen. Dort hat´s ihm scheinbar am besten gefallen, ist zumindest über einen längeren Zeitraum geblieben."
„Und jetzt, wo ist er jetzt?"
„Keine Ahnung", Martin zuckte mit den Schultern. „Ich verfolge das nur hin und wieder."
Sie kamen zu einer Bergkuppe und Martin blickte durch sein Fernglas, dann reichte er es ihr und zeigte geradeaus. Sarah entdeckte ein Reh, das auf einer Wiese in ungefähr tausend Metern Entfernung ruhig äste. Als sie das Fernglas senkte, blickte sie Martin an. Er hatte sein Gewehr über die Schulter gehängt.
„Das?"
„Wenn wir es erwischen. Wir müssen ganz leise sein und der Wind darf nicht drehen."
Prüfend sah er um sich. „Also, kommen Sie!"
Leise schlichen sie in die Richtung der Wiese, doch als sie diese erreichten, war das Reh längst verschwunden.
„Wäre auch zu einfach gewesen", meinte Martin. „Da drüben ist ein Hochstand. Ich denke, wir werden die nächsten Stunden dort verbringen."
Nachdem sie sich dicht nebeneinander auf eine schmale, aus Brettern bestehende Bank gesetzt hatten, senkte sich die Stille über sie. Am Anfang meinte Sarah, nichts zu hören und empfand die Ruhe als bedrückend. Doch mit den Minuten drangen Laute an ihre Ohren, die sie zuvor nicht wahrgenommen hatte: Das Klopfen eines Spechtes, das Rascheln im Unterholz, das Rauschen der Blätter, wenn der Wind mit

ihnen spielte. Sarah schloss die Augen und ließ auch die Gerüche auf sich wirken, die Luft war so rein, so frisch und würzig, wie nirgendwo sonst auf der Welt.

Stunden waren vergangen, als Martin sich plötzlich vorsichtig bewegte. Er hob sein Gewehr und stützte es auf der Brüstung vor sich mit dem Lauf ab. Mit dem Kinn deutete er nach vorne. Sarah verengte die Augen, um besser sehen zu können und versuchte zu erkennen, was er meinte, doch sie konnte nichts entdecken. Plötzlich raschelte es im Geäst und Sarah spannte sich unwillkürlich an. Fast unsichtbar wegen des dunklen Fells stöberte nun ein Keiler auf der Suche nach Futter in ihre Richtung. Den Rüssel hatte er auf den Boden gesenkt und grunzte leise, während er die Erde durchwühlte. Sarah spürte, dass sich nun auch Martin anspannte, dann schallte ein Schuss und der Keiler sank zu Boden.
„Das war's", sagte er und kletterte vom Hochstand, Sarah folgte ihm. Er ging zu dem Tier, überprüfte, dass es gut getroffen war, dann band er mit einem Seil die Füße zusammen und warf es sich über die Schulter.
„Veranstaltet ihr eigentlich auch Treibjagden?", wollte Sarah auf dem Rückweg zum Auto wissen.
„Michael hat sich dafür eingesetzt, dass es hier verboten wird. Wir jagen hier nur so, wie Sie es eben gesehen haben und versuchen, so wenig wie möglich in das natürliche Gleichgewicht einzugreifen. Was auf der Jagd heute oft geschieht, ist einfach pervers und hat nichts mehr damit zu tun, was Jagd eigentlich sein sollte."
„Was genau?"
„Zum Beispiel werden Tiere gezüchtet, um dann ausgesetzt und gejagt zu werden. Um Jagdhunde zu trainieren, werden Enten die Schwungfedern der Flügel gestutzt, verklebt oder mit einer Papiermanschette versehen. Somit kann das Tier nicht fliehen und der Hund treibt es aufs offene Wasser und vor die Flinte des Jägers. Allein in Deutschland werden jährlich ungefähr 5000 Jagdhunde an lebenden Enten geprüft. Dabei muss man bedenken, dass jeder Hund ungefähr 20 Übungsenten braucht, bis er für die Prüfung bereit ist! Noch dazu, wo es doch andere Methoden gibt!"
Sarah schwieg betroffen.
„Es ist wie überall, wenn der Mensch den Respekt vor dem Lebewesen verliert. Etwas, was gut sein kann, kippt ins Gegenteil. Auch dieser ganze Jagdtourismus und -eifer, dieses sich untereinander messen, wer die größten, die meisten Tiere geschossen hat, ist total fehl am Platz, aber

leider gängige Praxis. Das ist ein Gemetzel im Wald, keine Hege."
Martin blieb kurz stehen, um das Gewicht des Schweines zu verlagern. Das Tier musste wirklich viel wiegen und Sarah bewunderte den Mann, der es trug, ohne unter der Last zu stöhnen. Es dämmerte bereits, als sie das Auto erreichten.
„Wie spät ist es?", wollte sie erschrocken wissen – sie hatte die Zeit völlig vergessen.
„Kurz vor fünf!"
„Uh, dann wird es Zeit, dass ich auf den Hof komme!"
Martin ließ sie einige Minuten später aussteigen und sie lief nach einem schnellen Abschiedsgruß direkt ins Wirtschaftsgebäude, um sich um das Futter zu kümmern.
„Wo warst du?", fragte Andi, der gerade Futter für die Schweine aus dem Bauernhaus brachte.
„Mit dem Jäger unterwegs. Solltest du auch mal machen."
Er stellte den Eimer ab und trat zu ihr. „Happy Birthday!", sagte er und drückte ihr einen Kuss auf die Wange.
„Danke!", sagte sie verlegen. „Aber sei still, das muss keiner wissen."
Gespielt betreten warf ihr der Mann einen flüchtigen Blick zu und ergriff ihre Hand.
„Komm", bat er, „Frau Salcher wollte dich sprechen, sobald du aufgetaucht bist."
„Gut", Sarah ließ sich von ihm aus dem Gebäude führen. Ihr fiel auf, dass Andi bereits wieder um einiges besser aussah, als noch vor einer Woche – die dunklen Ringe unter den Augen waren fast verschwunden und sie sah ihn seltener mit einem Glimmstengel im Hof stehen. Die Landluft tat also schon ihre Arbeit.
Andi führte sie ins Esszimmer, wo ein Kuchen auf dem Tisch stand. Er schob sie auf einen Stuhl und holte die anderen. Vater Salcher, Lois und Frau Salcher sangen gemeinsam mit Andi ein Geburtstagsständchen – die drei anderen waren noch nicht aus der Stadt zurückgekommen – und Sarah blinzelte gerührt.
„Vielen Dank!", lächelte sie. „Aber wir müssen doch die Tiere ..."
„Das kånn a paar Minuten warten", erklärte Vater Salcher und setzte sich. Der Kuchen wurde angeschnitten und verteilt. Dies war ihr erster Geburtstagskuchen seit – ja, seit wie vielen Jahren? Er schmeckte ausgezeichnet und sie kaute mit zufriedenem Herzen. Sie hatten das feierliche Zusammensein fast beendet, als die Tür aufflog und Helene hereinstürzte.
„Kuchen! Yummie!"

Hinter ihr traten Michael und Anna ein. Der Hofvorsteher blickte verdutzt auf die muntere Runde.
„Ist es nicht Zeit?", wollte er wissen.
„Das Diandl håt Geburtståg", informierte ihn Lois.
„Oh!" Michael drehte sich zu Sarah. „Dann lass dich feiern! Alles Gute wünsche ich dir!"
Er reichte ihr die Hand und sie dankte ihm. Anna schloss sich ihm an. Peinlich berührt erhob sich Sarah.
„Also, vielen Dank! Aber jetzt ist wirklich Schluss mit den Feierlichkeiten!"

Auf Berg und im Tale dir laufe ich nach, ...

Während der nächsten Tage überlegte Sarah, wie sie den Salcherer-Hof mit Dauergästen füllen könnte. An einem Sonntag im Oktober erzählte sie Andi von ihrer Idee, als sie in der letzten Herbstsonne, in warme Jacken gehüllt, unter dem Kirschbaum saßen. Natürlich war Andi geblieben. Er gehörte bereits wie Sarah zum Team.
„Ich will ohnehin eine Homepage für den Hof einrichten, damit wir für das Fleisch einen größeren Absatzmarkt finden. Bei der Gelegenheit könnte man ja auch die Info online stellen, dass man sich um einen Platz hier bewerben kann."
„Bewerben?" Sarah kicherte.
„Nun ja, Frau Doktor, wie Sie wissen, bewirkt intensive Landluft durchaus viel Positives!"
„Da hast du recht."
„Abgesehen davon muss derjenige ja hierher passen. Sonst wäre der Regenerationseffekt der Kurgäste bedroht. Vielleicht sollten wir auch ein freiwillig soziales Jahrzehnt hier anbieten."
Wieder lachte Sarah und dachte dabei an Anna, die so gar nicht hierher passte und damit wirklich viel Schaden anrichtete. Seit dem großen Streit allerdings zeigte sie ihre Eifersucht immerhin nicht mehr öffentlich und bei jeder Gelegenheit. Sarah glaubte, die Gegenüberstellung vor dem Spiegel hatte ihr die Augen geöffnet. Sie wurde aus ihren Gedanken gerissen, als ein alter Ford auf den Hof fuhr. Sarah kannte dieses Auto. Sie hatte es schon einmal gesehen. Dem Inneren entstiegen Therese und ein Mann mit wallender Mähne.
Sarah erhob sich und ging auf die Frau zu.

„Hallo!", sagte sie, „Wollen Sie Ihre Tochter besuchen?"
„Nein, ich will sie abholen."
Entsetzt schluckte Sarah. Nein, das konnte und durfte die Frau nicht tun! Es würde Michael das Herz brechen. Er war so vernarrt in Helene und liebte sie über alles.
„Aber weshalb? Die Kleine hat sich hier gut eingelebt. Sie können sie doch nicht einfach aus ihrer gewohnten Umgebung reißen!"
Nun musterte Therese ihr Gegenüber unwillig und verschränkte die Arme.
„Was geht Sie das an? Wer sind Sie überhaupt?"
„Ich bin Sarah. Ich wohne und arbeite hier und habe Ihre Tochter sehr ins Herz geschlossen. Wie wir übrigens alle."
„Schön für Sie, aber das ist eine Sache zwischen Michael und mir."
„Ja, da haben sie recht. Die beiden kommen erst in ungefähr einer Stunde zurück. Wollen Sie nicht so lange reinkommen und ein paar Kekse essen?"
Zögernd folgten Therese und ihr Begleiter Sarah ins Esszimmer. Die ging in die Küche, um Gebäck und Kaffee zu holen.
„Wie war Ihre Tournee?", wollte sie wissen, als sie zurückkam.
„Woher wissen Sie davon?"
„Ich stand neben Michael, als Sie Helene gebracht haben."
Die Frau unterzog Sarah einer eingehenderen Betrachtung auf der Suche nach einer Erinnerung.
„Tut mir leid, kann mich nicht daran erinnern."
„Macht nichts."
Kurz zuckte Therese die Achseln, dann meinte sie: „Die Tournee war nicht, wie wir sie uns erhofft haben."
Während sie das sagte, wechselte sie mit dem Mann an ihrer Seite einen schnellen Blick.
„Genau genommen sind wir pleite und wissen nicht mal, wie wir über den Winter kommen sollen. In der Kälte spielt sich in den Fußgängerzonen nicht viel ab."
„Was wollen Sie dann mit Helene?"
„Erstens ist sie meine Tochter und sie hat mir doch mehr gefehlt, als ich mir gedacht habe und zweitens haben wir viel mehr eingenommen, als sie noch den Hut gehalten hat."
Sarah ließ sich ihren Schrecken über den zweiten Teil des Satzes nicht anmerken. Schweigend tranken sie und knabberten Kekse.
„Ich hätte da eine Idee", meinte Sarah schließlich und musterte die beiden Straßenmusikanten. „Könnten Sie sich vorstellen, hier zu wohnen und dafür einen Beitrag in Form von Arbeitskraft für den Hof zu leisten?

Helene hätte die Möglichkeit hier zu bleiben und sowohl ihren Vater als auch ihre Mutter um sich, was sicherlich gut für sie wäre und Sie wüssten, dass für ihr leibliches Wohl gesorgt würde."
Ungläubig starrten die beiden Sarah an.
„Ist nicht Ihr Ernst!"
„Doch! Überlegen Sie mal! Es wäre die perfekte Lösung!"
„Ich frage mich, ob dieser Vorschlag nicht Ihre Kompetenzen übersteigt!", meinte Therese.
„Therese, das ist doch keine schlechte Idee", schaltete sich nun der Mann ein, von dem sie den Namen noch immer nicht kannte.
„Tom, darüber kann ich nur lachen! Wir werden doch nicht zu Michael ziehen! Meinem Ex!"
„Warum nicht? Mich stört das nicht! Und die Frau hat recht. Für Helene wäre das die beste Lösung!"
Er wandte sich zu Sarah. „Ich kümmere mich gerne um den Honig. Wollte immer schon mal einen Bienenstock haben."
„Hier gibt es keine Bienenstöcke. Noch nicht ..."
„Ach so." Tom wirkte ein wenig enttäuscht.
„Aber Schafe. Die sind auch ganz niedlich!"
In diesem Moment flog die Tür auf und Helene polterte herein. Als sie ihre Mutter sah, stürzte sie in deren Arme.
„Mama! Mama!" Dann begann sie zu weinen und Sarah brach bei dem Anblick fast das Herz. Natürlich vermisste das Mädchen seine Mutter – keiner konnte sie jemals ersetzen. Als Sarah den Blick hob, sah sie, dass Michael wie versteinert in der Tür stand und Therese anstarrte.
„Was ist los?", drang Annas Stimme aus dem Gang herein und Therese drehte sich nun ebenfalls zur Tür. Sarah meinte, den Schmerz zu spüren, der Michael wohl fast in die Knie zwang und er tat ihr unendlich leid. Wahrscheinlich ahnte er bereits, was kommen würde.
„Michael?" Anna drängte sich neben ihn und blickte neugierig ins Zimmer.
„Das ist Therese, Helenes Mutter und das ist Anna", stellte er tonlos vor, noch immer den Blick nicht von seiner Tochter wendend. „Du kannst sie mir nicht nehmen."
Es war plötzlich so still, als wäre eine Lawine über das Tal gerollt.
„Papa?" Helene richtete sich mit Tränen in den Augen auf. Die Zerrissenheit, zwischen ihren beiden Eltern zu stehen, zeichnete sich deutlich in ihrem Blick ab. „Ich will nicht gehen! Mama, du musst hierbleiben, damit wir alle eine Familie werden!"
Sie sagte die Worte, die Sarah kurz zuvor ebenfalls in den Raum gestellt hatte. Sarah erhob sich.

„Ich finde, das ist eine gute Idee!"
Schnell wandte sie sich zu Michael: „Therese und Tom könnten doch hier wohnen und arbeiten, genau wie Andi. Das wäre doch die beste Lösung!"
Michael starrte sie an, als hätte sie den Verstand verloren.
„Du meinst, ich soll mit meiner Ex und ihrem …."
„Lebensgefährten", half Tom.
„… unter einem Dach wohnen?"
„Ja!" rief Helene. „Mama! Sag ja!"
Wieder war es so still, als hätte ein Blitz eingeschlagen und alle blickten einander abwechselnd an.
„Darüber müssen wir in Ruhe sprechen", stellte Michael schließlich fest, der innerhalb weniger Sekunden die Genialität dieser Idee begriffen hatte: Helene würde bei ihm bleiben, wenn er sich mit Therese irgendwie einigen konnte!
„Komm Helene, lassen wir deine Eltern darüber sprechen. Wie gehen mal und helfen Andi bei den Tieren."
Sarah streckte dem Kind auffordernd eine Hand entgegen. Das Mädchen drückte ihrer Mutter noch einen Kuss auf die Wange.
„Bleib!", sagte sie, hielt Thereses Gesicht zwischen ihren beiden kleinen Kinderhänden und sah ihr tief in die Augen, dann ergriff sie Sarahs Hand und ging mit ihr in den Stall.

„Ich muss euch etwas zeigen", sagte Andi zu Sarah und Michael, als die beiden sich nach der Stallarbeit die Hände wuschen. Aus dem Esszimmer wehten fröhliche Stimmen zu ihnen hinüber – seit auch noch Therese und Tom eingezogen waren, war in dem Raum immer etwas los.
„Vor dem Essen?", wollte Michael hungrig wissen.
„Ja. Das ist gleich fertig", erklärte Andi, der gekocht hatte. „Aber vorher kommt noch schnell mit."
Nacheinander stiegen sie die vordere Treppe zum Gästetrakt nach oben und traten zu Andi ins Zimmer. Dieser hatte auf dem kleinen Schreibtisch aus Holz seinen Apple aufgebaut. Er deutete darauf.
„Bitteschön", sagte er stolz. „Gefällt sie euch?"
Sarah und Michael beugten sich neugierig vor und betrachteten die neue Website des Salcherer-Hofs.
„Wow!", meinte Sarah anerkennend. „Die ist toll geworden! Auch das Logo! Einfach super!"
Michael war ebenfalls sehr zufrieden und nickte anerkennend. „Ist sie schon online?"

„Natürlich nicht. Ich wollte zuerst wissen, wie ihr sie findet."
„Sehr professionell. Man könnte echt meinen, wir hätten einen sauteuren Werbegrafiker dafür engagiert." Er zwinkerte Andi zu. „Von mir aus kannst du sie nun gerne ins Netz stellen."
Tiefe Freude erfüllte Sarah, als sie bemerkte, welche Früchte ihre Idee trug. Auf dem Hof herrschte ein Geben und Nehmen, so wie sie es sich vorgestellt hatte.
„Danke!", sagte Michael und ging in Richtung Tür.
„Gerne!"

Einige Wochen später beendete Michael gerade die Arbeit im Stall, als Therese, Tom, Andi, Lois und Sarah eintraten und mit geheimnisvollen Mienen auf ihn zugingen. Michael stutzte und blickte ihnen entgegen.
„Was ist mit euch?"
Ihm fiel auf, dass Sarahs Gesicht von einem freudigen Strahlen erleuchtet war und er konnte seine Augen fast nicht von ihr wenden.
„Wir müssen dir etwas sagen", erklärte Sarah und Michael verschränkte abwartend die Arme vor der Brust. „Wir haben eine gute Neuigkeit für dich!"
„Ach? Da bin ich aber gespannt."
„Nächstes Wochenende geben wir dir frei!", erklärte Andi. „Du hast es dir verdient. Lois, Herr Salcher und Sarah übernehmen die Verantwortung dafür, dass alles gut klappt."
„Du kånnst gånz beruhigt sein", fügte Lois hinzu.
Diese Nachricht kam so plötzlich, dass Michael alle fassungslos anstarrte.
„Ehrlich?"
Er bekam ein Nicken zur Antwort.
„Ich kann gar nicht sagen, wie sehr ich mich darüber freue!" Er lächelte.
„Einmal ausschlafen!"
„Zweimal!", korrigierte Tom.
„Das ist ja fast wie im Himmel."
Die anderen lachten und wandten sich zum Gehen.
„Gemma essen!", meinte Lois.
Michael streckte eine Hand nach Sarah aus, um sie zurückzuhalten und sie drehte sich noch einmal zu ihm um.
„Danke!", sagte er und blickte ihr in die Augen.
Immer würde sie das beste für ihn wollen. Wie gerne würde sie an seiner Seite dafür kämpfen. Für immer bleiben.
„Nicht der Rede wert!", erwiderte sie.
Noch bevor er mehr sagen konnte, war sie ebenfalls gegangen.

Eine Weile starrte er in die Richtung, in die sie verschwunden war und fühlte ein Gefühl der Dankbarkeit in sich aufsteigen. Ein Leben ohne Sarah konnte er sich kaum noch vorstellen. Aber das musste er sich auch nicht, oder?

Neben dem Esszimmer hatten sie ein kleines Büro eingerichtet, in welchem Sarah die neuesten Bestellungen durchging. Die Homepage war ein wahrer Erfolg und es verging kaum ein Tag ohne eine Bestellung. Vor ungefähr einer Woche war ein Landschaftsmaler im Gästetrakt eingezogen, der sich im Umgang mit Tieren sehr geschickt anstellte. Wie es schien, war ihre Idee auf fruchtbaren Boden gefallen. Sie konnte auch beobachten, wie Michael aufatmete, während die Last, die er bisher allein mit seinen Eltern getragen hatte, weniger wurde. Helene würde am Hof bleiben und wenn ihre Mutter für eine Weile mit Tom durch die Städte zog, um Musik zu machen, wusste das Mädchen doch, dass sie bald zurückkehren würde.
Sarah erhob sich vom Schreibtisch und trat ans Fenster. Die Landschaft war verschneit und die Autos hatten Schneeketten an den Reifen. Im Stall brannte Licht. Seit sie sich die Arbeit teilten, musste sie nicht mehr jeden Abend im Stall helfen. Sie hatten Pläne erstellt, wann wer zu welcher Zeit was machte. Diese wurden aufgehängt und jeder trug sich ein. Es klappte wunderbar. Die Liste für das neue Jahr lag auf ihrem Schreibtisch und sie würde diese in wenigen Minuten aufhängen. In weniger als einer Woche stand das Weihnachtsfest vor der Tür und Sarah konnte sich keinen schöneren Ort als hier vorstellen, um es zu feiern. Trotzdem hatte sie verkündet, dass sie am 23. nach Wien fahren würde. Alle nahmen an, dass sie mit ihrem Vater feiern wollte und sie ließ sie in dem Glauben. Nur sie wusste, dass sie nicht mehr zurückkehren würde. Ihre Aufgabe war erfüllt. Angelika hatte ihr einen Job auf dem Pferdehof angeboten und sie hatte ihn angenommen.

Am 23. Dezember packte sie ihre Sachen ins Auto, das dadurch ziemlich voll wurde, übergab Frau Salcher die Weihnachtsgeschenke und bat sie, diese stellvertretend für sie unter den Baum zu legen. Auch sie bekam einige liebevoll verpackte Präsente überreicht. Sie bedankte sich, verstaute sie in einer Tasche und legte diese auf den Beifahrersitz, um dann ein letztes Mal ins Innere zurückzukehren. Innglich drückte sie Helene fest an sich und küsste sie auf den Scheitel. Dabei sog sie den süßen Kinderduft tief in ihre Lungen. Am liebsten hätte sie das kleine Mädchen niemals losgelassen, aber sie durfte sich nichts anmerken lassen und trat zurück.

Nur Michael begleitete sie ins Freie. Der Schnee fiel leicht und legte sich sofort auf ihre Pullover.
Er wollte ihr mit den Schneeketten helfen und sie mit seinem Auto bis nach Treffen begleiten. So setzte sich jeder hinter sein Steuer.
Als er auf dem Parkplatz vor der Redaktion die Schneeketten abgenommen hatte, drehte er sich zu ihr.
„Das wär´s." Er klopfte sich die Hände ab. „Hab ein schönes Fest!"
Noch bevor sie reagieren konnte, zog er sie in seine Arme. „Schade, dass du nicht bleibst."
Sarah befreite sich schnell und wich einen Schritt zurück. „Das wünsche ich euch auch."
„Versprich mir, dass du dich an den Artikel setzt, wenn du zurückkommst."
„Ja, das verspreche ich dir."
„Fahr vorsichtig!"
„Werde ich und danke für deine Hilfe."
„Gern. Das wollte ich dir übrigens auch schon längst sagen. Ich weiß nicht, was ohne dich ..."
„Schon gut", unterbrach sie ihn und winkte ab. „Jetzt läuft ja alles rund auf dem Bauernhof 2.0."
Sie lächelte und blickte ihn an. Ein letztes Mal wollte sie seine geliebten Züge studieren und fest in ihrem Herzen verschließen.
„Mach´s gut!"
Mit diesen Worten setzte sie sich in ihr Auto und fuhr davon. Er stand lange still und sah ihr nach. Das Gefühl des Verlustes konnte er sich nicht erklären, doch es war da und ließ ihn kaum atmen. Es waren doch nur ein paar Tage ...

Als Michael am Weihnachtsabend Sarahs Geschenk auspackte, konnte er ein Lächeln nicht unterdrücken. Er hielt eine neue CD von Dividing Line in Händen. „Ich glaube, die hast du noch nicht ... Sarah" stand auf einer Karte, die sie auf das Papier geklebt hatte.

Sarah ignorierte ihre Tränen, als sie in einem Hotelzimmer in der Nähe von Linz die Geschenke öffnete.
Eine Zeichnung von Helene, Schokolade von Therese und Tom, warme, selbstgestrickte Socken von Maria, ein geschnitztes Huhn von Lois und ein Parfum von Andi. Trotz ihrer Trauer musste sie lachen, als sie Michaels Geschenk öffnete. Es war eine Hose in Kleidergröße 40.

„Da musst du noch hin ... Gemeinsam werden wir es schaffen - Smiley", hatte er geschrieben. Unwillkürlich stieg vor ihrem inneren Auge die Erinnerung an jenen Tag auf, als sie offiziell Freunde geworden waren. Sie hoffte, dass sie ihm ein guter Freund gewesen war, denn sie wusste, dass er sie bald nicht mehr als solchen betrachten würde ...

ich möchte dich sehen und möcht' dich berührn, ...

Am fünften Jänner rief sie Andi an. Er schwärmte ihr von dem schönen Weihnachtsfest vor und wollte wissen, wann sie zurückkam.
„Ich werde nicht mehr kommen", sagte sie leise.
„Wie bitte?"
Kurz war es still.
„Du hast richtig gehört."
„Warum nicht?"
„Ich habe lange darüber nachgedacht. Es ist besser so."
„Wegen Michael?"
„Ja. Aber sag ihm den Grund nicht, versprich mir das."
„Das kann ich nicht."
„Doch, du musst! Versprich es mir!"
Sie hörte Andi seufzen.
„Ich verspreche es ... Weiß er es schon?"
„Nein. Ich wollte dich bitten, dass du es ihm sagst."
„Warum ich?"
„Wer sonst?"
„Du selbst?"
„Nein. Bitte, tu das für mich. Bitte! Du musst ihm auch nichts erklären!" Nun flehte sie ihn geradezu an. „Immerhin hab ich dich vor Indien bewahrt!"
Wieder breitete sich Schweigen aus und Sarah hielt unwillkürlich die Luft an.
„Bitte!", presste sie noch einmal inbrünstig hervor.
„Gut." Andi stöhnte auf. „Ich kann dich nicht mehr umstimmen?"
„Nein."
Sie plauderten noch ein bisschen, dann legten sie auf.

Andi atmete tief ein und fuhr sich mit gespreizten Fingern durchs Haar. Am besten, er brachte das unangenehme Gespräch gleich hinter sich.

Er stieg in sein Auto und fuhr nach Treffen in die Redaktion. Michael arbeitete an seinem Schreibtisch und blickte überrascht auf, als Andi in sein Büro trat und die Tür hinter sich schloss.

„Ich nehme an, du überbringst unangenehme Neuigkeiten", stellte er fest und bot Andi einen Platz an. Dieser wirkte tatsächlich ziemlich niedergeschlagen.

„Was ist los?"

„Sarah hat mich angerufen."

Erschrocken sprang Michael auf. „Ist etwas passiert? Was ist mit ihr?"

„Ganz ruhig, bitte setz dich hin. Es geht ihr gut."

Michael ließ sich auf den Stuhl zurückfallen.

„Meine Güte, mach´s nicht so spannend!"

Andi schluckte, schloss kurz die Augen, öffnete sie wieder und blickte geradewegs in Michaels Gesicht.

„Sie kommt nicht mehr."

„Was soll das heißen?"

Michael runzelte die Stirn, beugte sich vor und blickte ihn fragend an.

„Dass sie nicht mehr zurückkommt."

Andi konnte sehen, wie Michael kurz wankte, dann klammerten sich seine Finger an die Tischkante.

„Ich glaube, ich verstehe das nicht. Weshalb sagt sie mir das nicht selbst und wie lautet überhaupt der Grund?"

„Über den Grund kann ich nichts sagen – ich habe es ihr versprochen. Sie hat mich gebeten, dich lediglich über ihren Entschluss zu informieren."

Michael vergrub das Gesicht in den Händen und saß ein paar Minuten ganz still. Nun war passiert, wovor er sich immer gefürchtet hatte. Aber wie nur war es dazu gekommen? Hatte er nicht alles erdenklich Mögliche getan, um sich vor Gefühlen für Sarah zu schützen? Wie hatte er zulassen können, dass sie ihm so wichtig geworden war?

„Sie ist also auch gegangen", stellte er fest und ließ die Hände sinken.

„Wie ich es immer gesagt habe. Und dann noch so feige ..."

„Ich denke, es wäre ihr zu schwer gefallen, persönlich mit dir zu sprechen."

„Es hat sie keiner gezwungen zu gehen", fuhr Michael auf. „Keiner! Also wird es ihr sicherlich nicht schwer gefallen sein. Wahrscheinlich hat sie zu große Sehnsucht nach ihrem Yuppie-Leben gehabt! Das Leben auf dem Land ist nun mal beschwerlich!"

Andi konnte nicht viel dazu sagen, Sarah hatte ihm sinnbildlich einen Knebel angelegt.

„Das versteht sie also unter Freundschaft!", wetterte Michael, bevor er

sich mit einem Ruck erhob. Er würde sich einen Abend geben, um mit dieser Frau abzuschließen. Einen Abend und danach würde sie für ihn nicht mehr existieren! Als hätte es sie niemals gegeben!
„Komm mit mir!", sagte er und streckte einen Arm nach Andi aus. „Wir gehen jetzt hinüber zum Kichler-Wirt und dort werden wir uns das Leben schön trinken."
„Nein, von mir aus kannst du trinken. Ich fahre uns dann heim."
Als sie ein paar Stunden später am Hof ankamen, verzog sich Michael in sein Zimmer. Von diesem Moment an erwähnte er Sarah mit keinem weiteren Wort.

… und möcht´ dich berührn, …

Der August war heiß und trocken und Sarah fühlte, wie ihre Lebensgeister zurückkehrten. Die Abstände, in denen sie an Michael dachte, verlängerten sich und auch die Enttäuschung darüber, dass er sich nicht einmal gemeldet hatte, um sie zu fragen, wie es ihr ging, ließ nach. Wenn sie mit Andi telefonierte, sprachen sie nie über ihn. Obwohl sie wusste, dass Michael ihr für den Rest ihres Lebens fehlen würde, konnte sie wieder freier durchatmen. Mittlerweile war sie sicher im Sattel und genoss die Stunden auf dem Rücken eines Pferdes. Trotz des täglichen Trainings verspürte sie immer Schmerzen in ihren Narben, wobei ihr der Oberschenkel mehr zu schaffen machte. Doch sie ignorierte diese und sprach auch mit Angelika nicht darüber.
Es hatte sich bei ihnen eingebürgert, dass sie gemeinsam mit ihrer Freundin jeden Tag am späten Nachmittag einen ausführlichen Ausritt machte. Wenn die Hufe auf den Boden trommelten und das Pferd das Tempo steigerte, bis sie das Gefühl hatte zu fliegen, fühlte sie sich sogar glücklich.

Nach dem Duschen cremte sie sich den Oberschenkel mit der schmerzmildernden Creme ein, als das Handy läutete. Sie warf einen Blick auf das Display und erkannte Andis Nummer. Es waren schon wieder ein paar Wochen vergangen, seit sie das letzte Mal telefoniert hatten.
„Hallo Andi! Wie geht´s?"
„Gut, ich kann nicht klagen! Du hast mich ja wirklich gerettet, wie es scheint. Und bei dir? Du klingst so vergnügt!"
„Ich bin es! Wir sind gerade von einem langen Ausritt zurückgekommen

und es war einfach herrlich!"
„Das freut mich sehr zu hören!"
„Ich hätte mir das echt nicht denken können, aber Reiten macht wirklich Spaß!"
„Ja, das glaube ich. Wenn ich mal einen Reitlehrer finde, würde ich es glatt probieren."
Fast hätte sie gesagt, er solle Michael fragen, doch sie biss sich gerade noch rechtzeitig auf die Lippen. Niemals mehr wollte sie über ihn sprechen.
„Vielleicht findest du ja jemanden", meinte sie stattdessen.
„Nicht hier am Hof. Michael möchte fast alle Pferde verkaufen. Nur seines will er behalten."
Sarah ließ sich aufs Sofa sinken. Wie war das möglich?
„Weshalb? Er liebt sie doch!"
Kurz war es still.
„Andi?"
„Hör mal, Sarah, ich weiß, ich hab dir versprochen, nicht über ihn zu sprechen ..."
„Dann tu es nicht."
„Es muss aber sein ..."
„Nicht jetzt! Ich bin gerade dabei, ihn zu vergessen ..."
„Du wirst ihn nie vergessen!" Andis Stimme klang eindringlich. „Ihr seid für einander bestimmt, da könnt ihr euch noch so dagegen wehren."
„Hör auf!", schrie Sarah und fühlte Tränen aufsteigen. „Es liegt nicht an mir!"
„Michael hat sich verändert, seit du weg bist."
„Das geht mich nichts an! Er hat nicht einmal angerufen!"
„Er kann dich nicht anrufen, Sarah. Er denkt, du hättest ihn verlassen."
„Wie? Ist er leicht gelähmt? Kann er seine Finger nicht mehr bewegen oder hat er das Sprechen verlernt?"
„Sarah! Hör mir doch zu!"
„Ich will dir nicht zuhören! Ich werde nicht zurückkommen! Es hat keinen Sinn und ich lege gleich auf."
„Er hat sich von Anna getrennt. Eine Woche, nachdem du gegangen bist."
„Geht mich nichts an!"
„Er hat seither keine andere Frau angesehen."
„Hör auf, mir das zu erzählen!"
Ihr Herz pochte schmerzhaft gegen ihre Rippen und sie fühlte glühende Wut auf Michael, gleich heißer Lava in einem Vulkan, in sich aufsteigen.
„Er leidet! Er will seine Pferde verkaufen! Du musst kommen und euch

noch eine Chance geben!"
„Er will mich nicht! Verstehst du das nicht? Geht das nicht in dein Hirn? Er WILL mich nicht! So, wie mich bisher keiner gewollt hat! Es würde nichts ändern, wenn ich käme. Was sollte das bringen?"
„Sarah ..."
„Nein! Ich will davon nichts mehr hören! Wenn ihm so viel an mir liegen würde, wie du behauptest, kann er kommen und mich holen. Oder, wenn ihm das zu viel Mühe macht, könnte er einfach anrufen! Wahrscheinlich wäre ich eh zu blöd und würde wie ein braves Hündchen sofort in seine Richtung hecheln!"
„Er kann nicht anrufen, Sarah. Noch einmal, er denkt, auch du hättest ihn verlassen. Du weißt doch, dass er in seinem ‚Lonesome-Cowboy-Weltbild' festhängt. Es geht in seinen sturen Schädel nicht rein, dass es tatsächlich eine Frau gibt, die für immer bei ihm bleiben will. Das sagt er doch immer. Man kommt da nicht zu ihm durch!"
Sarah krümmte sich zusammen und schluchzte leise.
„Was sollte sich daran verändern, wenn ich käme?", fragte sie ruhiger.
„Außer, dass alles wieder von vorne beginnen würde."
Kurz war es still.
„An dem Tag, als ich die Nachricht vom Tod meiner Mutter erhalten habe, hat er Anna vor meinen Augen geküsst! Nein, er hat mir viel zu oft weh getan! Ich kann nicht kommen, tut mir leid!"
„Überlege es dir, Sarah! Manchmal muss man alles auf eine Zahl setzen. Er ist zu blind, es zu erkennen, aber ich bitte dich, komm zurück!"
Schweigen, während in ihrem Kopf die Gedanken rasten und Bilder vor ihrem inneren Auge vorbeizogen. Michael, hinter dem Schreibtisch der Redaktion, auf dem Rücken seines Pferdes über einen Zaun springend, umringt von Hühnern, die auf ihr Futter warten. Sein Gesicht: lachend, spöttisch verzogen, zornig. Seine Worte zärtlich und verletzend. Könnte ihr Herz schreien, würde es brüllen und die Pferde im Stall unruhig machen.
„Ich denke darüber nach", gab sie sich verzweifelt geschlagen und verabschiedete sich. Als sie aufgelegt hatte, blieb sie lange regungslos sitzen. Dann erhob sie sich und ging zu Angelika, um ihre Meinung zu der Sache zu hören.
Eine qualvolle Woche später rief sie Andi an.
„Gut, ich komme. Aber wenn ich merke, dass sich nichts verändert hat, reise ich sofort wieder ab."
„In Ordnung." Kurz war es still.
„Sarah?"

„Ja?"
„Gute Entscheidung."
„Da bin ich mir nicht so sicher ..."

Sarah hatte den Wagen etwas entfernt vom Hof geparkt, damit Michael ihn nicht sehen konnte und legte die restliche Strecke zu Fuß zurück. Ihr Pulsschlag rauschte unangenehm schnell durch ihre Adern und Sarah fühlte sich schwach und nervös. Sie war so aufgeregt, wie noch nie zuvor in ihrem Leben. Wie würde das Wiedersehen mit Michael verlaufen? Würde er sich freuen, sie zu sehen? Oder ... Sie wollte gar nicht darüber nachdenken. Andi stand im Hof und blickte ihr erleichtert entgegen. Wie es schien, hatte er auf sie gewartet. Er öffnete die Arme und sie ließ sich hinein sinken.
„Michael wird bald von der Redaktion heimkehren", sagte er.
„Ich weiß."
„Gut, dass du gekommen bist."
„Ich hoffe es", murmelte sie unsicher und er schob sie ein wenig von sich, um sie anzusehen.
„Du siehst toll aus, obwohl ich genau sehen kann, dass du unglücklich bist."
Sarah zuckte die Achseln und wich seinem Blick aus.
„Ich werde im Stall auf ihn warten."
„Mach das. Ich öffne die Gatter für Michael und übernehme auch die restlichen Arbeiten, die heute anfallen. Ihr habt also den ganzen Abend, um euch auszusprechen."
Sarah biss sich auf die Lippen und ballte ihre zitternden Hände zusammen. Steif ging sie in Richtung Stall. Die Minuten zogen sich wie Stunden in die Länge und Sarah meinte zu sterben. Wieso kam er nicht? Wo blieb er? Sie konnte sich keine schlimmere Folter vorstellen, als dieses Warten.
Endlich hörte sie ein Auto vorfahren. Vorsichtig spähte sie durch einen Türspalt in den Hof. Andi war verschwunden, dafür stieg Michael aus seinem Auto und warf achtlos die Tür zu. Es schien ihr, als wäre er dünner geworden und er strömte eine Aura größten Unglücks aus, sodass es ihr schmerzhaft das Herz zusammenzog.
Mit langen Schritten ging er auf das Haus zu, um sich in seiner Wohnung umzuziehen. Wie sehr sehnte sie sich nach ihm! Sarah fühlte Tränen aufsteigen. Was, wenn er sie nicht wollte? Wenn er sie wieder abwies? Ein Geräusch hinter ihr ließ sie herumfahren. Andi öffnete das hintere Stalltor.

„Nur Mut!", sagte er, zwinkerte ihr zu und trat den Weg in Richtung Weide an.
Wieder vergingen die Minuten und dehnten sich zu einer Ewigkeit. Endlich sah sie die Tür des Bauernhauses aufgehen und Michael ging schnell auf den Stall zu. Sarah wich von der Tür zurück und floh in den hinteren Bereich, wo sie stehen blieb und sich umdrehte. In dem Moment trat er ein. Sein Körper verdunkelte das Sonnenlicht, welches beim Öffnen der Tür ins Innere geschwappt war. Er ging einige Schritte auf sie zu, wurde langsamer, als er bemerkte, dass er nicht allein war. Als er sie erkannte, blieb er abrupt stehen. Kurz blickten sie einander an und Sarah fühlte ihr Herz noch wilder pochen als zuvor. In seinem Gesicht konnte sie keine Regung ausmachen. Dass ihre Anwesenheit ihn jedoch nicht ganz kalt ließ, konnte sie daran erkennen, dass er mit einer Hand Halt an einer Holzstrebe suchte. Es wirkte, als würde er einen Fausthieb in die Magengegend abfangen.
„Was machst du hier?", fragte er schließlich mit rauer Stimme, als er sich ein wenig gefasst hatte.
Zögernd tat sie einen Schritt in seine Richtung.
„Kannst du dir das nicht denken?"
Kurz biss er die Zähne zusammen, dann meinte er ablehnend: „Wenn du Urlaub machen willst, muss ich dich enttäuschen. Wir haben keine Zimmer frei."
In ihren Gedanken hatte sie sich das Wiedersehen anders gewünscht, aber nicht wirklich vorgestellt. Trotzdem fühlte sie Schmerz aufsteigen. Wo waren die weit ausgebreiteten Arme?
„Wenn du mich entschuldigen würdest, ich muss die Gatter für die Kühe öffnen."
„Andi erledigt das heute für dich."
Michael verschränkte die Arme vor der Brust.
„Ist sehr nett von ihm, aber wirklich nicht nötig."
Sarah starrte ihn an.
„Ist das alles, was du mir zu sagen hast? Dass du keinen Platz für mich hast?" Ihre Stimme brach.
„Natürlich haben wir keinen Platz, das weißt du. Dein Zimmer bewohnt nun jemand anderer. Was hast du gedacht? Dass du einfach so gehen kannst und wir halten dein Zimmer frei für den Tag, an dem du es dir vielleicht anders überlegst und ein paar Tage ländliche Idylle schnuppern willst? Da hast du dich aber gewaltig geirrt! Wie du weißt, ist jeder Mensch ersetzbar."
Seine Worte hätten sie tief getroffen, wenn sie nicht den Schmerz in

seinen Augen gesehen hätte – diese Pein, die ihn innerlich auffraß, konnte er nicht vor ihr verbergen. Seine stumme Qual veranlasste sie dazu, das Gesagte nicht zu nah an sich heranzulassen. Trotzdem musste sie die Tränen hinunterschlucken.
„Geh zurück in dein Jet Set Leben und lass uns hier endlich in Ruhe! Helene hat dir ein halbes Jahr lang nachgeweint, wage es also nicht, ihr unter die Augen zu treten, jetzt wo sie dich gerade vergessen hat!"
Seine Stimme klang hart und gefühllos.
„Du weißt, dass ich mein Jet Set Leben aufgegeben habe, als ich zu euch auf den Hof gezogen bin."
„Vorübergehend. Schließlich hast du dich dann aus dem Staub gemacht und ich kann mir nicht vorstellen, was du sonst hättest machen sollen, als in deine Scheinwelt zurückzukehren."
Sarah trat noch einen Schritt näher.
„Ich habe reiten gelernt."
„Du hast was?" Erstaunt musterte er sie und forschte in ihrem Gesicht, ob sie die Wahrheit sprach.
„Die letzten Monate habe ich auf Angelikas Pferdehof gearbeitet und begonnen, die Ausbildung zur Reitlehrerin zu machen."
Baff ließ er die Arme sinken und sie kam noch näher. Von seinen Augen konnte sie ablesen, dass in ihm ein Kampf entbrannt war. Ganz nah vor ihm blieb sie stehen, dann hob sie eine Hand und legte sie an seine Wange.
„Ich möchte bleiben! Bei dir bleiben!"
Kurz legte er sehnsüchtig seine Hand über ihre, schloss die Augen und sog seufzend die Luft ein, um sie dann wieder zu öffnen und ihre Hand entschlossen wegzuschieben.
„Nein, Sarah! Nein! Es gibt nichts, was ich dir bieten könnte!", stieß er hervor. „Außer einem Hof, der jederzeit bankrott gehen kann, langen, niemals enden wollenden Arbeitstagen und wenig Urlaub!"
„Ich weiß, aber dieses Angebot klingt einfach zu verlockend!"
Nun lächelte sie leicht und er sah ihr fest in die Augen. Noch hatte sie ihn nicht überzeugt.
„Wenn du nicht auf der Stelle gehst, wirst du immer hierbleiben müssen. Ich werde dich niemals mehr gehen lassen – das muss dir klar sein!"
Liebevoll erwiderte sie seinen Blick und konnte in seinen Augen einen Funken Hoffnung aufflackern sehen.
„Auch damit kann ich leben."
„Last but not least", murmelte er, zögerte etwas und legte dann seine Hände auf ihren Po, um sie näher zu sich heranzuziehen, „wirst du mich

heiraten müssen."
Sarah schlang ihre Arme um seinen Nacken.
„Ich habe es befürchtet. Aber für diesen Job würde ich einfach alles tun! Sogar mit dem Bauern schlafen!"
Befreit lachte er auf, dann griff er mit einer Hand unter ihr Kinn und hob ihr Gesicht an. Sanft legte er seine Lippen auf ihren Mund und Sarah fühlte, wie alle Fesseln, alle Trauer, alle Hoffnungslosigkeit von ihr abfielen. Sie hatte alles auf eine Zahl gesetzt und dieses eine Mal gewonnen! Hier in seinen Armen, auf seinem Hof, wollte sie immer bleiben. Wenn sie einmal alt und verbraucht war, würde sie auf ein hartes, arbeitsreiches Leben zurückblicken, das war ihr klar. Aber immerhin hatte sie gelebt!
Das Huftrommeln sich nähender Kühe ließ sie auseinander fahren und er griff nach ihrer Hand.
„Es gibt doch noch einen Platz für dich", sagte er lächelnd. „Komm! Es ist übrigens Helene, die nun in deinem Zimmer wohnt."
Bevor er aus dem Stall trat, blickte er sich um, ob jemand in der Nähe war. Die Luft war rein und er zog sie mit sich über den Hof, durch den Gang des Bauernhauses und die Stufen hinauf, bis in seine Suite. Er verschloss die Tür hinter sich und schlang die Arme um sie.
„Komm!", forderte er erneut und strebte auf die Schlafzimmertür zu, doch sie hielt ihn zurück.
„Ich würde damit gerne bis zu unserer Hochzeit warten", flüsterte sie und errötete.
„Altmodischer Kram", tat er ihre Bitte ab. „Wir heiraten ohnehin bald!"
Sarah entzog ihm ihre Hand und blickte ihn mit einem entzückenden Schmollmund an. „Ich fände es aber sooo romantisch. Nun haben wir so lange darauf gewartet. Die paar Wochen fallen auch nicht mehr ins Gewicht."
Seufzend strich er sich durchs Haar.
„Wie hätte ich jemals annehmen können, dass es mit dir einfach sein würde!"
Kopfschüttelnd blickte er sie liebevoll an.
„Ich kann noch gar nicht glauben, dass du zurückgekommen bist!"
Plötzlich lächelte er glücklich und breitete seine Arme aus.
„Aber dich küssen und in den Arm nehmen, das darf ich schon?"
Sarah nickte und sprang in seine Umarmung.

Sie einigten sich auf Oktober als geeigneten Monat, um in den Stand der Ehe zu treten und die Vorfreude auf das Fest stand allen Haus-

bewohnern ins Gesicht geschrieben.
„Weißt du, ich habe immer davon geträumt, in einem Schloss zu heiraten", erzählte Sarah, als sie beim Melken waren. Michael überwachte den Melkvorgang, während Sarah ihre Arme von hinten um ihn geschlungen und ihren Kopf zwischen seine Schulterblätter gebettet hatte.
„Ich würde deinen Wunsch gerne erfüllen, aber ich glaube, das ist finanziell nicht drin."
„Doch, ist es. Meine Mutter hat mir einen größeren Betrag vererbt. Ich habe lediglich Bedenken, dass die Schlösser der Umgebung alle schon ausgebucht sind."
Er beendete den Melkvorgang und sie löste sich von ihm. Als sich das Vakuum abgebaut hatte, nahm er das Melkzeug ab und reichte es Sarah. Dabei blickte er ihr tief in die Augen und sie erwiderte diesen Blick mit einem Lächeln, dann wandte sie sich ab, um ihrer Arbeit nachzugehen.
„Was ist in deinen Augen ein größerer Betrag?", wollte er wissen, als sie mit dem Desinfektionsspray zurückkehrte.
„So ungefähr 700.000 Euro."
Michael pfiff durch die Zähne.
„Um das Geld kannst du dir ja fast selbst ein kleines Schloss kaufen!"
Sarah zuckte gleichgültig mit den Achseln, nachdem sie sich aufgerichtet hatte.
„Ich brauche kein Schloss. Alles, was ich mir wünsche, ist hier."
Michael klopfte der Kuh aufs Hinterteil und ging zur nächsten weiter.
„Du kannst ja mal in Velden anrufen. Zur Not könnte ich mir vorstellen, dass die Gerlitzen noch frei ist."
„Die Gerlitzen?"
„Ja. Es ist da oben zwar nicht so gediegen wie in einem Schloss, dafür ist die Auffahrt extravagant und der Ausblick phänomenal."
„Du willst unsere Gäste mit dem Traktor nach oben bringen? Das ist wirklich extravagant. Allerdings bin ich überrascht, dass da eine Straße hinaufführt."
„Ich habe ausnahmsweise einmal nicht an einen Traktor gedacht", lächelte Michael und stupste sie liebevoll an. „Sondern an die Seilbahn. Wobei ich die Idee mit dem Traktor durchaus reizvoll finde. Vielleicht sollten wir mit dem Traktor zur Kirche fahren."
„Oh, hör auf!", lachte Sarah. Dann wurde sie wieder ernst. „Aber das mit den Gondeln gefällt mir! Ich stelle mir das sogar richtig romantisch vor! Nur wir beide in einer Kabine! Ich werde morgen sofort anrufen."
Hand in Hand verließen sie den Stall, um zum Abendessen zu gehen.

Die ersten Sterne zeigten sich bereits am Himmel. Die Luft war kühl und erinnerte daran, dass der Herbst Einzug gehalten hatte.
„Uns hat ein Gott gesegnet
Ringsum mit freiem Blick,
Und wie umher die Gegend
So frisch sei unser Glück", rezitierte Sarah den großen Goethe.
„Oh yeah", stimmte er munter zu und drückte ihre Hand.

Von dem Augenblick an, als die freudige Nachricht am Hof verkündet worden war, schien es, als wäre die Luft elektrisch geladen. Zusätzlich zu all den Arbeiten, die ohnehin anfielen, musste nun auch eine Hochzeit geplant werden – neben Sarah stürzte sich besonders Maria begeistert in die Vorbereitungen. Sie lachte viel und die Erleichterung, auch ihren ältesten Sohn glücklich zu wissen, ließ ihre Augen erstrahlen. Wann immer es möglich war, nahm sie ihre zukünftige Schwiegertochter beiseite und führte sie in die Aufgaben ein, die sie als baldige Chefin des Hofes übernehmen würde.
„Natürlih helf i dia, ima wennst was brauchst!", beruhigte sie die junge Frau, wenn diese zweifelnd die Stirn runzelte. „Kei Angst, du wiast a guade Bäuerin sein!"
Da Sarah vor ihrer Abreise bereits eine tragende Rolle bei den Abläufen gespielt hatte, war es auch für das Team kein großes Problem, sie in ihrer neuen Position zu akzeptieren.
Obwohl Sarahs Leben eine solch glückliche Wendung genommen hatte, entging Michaels prüfenden Augen der tiefe Kummer seiner Braut nicht. Natürlich ließ sie sich nichts anmerken, doch Michael wusste, dass sie hoffte, von ihrem Vater eine Zusage zu erhalten, dass er zu den Feierlichkeiten kommen würde. Bisher jedoch hatte er sich nicht gemeldet.
Sich an einen alten Kärntner Brauch erinnernd, dem sogenannten Brautbitten, beschloss Michael, die Sache selbst in die Hand zu nehmen und seine Braut zu überraschen.

Als er Sarah einige Tage später über seine Abreise informierte, blickte sie ihn enttäuscht an.
„Ausgerechnet jetzt? Es ist noch so viel vorzubereiten und ich kann es einfach nicht ertragen, schon wieder von dir getrennt zu sein!"
Sarah schlang die Arme um seinen Hals und blickte ihn flehentlich an. Michael schmolz bei ihrem Anblick das Herz, doch er ließ seine Standhaftigkeit nicht einstürzen.

„Es ist doch nur für zwei Tage, mein Schatz. Ich fahre schnell nach Wien, bringe meinen Termin hinter mich und bin schon wieder auf dem Weg zu dir. Ich bin sicher, du wirst nicht einmal bemerken, dass ich weg bin."
Sie seufzte theatralisch.
„Ich könnte dich doch begleiten."
„Das lohnt sich nicht. Es macht viel mehr Sinn, wenn du hier bleibst und deine Nase weiterhin in alle Angelegenheiten steckst!"
Liebevoll lächelte er sie an und hauchte einen flüchtigen Kuss auf ihre Nasenspitze.
„Wahrscheinlich hast du recht", gab sie schmollend nach.
„Natürlich!"
Sarah lüpfte neckend die Augenbrauen.
„Auch ein blindes Huhn ..." Weiter kam sie nicht, denn er begann sie zu kitzeln und sie wand sich kreischend in seinen Armen.

Wenige Tage später verließ Michael in Richtung der österreichischen Hauptstadt den Hof. Seine Mutter, die als Einzige in seine Vorhaben eingeweiht war, hatte ihm verschwörerisch einen Korb mit Wurst gepackt und in den Kofferraum geschmuggelt. Derart gut ausgerüstet hoffte er, seine Mission erfolgreich ausführen zu können. Bei dem Brautbitten sah es die Tradition vor, dass der Bräutigam bei dem Vater der Braut um die Hand der Tochter anhielt. Wenn der Vater diesen Antrag ablehnte, servierte er dem Antragsteller Sauerkraut oder gestockte Milch. Wenn er einverstanden war, gab es Wurst als Imbiss. Michael hatte wohlweislich nur Wurst mitgenommen, denn er war überzeugt, Herr Brunner kannte den Brauch nicht. Abgesehen davon konnte er nicht ablehnen, da seine Tochter ihre Wahl bereits getroffen hatte. Dennoch schien nun diese alte Tradition einen guten Vorwand für ein Treffen zu liefern.

Die Nacht verbrachte Michael in einem Hotel und lauschte dem Motorenlärm, der trotz Lärmschutzfenstern in den Raum drang. Es fühlte sich unwirklich an, hier zu sein, im Besonderen aus dem Grunde einer Hochzeit. Seiner Hochzeit. Die letzten Monate waren die schrecklichsten seines Lebens gewesen – hoffnungslos ohne Sarah. Doch sie war zurückgekehrt, seine mutige Verlobte, hatte alles riskiert, um ihn aus dem Käfig zu befreien, in den er sich selbst gesteckt hatte. Seine mutige Sarah! Und nun war er hier, wenige Stunden trennten ihn noch von dem Treffen mit ihrem Vater. Michael schloss seufzend die Augen. Nur eine Nacht …

„Ich weiß wirklich nicht, was das alles soll", meinte Herr Brunner und lehnte sich auf dem Stuhl zurück. „Sie hat ihre Wahl getroffen. Ist alt genug. Fragt mich ohnehin nie wegen irgendetwas ..."
„Tatsächlich ist mir das alles bekannt. Doch ich weiß, wie sehr sich Ihre Tochter freuen würde, wenn Sie zu unserer Hochzeit kämen!"
Michael stellte den Korb mit der Wurst auf den Tisch.
„Den habe ich Ihnen mitgebracht. Ist eine alte Tradition in Kärnten. Eigentlich ist es Ihre Aufgabe, mir Wurst zu servieren, wenn Sie mit meinem Antrag einverstanden sind."
Herr Brunner musterte den jüngeren Mann, der ihm gegenüber saß und weder schüchtern noch verlegen wirkte. Sein Gegenüber stand tagtäglich seinen Mann, erkannte Brunner, weshalb sollte er sich auch wie ein Bürschchen aufführen?
„Wir haben keinen regelmäßigen Kontakt", warf Brunner ein und lugte in den Korb. „Ihr Kärntner mit eurer Wuarscht!"
Michael lächelte.
„Auch das ist mir bekannt. Aber es wäre schön, wenn sich das ändern würde."
„Darf ich?"
Michael nickte und Brunner griff in den Korb, dann warf er dem jüngeren Mann einen auffordernden Blick zu. Auch Michael bediente sich.
„Dann nehmen Sie meinen Antrag an?", fragte er und Brunner nickte kauend.
„Ja. Ich hab doch schon abgebissen, kann gar nicht mehr zurück."
Michael lachte kurz auf.
„Dann kommen Sie zur Hochzeit?"
„Sag ‚du'."
„Gut. Du kommst?"
„Ja. Ich werde kommen. Aber ich weiß nicht, ob … ich bin nicht so der Familienmensch. Ich denke nicht, dass wir uns trotzdem oft sehen werden."
„Das ist zwar schade, aber ich bin überzeugt, dass Sarah überglücklich sein wird, wenn du sie in die Kirche führst! Es ist doch so ein besonderer Tag für sie!"
Brunner nickte.
„Du kannst mit mir rechnen. Ich werde sie vor der Kirche erwarten."

Sarah betrat die Redaktion einige Tage später mit einem Picknickkorb am Arm und ging direkt in Michaels Büro.

„Sie haben ein Mittagessen bestellt, Herr Chefredakteur?"
Er blickte auf und sah sie überrascht an.
„Ah, die Kollegin aus Wien. Sie bringen mir Essen? Ist aber wirklich sehr zuvorkommend."
Er stand auf, ging auf sie zu und schloss die Tür hinter ihr, während sie den Korb auf dem Tisch abstellte.
„Und weil Sie schon mal hier sind, möchte ich Sie daran erinnern, dass Sie mir einen Artikel versprochen haben. Zwingen Sie mich bitte nicht dazu zu betteln!"
„Ach, Herr Magister Chefredakteur", sagte sie zerknirscht. „Es tut mir ja so leid, aber nun ist mir eine Hochzeit dazwischengekommen!"
„Die wird doch irgendwann vorbei sein, oder?"
Er zog sie in seine Arme.
„Ich denke, das lässt sich nicht vermeiden. Aber danach folgen die Flitterwochen."
Michael seufzte schwer und schüttelte den Kopf.
„Aber seien Sie unbesorgt! Mein Zukünftiger ist Bauer. Der kann nicht lange weg. Sie wissen schon, wegen der Kühe."
„Ein Bauer? Hat er wenigstens Grips?"
Zärtlich schlang sie die Arme um seinen Hals.
„Oh ja! Ich kam nicht umhin, dies zu bemerken."
„Und Sie sind sicher, er heiratet Sie nicht wegen des Geldes?"
„Da können Sie vollkommen unbesorgt sein. Ich werde es nämlich investieren und dann ist es weg."
„Gott sei Dank! So viel Geld verdirbt einen doch nur!"
Mit der Nasenspitze berührte er die ihre.
„Und in welchem Verlustgeschäft wollen Sie Ihr Geld anlegen?"
„Ich möchte einen Pferdestall einrichten und noch ein paar Pferde kaufen. Er reitet doch so gerne."
Bei diesen Worten verschloss er mit seinen Lippen ihren Mund.

… und möcht dich berührn.

Der Hochzeitstag verhieß klares Wetter. Als die Sonne über den Bergen emporstieg und die Hochnebel vertrieb, erfüllte sich die Vorhersage. Angelika und Therese halfen Sarah in das weiße Kleid, das sie extra nach ihren Wünschen hatte anfertigen lassen. Es war kein klassisches Dirndl, sondern diesem nur vom Schnitt her nachempfunden und wirkte wildromantisch. Therese, die eine Spezialistin in Fragen Haarstyling war, steckte Sarahs Haare hoch, die mittlerweile wieder in ihrer natürlichen Farbe glänzten und peppte die Frisur mit Rosenblüten und Astern auf.

„Schiach sche!", murmelte Maria andächtig, als sie ihre zukünftige Schwiegertochter anblickte.

„I gfrei mi so!" Sie drückte der jungen Braut die Hände.

Vorsichtig wurde die Tür geöffnet und Helene trat mit dem Brautstrauß ein.

„Den soll ich dir vom Papa geben", sagte sie und überreichte ihn Sarah andächtig. Verträumt blickte sie Sarah an. „Du bist so schön!" Es war merkwürdig, doch dieses Mal glaubte Sarah dem Mädchen.

„Danke!", sagte sie und strich Helene über die Wange.

„Auf den musst du gut aufpassen!", erinnerte Angelika. „Du weißt, hier am Land wird die Braut gerne entführt."

Sarah nickte nervös, dann versenkte sie ihre Nase in dem schönen Strauß und sog den Duft tief in die Lungen. In den einfach gehaltenen Strauß waren Kräuter und Wildblumen geflochten worden und Sarah war sicher, niemals ein schöneres Bukett gesehen zu haben. Als sie daran dachte, dass Michael es für sie ausgesucht hatte, schlug ihr Herz vor Freude gleich doppelt so schnell.

Es klopfte an der Tür und Maria steckte ihren Kopf hinaus, besprach sich kurz und kehrte mit der Info zurück, dass Michael und Andi, den er als Trauzeugen gewählt hatte, bereits in Richtung Kirche nach Arriach aufgebrochen waren. Lois, der die Braut und ihre Trauzeugin mit der Kutsche zur Kirche fahren sollte, wartete im Hof auf sie.

„Es wiad Zeit, mia håbn no a ganz schenes Stick vor uns", sagte er und verbeugte sich bewundernd vor der Braut. „Håb i nit gsågt, dass di da Mihael måg?", raunte er ihr mit einem schelmischen Zwinkern zu.

Angelika ordnete das Brautkleid, nachdem sich Sarah gesetzt hatte und ließ sich dann neben sie sinken. Alle anderen stiegen in ihre Autos und fuhren hupend hinter der Kutsche her. Von ihrem Vater hatte Sarah keine Nachricht erhalten, ob er kommen würde, deswegen war sie umso überraschter, als er vor der Kirche auf sie wartete. Sie fühlte große Freude in sich aufsteigen.

Neben ihm stand eine gutaussehende Frau mit dunklen, gewellten Locken.

„Das ist Clarissa, meine neue Lebensgefährtin", stellte Brunner vor. „Meine Tochter."

Die Frauen schüttelten einander die Hände, dann verschwand Clarissa

mit den anderen im Inneren der Kirche. Nur ihr Vater, Angelika und Helene waren noch bei ihr und Angelika legte die Falten des Brautkleides zurecht. Helene umklammerte das Körbchen mit den Blumen.
„Ich habe nicht gedacht, dass du kommst."
„Wenn meine einzige Tochter heiratet …" Herr Brunner vollendete den Satz nicht und hielt ihr seinen Arm hin. Sie hängte sich ein.
„Bereit?", fragte Angelika und Sarah nickte nervös. „Hast du ihn gesehen? Ist er da?"
„Ich bin sicher, dass er da ist. Sonst wären die Gäste nicht schon in der Kirche."
Angelika lächelte beruhigend. Dann gab sie ein Zeichen und als die Orgel zu spielen begann, wurde die Kirchentür geöffnet und Angelika zwinkerte Helene aufmunternd zu.
„Und nun du. Wie wir es geübt haben."
Langsam ging das Mädchen los. Als sie einige Meter gegangen war, setzte sich Angelika in Bewegung. Erst als sie das Mittelschiff erreicht hatte, drückte der Brautvater seiner Tochter kurz die Hand und schritt los. Die Gäste erhoben sich und sahen ihnen entgegen. Doch Sarah hatte nur Augen für den Mann, der vorne neben dem Altar stand. Michael war tatsächlich hier und blickte ihr nun mit strahlenden Augen entgegen. Er sah so umwerfend gut aus und Sarah konnte nicht fassen, dass er tatsächlich sie gewählt hatte. Als sie ihn fast erreicht hatten, kam er ihnen ein paar Schritte entgegen. Ihr Vater übergab ihm ihre Hand und Michael führte sie das letzte Stück vor den Pfarrer.
„Du siehst atemberaubend aus", raunte er ihr zu, bevor der Pfarrer zu sprechen begann. Sarah war so überwältigt von ihren Gefühlen, dass sie nicht mitbekam, was um sie herum geschah. Brav tat sie, was man von ihr verlangte, allerdings in einem tranceähnlichen Zustand. Plötzlich standen sich Michael und sie gegenüber, der Pfarrer neben ihnen sprach etwas. Dann war es still. Michael verengte die Augen ein wenig und sah sie auffordernd an.
„Was?", fragten ihre Augen zurück.
„Jetzt wäre der Zeitpunkt, um Ja zu sagen", flüsterte er.
Der Salcher-Clan in der ersten Kirchenbank begann zu kichern.
„Oh!" Sarah drehte den Kopf in Richtung Pfarrer, dann sah sie wieder zu Michael, um sich erneut dem Gottesmann zuzuwenden.
„Könnte nicht doch Michael zuerst auf die Frage antworten?"
Verwirrt riss nun der Pfarrer die Augen auf.
„Ich verstehe nicht, weshalb soll das …"
„Fragen Sie mich!", bat Michael lächelnd.

Der Pfarrer räusperte sich und wandte sich an Michael: „Willst du, Michael Johannes Salcher, Sarah Brunner zu deiner Frau nehmen, sie lieben und ehren in guten und in schlechten Zeiten und ihr treu sein, bis dass der Tod euch scheidet? Dann antworte mit: Ja, mit Gottes Hilfe."
Michael ergriff ihre Hand und sie fühlte die Wärme seiner Haut. Tief blickte er in ihre Augen und sagte mit fester Stimme: „Ja, mit Gottes Hilfe.",
„Und willst du, Sarah Brunner, Michael Johannes Salcher zu deinem Mann nehmen, ihn lieben und ehren in guten wie in schlechten Zeiten und ihm treu sein, bis dass der Tod euch scheidet? Dann antworte mit: Ja, mit Gottes Hilfe."
Sanft drückte er ihre Hände.
„Ja, mit Gottes Hilfe."
Sie steckten einander die Ringe an, wurden gesegnet und zogen zu den Orgelklängen aus. Ein großes Leintuch, auf das ein Herz gemalt worden war, wurde von Michaels Brüdern nach den Kirchentreppen gespannt und das Brautpaar musste es mit zwei Nagelscheren ausschneiden, um dann hindurchzusteigen. Danach reihten sich die Gratulanten ein und sie standen nebeneinander und nahmen die guten Wünsche entgegen. Wenig später hob Michael sie in die Kutsche, setzte sich neben sie und schon fuhr das Gefährt los. Ihre Gäste folgten ihnen in den Autos und während der ganzen Strecke bis zur Gerlitzen Kanzelbahn hörten sie im Hintergrund ihr Hupkonzert. Er legte einen Arm um sie und zog sie ganz nah an sich heran. Glücklich ließ sie ihren Kopf auf seine Schulter sinken und schloss die Augen.
„Es hat dann also doch ein sowohl überraschendes als auch gutes Ende genommen", stellte er zufrieden fest.
„Wieso Ende? Das ist doch erst der Anfang!" Sie öffnete die Augen und blickte zu ihm auf.
„Stimmt. In dieser Beziehung. Aber dieser Tag ist ebenso das Ende meiner Junggesellenzeit."
„Die hat ohnehin viel zu lange angedauert. Du bist schon richtig schrullig."
„Ich glaube, so habe ich dich genannt, wenn ich mich recht erinnere."
„Ja, du Charmeur."
„Bevor ich das bessere Wort für dich fand."
„Ich weiß."
„Superkalifragilistikexperaligetisch."
„Du bist wohl sehr stolz auf dich!"
Er drückte ihr einen Kuss auf die Nasenspitze.

„Das bin ich. Schließlich habe ich gerade noch die Kurve gekriegt."
„Du? Soweit ich mich erinnere, war ich diejenige, die den ersten Schritt gemacht hat."
„Nun gut. Aber ich hab dich nicht mehr gehen lassen."
„Eine Heldentat, tatsächlich."
„Genau genommen war es reiner Überlebenswille. Ohne dich hat etwas auf dem Hof gefehlt."
Seine Lippen bildeten zwei gerade Striche und er wurde ernst.
„Du hast mir gefehlt, Sarah, und wenn du noch einmal gehst, weiß ich nicht, ob ich es überleben werde."
„Wie theatralisch. Aber keine Angst, ich werde nicht wieder gehen. Das habe ich versprochen. Erinnerst du dich?"

Als sie aus der Kutsche stiegen, entdeckten sie einen riesigen Baumstamm, der aufgebockt vor dem Eingang zur Seilbahn auf sie wartete. Freunde von Michael reichten ihm eine Säge.
„Da müsst ihr jetzt gemeinsam durch", lachte Andi.
„Oh Mann!" stöhnte Sarah.
„Komm, wir schaffen das!", munterte Michael sie auf und dirigierte sie auf die gegenüberliegende Seite. Nun nahm jeder einen Griff in die Hand und sie begannen zu sägen. Zum Glück war Michael körperliche Anstrengung gewöhnt, deswegen überließ sie ihm die meiste Arbeit und er nahm dies mit einem Lächeln zur Kenntnis. Trotzdem versuchte sie ihn so gut es ging zu unterstützen. Als sie den Stamm nach mehr als einer Viertelstunde endlich geteilt hatten, war Sarah fast schon erschöpft.
„Auf der Fahrt nach oben, kannst du dich etwas ausruhen", tröstete Michael sie. Ihre Gondel war mit Blumen geschmückt und sie stiegen fröhlich ein.
„Es ist wunderschön hier", meinte Sarah andächtig. „Diesen Blick auf den Ossiacher See inmitten der bunten Farbenwälder werde ich nie vergessen."
„Ich hoffe, das ist nicht das Einzige, was du nicht vergisst."
„Ach ja, meinen netten Begleiter werde ich natürlich auch niemals nie nich ..." Weiter kam sie nicht, denn Michael küsste sie leidenschaftlich.

Oben angekommen wurde den Gästen ein Sektempfang bereitet, während das Brautpaar mit dem Fotografen verschwand. Als sie zur Festgesellschaft zurückkehrten, war die Stimmung bereits ausgelassen und fröhlich. Das Mittagessen wurde serviert. Zwischen den Gängen lauschte man den Reden der Väter, wenn man sie verstand. Als die

Tafel aufgehoben wurde, begab man sich ins Freie, um die Aussicht zu genießen. Petra winkte Sarah zu sich und ging mit ihr auf die andere Seite des Gasthofes.

„Komm, ich möchte dir etwas zeigen." Als sie sah, dass Sarah ihren Brautstrauß noch immer in den Händen trug, meinte sie: „Den brauchst du jetzt nicht. Leg ihn einfach hierher."

Sarah folgte ihrer Anweisung und ging neben Petra ein kleines Stück des Weges entlang. Als sie nach einigen Metern unsicher zum Haus zurückblickte, bemerkte sie Lois, Petras Mann Roland und Kurt, den jüngsten von Michaels Brüdern. Dieser hielt ihren Brautstrauß in der Hand und wedelte ihn leicht hin und her. In diesem Moment wurde Sarah klar, was das zu bedeuten hatte.

„Liebe Braut", sagte Petra, als die Männer nähergekommen waren, „da es hier an Gelegenheiten zur Einkehr mangelt, haben wir beschlossen, dich an einen anderen Ort zu entführen. Also komm!"

Sarah wäre lieber bei Michael geblieben, doch sie hängte sich brav bei ihrer Schwägerin ein und ließ sich in den Wald führen. Sie folgten einem schmalen Pfad und kamen schließlich zu einer Lichtung, auf der ein Tisch und zwei Bänke aufgebaut waren. Auf der Tischplatte standen jede Menge Spirituosen und Petra schenkte Sarah ein Glas Champagner ein.

„Setz dich, es kann noch eine Weile dauern, bis dein lieber Mann dich gefunden hat."

Sarah setzte sich vorsichtig an den Tisch, um das Kleid nicht zu ruinieren, und nippte an ihrem Champagner. Jetzt erst bemerkte sie, dass zwei große Wärmepilze verhinderten, dass sie fror.

„Vielen Dank dafür!", sagte die Braut. „Ich glaube, ohne die wäre mir jetzt schrecklich kalt."

Es verging ungefähr eine halbe Stunde bis sie Stimmen hörten, die näherkamen. Sarah sprang augenblicklich auf und wollte in ihre Richtung laufen, doch Kurt hielt sie zurück.

„Er muss dich finden."

So wartete sie angespannt darauf, dass die Stimmen endlich näher kamen. Als Michael im Kreis seiner Freunde und Gäste auf die Lichtung trat, jubelte sie auf.

„Ich glaub, da freut sich jemand, mich zu sehen!", rief er und breitete die Arme aus, damit sie sich hineinwerfen konnte. Alle applaudierten und lachten und kehrten dann zum Gasthof zurück.

Es war bereits nach Mitternacht, als Michael seine Braut anblickte, um von ihr das Einverständnis zu bekommen, die Hochzeitsgesellschaft zu verlassen. Sarah nickte leicht und fühlte Nervosität in sich aufsteigen. Das größte Geschenk würde sie ihm noch machen und sie hoffte, dass er es zu würdigen wusste. Unter lauten Rufen der Hochzeitsgäste verabschiedeten sie sich und er zog sie mit sich zur Seilbahn, die sie wieder hinunter ins Tal bringen würde. Von dort würde sie ein Taxi abholen und zu einem Hotel in der Nähe fahren.

Am Vormittag hatte Angelika ihre Koffer dorthin gebracht und darauf geachtet, dass niemand sonst von diesem Aufenthaltsort erfuhr, um dem Paar weitere Streiche zu ersparen. Während sie in die Dunkelheit hinabglitten, begann Michael, seine Frau bereits mit leidenschaftlichen Küssen auf das Kommende einzustimmen und sie legte vertrauensvoll die Arme um ihn.

Während der Taxifahrt hielten sie einander an den Händen und als sie das Hotel erreichten, atmete Sarah angespannt aus. Mit dem Aufzug fuhren sie in den dritten Stock, wo ihre Hochzeitssuite bereits auf sie wartete. Als sich die Lifttür mit einem leisen Summen öffnete, kramte Michael den Schlüssel der Suite aus der Tasche. Er schloss die Tür auf, hob seine Braut auf die Arme und schritt mit ihr über die Schwelle. Nachdem er sie im Zimmer abgesetzt hatte, kehrte er zur Tür zurück, um diese hinter ihnen mit einem siegreichen Grinsen dreimal zu verschließen. Dann blickte er sie lächelnd an. Wie lange hatte er auf diesen Augenblick gewartet!

„Frau Salcher", murmelte er mit heiserer Stimme, „wären Sie nun so freundlich, mir zu erklären, wie man Ihr Kleid öffnet?"

Er blickte auf die Schnüre, die ihr Korsett zusammenhielten. Sarah verschränkte die Finger ineinander.

„Herr Salcher, wenn Sie sich kurz gedulden würden und mir ein paar Minuten Zeit lassen, werde ich persönlich dieses Problem lösen."

Er stöhnte und ließ sich auf einen Stuhl fallen.

„Jetzt verlässt sie mich schon wieder!"

„Aber nur kurz!" Sie zwinkerte ihm zu und verschwand im Bad.

Ihre Hände zitterten, als sie die Verschnürung öffnete und das weiße Kleid gegen einen verführerischen Hauch von Nichts eintauschte. Ungläubig blickte sie sich im Spiegel an. Sie war eine Braut! Sie war Michaels Braut! Als sie sich glücklich anlächelte, fand sie sich sogar ein ganz klein wenig hübsch.

„He, Folterknecht!", hörte sie seine Stimme aus dem Nebenzimmer, „wie lange dauert denn das noch?"

Sie öffnete die Tür und trat auf ihn zu. Seine Augen glühten verlangend, während sie auf ihn zuschritt. Er erhob sich, streckte eine Hand nach ihr aus und zog sie mit sich zu dem breiten Bett.

Während er auf sie gewartet hatte, hatte er seine Krawatte gelöst.
„Weit bist du aber nicht gekommen", stellte sie lächelnd fest.
„Es geht hier ja nun auch nicht um mich", murmelte er und küsste sie, während er sich mit ihr auf aufs Bett gleiten ließ.
„Du bist so wunderschön! Ich liebe dich so sehr!"
Sie lächelte schüchtern und gab sich seinen Liebkosungen hin. Er war überrascht, wie unbeholfen sie war und musterte sie kurz prüfend, doch ihre Lippen waren so einladend geöffnet, dass er nicht lange darüber nachgrübelte, sondern fortfuhr, sie zu liebkosen. Als sie unter ihm lag und ihn leicht ängstlich anblickte, während er ihren Körper in Besitz nahm, stutzte er plötzlich.
„Ist es möglich ...", fragte er und hielt in seiner Bewegung inne.
Sarah errötete und nickte, da teilte ein zufriedenes Lächeln sein Gesicht und er küsste sie sanft und zärtlich.
„Welch ein Geschenk!", murmelte er und sah ihr in die Augen.
„Niemals hätte ich gedacht, dass ich jemals eine Frau heiraten würde, die sich für mich aufgehoben hat!"
„Du warst ja auch davon überzeugt, dass du niemals heiraten würdest!", erwiderte sie mit einem bezaubernden Lächeln.
Liebevoll strich er mit der Nasenspitze über ihre Wange.
„Du hast mich ganz und gar überrascht!" Voller Liebe hielt er ihren Blick fest und überwand vorsichtig den zarten Widerstand. „Und nun gehörst du zu mir! Für immer!"

Nachwort

Schon seit vielen Jahren beschäftige ich mich mit Themen des Konsums als Lebensgefühl in den westlichen, sogenannten zivilisierten Ländern und seinen Auswirkungen auf die kleinen Unternehmen, die Arbeitskraft, Tiere sowie die Umwelt. Es erschüttert mich, durch Innenstädte zu gehen, die jegliche Individualität dem schnöden Mammon geopfert haben: die gleiche Werbung, die gleichen Marken, die gleichen mit Fensterglas überzogenen Einkaufsstempel - austauschbar bis ins Detail. Ein Trend, der sich auch wieder im Bezug zum Menschen durchsetzt. Wer nicht funktioniert, wird ersetzt.
Menschen werden unterdrückt, Tiere gequält, die Umwelt ausgebeutet. Für wen? Dumping Preise sind es, die man unter anderem dafür verantwortlich machen muss. Doch diese Preise werden festgesetzt. Von wem? Von Geschäftsführern riesiger Konzerne, die sich allein durch ihre Gewinne verantworten. Vor wem? Vor einem Vorstand, der im Auftrag von Aktionären arbeitet. Weshalb? Damit die Gewinnausschüttung ihre Konten füllt. Wer sind Aktionäre? Menschen wie du und ich – vielleicht Ihr Nachbar, vielleicht Sie selbst.

Kleine Unternehmen haben es schwer, in diesen Zeiten zu bestehen. Biobauern kämpfen ums Überleben. Sie bei diesem Kampf zu unterstützen, ist eine Entscheidung, die jeder von uns bei jedem Einkauf trifft.
Das vermeintlich billige Produkt mag locken, doch der wahre Preis ist hoch. Die Rechnung, die bezahlt werden muss, lässt sich immer weniger ignorieren, je mehr Umwelt zerstört und gute bzw. faire Arbeitsbedingungen vernichtet werden. Eltern, die ihre Familie mit einem Gehalt nicht mehr ernähren können, Mütter oder Väter, denen ein Erziehungsgehalt und damit echte Wahlfreiheit vorenthalten wird. Felder, die nicht mehr bebaut werden können, weil die Erde ausgelaugt und/oder verseucht ist. Landwirtschaftliche Flächen werden im großen Stil an Finanzunternehmen verkauft, Bürger werden immer unmündiger und abhängiger gemacht, indem man ihnen die Möglichkeiten nimmt, sich aus eigener Kraft zu versorgen.
Gesetze und Bestimmungen, Steuervorgaben, Lohnverrechnung, jedes Jahr kommen neue Paragrafen hinzu, die erfüllt werden müssen und Unternehmensgründer dazu zwingen, gleich mehrere Experten zu bezahlen, um nicht bereits zu scheitern, bevor gegründet werden kann.

In allen Bereichen des Lebens ist eine Entwicklung zur Vereinheitlichung zu beobachten: Musik, Literatur, Kunst, Forschung, Menschenkörper usw. Dies ist eine Folge des massiven Gewinnstrebens, der Oberflächlichkeit und der Bequemlichkeit. Ja, es kostet mehr Mühe, zum kleinen Buchhändler zu gehen, als bei großen Onlinehändlern zu bestellen, ich weiß. Oder die Eier beim Bauernhof zu kaufen, anstatt beim Discounter um die Ecke. Ich weiß. Auf Produkte zu verzichten, weil Firmen sie unter den skrupellosesten Umständen herstellen, kostet Durchhaltevermögen und verlangt auch persönlichen Verzicht. Ich weiß, und nicht immer kann man standhaft sein. Doch wenn man klein beginnt, einen Schritt vor den anderen setzt, mit wachen Augen beobachtet, was vor sich geht, fällt es immer leichter. Je mehr man sich von den Zwängen des Konsums und der Konformität befreit, desto glücklicher, klarer und zufriedener kann man werden. Das ist zumindest meine persönliche Erfahrung.

Dieses kurze Nachdenken über die Hintergründe des Buches will keine Moralpredigt sein. Es soll eine kurze Beschreibung des Ist-Zustands sein und Mut machen, Neues zu wagen. Ich bin überzeugt, dass jeder Mensch seine Umwelt positiv verändern kann, auch wenn es nur der Griff zu einer Fairtrade Schokolade ist und irgendwann zu einem Kaffee, der unter guten Arbeitsbedingungen geerntet und verarbeitet wurde. Man kann auch damit beginnen, sich über andere mögliche Wege zu informieren, um an Produkte zu kommen, von denen man weiß, dass sie unter katastrophalen Bedingungen hergestellt werden. So wird man vielleicht auf die Firma Green Panda stoßen, die gebrauchte Laptops und Computer aufbereitet und zu einem guten Preis verkauft. Fairphone verbessert kontinuierlich die Komponenten seiner Smartphones, die übrigens in Einzelteile zerlegt und repariert werden können und somit über Jahre einsatzbereit sind. Ubup versendet Secondhand-Kleidung. Das Magazin Enorm berichtet über Menschen, die in der Wirtschaft anders denken, neue Wege gehen, nachhaltige Produkte erfinden. Es macht Spaß, wieder kreativ zu werden! Ich bin sicher, irgendwann wird eine Saite in Ihnen zum Schwingen kommen und Sie werden wissen, das ist es! Hier wollen Sie weitergehen.

Michael, Sarah und der ganze Clan sind natürlich frei erfunden.

Allerdings muss ich gestehen, dass mich ein junger Bauernsohn mit Namen „Mihael" dazu bewogen hat, meinen Protagonisten nach ihm zu benennen. Als ich noch ein Mädchen war, verbrachten wir mehrere Wochen auf einer Alm in Kärnten und Mihael, ein paar Jahre älter, war natürlich mein persönlicher Held.

Der Salcherer-Hof ist eine Zusammenstellung aus zwei realen Bauernhöfen, wovon einer in Kärnten, einige Kilometer hinter dem Ort „Äußere Einöde" liegt. Er diente als Vorbild für die Umgebung. Ihm habe ich ein Wirtschaftsgebäude mit Durchgang nach Vorbild des Linke-Hofs in Leipzig hinzugefügt. Die Art der Essensversorgung der Feriengäste habe ich auf einem Biobauernhof in der Nähe von Göttingen kennen gelernt. Mir scheint, ich habe mehr Zeit auf Bauernhöfen verbracht, als mir bewusst war! Auf die Art der Rinderhaltung in einer Herde und deren humane Schlachtung mit Hilfe der mobilen Schlachtbox, bin ich bei der Recherche auf den Uria-Hof im Schwabenland gestoßen. Dort kann man sehr geschmackvolles und qualitativ hochwertiges Fleisch beziehen – auch auf dem Postweg.

Ja, es gibt sie noch, die kleinen Biobauernhöfe! Sie zu finden, ist spannend – gehen Sie auf Entdeckungsreise! Lassen wir sie nicht sterben!

Engagierte Mitstreiter und umfassende Inspirationsquelle können auch die Mitarbeiter eines gut geführten Bioladens sein. Ich denke da z.B. an Bioflair in der Prager Straße in Leipzig. Mehr kann man nicht über die Entstehung und Lieferanten seiner Produkte wissen! Unglaublich!

Als wir auf einer Alm Urlaub machten, hat mich ein Gespräch mit einem der Helfer zu einer von Michaels Aussagen inspiriert. Der junge Mann erzählte, dass der Bauer vor vielen Jahren seine Tiere von einem Transporter zum Schlachten hat abholen lassen. Er konnte diesem Treiben nicht lange zusehen und hat sich einen eigenen Schlachtraum auf dem Hof eingerichtet. Es war das Mitleid mit seinen Tieren, das ihn zu dem Umdenken bewog. Er ist ein Mensch geblieben.

Ich hoffe, dieses Buch inspiriert Sie!

Danksagung

Für die Entstehung eines Buches braucht es weit mehr als einen fleißigen Schreiberling, dessen Rolle ich ausfülle. Es sind die Menschen, die einem begleitend bei der Entstehung eines Romans zur Seite stehen, indem sie sich auf den Text und die Geschichte einlassen, Korrekturen vorschlagen und sich Zeit nehmen, diese mit mir zu erörtern und so ein Manuskript zu einem Roman werden lassen. All diesen lieben Helfern möchte ich von Herzen danken! Eure Reflexion ermöglicht es mir, aus einem anderen Blickwinkel auf die Handlung zu sehen.

Doris Reinthaler, die mich immer ermutigt und dank ihres umfassenden Wissens meine Lücken füllt. An dieser Stelle sei der einsame Reiter erwähnt, der nicht durch den mittelalterlichen, ursprünglichen Wald reitet, wie ich mir das so gedacht hatte. Wie ich dank ihrer Anmerkung erfahren habe, waren die Wälder des Mittelalters tatsächlich in einem katastrophalen Zustand und nicht unberührt, wie ich angenommen hatte. Auch auf die bleifreie Jagd hat sie mich hingewiesen, die ich dann wunderbar einarbeiten konnte. Von dem Schlusssatz der ersten Fassung war sie, zu Recht, nicht begeistert. Das darauf Beharren, dass er so nicht bleiben kann, weil er nicht zu Michael passen würde, hat mich schließlich das stimmige Ende finden lassen und dies nur anhand des kleinen Wörtchens „zu". Aber darauf muss man auch erst einmal kommen.

Günther Reinthaler, der sich mit Akribie und einem perfekten Korrekturprogramm über den Text hergemacht - „zu den Markierungen: rot - Rechtschreibung gelb, grün und blau - Dialekt und Stil, Änderungsvorschläge" - und sich köstlich über den Dialekt amüsiert hat (da er meinte, so würde das ein Kärntner niemals sagen). Abgesehen davon hat er auch eine kurze und präzise Inhaltsangabe für dieses Buch gefunden: Kärntenumwelttiergerechtehaltungsliebesroman. Das muss man sich mal auf der Zunge zergehen lassen. Ich plädiere dafür, es in den Klappentext zu schreiben!

Die Bedenken mit dem kärntnerischen Dialekt sind natürlich nicht aus der Luft gegriffen. Deswegen habe ich mir zusätzlich zu meinem Kärntnerischwörterbuch und sämtlichen Internetseiten, die sich mit der Grammatik des Dialekts befassen, noch fundierten Rat aus Kärntens Mitte geholt. Margret Maderthaner war so lieb, besonders die direkten

Reden unter die Lupe zu nehmen. Dabei stach ihr das Wort „Åla" in die Augen, das weder sie noch ihr Mann jemals zuvor gehört haben. Deswegen wurde daraus Nena – die Großmutter. Da ich aber weiß, dass Dialekt in Schriftform immer etwas leidet, bitte ich hiermit die Kärntner vielmals um Vergebung, wenn nicht alles genau stimmt. Mögen sie huldvoll über die Fehler einer gebürtigen Salzburgerin hinwegsehen, die relativ dialektfrei aufgewachsen ist.

Die Vorstellung zweier Menschen auf einem Pferd ließ Claudia Reinthaler innehalten und regte mich zu genauerer Recherche an, wie denn das in der Realität so funktioniert. Kitschige Hollywoodfilme und unrealistische Belletristik mal außen vor gelassen. Und tatsächlich, es klappt! Zwei auf einem Pferd, und das auch noch mit Sattel, ist sicherlich eine Kunst und das Pferd sollte auf alle Fälle stark und größer als ein Pony sein. Aber auf einem Pony würde Michael ja nicht über Zäune springen. Auch kam sie, als eine von Zweien, in den „Genuss", den Text von mir vorgelesen bekommen zu haben. Das beinhaltete nervige Fragen auszuhalten (meistens dann, wenn es spannend war), wie „Na, was denkst du, kommt jetzt? Weißt du, wie es weitergeht?". Sie musste sich dann irgendwelche Szenarien aus den Fingern saugen, um mich zufriedenzustellen. Meistens stimmten sie nicht mit der tatsächlichen Handlung überein – ha! (Ich würde ihr aber auch zutrauen, dass sie sich extra obskure Geschichten ausgedacht hat, um mir eine Freude zu machen.) Auf alle Fälle liebe ich ihre trockenen Kommentare und zuweilen ungläubigen Gesichtsausdrücke! Außerdem bin ich ihr noch zu größtem Dank verpflichtet, denn sie hat sich sowohl des Buchsatzes als auch des Covers angenommen und das in einer für sie sehr stressigen Zeit.

Annette Mandel hat nun schon mehrere meiner Manuskripte gelesen und ich komme nicht umhin, ihren Hang zu Fortsetzungsromanen zu bemerken. So schlug sie mir auch für „Der Gockel, die Welt und der große Zusammenhang" vor, nicht zu ruhen und an einem zweiten Band zu arbeiten. Dafür hat sie schon äußerst kreative Ideen – ich werde sie auf alle Fälle im Hinterkopf behalten. Wer weiß, vielleicht packt es mich tatsächlich in nicht allzu langer Zeit und ich begleite Sarah und Michael ein weiteres Mal auf ihrem Bauernhof 2.0. Wie dem auch sei, eine der augenscheinlichsten Änderungen des Textes sind ihr und Micha Tauchnitz zuzuschreiben. Beide meinten, das Ende würde zu überstürzt über den armen Leser hereinbrechen, weshalb ich noch einige Seiten eingefügt habe. Gott sei Dank konnte ich damit ihre Gemüter beruhigen und zufriedenstellen!

Als männlicher Probeleser lieferte mir Micha Tauchnitz überaus nützliche Erkenntnisse nicht nur über Michaels Schuhwahl. In Zusammenhang mit letzterer recherchierte er, für welche Art von Schuhwerk ich mich für Michael an jenem Abend entschieden habe, als er betrunken in Sarahs Hotelbett landete. Seine Worte unter dem Text kann man fast als Flehen bezeichnen: „Ein junger, attraktiver Mann, Bauer, trägt keine Mohicans! Bitte lass ihn Boots tragen oder Ähnliches. Passt besser zu ihm."
Ja, gut, Micha, er bekommt Ähnliches. Wenn nur alle Wünsche so einfach zu erfüllen wären! Die Genauigkeit, mit der er die Handlung überprüft hat, ist Gold wert. Es hat Spaß gemacht, bei einer Tasse Fairtrade-Kaffee und Keksen über seine Anmerkungen zu sprechen!

Den Feinschliff habe ich Eszter Fenyöházi zu verdanken, die als letzte Instanz nicht nur ein Heer von Beistrichen in ihre Schranken gewiesen hat, sondern auch sämtliche Tipp- und Rechtschreibfehler. Ihre Anmerkungen am Seitenrand waren oft ein Gedankenanstoß, um etwas noch klarer zu formulieren. Übrigens plädiert auch sie für eine Fortsetzung ... Wenn du wieder lektorierst, liebe Eszter, lasse ich mir das vielleicht noch einmal durch den Kopf gehen.

Nun möchte ich noch meinen lieben Mann Werner erwähnen, der den Roman in kleinen Portionen verabreicht bekommen hat. Er durfte, damit ich ein paar Stunden am Stück schreiben konnte, nicht nur die Kinder beschäftigen und bekochen, nein, er musste, wenn ihm spätnachts die Augen zufielen, noch lauschen, was ich fabriziert habe. Um dann wochenlang in Spannung zu leben, bis es weiterging. Der Mann ist echt nicht zu beneiden! An manchen – für mich eher mäßig komischen - Stellen lachte er laut heraus und ich fragte mich, ob es an seinen überreizten Nerven oder tatsächlich am Geschehen lag. Daraufhin angesprochen meinte er, er würde alles wie im Film vor Augen sehen und man müsse dieses Buch unbedingt verfilmen. Dafür danke ich ihm – von mir aus geht das in Ordnung – aber das ist nicht mein Job! Alle Anfragen in diese Richtung müssen direkt an ihn gestellt werden! Ach ja, und es kommen weder George, Brad noch Angelina für die Hauptrolle in Frage. Aber das erklärt sich ja von selbst.

Zu guter Letzt sei meinen Kindern dafür gedankt, dass sie in Zeiten meiner höchsten Anspannung versuchen, einen Bogen um mich zu machen (was nicht immer gelingt). Auch der leicht irre, versunkene Blick, dieses unmotivierte, glucksende Kichern sowie die gemurmelten Selbstgespräche, mit denen ich während einer Schreibphase am Esstisch sitze, können sie nicht davon abhalten, mich zu lieben. Ich danke euch dafür! Ach ja, und ihr wisst, ich tauche jederzeit gerne aus meiner Romanwelt auf, um mit euch über ein Buch zu diskutieren, ein Bild zu malen oder einfach über eine volle Windel zu plaudern und etwaige anfallende Probleme zu lösen. Ihr seid das Salz in meinem Leben – ich danke euch auch dafür!

Quellenangaben:

„Freude, wo bist du zu Haus?", Worte: A.M. Slomšek, Weise: Slowenisches Volkslied, Deutsche Textfassung und Satz: Hans Varech; Komm sing mit uns 2, Österreichisches Liederbuch; Kärnten
Falco: Out of the dark

„Vom Verstummen der Welt", Marcel Robischon, oekom
„Wenn das Schlachten vorbei ist", T.C. Boyle, dtv
„Und Tschüss!: Was wir anrichten, wenn`s uns in die Ferne zieht", Leo Hickman, Piper
„Wald und Wiese auf dem Teller: Neue Rezepte aus der wilden Weiberküche", Gisula Tscharner, AT Verlag
„Die kleine Raupe Nimmersatt", Eric Carle, Stalling

www.bio-austria.at
Landwirtschaft – Wikipedia
Enorm-Magazin

BOB - Tagesablauf eines Bauern
Heimatverein Sendenhorst e.V.: 2.4 Tagesablauf auf dem Hof Brüser um 1930
http://de.wikipedia.org/wiki/Schwade
Heuen - Lexikon zum Berghof Felder im Kleinwalsertal

Berlakovich: Alm-Milchwirtschaft schützen und unterstützen: bmlfuw.gv.at
ARGE Heumilch Österreich – Wikipedia
Google-Ergebnis für http://www.technikatlas.de/~tc10/melken/melkanlage_gr.jpg
www.landwirt.com/
http://www.bmlfuw.gv.at/land/produktion-maerkte/tierische-produktion/milch/almmilch.html
„Diese Preise kann kein Bauer mehr bezahlen" « DiePresse.com
Milchquote – Wikipedia
Die 12 goldenen Melkregeln für Konventionelles Melken: www.delaval.de/Shared/Dairy-knowledge-and-advice
Osttirol : Wetter bremst den Almauftrieb aus > Kleine Zeitung: www.kleinezeitung.at/tirol/lienz/3325892

Mangalitza, Turopolje - Seltene Schweinerassen beim Jagawirt am Reinischkogel in der Weststeiermark
www.herz-fuer-tiere.de/ratgeber-tier/bauernhoftiere/schweine/zucht-von-schweinen
http://forum.deine-tierwelt.de/
www.ulmer.de

Uria - Für eine artgerechte Nutztierhaltung: www.uria.de
Schonendes Schlachten: Tötungsschuss auf der Weide: www.BR.de
Projekt Weideschlachthaus
Die Wahrheit über Biotierhaltung - Hintergrund
Bolzenschuss : www.tierschutz.org

Hühner schlachten – YouTube: SurvivalAkademie

Jagd - Augfaben der Jagd: www.jagd.biz
www.jagderleben.de
www.jungjaga.at
www.tierschutzbund.de
www.abschaffung-der-jagd.de/
www.lusttoeter.de/news/derjagddenrueckengekehrt/
www.ljv.at/jagd_system.htm
www.Planet-Wissen.de: Aufgaben des Försters

Fairtrade Österreich: Land Grabbing
Land-Grabbing: Wer sich wo wie viel Land greift - Welt-Chronik - derStandard.at › Panorama

„Sprechen Sie Kärnterisch?", Beatrix Schönet, Günther Schönet, Überreuter
Kärnten Wörterbuch
Kärntner Mundart - GlundnerKas am Woerthersee is ka Schas
Kärntner Mundart – Wikipedia

Kennen Sie schon diese Hochzeitsbräuche aus Kärnten?
Das neue Bild der Bäuerin: www.topagrar.com/

JournalistenPreise.de - Journalisten des Jahres - Österreich

Sand – Die neue Umweltzeitbombe: www.stadtmorgen.de/panorama/dokutipp-wie-der-mangel-sand-zur-kologische-katastrophe-wird
Wie wir unsere Zukunft im Klo runterspülen: Das geheime Potential des Abwassers: www.huffingtonpost.de

Bereits von Suzanne Réko erschienen:

Der Fluch des Montezuma

Er erzählt von Piraten und Freibeutern, sein Blick geheimnisvoll und vernichtend, die Stimme dunkel und rau: Sisto Pellirossa, Gefangener der jungen Estella de Irízar, die ihm das Leben rettete. Gemeinsam tauchen sie in längst vergangene Abenteuer ein, finden sich im Tumult angegriffener Städte wieder, beobachten die Zerstörung Havannas und Baracoas, erleben des Freibeuters Sore schwelenden Hass und seine vernichtende Rache. Sie werden Zeugen vom Tod hunderter Menschen, der Gier nach Reichtum und Macht und der scheinheiligen Politik herrschender Weltmächte. Die junge Frau ahnt nicht, dass Pellirossas Geschichten bis in ihre Gegenwart reichen und das Erwachen in der Realität weit schmerzlicher ist, als sie jemals für möglich gehalten hat.

Der Fluch des Montezuma
Suzanne Réko, BoD 2007 - ISBN: 978-3-8334-8085-0

Zwei packende Geschichten in einem Buch:

Rubens

Der Maler T.T. wird neben einem Abschiedsbrief tot in seiner Wohnung aufgefunden. Selbstmord. Kurze Zeit später taucht ein gestohlener Rubens auf und auch in der Wohnung des Verstorbenen wird ein Werk des Meisters gefunden. Innerhalb kurzer Zeit entdecken die Ermittler, dass der Fall nicht so einfach zu lösen ist, wie anfangs angenommen.

Mondscheinsonate

Durch Mark und Bein dringendes Kreischen erschüttert im Jahre 1899 die Bewohner einer herrschaftlichen Villa. Mit dem entsetzlichen Laut verändert sich das Leben aller und die Angst vor einem Geist hält nicht nur die Dienstboten gefangen. Obwohl Weihnachten vor der Tür steht, kehren Schrecken und Unheil im Haus ein.

Rubens/Mondscheinsonate, inkl. Onevening Books
Suzanne Réko, BoD 2006 - ISBN: 978-3-8334-6158-3

Kalter Rauch

Eine Leiche, ein abgebrannte Villa, ein ebenso abgebrannter Hauptverdächtiger und eine Menge widersprüchlicher Informationen halten Kriminalkommissar Jakob Valer Noak in Atem. Wird es ihm gelingen, den Dschungel an Informationen zu lichten und den wahren Mörder hinter Gitter zu bringen?

„Endlich ein Buch das beweist, dass die Wahrheit nicht immer nur im Wein zu finden ist." - Der Pizzaservice

„Niemand anderes als Suzanne Réko konnte dieses Buch schreiben. Hervorragend!" - Jakob Valer Noak

„Amüsant, spannend und witzig ist Suzanne Rékos Roman ‚Kalter Rauch'. Ein Muss für Krimifans!" - Der Speigel

Kalter Rauch - Jakob Valer Noaks heißester Fall
Suzanne Réko, BoD 2005 - ISBN: 3-8334-3335-3

Aktuelle Projekte finden Sie unter:
www.facebook.com/suzannereko